Alexander Kronenheim

Rom im Untergang

Band 1: Eine neue Macht

Bibliografische Information der Deutschen Nationalbibliothek:
Die Deutsche Nationalbibliothek verzeichnet diese Publikation in der Deutschen Nationalbibliografie; detaillierte bibliografische Daten sind im Internet über http://dnb.dnb.de abrufbar.

© 2016 **Alexander Kronenheim** ; 2. korrigierte Auflage

Herstellung und Verlag: BoD – Books on Demand, Norderstedt

ISBN: 9783734787911

Inhaltsverzeichnis

Kapitel 1 .... Seite 4

Kapitel 2 .... Seite 16

Kapitel 3 .... Seite 27

Kapitel 4 .... Seite 41

Kapitel 5 .... Seite 54

Kapitel 6 .... Seite 71

Kapitel 7 .... Seite 84

Kapitel 8 .... Seite 97

Kapitel 9 .... Seite 112

Kapitel 10 .... Seite 122

Kapitel 11 .... Seite 134

Kapitel 12 .... Seite 150

Kapitel 13 .... Seite 163

Kapitel 14 .... Seite 171

Kapitel 15 .... Seite 178

Kapitel 16 .... Seite 187

Kapitel 1

Vor dem Haus des Tribunen Julius Quinctilius Varus in Rom ging es schon laut und bunt her, obwohl die späte Oktobersonne soeben erst hinter dem Albanischen Gebirge auftauchte.

Einige Dutzend Männer in weißen Togen, ihrer Kleidung nach freie Bürger Roms, schlenderten gemächlich vor der hohen Gartenmauer hin und her.

Einer von ihnen, ein hochgewachsener, breitschulteriger Mann mit dunklem Haupthaar, näherte sich schließlich dem Tor, pochte dreimal mit dem Holzklöppel daran und rief: „Hallo! Hallo! Torwächter, mach auf! Wir sind's, die Klienten deines Herrn."

Hinter der Mauer ließ sich nur ein Hund hören, der grimmig bellte.

„Von Hunden werden wir überall begrüßt." brummte der Klient und zog sich gegen die Straßenmitte zurück, wo mehrere andere römische Bürger den Worten eines kleinen hageren Kauzes lauschten, welcher irgendetwas mit großer Lebhaftigkeit vortrug.

Das winzige Männlein verfügte über eine dünne, schreiende Stimme, half sich aber mit Gebärden; seine Hände, Füße und sein Kahlkopf waren in fortwährender Bewegung.

„Was haben wir von diesem Sieg über die Parther?" knurrte er. „Man hat sie zu Brei zusammengeschlagen, man hat ihre Städte verbrannt, ihre Tempel und Paläste ausgeraubt, man hat unzählige zu Sklaven gemacht ... Aber wir? Wir erhielten von alledem auch nicht eine einzige Sesterze! Die Heerführer haben, wie immer, so auch jetzt die Beute eingeheimst! Über das Heer ist ein Regen von Belohnungen niedergeprasselt; uns, den Bürgern Roms, hat man die Ehre belassen, die im Triumph einziehenden Legionen nur zu bestaunen."

„Du hättest im Krieg mit dabei sein sollen." bemerkte der breitschultrige Braunkopf.

„Seht ihn an, den Helden!" schrie der Kleine. „Man könnte glauben, dass er seine Jugend im Kriegslager verbracht hätte! Indes wissen wir alle, dass er sich auch nicht einen Tag von der herrschaftlichen Türschwelle weg gewagt hat. In den Krieg? Ja, wozu denn? Die Knochen abnutzen in Wäldern und Wüsteneien, den Stab des Zenturionen auf dem Buckel tanzen lassen, einen ganzen Berg von Gerümpel auf dem Rücken tragen, ein Krüppel werden, sich der Todesgefahr aussetzen? Wahrlich, nicht dazu haben unsere Vorfahren die Welt erobert, dass wir römischen Bürger in den Wäldern Germaniens oder an den heißen Gestaden Afrikas oder Asiens jämmerlich umkommen!"

„Lucius spricht richtig!" wurde allseitig bestätigt. „Lucius hat Recht!" wiederholten viele.

Dadurch ermuntert, schalt Lucius weiter: „Wozu sind denn die germanischen, spanischen, ägyptischen Hunde da und all' die anderen barbarischen Völker? Die sollen sich für uns herumschlagen, die sollen Hände, Füße und Ohren verlieren. Der römische Bürger ist zum Genießen da! Das ist sein Vorrecht, das ist der Lohn für die Tapferkeit seiner Ahnen."

„Deine Ahnen haben gewiss nicht mit dem Arm, sondern mit dem Maulwerk gefochten!" unterbrach ihn der Starke. „Caius wird witzig." bemerkte ein Dritter.

„Und die deinigen" entgegnete Lucius, „haben im Amphitheater sicherlich Stierrollen gespielt."

Der ganze Haufen lachte spöttisch auf.

„Stiere haben Hörner!" brummte Caius zurück.

„Und fressen gern Heu!" fügte Lucius hinzu. Schnell wandte er sich zur Mauer, riss eine Hand voll von dem dort wuchernden Unkraut ab und hielt es dem Caius unter die Nase, zu großer Belustigung der Zuhörer.

Caius beugte sich, als wollte er das Unkraut mit den Zähnen fassen, stieß aber mit seinem Schädel so heftig an Lucius, dass dieser zu Boden ging.

„Raufbold! Warte nur, bis ich mich erhoben habe!" schrie der Kleine, sich mühsam aufraffend.

Er ließ es jedoch bei seiner Drohung bewenden, als er wieder auf den Beinen stand, und warf dem Caius nur einige Schmähworte zu; dann rannte er zum Tor und begann wieder heftig mit den Fäusten darauf zu trommeln. „Mach' auf!" rief er.

Nun meldete sich hinter der Mauer eine laute Stimme: „Ruhe da! Der hochberühmte Tribun schläft noch."

„So mach doch auf! Du bekommst auch Trinkgeld!" bat Lucius.

„Kein Spatz könnte sich bei deiner Freigebigkeit besaufen!" rief der Hauswächter hinüber.

„Ich habe für dich eine ganze Sesterze."

„Kaufe dir dafür ein Frühstück; du bist ja hungriger als ich."

„Sei nicht so frech, du Sklave!" schrie Lucius.

„Schrei' nicht so, du freier Bettler, sonst wirst du noch länger warten."

Lucius spie verärgert aus und kehrte zur Gruppe zurück.

„Ein elendes Handwerk, dieses Kliententum!" bemerkte er unwillig. „Den ganzen Abend die verschlissene Toga flicken und reinigen, sich des Morgens bei Tagesanbruch von der Streu erheben, stundenlang in der kühlen Morgenluft am Tor herumlungern, dann den Tag über dem Herrn Senator Bücklinge machen, bis es dem Potentaten gefällt, einem römischen Bürger einen Knochen hinzuwerfen! . . . Hat nicht irgendjemand von euch einen kleinen Schluck bei sich? Allmählich wird's jetzt kalt schon am Morgen."

Da niemand sich meldete, hüllte er sich fester in seine Toga und blies in seine erstarrten Hände.

„Ein Hundeleben!" zischte er.

„In der Tat, elend ist unser Gewerbe." sagte Caius. „Ich hab's schon satt."

„Und was willst du denn anfangen?" schrie Lucius. „Aus ist's mit den guten Zeiten der ersten Cäsaren, denen die Götter im Olymp ihre Beglückung der Armen lohnen mögen. Sie überhäuften die Plebejer mit Getreide, Geschenken und Gold, bewarben sich um unsere Gunst, hätschelten uns . . . Was ist's aber jetzt? Nicht einmal Denunziant, Menschenschinder, Spion kann man sein, weil ..."

„Halt's Maul!" unterbrach ihn heftig Caius. „Sehnst du dich zurück nach den Ächtungen, den Proskriptionen und den blutigen Schrecken der Caligula, der Nero und Domitian? Seht, was er für ein Bürger Roms ist, ein Nachkomme von Legionären! Er wäre wirklich bereit, den göttlichen Marcus Aurelius anzubellen ob seiner Güte und Gerechtigkeit!"

„Ja, was habe ich denn von der Güte und Gerechtigkeit des göttlichen Imperators? Dass Caligula, Nero und Domitian die Reihen der stolzen Geldprotzen ein wenig gelichtet, den Patriziern und Rittern etwas Blut abgezapft haben, was liegt denn daran? Für uns, für die Armen fanden sie stets Brot, Spiele und ein freundliches Lächeln. Jetzt aber? Seit drei Tagen habe ich nichts Warmes genossen, und nicht einmal ein Hund fragt danach, ob ich hungrig bin. Der Imperator philosophiert, seine Berater philosophieren, sogar Weiber philosophieren. Wenn mir dieses Elend allzu eklig wird, werde ich am Ende auch noch Philosoph!"

Die letzte Worte riefen allgemeines Gelächter hervor.

„Lucius ein Philosoph!" höhnte ein beleibter Mann, sich den Bauch haltend, welcher unter der Toga in heftige Bewegung geraten war.

„Warum denn nicht?" schrie Lucius. „Als ob es ein gar so großes Kunststück wäre, das Haar nicht zu kämmen, sich den Bart wachsen zu lassen, in einem allen, fadenscheinigen, angeflickten Mantel langsam und würdevoll einherzuschreiten und allerlei ungereimtes Zeug über Tugend und Götter zu schwatzen! Löcher habe ich ohnehin genug in meiner Toga, und mein Mund ist in Ordnung, wie ihr hört."

Die bisher leere Straße begann sich zu beleben. Truppweise zogen Klienten anderer Herren an denen des Julius Quinctilius Varus vorbei, alle in stark abgetragenen, leichten Togen. Sie schlenderten gähnend einher, die mit gestickten Sandalen beschuhten Füße mühselig hinter sich herschleppend.

„Ich wünsche euch ein reichliches Frühstück!" rief Lucius einer jeden neuen Gruppe zu.

„Gleichfalls, gleichfalls!" antwortete man zurück.

Kinder beiderlei Geschlechtes, mit Wachstäfelchen in den Händen, gingen zur Schule; flink bewegten sich Bäderburschen, Weißbrot in Körben auf dem Kopf tragend.

„Frisches Brot, frisches Brot, mürb und duftig!" rief ein solcher. „Kauft Quiriten, kauft!"

„So zeig's 'mal her!" gab einer von den Klienten zur Antwort.

„Das ist für euch!" lachte der Bursche, streckte gegen die „römischen Bürger" die Zunge aus und lief weiter.

„Sogar Sklaven haben vor uns keinen Respekt mehr" brummte Caius.

Da öffnete sich das Tor und in demselben erschien ein riesenhafter germanischer Sklave in roter Tunica; in der Rechten hielt er einen mächtigen Stab.

„Mein hochberühmter Herr entbietet seine Klienten zu sich." verkündete er in holperigem Latein. Kraft einer kaiserlichen Verordnung musste den Personen des Senatorenstandes der Titel ‚hochberühmt' beigelegt werden.

Der Tribun war nach jahrelanger Abwesenheit, da mehrere aufeinanderfolgende Feldzüge ihn zurückhielten, nach Rom heimgekehrt, um zunächst das Prätoramt zu übernehmen. Er hatte heute zum ersten Mal die Klienten seines Hauses zu sich bestellt.

Mit dem Ungestüm eines eingedämmten Baches, wenn plötzlich die Schleuse geöffnet wird, drängte die Gruppe römischer Bürger zum Eingang. Einer überrannte den anderen; jeder wollte der erste sein.

„Langsam, ruhig!" mahnte der Sklave, den Stab erhebend.

Der Anblick des Stabes und die Haltung seines Inhabers brachte Ordnung unter die Drängenden.

„Mein Herr liebt nicht Gepolter!" fügte der Torwächter noch hinzu.

Nachdem sie die Torschwelle überschritten hatten, befanden sich die Klienten auf einem geräumigen Platz, dessen Mitte ein altes Haus einnahm. Rückwärts grünte ein Park, der sich an einen lang gedehnten und von Gärten bedeckten Hügel anlehnte.

Der Herrenhof des Julius Quinctilius Varus erglänzte nicht in Marmorwänden, wie diejenigen anderer, besser mit der Zeit vorangehender Römer. Vor dem Haupteingang sprudelten keine Springbrunnen und standen keine Säulen von phrygischem Stein. Nur zwei riesige Lotusbäume überdeckten beinahe das ganze Dach mit ihren weit ausgreifenden Ästen. Auch nicht von der Hand eines griechischen Meisters, sondern von dem Schimmel der Jahrhunderte war dieses aus großen Ziegeln erbaute Haus übermalt; aber es atmete Ruhe und Würde.
Die Klienten durchschritten den Portikus, das Vorderhaus, und nahmen Aufenthalt in einem geräumigen Saal, dem Atrium, welcher von einer durch eine quadratische Öffnung im Dach einfallenden Lichtsäule erhellt wurde. Zu beiden Seiten vom Eingang standen hier Schreine, aus denen vom Alter dunkel gewordene Wachsbüsten hervorschauten: Bilder der Ahnen des Quinctilier-Geschlechtes. Auf dem Mosaikboden, knapp an der eingefassten Vertiefung in der Mitte des Saales, in welcher sich an Regentagen das vom Dach herabfließende Wasser ansammelte, erhob sich der Hausaltar, auf dem das heilige Feuer glimmte. An der Walid gegenüber dem Eingang stand der Thron, verziert mit halb erhabenen Schnitzereien, welche Schlachten und Triumphzüge darstellten.
„Siehst du?" fragte Lucius in gedämpftem Ton und lenkte die Aufmerksamkeit seines Nebenmannes auf den Feuerherd.
„Ein Anhänger alter Sitte!" entgegnete der Befragte. „Vielleicht lässt er uns beten."
„Wenn er nur an unseren knurrenden Magen, denkt!" gab Lucius zurück.
„Die Quinctilier sind niemals Geizhälse gewesen." bemerkte Caius.
„Aber sie sind zu wenig zu Hause gewesen, um . . ."
Die Unterhaltung verstummte, denn in diesem Augenblick erschien im Saale ein hoch und schlank gewachsener Sklave, ein schwarzäugiger und schwarzhaariger Grieche, ebenso wie der Torwächter mit einer roten Tunika bekleidet — ex alticinctis unus atriensibus, einer der hochgeschürzten Saaldiener, wie sie Phädrus schildert.
Der Sklave stellte sich neben den Stufen einer Tür auf, die zu einem anderen Gemach führten und nur mit einem Vorhang von schwerem Stoff verkleidet war. In der einen Hand hielt er einen weißen Schleier, in der anderen eine silberne Platte, auf welcher eine kleine Amphora mit Wein, kleine Körbchen mit Brot und Früchten sowie ein Behälter mit Räucherwerk standen.
„Julius scheint uns wirklich nach urväterlicher Sitte empfangen zu wollen!" lispelte mürrisch Lucius, und an den Sklaven sich wendend, fügte er die Frage hinzu:
„Hast du vielleicht beobachtet, mit welchem Fuße dein Herr heute zuerst dem Bett entstiegen ist?"
Der Grieche legte zwei Finger der minder belasteten linken Hand an den Mund.
Im Nebengemach ließen sich rasche Schritte hören. Die Klienten hielten ihren Atem an. Eine kräftige Hand warf den Türvorhang zurück, und gleich darauf erschien aus dem Hintergrund des wieder fallenden Vorhanges die Gestalt eines jungen Mannes. Gleichzeitig erscholl im Saal der brausende Zuruf: „Sei gegrüßt in Rom, unser Patron und König!"
Nachdem der Zuruf verklungen war, ließ sich der ‚Patron und König' also vernehmen: „Seid gegrüßt, Freunde meines Geschlechtes!"

Es geschah aber in einem so schroffen Ton, als wäre es ein militärisches Kommando. Darauf nahm er den weißen Schleier aus der Hand des griechischen Sklaven, legte ihn über den Kopf, schritt die Türstufen hinab und näherte sich dem Altar. Hier beugte er sich über das Feuer, und die Hände darüber ausstreckend, sprach er:

„Bewirke, o heiliges Feuer, dass wir stets glückselig seien. Dass du unsterblich, ewig schön, jung und reich bist, das du uns nährst, erwärmst und erleuchtest, nimm willig unsere Opfer und gib uns dafür Glück und Heil!"

Nach diesem herkömmlichen Gebet römischer Geschlechtshäupter goss er etwas Wein und Öl ins Feuer und ließ auf die Glut eine Handvoll Brot, Früchte und Weihrauch fallen.

Während dieser Zeremonie sahen die Klienten einander verwundert an. Spöttische Blicke zuckten herüber und hinüber. Lucius versteckte ein höhnisches Lächeln in den Falten seiner Toga.

Als Julius Quinctilius Varus dem Griechen den Schleier zurückgab, kamen eilig vier Sklaven in den Saal, die einen gedeckten langen Tisch trugen. Gierige Blicke der Klienten hefteten sich an die Amphoren und anderes Geschirr. Es gab Wein, Brot und Früchte.

„Bitte." sprach Julius mit einer einladenden Handbewegung. Er selbst nahm auf dem Thronsessel Platz.

Hager, von mittlerem Wuchs, mit dem runden Schädel eines römischen Patriziers, zählte er nicht mehr als einige dreißig Jahre. Die breite Stirn, die Adlernase und die fest geschlossenen Lippen verliehen ihm von der Seite gesehen das Aussehen eines Geiers. Stolzer, unbeugsamer Wille bildete den Charakterzug dieses nüchternen, ganz glatt rasierten Gesichtes; eine kühle Entschlossenheit, die weiches Mitleid weder für sich noch für andere kennt, kam in ihm zum Ausdruck.

Indem er so da saß nachlässig zurückgelehnt, die Unterlippe verächtlich vorgeschoben, die Augen halb geschlossen, machte er trotz seines schmächtigen Körperbaus den Eindruck großer Stärke. Reiche Stoffe trug er nicht, noch war an ihm ein Edelstein zu bemerken. Sein Kleid war eine Toga von grober Wolle; seine schön gestalteten Füße steckten in schweren Soldatenstiefeln; nur der Ritterring schmückte seine Linke. Das einzige Abzeichen seiner hohen sozialen Stellung bestand in dem breiten Purpursaum seiner Kleider.

„Ich bitte." wiederholte er mit einer neuerlich einladenden Handbewegung, da er bemerkte, dass die Klienten, durch seinen Ernst eingeschüchtert, sich nur zögernd dem Tisch näherten. „Bei überreich gedeckter Tafel werdet ihr in meinem Hause nicht schwelgen; aber auch unsere Väter aßen nicht mehr und nicht besser, und doch haben sie alle barbarischen Völker überwunden."

Dem griechischen Sklaven sich zuwendend, fügte er hinzu: „Artemidorus, reiche mir Brot und Wein."

Der schlanke Grieche machte einen Sprung wie ein Eichhörnchen und stand graziös gebeugt vor seinem Herrn.

„Halte dich gerade und lasse das Lächeln einer Dirne." sagte Julius Quinctilius, eine feine Schnitte Weißbrot zum Munde führend. „Auch spüre ich Gerüche von dir her. Dass mir das nicht mehr vorkommt!"

„Du hast es befohlen, Herr!" antwortete verlegen der Sklave, bis über die Ohren errötend.

Die Klienten, durch das Beispiel ihres Patrons ermutigt, umringten nun den Tisch und langten gierig nach den gefüllten Bechern. Bald waren die Amphoren ihres Inhaltes entleert und die Berge von Brotschnitten verschwunden. Lucius benutzte einen Augenblick, da er sich von den Augen der Dienerschaft unbeobachtet wähnte, um eine Handvoll Oliven hinter seiner Tunika verschwinden zu lassen. Ebenso machten es auch andere.

Das Frühstück war bald vorüber.

„Nach uralter Sitte" — nahm Julius Quinctilius das Wort, nachdem Sklaven den Tisch mit den geringen Resten hinausgetragen hatten — „will ich euch ein Patron im alten, guten Sinne des Wortes sein. Sowohl im Senat wie beim Gericht werde ich eure Angelegenheiten vertreten und fördern, wenn der Prätor oder der Aedil irgendeinen von euch vorladen sollte. Die Sorgen meiner Klienten werden bei mir stets geneigtes Gehör finden, ihre Bedürfnisse eine offene Hand. Tretet heran und sprecht: Was kann ich für euch tun?"

Über die Anwesenden schweifte ein kühler Blick, welcher nicht sonderlich zum Sprechen einlud. Julius wartete; die Klienten schwiegen einige Augenblicke, einander fragende Blicke zuwerfend. Als erster trat Lucius hervor, und die Rechte an die Brust gelegt, sprach er:

„Heil und Ehre dir, unserem Patron, hochberühmter Sprössling ausgezeichneter Ahnen! Dank dir für die gnädigen Worte, mit denen du bei deiner Heimkehr die Klientel des großen Quinctilius-Geschlechtes zu beehren geruht hast . . ."

„Salus, honor!" — Heil und Ehre!" wiederholten die anderen mit erhobener Stimme.

„Der ganzen Welt ist es bekannt." sprach Lucius, den Mund voll nehmend, weiter, „dass Patron und Klientel ehedem gewissermaßen eine einzige Familie bildeten, die stets fest zueinander hielt, sei es im Feld, sei es vor Gericht, oder auch in Wahlversammlungen. Der Patron schützte den Klienten, der Klient war bereit, sein Leben zu lassen für den Patron. Aber andere Zeiten sollten kommen, und mit ihnen neue Sitten — Pluto verschlinge sie! — und diese neuen Zeiten und Sitten haben die Grundlage zerstört, auf welcher sich die Größe des heiligen Rom zu weltumspannender Macht entfaltet hatte. Der Patron kümmert sich nicht mehr um seinen Klienten, der Klient verdirbt mitten unter dem Pöbel, ärmer als ein Sklave. Schwere Zeiten sind über die Quiriten gekommen. Getreide hat man aus den Staatsspeichern seit Jahr und Tag nicht mehr ausgeteilt; die Wohnungen, die Wolle, die Nahrungsmittel sind teuer geworden; von Hunger und Not werden wir in unseren Schlupfwinkeln auf Dachböden heimgesucht . . ."

Lucius wollte weitersprechen; aber sein Redefluss wurde durch ein Zeichen des Patrons unterbrochen. Julius Quinctilius erhob die Hand und sprach: „Mein Verwalter wird jedem von euch tausend Sesterzen auszahlen und Wolle für Togen ausgeben."

Mit lautem Freudengeschrei dankten die Klienten für das reiche Geschenk.

„Heil dir, Ehre dir, unserem Patron und König!" schrie man allerseits, und jeder wollte Julius' Knie umfassen.

Ein verächtliches Lächeln glitt über die Lippen des Tribunen und mit ebenso verächtlichem Blick schaute er auf die sich demütig neigenden Häupter römischer Bürger.

Nachdem der Lärm sich gelegt hatte, ergriff Julius wieder das Wort.

„Ist vielleicht einer unter euch, der nach alter Sitte seinem Patron treu und redlich dienen möchte? Ich habe einen Verwalter nötig für meine städtischen Besitzungen, einen Haus- und Sklavenwärter."

Dumpfes Schweigen legte sich über die Klientenschar. Sie tauschten beunruhigte Blicke aus. Der kleine Lucius, bisher ihr Anführer, machte sich noch kleiner und versteckte sich hinter seinen stärkeren Genossen. Nur Caius, obwohl von hinten an der Toga gezupft, trat hervor und verbeugte sich vor dem Herrn.

„Wenn du mir Vertrauen schenken wolltest, hochberühmter Tribun, hättest du an mir einen dankbaren Klienten."

Wohlwollend blickte Julius Quinctilius in das breite Gesicht des Caius. welchem Offenheit und Redlichkeit abzulesen waren. Die Stimme des Tribunen, die bisher schroff geklungen hatte, setzte um einen ganzen Ton tiefer ein, und milde sprach er:

„Du bist es, Caius? Deinen Vater bringst du mir in Erinnerung, der mich auf dem Marsfeld das Pferd besteigen lehrte. Du willst bei mir dienen? Vergiss nicht, dass du ein Bürger des großen Rom bist!"

Caius erwiderte: „Dich, den Sprössling albanischer Könige, hat der harte Dienst unter den goldenen Adlern des göttlichen Imperators nicht geschändet. Auch mich, den Nachkommen von Libertinen (freigelassene Sklaven) deines Hauses, wird Arbeit zu Nutz und Frommen meines Patrons nicht entehren. Ich will dir ehrlich dienen, wie meine Väter den deinigen gedient haben."

„Wir werden Freunde sein, Caius." erwiderte Julius Quinctilius.

Darauf erhob er sich und warf seinen Klienten den kurzen Befehl zu: „Morgen brauche ich euch bei meiner Sänfte!"

Dann verabschiedete er sie mit einer Handbewegung und verschwand hinter dem Türvorhang. Ihm folgten Caius und Artemidorus.

Zusammengedrängt wie eine vom Wolf geschreckte Schafherde bewegte sich die Klientenschar schweigsam dem Ausgang zu, und draußen hatten es alle eilig, den Platz vor dem Haus hinter sich zu bekommen. Erst auf der Straße fühlten sie wieder sicheren Boden unter ihren Füßen, und ihr Unwille machte sich in abgerissenen Sätzen Lust.

„Hast du gesehen?!"

„Hast du gehört?!"

„Ein Patrizier aus den Zeiten des stolzen Tarquinius!"

„Vom Thron herab spricht er!"

„Bringt Opfer den Hausgöttern!"

„Ein lächerlich stolzer Tyrann!"

„Verlangt Dienste von freien Bürgern!"

So ging es hin und her unter lebhaften Gebärden.

„Wenn's ihn nach den Ehren des Prätorates gelüstet." schrie Lucius, „so soll er dafür zahlen! Aber beeilen müssen wir uns, seine dumme Eitelkeit auszunutzen, denn bald werden sich Neider finden, die ihm seine Freigebigkeit verleiden. Der Stier mit der Sklavenseele, der gemeine Caius, wird unsere Sache nicht fördern. Das Rindvieh spricht von Ehrlichkeit wie ein Prokonsul, der eine Provinz bestohlen hat."

„Man sollte ihm einmal ordentlich die Haut durchgerben!" rief ein stämmiger Klient mit dickem Hals und fleischigen Armen.

„Jawohl, jawohl!" stimmten mehrere zu, „er hat eine Lehre verdient."

„Wohin aber jetzt?" fragte Lucius. „Vielleicht gelingt es uns, noch einen schönen Bissen zu erhaschen, da der Tag so schön angefangen hat."

Er überlegte einen Augenblick.

„Ich weiß schon!" rief er dann mit selbstzufriedenem Lächeln. „Noch sind wir bei jenem reich gewordenen Ägypter nicht gewesen, der den Germanen die Haut über die Ohren gezogen hat und jetzt die steile Höhe des Senatorenstandes erklimmen will und Titulaturen und Ehrenbezeugungen gut bezahlt. Rufen wir ihm heute einen lauten ‚hochberühmten Herrn, Patron und König' zu; vielleicht greift der Sklavensohn in die Geldtruhe und überschüttet uns mit einem Hagel von Sesterzen!"

„Lucius soll leben!" rief der Stämmige mit dem Stiernacken. „Er klügelt immer etwas Gescheites aus. Gehen wir zum Fabius!"

„Zu Fabius, zu Fabius, dem hochberühmten Herrn im Libertinerhut! Ha, ha, ha!"

Lachend zog die Schar in eine Seitengasse.

- o -

Julius Quinctilius Varus betrat, nachdem er die Klienten verabschiedet hatte, sein Arbeitszimmer, das Tablinum. Auch hier war von Prunk und Luxus keine Spur. Auf dem Mosaikboden stand ein großer Tisch von Eichenholz mit einem starken Fuß, der unten zwischen vier in Stein gemeißelte Bärenköpfe eingelassen war. An einer Wand standen zwei Schreine, mit Büchern und Pergamentrollen gefüllt. Einige Sessel mit ge-bogenen Lehnen vervollständigten die Einrichtung des Zimmers, dessen Schmuck nur in Marmorbüsten bestand: Abbildungen Vergils, Tacitus', Juvenals, Nervas und Trajans.

Der Tribun überließ dem Artemidorus seine Toga, nahm Platz in einem großen ungepolsterten Lehnstuhl und wies dem Caius mit einer Handbewegung einen anderen Sessel an. Als der Klient keinen Gebrauch davon machen wollte, sagte er: „Setze dich; zum Freund will ich dich haben, nicht zum Diener!"

Dem griechischen Sklaven sich zuwendend, befahl er: „Rufe mir den Siegfried!"

Mit Caius allein, sagte er mit gedämpfter, fast müder Stimme: „Ich hatte geglaubt, dass das gute Beispiel des göttlichen Marcus Aurelius vorteilhaft zurückwirken würde auf die müßige Masse der Plebejer, dass es ihre Herzen der gemeinen Bettelei abwendig machen würde, welche der Würde eines römischen Bürgers so abträglich ist. Indes bemerke ich nach mehrjähriger Abwesenheit von der Hauptstadt keinerlei Änderung. Trajan, Antonius und Marc Aurel haben nicht vermocht, den Pöbel zu veredeln, dessen Vorfahren die Greul der Bürgerkriege beklatschten und einen Nero und Domitian vergötterten. Das sind römische Bürger! ..."

Julius Quinctilius' Lippen verzogen sich zu einem bitteren Lächeln, der Glanz seiner scharfen Augen erlosch im Schatten der Trauer, ein tief empfundener Schmerz verwischte den stolzen Ausdruck aus seinem Antlitz.

„Römische Bürger!" wiederholte er leise. „Ich kenne sie gut, diese Herren der Welt. Mit Schwert und Kreuz muss man sie im Lager an ihre Legionärpflichten erinnern ..."

Auf der Türschwelle erschien ein alter germanischer Sklave. „Du hast befohlen, Herr!" meldete er sich, die Hand an die Brust legend.

Julius' Auge ruhte mit freundlicher Milde auf der hohen, riesenhaft gebauten Gestalt des Barbaren, der trotz seiner siebzig Jahre eine gerade Haltung bewahrt hatte.

„Sklaverei stand nicht an deiner Wiege, Siegfried?" fragte der Patrizier.

„Du weißt es. Herr. Ich führte Scharen meiner freien Brüder gegen das mächtige Rom. Auf dem Schlachtfeld haben mich die Sieger, da ich verwundet und wehrlos war, in schmachvolle Ketten gelegt."

In den blauen, glanzlosen Augen des Germanen zuckte es wie ein Blitz in der Finsternis.

„Wie ich sehe, hat zwanzigjährige Sklaverei die Erinnerung an deine heimatlichen Wälder nicht erstickt."

Der Greis schwieg.

„Hast du deinen Siegern nie verziehen?"

„Ich bin weder deinem Vater noch dir untreu gewesen, Herr; ich habe euch redlich gedient." antwortete Siegfried ausweichend.

„Ich weiß es; die Söhne germanischer Wälder bewahren Treue und haben reine Herzen. Für zwanzigjährige Misshandlung gebührt dir der Lohn. Knie nieder, Freigelassener!"

Der Sklave griff sich mit beiden Händen an die Brust; er wankte, dann stürzte er dem Patrizier zu Füßen.

„Herr, ich Herr!" rief er laut unter heftigem Schluchzen.

Stückweise, abgerissen rang es sich aus seiner Brust, starke Zuckungen durchliefen den ganzen Körper. Die Verzweiflung eines langen Sklavenlebens entwand sich ihm in heißen Tränenströmen.

Die Stimme des Tribunen klang weich und begütigend, als er sagte:

„Einer Sitte meiner Ahnen gemäß, welche den Tag ihrer Heimkehr aus glücklich beendeten Kriegen mit milder Tat zu verherrlichen pflegten, gebe ich dir die Freiheit zurück. Von diesem Augenblick an kannst du nach Belieben über dich und die Deinigen verfügen. Morgen wirst du mir berichten, ob du bei mir bleiben oder in deine dunklen Wälder zurückkehren willst. Nun aber gehe zu Weib und Kind und erfreue sie mit der frohen Kunde."

Der Patrizier versetzte mit den Fingerspitzen der rechten Hand dem Sklaven einen leichten Backenstreich und sprach dazu die Worte:

„Du bist frei! Von nun an hast du Anspruch auf meinen wohlwollenden Schutz, hast du ein Anrecht auf meinen Namen; du bist mein Klient ... Du aber" — damit wendete er sich an Caius — „wirst Zeugenschaft ablegen darüber, was ich soeben verfügt habe, wenn es den Göttern gefallen sollte, mein Lebenslicht zu löschen, bevor die entsprechenden Rechtsformen offiziell zu Ende geführt wurden."

„Herr, o Herr!" weinte immer noch der Greis, sein Haupt in den Schoß des Patriziers legend.

„Geh' schon, geh'!" mahnte Julius Quinctilius milde. „Du hast dir die Freiheit verdient; sie ist die Folge deiner Redlichkeit."

Nachdem der Greis sich entfernt hatte, legte der Patrizier seinen Kopf in die flache Hand und schwieg, in tiefes Sinnen versunken.

Nach einiger Zeit sagte er halblaut, wie zu sich selbst: „Wir nennen sie Barbaren, aber entbehrten wir die Hilfe ihrer Arme in den Legionen, die Welt neigte sich nicht vor uns. Das ist unser ganzes Glück, dass die Barbarenvölker noch nicht zum Bewusstsein ihrer Kraft gelangt sind."
In diesem Augenblicke nieste jemand laut im Vorsaal.
Caius sprang vom Sessel auf; Julius Quinctilius zog die Augenbrauen zusammen.
„Ist nicht nötig, anzumelden! .... ist nicht nötig!" ließ sich vom Vorsaal her eine klangvolle Stimme vernehmen, und gleich darauf trat ein schlanker junger Mann mit schön frisiertem dunklem Haupthaar in das Arbeitszimmer; seine Tunika und Toga zierte, wie die des Hausherrn, der breite Purpursaum der Senatoren.
Ohne ein Zeichen seitens des letzteren abzuwarten, entfernte sich Caius. Der Gast aber ergriff Julius' beide Hände und schüttelte sie lebhaft und herzlich.
„Lenker der Schlachten, zeusähnlicher Julius! Endlich, endlich bist du wieder da, du Lagerbär, du grausamer Mörder, du Vernichter verschiedener Barbaren. Schon hatte man gesagt, ein parthischer Riese habe dich verschluckt, ich aber habe es nicht geglaubt, denn welche Bestie könnte so einen gehörnten, zähen Römer verdauen? ..."
Er machte ein drolliges Gesicht und nieste wiederum.
„Dieser dein heiliger Rauch, in welchem, wie alte Weiber erzählen, die Manen unserer Ahnen geräuchert werden, kratzt mir im Hals, kitzelt mir in der Nase, fällt mir aus die Lunge! Lass doch das Feuer löschen, falls du nicht deine Gäste hinausräuchern möchtest!"
„Aber, Marcus!" unterbrach ihn Julius.
„Weiß schon, weiß schon, was du sagen willst!" fuhr der Angekommene lebhaft fort. „Du willst sagen: Marcus Quinctilius Varus, der Taugenichts, der Schlemmer, der mit griechischem Häcksel ausgestopfte elende Philosoph, ist aus der Art
des hochberühmten Quinctiliergeschlechtes geschlagen. Ich kann das alles schon auswendig, denn du hast mir gegenüber mit heilsamen Lehren nicht gespart. Trotzdem bin ich so frei, Rauch nicht zu vertragen und mich über den absonderlichen Geschmack der Toten zu verwundern. Denn du wirst zugeben, das.. „Genug!" unterbrach ihn Julius ernst.
Marcus zog die Augenbrauen zusammen und schaute finster drein, aber aus seinen großen, glanzvollen, schwarzen Augen lachte der Schalk.
„Genug!!" machte er dem Hausherrn nach, dessen ernsten Ton nachahmend. „Jupiter vom Kapitol hat die Stirn gerunzelt und einen Blitz abgedonnert!"
„Kind, Kind!" entgegnete Julius mit nachsichtigem Lächeln. „Du bist aus den Flegeljahren noch nicht heraus, obwohl du schon den Kurulischen Sessel inne hast und über andre Recht sprichst!"
„Gewöhnlich schlummere ich auf dem Prätorenstuhl nach lustig verbrachter Nacht."
„Und wer fällt das Urteil?"
„Meine Richter kennen sich in den Gesetzen besser aus als ich, der Prater. Mich plagt die Neugier nicht so viel, dass ich in fremde Streitigkeiten Einblick nehmen sollte."
„Ich sehe mich getäuscht, da ich voraussetzte ..." Julius unterbrach sich selbst. „Lassen wir das. Setze dich und sage mir, wieviel Geld du brauchst; denn sicherlich hättest du mich nicht so schnell aufgesucht, wenn deine Schatulle voll wäre."

Marcus Quinctilius stieß ein gezwungenes Lachen hervor. „Ich bemerke." sagte er, sich niederlassend, „dass dir dein Witz unter den Barbaren nicht verloren gegangen ist ... Übrigens." so fügte er mit schmerzlich verzogenem Gesicht schnell hinzu, „übrigens könntest du im Arbeitszimmer ein Sofa haben, damit deine Gäste nicht zu Krüppeln werden."
„Unsere Väter ..."
„Unsere Väter haben keine gepolsterten Möbel gekannt: ich weiß, ich weiß!" fiel Marcus dem Julius ungeduldig ins Wort. „Aber unsere Väter haben auch in schmutzigen, kalten, rauchgeschwärzten Spelunken gewohnt und sich mit Wolfspelzen bekleidet!"
Julius zuckte die Achseln.
„Ich kann dir mit keinem anderen Sessel dienen." sagte er kühl. „Polsterlager findest du bei mir nur im Speisesaal."
Mit einer komischen Grimasse machte es sich Marcus Quinctilius auf dem Holzsessel so bequem wie er konnte; er legte die Falten seiner Toga zurecht und streckte beide Füße von sich, so dass ein Paar Schnürschuhe von seinem weißen Leder zum Vorschein kamen.
Dann begann er: „Also ja, so ist es, du gedankenlesender Tribun der Legionen: um Sesterzen bin ich zu dir gekommen; du hast es gut erraten! Die Wucherer machen Treibjagd auf mich, und meine Schatulle ist leer."
„Als ich in den Krieg zog, habe ich all deine Schulden bezahlt." bemerkte Julius.
„Du sprichst, als wüsstest du nicht, dass der Senatorenstand nicht zu den bequemen gehört." entgegnete Marcus, seine weiße, wohlgepflegte, mit Ringen beladene Hand zum dunklen, von Goldstaub schimmernden Haupthaar erhebend. „Man muss sich entweder im Kriegslager in Sturm und Sonnenglut bis ins Greisenalter hinein abrackern wie du, oder nach allen Seiten Geld verschleudern wie ich. Diese gierige Klientel kostet mich sehr viel, eine Legion Sklaven verzehrt die Hälfte meiner Einkünfte, und den Kurulischen Sessel habe ich mit Festspielen bezahlt, in denen meine Besitzungen bei Ravenna untergegangen sind ..."
„Den Rest haben Schauspielerinnen, griechische Sängerinnen, orientalische Tänzerinnen und Gelage verschlungen." ergänzte Julius.
„Nun ja, eines zum anderen." meinte Marcus, nachlässig mit seiner Toga spielend.
„Wieviel brauchst du?"
„Die Wucherer verlangen eine Million Sesterzen." antwortete Marcus gleichgültig.
Im Arbeitszimmer wurde es für längere Zeit mäuschenstill. Aus dem kühlen Antlitz des Tribunen kam weder Verwunderung noch Entrüstung zum Ausdruck; nur ein leises Zucken um seine Lippen machte sich bemerkbar.
„Und wenn ich es dir abschlagen würde?" sagte er endlich in ruhigem Ton.
„Das wirst du nicht tun."
„Du bist meiner Freigebigkeit allzu sicher."
„Julius Quinctilius wird es nicht darauf ankommen lassen, dass Marcus Quinctilius, sein einziger naher Verwandler, die Rechte des Senatorenstandes verliert!"
Wiederum wurde es für längere Zeit still. Über die Augen des Hausherrn schlichen Schatten tiefer Bekümmernis. Schwer erhob er sich, und sein Antlitz von Marcus abgewendet, sprach er: „Mein

Verwalter wird überzählige Sklaven verkaufen, den Palast auf dem Palatin zu Geld machen und deine Schulden bezahlen."

Marcus sprang auf. „Ich danke dir!" rief er erfreut.

„Danke nicht! Nicht deinetwegen veräußere ich das Haus, in welchem drei Konsule aus dem Quinctiliergeschlecht geboren wurden und gestorben sind; ich tue es um unseres Namens willen. Aber, Marcus, bedenke, dass das Vermögen des Julius nicht an die Hunderte von Millionen, die mancher durch Spionage reich gewordener Freigelassener sein eigen nennt, heranreicht; es könnte erschöpft werden. Auch ich habe kostspielige Pflichten, die dem Purpur anhaften."

„Ich habe schon daran gedacht." bemerkte Marcus.

„Du?" fragte Julius im Ton des Erstaunens.

Marcus lächelte.

„Du glaubst, dass ich nur zu prassen verstehe." antwortete er, sich wieder auf den Sessel niederlassend und die Falten seiner Toga ordnend. „Wer ein bequemes und angenehmes Leben liebt, vergisst auch die Mittel nicht, die Glanz und Unabhängigkeit verleihen. Ich heirate."

»Du heiratest?! . . . Wen denn?"

„Du wunderst dich, dass sich ein Weib gefunden hat, welches ihr Schicksal einem solchen Taugenichts anvertrauen will, wie ich es bin? O, viele Weiber gibt es in Rom, die es nach dem Namen und dem Purpur der Quinctilier gelüstet. Ich heirate binnen einem Monat."

„Wen denn?" wiederholte Julius.

„Dreihundert Millionen Sesterzen."

„Der Name!"

„Ein sehr schöner, ein historischer." gab Marcus mit zweideutigem Lächeln zur Antwort: „Livia, die Tochter des Fabius."

„Das Geschlecht der Fabier ist längst erloschen."

„O, die alten, die im Qualm der häuslichen Feuerherde geräucherten; jene Törichten, die ihr Blut auf allen Schlachtfeldern des entstehenden Rom verspritzten; jene Frechen, die dreist genug waren, nicht an die Göttlichkeit der ersten Cäsaren zu glauben! Aber es blühen junge Fabier, lebensfrisch und hoffnungsvoll, goldtriefend: sie blühen und verlangen Enkel . . ."

Marcus konnte seine Rede nicht beenden, denn in diesem Augenblick ergriff ihn Julius an beiden Armen mit solcher Kraft, dass er aufspringend in der Luft schwebte.

„Marcus!" kam es dröhnend aus der Kehle des Tribunen, welcher den in seinem Innern aufbrandenden Sturm gewaltsam zurückhielt. „Du sprichst von jenem Räuber, welchen alle germanischen Ansiedelungen verwünschen; von jenem Schinder, dessen Gier in den Wäldern Germaniens unauslöschlichen Hass gegen das heilige Rom entfacht hat; von dem erbärmlichen Steuerpächter, dem freigelassenen ägyptischen Sklaven ..."

„Schon sein Vater war ein Freigelassener." wehrte sich Marcus kreidebleich. „Caius Fabius trägt den Ritterring und zählt Senatoren zu seinen Freunden."

„Senatoren . . ." wiederholte Julius dumpf und ließ ab von seinem Verwandten.

„So ist es: Senatoren!" bestätigte Marcus lebhaft. „Du weilst stets in der Fremde, du kennst die Verhältnisse in der Hauptstadt nicht. Ehen zwischen Mitgliedern des Senatorenstandes und Töchtern reich gewordener Steuerpächter, Zöllner, Unternehmer von Staatsbauten und ähnlicher

Emporkömmlinge sind in Rom etwas Gewöhnliches, und niemand lässt sich mehr darüber aus. Sie haben das Geld, wir haben die Ahnen und den Purpur. Ahnen und Purpur ohne Geld, das ist eine Lächerlichkeit, ein Mann ohne Kopf!"

„Ich gebe dir die Hälfte meines Vermögens." wendete Julius ein.

Marcus zuckte geringschätzig die Achseln. „Was könntest du mir wohl geben? Zehn, fünfzehn Millionen, und damit wäre ein Quinctilier nicht viel mehr als ein Bettler."

Julius schwieg und wandte sein Angesicht wiederum von Marcus ab. Dann sagte er halblaut:

„Ich hatte den göttlichen Marcus Aurelius bitten wollen, dass er mir die Pflicht, zum zweiten Male zu heiraten, erlasse; die Erinnerung an meine erste Gattin sucht mich in einsamen Augenblicken noch heim. Indes sehe ich, dass es nicht deine Bestimmung ist, das Quinctiliergeschlecht durch einen unseres Namens würdigen Sprossen zu erneuern."

„Heiratest du?!" rief Marcus lustig. „Vergiss nur nicht, die rauhe Haut des Legionärs abzustreifen, wenn du unter Venus' Fahne trittst. Die schöne Gattin mag keine Toga von grober Wolle, kein gebräuntes Gesicht und keine Soldatenstiefel. Tullia Cornelia hat sich öfters nach dem Tag deiner Heimkehr erkundigt. Ich wünsche guten Erfolg!"

„Lass mich jetzt allein." brummte Julius.

„Ich gehe schon, du Lagerbär, und komme erst dann wieder, wenn du eingesehen hast, dass ich vernünftig handle, indem ich die angestammte Würde verkaufe, welche in meinen Augen genau nur so viel wert ist, wie Dummköpfe dafür zahlen. Vergiss aber nicht jene Million . . ."

Lange starrte Julius auf den Vorhang, der hinter seinem Verwandten herabgefallen war. Dann ließ er sich wieder auf seinen Sessel nieder, stützte sein Haupt in die Hand und verfiel in tiefes Nachdenken. Das war nicht mehr der stolze Patrizier beim Empfang seiner Klienten; ein schwer getroffener Mann starrte vor sich hin mit müden Augen.

Von der Straße her drang das Geräusch des großstädtischen, leidenschaftlich pulsierenden Lebens zu ihm, das gedämpfte Branden einer ewig bewegten Flut, deren Wellen an der Mauer abprallten, welche den einsamen Herrenhof von dem Straßengetümmel trennte.

Julius Quinctilius Varus erhob langsam sein Haupt; schmerzvoll heftete sich sein Blick an die Porträtbüsten Tacitus' und Juvenals, und seinen Lippen entschlüpfte der leise Seufzer:

„Rom, o Rom, mein Rom!"

Kapitel 2

In nächster Nachbarschaft des alten Hauses des Julius Quinctilius, in derselben, am Fuße des Gartenhügels — der heute Monte Pincio heißt — sich hinziehenden Straße stand das Haus der Tullia Cornelia, der jungen Witwe eines alten Prokonsuls.

Keine hohe Mauer verdeckte die weiße Marmorvilla den Augen vorübergehender Neider. Man betrat dieselbe unmittelbar von dem Basaltfußsteig, welcher als schmaler, erhöhter Streifen die Häuserzeile entlang lief.

Am Tage nach den Vorgängen, die sich in dem Nachbarhaus abgespielt hatten, in den Morgenstunden hielt vor dem kleinen Palast eine vergoldete Sänfte, getragen von vier kappadocischen Sklaven, denen ein Läufer voraneilte.

„Rufe den Torwächter!" meldete sich, hinter den goldbefransten Vorhängen der Sänfte eine müde Stimme

Der Bursche eilte zum Tor, klopfte mit dem Holzhammer daran, und nachdem der Schieber, der eine runde Öffnung in der Tür verdeckte, sich aufgetan hatte, rief er laut:

„Der hochberühmte Marcus Quinctilius Varus befiehlt dir, vor seinem Angesicht zu erscheinen."

Sofort knarrten Riegel und Angel, und vor dem Haus erschien ein wohlbeleibter Sklave, einen Stab mit goldenem Knauf in der Hand.

„Der Nomenklator soll deiner Herrin ankündigen, Prätor Quinctilius werde in einer Stunde seine Morgenhuldigung darbringen." befahl Marcus, ohne den Kopf hinter den Vorhängen hervor zu beugen.

Der 'Nomenklator' oder Namenrufer hatte zu Hause die Besucher zu melden; befand sich sein Herr oder seine Herrin auf der Straße, so musste er neben der Sänfte einhergehen und auf die vorbeikommenden Personen aufmerksam machen. Man wählte dazu nur Sklaven mit ausgezeichnetem Gedächtnis.

Der Torwächter legte nun die Hand an die Brust, und die Sänfte bewegte sich schnell weiter.

- o -

In demselben Augenblick, da Marcus Quinctilius dem Sklaven den Auftrag erteilte, verließ Tullia Cornelia eben ihr Schlafgemach Mit einer weißseidenen Tunika, die bis an die Fußknöchel reichte angetan, an den Füßen leichte rote Sandalen, ging sie ins Ankleidezimmer hinüber, wo weibliche Dienerschaft schon auf sie wartete. Hochgewachsen, von tadellosem Körperbau, zählte sie wohl nicht mehr als fünfundzwanzig Jahre. Das aufgelöste, glänzendschwarze Haupthaar bedeckte mantelartig ihre entblößten runden Schultern.

„Sei gegrüßt, Herrin!" riefen ihr gleichzeitig drei ägyptische Sklavinnen entgegen.

„Seid gegrüßt!" gab Tullia zurück und ließ sich in einen Lehnstuhl vor einem niedrigen runden Tischchen von Citrusholz nieder, auf welchem, an einen Herkuleskopf von Elfenbein angelehnt, ein silberner Spiegel stand.

„Heute machst du mir eine griechische Frisur." befahl Tullia.

Schweigend ging eine alte, runzelige Ägypterin an ihre gewohnte Arbeit. Behutsam fasste sie mit ihrer gelben Hand das üppige Haar der Römerin zusammen und begann, dasselbe mittels eines bronzenen Kammes zu glätten.

„Hipparchos hat wahrscheinlich verschlafen!"

Anstatt der Sklavin, zu welcher diese Worte gesprochen waren, antwortete ein Mann, der in einen dunklen Philosophenmantel gehüllt, hereintrat und ihre Gestalt mit lüsternen Blicken umfing.

Gegen den Rücken der Herrin sich tief verbeugend, sagte er mit süßer Stimme: „Hipparchos würde es sich nie verzeihen, wenn er durch eine allergeringste Nachlässigkeit in der Ausübung seiner Pflichten die Ungeduld der Herrin gereizt hätte."

Der Hofphilosoph und Vorleser Tullia Cornelias setzte sich auf einen niedrigen Schemel, und indem er aus einer daneben stehenden Schachtel einige Pergamentblätter hervorholte, sagte er: „Soll ich dort beginnen, wo wir gestern aufgehört haben?"

„Beginne, wo du willst. Mir ist gar nichts daran gelegen, deinen lächerlichen Epiktet gründlich kennen zu lernen; ich will nur einen allgemeinen Begriff von seinen Theorien haben. Du kannst ganze Kapitel überschlagen."

Hipparchos glättete mit seiner weißen Hand den langen Bart und las:

„Wenn du während einer Seereise auf Land gehst, dann nimmst du vom Sand eine Muschel oder eine kleine Zwiebel auf. Aber indem du derart dich unterhältst, blicke fleißig nach dem Schiff, damit es dich

nicht im Stich lasse. Denn, wenn der Steuermann ruft, dann musst du alles lassen, was du gesammelt hast, und seinem Ruf nacheilen. Ebenso verhält es sich mit dem Leben. Du musst Weib und Kind verlassen, wenn dir der Tod winkt. Im Alter entferne dich nicht zu weit vom Schiff ..."

„Das bedeutet . . wollte der Philosophielehrer erklären.

„Ich verstehe." wehrte Tullia ab, während er, eine dicke Goldnadel vom Tischchen nahm. „Weiter!"

Die Ägypterin hatte das Haar ihrer Herrin schon in einen griechischen Knoten gelegt; ihre Gehilfinnen, zwei junge Mädchen, traten mit heißen Brenneisen hinzu.

„Vorsichtig!" mahnte Tullia und versenkte die spitze Nadel tief in den Arm desjenigen Mädchens, welches sich zuerst über sie gebeugt hatte.

Die junge Sklavin kniff vor Schmerz die Lippen zusammen, gab aber nicht den leisesten Laut von sich.

Hipparchos las weiter:

„Die Männer nennen das Weib schon in dessen vierzehntem Lebensjahr Frau. Sobald die Weiber merken, dass ihr ganzer Verdienst auf dem Zusammenleben mit Männern beruht, fangen sie an, sich zu putzen, weil sie all ihre Hoffnungen aus Flitterland setzen. Man sollte sie belehren, dass sie nur dann Achtung verdienen, wenn sie sich sittsam und anständig benehmen ..."

„Dieser von euch so verehrte Epiktet hat offenbar nur für sich allein gedacht, da seine Weisheit sogar auf Philosophen keinerlei Einfluss ausübt." bemerkte Tullia, das schön gekämmte Haar und den wohlgepflegten Bart ihres Vorlesers mit boshaften Blicken streifend.

„Es wäre unziemlich, vor dem Antlitz einer so schönen und gnädigen Patronin in vernachlässigtem Äußere zu erscheinen."

„Dass du bei Rhetoren geschmeidige Worte gelernt hast, ist mir bekannt; ich brauche aber deine Beredsamkeit nicht." entgegnete Tullia. Gleich darauf fuhr sie die junge Sklavin heftig an: „Du bringst mir das Brenneisen zu nahe an die Stirn, du Ungeschickte!"

Und zum zweiten Mal durchbohrte die Nadel den Arm des Mädchens, in dessen Augen Tränen traten.

Das Schmerzgefühl der Dienerin bekümmerte die Herrin so wenig, dass sie nicht einmal aufblickte, um sich von der Wirkung der schmerzlichen Mahnung zu überzeugen. Graziös zurückgelehnt, verfolgte sie im Spiegel die Handbewegungen der um ihren Kopf beschäftigten

Sklavinnen. Ihr frisches Gesicht verriet auch nicht die geringste Spur von Erregung. Sie brachte Wunden bei mit der Ruhe und Gleichgültigkeit eines Operateurs.

Hipparchos las weiter:

„Es ist ein Zeichen gemeiner Natur, wenn jemand allzu eifrig sinnlichen Tätigkeiten verfällt, wenn er zu viel isst, schläft und zu oft mit Weibern verkehrt. Solche Dinge sollen nur nebenher geschehen; dem Geistigen ist das Hauptaugenmerk zuzuwenden ..."

Tullia lächelte höhnisch.

„Ich habe gestern bemerkt." unterbrach sie den Leser, „dass du einen ausgezeichneten Appetit hattest; du hast viel mehr gegessen, als wir gemeine Naturen! Auch alten Wein verschmähst du nicht; sündhafte Genüsse sind dir ebenfalls nicht fremd!"

Durch halbgesenkte Augenwimpern warf sie dem Philosophen einen verächtlichen Seitenblick zu.

„Vielleicht möchtest du acht Tage hindurch fasten und in einem Fass wohnen? Da hättest du genug Zeit und Ruhe, über die weisen Ratschläge deines Meisters nachzudenken."

Und als der Vorleser niedergeschmettert sein Haupt über die Papierrollen senkte und Miene machte, weiter zu lesen, fuhr sie fort:

„Stecke sie ein, diese Faseleien! Das ist eine Philosophie für Bettler und Sklaven. Ich begreife nicht, wie sich der göttliche Marcus Aurelius mit Wohlgefallen in so lächerliches Zeug hineinlesen kann? ... Sind die heutigen Tagesnachrichten schon da?"

Nachdem der Kopf der Herrin in Ordnung gebracht war, flochten die Sklavinnen eine Schnur Perlen in ihr Haar und steckten über den griechischen Knoten einen mit Edelgestein reich besetzten goldenen Kamm. Die zwei jüngeren eilten hinaus und kehrten sofort zurück mit einer frisch geplätteten Tunika und einem langen weißen Kleid von weichem syrischem Wollstoff mit breitem Purpursaum.

Bevor sie der Herrin die Tunika anlegten, zwängte die alte Ägypterin die Taille derselben in eine breite rote Binde, welche die Brüste hervortreten ließ, und alle drei machten sich dann zu schaffen, das über die Tunika geworfene Schleppkleid in schöne Falten zu legen.

Mit peinlicher Aufmerksamkeit verfolgte Tullia die Arbeit ihrer Dienerinnen, während sie nebenher den Tagesnachrichten lauschte, die Hipparchos von Wachstafeln herunterlas.

„Der göttliche Imperator Marcus Aurelius geruhte gestern, mit dem göttlichen Imperator Lucius Verus im Lager der Prätorianer der Einweihung einer neuen Fahne beizuwohnen. Der göttliche Marcus Aurelius hielt eine herzliche Ansprache an unsere wackere Leibwache und dankte derselben für ihre im Krieg gegen die Parther bewiesene Tapferkeit ..."

„Lasse die Hofnachrichten beiseite." unterbrach Tullia. „Siehe nach, ob es heute ein interessantes Schauspiel gibt."

Hipparchos las weiter.

„Aus Afrika sind vier Elefanten angekommen, welche der Tribun Julius Quinctilius Varus angekauft hat in der Absicht, dieselben den Bürgern Roms am Tage der Prätorspiele vorführen zu lassen."

„Julius Quinctilius?" fragte Tullia überrascht. „Ist denn der Tribun schon heimgekehrt?"

„Sein Klient Lucius hat mir gesagt, der hochberühmte Tribun befindet sich seit zwei Tagen in Rom." antwortete Hipparchos.

„Weißt du, wo er wohnt?"

„In dem alten Palast neben uns."

Tullia hob mit zwei Fingern ihr Kleid, und auf eine gebräunte Stelle hinweisend, fragte sie: „Wer hat heute geplättet? Vielleicht du, Mimut?"

Die junge Sklavin mit großen, braunen Gazellenaugen stürzte ihr mit leisem Seufzer zu Füßen.

„Du weißt es, Herrin." lispelte sie mit bleichen Lippen.

Tullia klatschte in die Hände, und als auf dieses Zeichen der Namenrufer im Toilettenzimmer erschien, befahl sie: Die Mimut ist an den Pflock zu binden und vom Wärter durchpeitschen zu lassen! . . . Hat sich noch niemand anmelden lassen?"

„Der hochberühmte Prätor Marcus Quinctilius hat seine Morgenhuldigung ankünden lassen." antwortete der Sklave, Mimut an den Haaren packend.

„Du wirst den Prätor in den Säulenhof einladen."

Das Weinen Mimuts störte Tullia nicht einen Augenblick; ruhig musterte sie sich im Spiegel.

In ihrem langen weißen Kleid, mit der schlanken Taille, breitschulterig, hochgewachsen, der Kopf mit so reinen Umrissen, als wäre er in Stein gemeißelt, machte sie den Eindruck eines lebenden Standbildes. Stirn und Nase bildeten, von der Seite gesehen, eine gerade Linie; über den frischen, sinnlichen Lippen machte sich ein zarter Anflug von dunklem Flaum bemerkbar; aus ihren schwarzen Augen leuchtete die Glut der Jugend, die nach Lebensgenüssen lechzte.

Der Philosophielehrer fand gewiss Wohlgefallen an seiner stolzen Herrin; denn er vergaß die Tagesnachrichten und betrachtete das schöne Weib mit den Blicken einer Katze, die einem Vogel nachstellt.

Tullia tat, als bemerke sie gar nicht die Verzückung ihres Vorlesers, obwohl sie seine stumme Verehrung sehr wohl sah. Mit verächtlichem Lächeln sagte sie kühl: „Meine afrikanischen Hündchen haben schon seit gestern keine Sonne gesehen; wenn Hipparchos freundlich sein wollte, führte er sie in den Garten spazieren."

Der Philosoph erbleichte, aber er erhob sich sofort und verließ das Toilettenzimmer.

Die alte Ägypterin legte der Herrin nun eine dreifache Schnur Perlen um den Hals, vier goldene, brillantenbesetzte Spangen um die Arme und hielt ihr eine Kassette mit Ringen zur Auswahl hin. Hohe Schuhe von weißem Leder vervollständigten die Toilette.

Noch einen Blick in den Spiegel, und Tullia begab sich aus dem Ankleidezimmer in den kleinen, gedeckten quadratischen Hof, welchen doppelreihig gestellte Säulen von karrarischem Marmor umgaben, zwischen denen Statuen — Werke ausgezeichneter Meister — sowie riesige Vasen mit fremdländischen Blumengewächsen standen. In der Mitte des fein gemusterten Mosaikfußbodens befand sich ein tiefes, eingefasstes Becken, in welchem große Fische plätscherten. Zwei Cupido - Figuren von Bronze spien Wassersäulen, die gleich silbernem Staub in das Becken zurückfielen.

Kaum war Tullia im Hof erschienen, so wurde sie von einem Schwarm von Sklaven umgeben. Alle eilten geschäftig um sie herum, leise auftretend, ohne das geringste Geräusch zu verursachen. Einer trug einen kleinen Tisch herbei, zwei andere stellten ein Sofa in die Sonne, ein dritter legte die Polster darauf zurecht, ein vierter deckte den Tisch, ein fünfter hielt das Frühstücksgeschirr auf einer Tasse, ein sechster das Brot, ein siebter Früchte, ein achter legte Bücher auf ein Tischchen neben dem Sofa.

Nachdem sich Tullia auf das weiche Sofa niedergelassen hatte, verschwand die Dienerschar ebenso schnell und geräuschlos, wie sie gekommen war. Nur ein junger, prächtiger Grieche mit schön gekämmtem Haupthaar blieb zurück; er versah das Amt des Hausverwalters.

„Hat Timon Geschäfte?" fragte die Herrin, während sie sich eine Schale Glühwein zum Mund führte.

Der Sklave überreichte schweigend eine starke Lage von Wachsstäbchen. Tullia hatte es nicht eilig, die Hand danach auszustrecken.

„Rechnungen?" fragte sie gleichgültig.

„Rechnungen." bestätigte der Sklave.

„Bring' sie dem Zahlmeister."

„In der Kasse ist Geldmangel eingetreten; der Juwelier aber, der Maler und der Purpurhändler dringen auf Bezahlung." bemerkte der Verwalter.

Tullia runzelte die Stirn

„Der Zahlmeister soll zahlen!" warf sie hin.

Der Verwalter wollte noch etwas sagen, als von der Schwelle her die helle Stimme des Namensrufers erscholl: „Der hochberühmte Prätor Marcus Quinctilius Varus!"

In den Hof kam eiligen Schrittes Marcus, näherte sich Tullia, küsste sie auf die Schulter und sagte auf griechisch: „Sei gegrüßt, schöne Tullia!"

„Sei gegrüßt, lieblicher Marcus." antwortete Tullia in derselben Sprache, dem Gast freundlich zulächelnd. „Aber wie siehst du denn aus?"

„Bedeutend besser, als vor einer Stunde." entgegnete Marcus. „Erlaubst du?"

Tullia lud ihn mit einer Handbewegung ein, sich niederzulassen. Marcus machte es sich aus einem zweiten Sofa bequem. Er war blass und ganz ermattet; seine müden Augen hatten blaue Ränder.

„Du fragst, wie ich aussehe." nahm er das Gespräch auf. „Ganz ebenso, wie du aussehen würdest nach einer in der lustigsten Gesellschaft von Rom verbrachten Nacht."

„Es gibt in Rom keinen liebenswürdigeren Lebemann, als du es bist."

„Diesmal hat mich der Imperator Lucius Verus übertroffen." antwortete Marcus gähnend . . . „Entschuldige, teure Tullia. aber du musst deinem Verwandten seine Müdigkeit schon verzeihen. Wir haben uns schon lange nicht so ausgezeichnet vergnügt. Dieser Lucius Verus hat zuweilen Einfälle. wie sie nicht einmal Caligula hatte. Stelle dir vor: ein Triumphzug mit einer ganzen Legion von Sängerinnen und Tänzerinnen zieht an dem Saal vorbei, in welchem der göttliche Marcus Aurelius mit seinen Philosophen über die Vergänglichkeit alles Irdischen herumdisputiert! Lucius Verus spielt seinem Bruder und Schwiegervater gern solchen Schabernack."

„Und was sagt der Imperator Marcus Aurelius dazu?" fragte Tullia.

„Der göttliche Imperator zuckt die Achseln und lächelt mit der Nachsichtigkeit eines Weisen."

„Wenn ich Lucilla wäre, duldete ich solch einen öffentlichen Skandal nicht."

„Lucius Verus kümmert sich um seine Gemahlin gerade so viel, als wäre sie gar nicht auf der Welt."

Marcus gähnte wieder.

Tullia runzelte die Stirn.

„Wahrscheinlich hast du wiederum die letzte Sesterze im Würfelspiel verloren, da du es wagst, in solchem Zustand vor mir zu erscheinen! Du weißt, ich liebe es nicht, wenn Männer die einer Frau gebührenden Rücksichten außer Acht lassen.
Übrigens hast du dich umsonst bemüht, denn auch bei mir sind die Rechnungen unbezahlt."
„Solch eine Kleinigkeit wie Spielverlust würde mich nicht davon abhalten, mich dem gerechten Zorn der schönen Tullia auszusetzen."
„O, also etwas Wichtigeres? Ich höre."
Tullia rückte sich auf dem Sofa zurecht und heftete ihre Augen wissbegierig auf den Prätor.
„Im Voraus will ich dich darauf vorbereiten, dass du gleich
zu Anfang Unangenehmes zu hören bekommst." begann Marcus;
„aber fürchte nicht: Die Sache endet mit froher Botschaft. Ist es wahr, dass dein Zahlmeister anfängt, die Zahlungen einzustellen?"
Das bräunliche Gesicht Tullias wurde kreidebleich.
„Marcus!" erwiderte sie vorwurfsvoll.
„Sei nicht böse bitte. Schwierige Lagen erscheinen mir weder verwunderlich, noch anstößig; ich bin sie gewöhnt. Nur wundert und ärgert es mich, wenn Kaufleute von der Unterschrift Tullia Cornelias geringschätzig sprechen."
Der Prätor beobachtete aufmerksam das verfinsterte Antlitz Tullias und fuhr dann mit gedämpfter Stimme fort: „Es ist nicht deine Schuld, dass du ohne eine ganze Legion von Sklaven, die dich betrügen und bestehlen, nicht bestehen kannst. Auch bist du unschuldig daran, dass du den Wert des Geldes nicht kennst; so hat man dich eben einmal erzogen, und ich finde nichts Besonderes dabei. Aber die Welt betrachtet die Sache nicht mit den Augen des Verwandten. Du weißt, Rom hasst die Armut, verachtet die Not und verabscheut ein fadenscheiniges Kleid. Ich kann dich mir ohne glänzende Einfassung gar nicht einmal denken."
Die Witwe hörte den Worten des Prätors aufmerksam zu. Ihre glatte Stirn legte sich in Fallen.
Da erhob sich Marcus, beugte sich zu ihr hinüber und sprach beinahe flüsternd: „Noch ein Jahr, zwei, drei Jahre, und du bist obdachlos! Willst du abwarten, bis die Gläubiger dich aus deinen Palästen vertreiben und Dich dem Pöbel aussetzen? Oder vielleicht heiratest du einen reich gewordenen Wucherer, Zöllner, Steuerpächter, den es nach Eintritt in deine Familie gelüstet?"
Tullia erhob sich nun auch ihrerseits, richtete sich stolz auf und heftete auf den Prätor den Blick einer gereizten Löwin.
Aber Marcus hielt ihrem Blicke ruhig stand, unbekümmert um die daraus sprühenden Zornesfunken.
„Was heute als Schmach, als Unglück erscheint, wirst du morgen freudig begrüßen, wenn der Gerichtsvollzieher an dein Tor klopft." sprach er weiter. „Man ist nicht Herr seiner Ab- und Zuneigungen, wenn man Sklave seiner Gewohnheiten ist. Je nach Umständen treibt das Leben sein Spiel mit uns, wie der Wind mit dürrem Laub."
Er nahm Tullia unter den Arm und führte sie die Säulenreihe entlang. So gingen sie einige Zeit schweigend neben einander, dann fing Marcus wieder an: „Für deine Lage gibt es ein sehr einfaches Auskunftsmittel. Julius ist nach Rom zurückgekommen; er hatte dich immer sehr lieb . . ."

„Julius ist ein Sonderling." unterbrach Tullia; „er lebt in ganz veralteten Anschauungen."
„Du wärst kein Weib, würdest du nicht verstehen einige Zeit hindurch die Rolle einer Matrone alten Stiles zu spielen. Du besitzst die Gestalt, das Benehmen, die Schönheit und den Stolz der älteren Agrippina . . . den Rest besorgt weibliche Schlauheit. Lasse im Saal einige Spinnräder und Webstühle ausstellen; zünde Feuer auf dem Hausherd an; verstecke die griechischen Romane und die anstößigen Malereien; bediene dich im Gespräch mit Julius stets der lateinischen Sprache; sprich viel über den Glanz Roms, über die Pflichten einer Patrizierin, über den Beruf der Gattin, der Mutter, der Hausfrau; besuche die Tempel und heuchle Glauben an die Faseleien der Priester. Julius zeichnet sich, wie jeder Soldat, nicht durch Schlauheit aus. Du fängst ihn sehr leicht, und siehst du dieses ungeschliffene Schlachtungetüm einmal zu deinen Füßen, dann kannst du es leiten nach Belieben."

„Nur wundert es mich." bemerkte Tullia, Marcus gerade in die Augen schauend, „dass du, der du als Julius' Vetter auf seinen Nachlass Anrecht hast, mir diese Heirat anrätst!"

„Ich würde den Millionen des Julius nicht törichterweise entsagen, wüsste ich nur, dass sie auf mich übergehen." antwortete Marcus.

„So hat er dich enterbt?!"

„Nein; aber er hat mir gestern erklärt, dass er zu heiraten beabsichtigt, und ich möchte lieber dich als eine andere an seiner Seite sehen. Mit dir wäre es mir unschwer mich zu verständigen, befände ich mich einmal in Not."

„Nur das?" fragte Tullia, ihn fest ansehend, so dass seine Augen den ihrigen nicht ausweichen konnten. „Welchen Lohn verlangst du außerdem noch für deinen guten Rat?"

Marcus brach in ein gezwungenes Lachen aus.

„Ich habe mich nicht getäuscht." antwortete er verlegen, da ich deiner Schlauheit Großes zumute... Ich wollte mir eine große Gnade erbitten..."

Tullia zuckte zusammen.

Nach kurzem Schweigen fügte er mit unsicherer Stimme hinzu: „Livia, die Tochter des Fabius, möchte dich begrüßen."

Schnell entzog Tullia dem Marcus ihren Arm.

„Du verlangst von mir ein allzu großes Opfer." erwiderte sie kühl.

„Ich weiß, dein Stolz wird unsagbar leiden, wenn der Fuß der Tochter dieses Emporkömmlings die Schwelle der Cornelier betritt. Ich kenne alles, was du mir sagen könntest; ich selbst teile deinen Abscheu gegen dieses reich gewordene Spitzbubengesindel. Trotz alledem bitte ich dich: empfange Livia. Ich sehe keinen anderen Ausweg für mich, liebe Tullia. Du weißt es, ich bin zugrunde gerichtet, ich kann nicht zählen auf Proprätorate und Prokonsulate, auf große Einkünfte in Provinzen, wie Julius, weil ich es niemals für notwendig oder vernünftig erachtete, mich sogenannter bürgerlicher Tugenden oder anderer Verdienste um die Gunst Marc Aurels zu bewerben. Unsere Vorfahren haben sich so viel herumgeschlagen und ausgedient auf verschiedenen Posten, dass ich glaube, sie haben genug für Rom getan, nicht nur für ihren eigenen Teil, sondern auch für mich. Höher steige ich nicht mehr empor; mein Prätorat geht zu Ende, damit ist meine Senatoren-Laufbahn geschlossen. Wenn ich Livia nicht heirate, sinke ich zum Pöbel herab, wie so viele andere unseres Standes."

Sie waren ans Fischbecken gekommen. Die Lippen zusammengepresst, sah Tullia durch den Schleier ihrer Wimpern dem Treiben der Fische zu. Marcus beugte sich und presste einen Kuss auf ihre Hand.

„Du darfst es mir nicht abschlagen, teure Tullia." bat er. „Fabius verlangt für seine Millionen freundschaftlichen Verkehr mit unserer Familie, und den Julius traue ich mich nicht darum anzugehen, dass er sein Haus dem Emporkömmling öffnet, denn als Antwort könnte er mir Schwert oder Gift reichen."

„Und was ist mit deiner Frau?" fragte Tullia, ohne den Kopf zu erheben.

„Lucilla Quinctilia ist schon in ihr Vaterhaus zurückgekehrt. Da sie sah, dass Entbehrung ihrer harrt, willigte sie ohne Widerstand in die Scheidung. Ich bin frei."

Sie schwiegen eine Zeitlang. Dann fragte wieder Tullia: „Gibt es denn in Rom keine vermögende Jungfrau oder Witwe, die des Quinctiliusnamens würdig wäre?"

„Es gibt deren viele; aber welche von ihnen möchte ihr Schicksal dem ‚lustigen Prätor' anvertrauen, wie man in der Stadt mich nennt? Nur die Tochter eines Steuerpächters ist von dem Purpursaum so geblendet, dass sie den Träger dahinter nicht sieht. Übrigens, teure Tullia, wollten wir uns nach den Vorurteilen unserer Väter richten, hätten wir heute keine große Auswahl mehr. Patrizier mit unseren Ahnen gibt es gegenwärtig in Rom eine so geringe Zahl, dass sie in der Flut von Emporkömmlingen spurlos verschwinden. Sogar die Antonine (Anmerk.: Die drei römischen Kaiser aus dem Geschlecht Antoninus: Antoninus Pius, Marcus Aurelius — der von 161 — 180 n. Chr. regierte — und dessen Sohn Commodus) die gegenwärtig den Herrscherthron innehaben, reichen nicht hinauf bis zu den Königen von Alba, wie wir; und ein großer Teil der jetzigen Senatoren stammt von Plebejern und Freigelassen ab, wiewohl griechische Heraldiker ihnen für Geld Urahnen unter den Göttern ausfindig machen. Die Patriziergeschlechter sind, wie dir wohlbekannt ist, nahezu vollständig ausgestorben oder wenigstens erloschen. Nicht nur von den Kriegen, sondern auch von den Ächtungen und Rachetaten Caligulas, Neros und Domitians sind sie dahingerafft worden; die Überbliebenen sind in Not und Elend zugrunde gegangen. Es gibt unserer nur mehr so wenige, dass wir in einem einzigen Haus Platz fänden. Unvernünftig wäre also, wer sich in diesem engen Kreis wie eine Raupe einspinnen wollte. Die heutigen Purpurträger, die Konsuln, Zensoren, Prätoren, Aedilen und Tribunen — das alles sind neue Leute, homines novi, wie sie sogar von Plebejern genannt werden; ihre Tradition reicht kaum bis in das dritte, vierte Geschlecht hinauf. Ein Widerstand unsererseits wäre unnütz. Ein neuer Zeitgeist schreitet über uns hinweg wie über Leichen, wenn wir unsere Lebenssäfte nicht erneuern mit dem Geld der Emporkömmlinge."

„Julius verführt anders." wendete Tullia ein.

„O, Julius ist ein Gespenst aus den Zeiten der Könige, ein Bürger des hölzernen Rom!" entgegnete Marcus. „Ich aber bin ein Kind der goldenen, marmornen, wonnevollen, erleuchteten Weltstadt!" Wieder presste er Tullias Hand an seine Lippen und flehte: „Schlage es mir nicht ab, bitte. Möchtest du, dass ich mir in der Blüte meiner Jahre die Adern öffne?"

„Marcus!"

„Das geschieht sicher, denn weder will ich ohne großes Vermögen leben, noch verstehe ich es. Vergiss nicht, dass Livias dreihundert Millionen ihre Abkunft verdecken; Rom vergisst jedem Geldprotzen seinen Libertinerhut."

„Dreihundert Millionen Sesterzen!" rief Tullia entgeistert aus (Anmerkung: 1 Sesterze = ca. 0,7 Euro).

„Ja, um so viel hat der Spitzbube Germanien bestohlen. Er hat die Mittel, sich einen Stammbaum anzuschaffen, der bis auf Jupiter hinausreicht."

„Also ist das unvermeidlich?"

„Du bist einverstanden?"

„Du drohst ja mit Selbstmord."

„Ich danke dir, teuerste Tullia. Ich habe es gewusst, dass dein Stolz angesichts der unumgänglichen Notwendigkeit nachgeben wird. Nun aber gestatte, dass ich mich verabschiede, denn ich habe meine letzten Kräfte erschöpft, um dich zu überzeugen. Schlaflose Nächte fangen schon an, mich zu ermüden."

Plötzlich erscholl vom Garten her durchdringendes Wehgeschrei. Es war eine weibliche Stimme.

„Du hast eine Sklavin züchtigen lassen?" fragte Marcus gleichgültig.

„Die Büglerin hat mir das Kleid verbrannt." antwortete Tullia, und ließ sich auf das Sofa nieder.

„Befiehl dem Wärter, so zu schlagen, dass keine Knochenbrüche entstehen, denn Marcus Aurelius fängt an, die Sklaven zu bemitleiden. Das ist auch eine absonderliche Neuerung. . . Ich wünsche dir einen angenehmen Tag, und vergiß nicht meine Ratschläge. Sei eine Matrone; sieh' her, eine solche . . ."

Und nachdem er Tullia auf die Schulter geküsst hatte, entfernte er sich langsamen, übertrieben würdevollen Schrittes, wie ein auf der See-Oberfläche dahingleitender Schwan.

An der Schwelle wendete er sich um.

„Auf Wiedersehen. Matrone des hölzernen Rom!"

„Auf Wiedersehen, lieblicher Taugenichts!"

Und sie lachten einander wohlwollend an.

- o -

Tullia machte es sich, nachdem sich ihr Besuch entfernt hatte, auf dem Sofa bequem und nahm ein in Elfenbein gebundenes Buch zur Hand. Es war Ovids ars amandi — Die Kunst, zu lieben. Das Geschrei der gezüchtigten Sklavin wurde mittlerweile schwächer, es ging in stilles, hin und wieder durch heftigeres

Schluchzen unterbrochenes Wimmern über, bis es vollständig erstarb.

Vertieft in den dritten Abschnitt der Ars amandi, wo Mittel und Wege angegeben werden, Männerherzen zu erobern, hatte Tullia gar nicht bemerkt, wie durch die den Speisesaal mit dem Säulenhof verbindende Tür eine schlanke weibliche Gestalt eingetreten war, ebenso, wie Tullia selbst, im weißen Kleid mit breitem Purpursaum. Erst da sie ihre Schulter von zarten Fingern berührt fühlte, blickte sie auf.

„Du bist es, Mucia?" sprach sie, und legte das Buch weg. Ich vermute, dass der ungeschickte Hippias wieder eine Vase oder irgendetwas anderes zerbrochen hat. Ich habe dir ein für alle Mal erlaubt, die Sklaven nach Gutdünken züchtigen zu lassen; Mucia Cornelia ist ja keine Fremde im

Haus ihrer Tante. Ich will dir sogar dankbar sein, wenn du die Bürde kleiner Haussorgen vollständig von mir nimmst, da sie dir Vergnügen bereiten. Du kleine Hausfrau! . . . Also Hippias hat wieder etwas angerichtet? Setz dich und berichte mir wie das passiert ist."
Freundlich lächelnd rückte Tullia auf dem Sofa zur Seite, um der Nichte einen Platz einzuräumen.
„Hier setze dich neben mich." lud sie ein.
„Nicht mit einer Anklage gegen die Dienerschaft komme ich zu dir, Tante, sondern mit einer Bitte." sagte Mucia. Ihre weiche, melodische Stimme klang wie Flötenton.
„Mucia mit einer Bitte? Mucia, die teure Stoffe, Edelgestein, lustiges Theater und glänzende Spiele verachtet? . . . Hat vielleicht dein Herzchen höher zu schlagen angefangen?"
Tullias Antlitz verfinsterte sich plötzlich. „Gestehe." sprach sie weiter, beunruhigt das Gesicht Mucias beobachtend, „deine Mitgift. . ."
Mucia schaute mit ihren großen, braunen, träumerischen Augen der Tante voll ins Gesicht.
„Mein Herz hat noch niemanden gefunden, der seiner Liebe
würdig wäre, und um mein Erbe brauche ich mich nicht zu bekümmern, solange es sich in deinen Händen befindet."
Tullias Antlitz überflog ein falsches Lächeln.
„Du kannst es jeden Augenblick erheben." sagte sie schnell, „sobald du ein eigenes Heim begründen willst; ich glaube freilich kaum, dass eine Patrizierin mit deinen Begriffen in Rom leicht einen Mann finden könnte."
„Nicht ganz Rom ..."
Mucia beendete den Satz nicht. Dunkle Röte übergoss ihr jugendlich frisches, weißes Antlitz.
„Nicht ganz Rom hat die Tugenden seiner Ahnen vergessen!" vollendete Tullia den Gedanken mit harter Betonung. „Das ist es, was du sagen wolltest. Nun, meinetwegen. Warte nur, oder geh' auf die Suche; ich wünsche dir viel Glück! . . . und nun deine Bitte?"
„Ich brauche eine Sklavin zu persönlicher Bedienung."
„Mein ganzer Hof steht zu deinen Diensten."
„Ich habe an einem deiner Kammermädchen besonderen Gefallen gefunden; ich möchte, dass es nur mir gehört."
„Unentbehrlich ist mir keine einzige."
„So verkaufe mir Mimut, Tante."
Tullia presste die Lippen zusammen und schwieg.
„Ich verstehe." sprach sie nach einer Weile, ihrer Nichte einen gehässigen Blick zuwerfend. „Du bemitleidest die Elende, deren Ungeschicklichkeit mich so oft schon zum Zorne gereizt hat. Ich sollte es dir abschlagen; weil das aber deine erste Bitte ist, so nimm dir Mimut. Den Preis lasse ich dir anschreiben."
„Ich danke dir, Tante." antwortete Mucia, sprang auf und eilte zurück in den Speisesaal. Hier nahm sie ein Gefäß mit Balsam und begab sich damit in den Garten.
Leichten Fußes bewegte sie sich eine Myrlenallee entlang, hin und wieder aufhorchend. Als sie sich einer Zypressengruppe näherte, hörte sie leises Wimmern unter der Gartenmauer. Hier fand sie eine bis an die Hüften entblößte, zusammengekauerte, über den ganzen Rücken blutende Gestalt. Es war die junge, ägyptische Sklavin, welche hier auf dem Rasen kniete und mit beiden

Händen ein Stäbchen vor sich hielt, an dessen Oberteil ein zweites, kürzeres Stäbchen quer übergelegt war; diesem kleinen Kreuz klagte sie in der Sprache ihrer entlegenen Heimat ihr Leid. Mucia verstand die Worte der übel zugerichteten Sklavin nicht, entnahm jedoch ihrem Wimmern den Ausdruck ohnmächtiger Verzweiflung. Ein zertretener Wurm krümmte sich zu ihren Füßen.
„Mimut!" rief Mucia in mildem Ton und legte ihre Hand auf das Haupt der Sklavin.
Die Ägypterin versteckte schnell ihre Stäbchen zwischen den Handflächen und erhob ihr erschrockenes Gesicht zu der Patrizierin.
„Du bist eine Christin, Mimut?"
Die Augen der Sklavin irrten einige Augenblicke unstet umher, als suchten sie einen Ausweg zur Flucht; dann senkten sie sich unter Tränen, und sie antwortete, das Kreuzlein an ihre Brust drückend: „An den Erlöser der Armen und Elenden glaube ich, Herrin, an den Gott der Unglücklichen und Leidenden. Übergib mich den Händen des Prätors und lasse mich von wilden Bestien zerfleischen, damit ich diese Erde verlasse, auf der es kein Mitleid gibt."
„Wenn die Götter der Christen dir Kraft zu verleihen vermögen, dein Unglück zu ertragen, so bete sie an und erbitte dir von ihnen Geduld; tue es aber nicht vor den Augen Neugieriger. Mucia Cornelia wird dich den Händen des Prätors nicht überliefern, denn sie hat kein Verlangen, auch nur eine Sklavin grausamen Todes sterben zu sehen. Sei guten Mutes, Mimut. Ich habe dich heute von Tullia Cornelia gekauft, damit du mir treu dienst, mir allein."
Und sie beugte sich über die Ägypterin und träufelte Balsam auf ihre Wunden.
„Herrin, o Herrin!" schluchzte die Sklavin, der Patrizierin die Füße küssend. „Er, er wird es dir lohnen, der Gott der Unglücklichen."
Weder Herrin noch Sklavin wurden es gewahr, dass sie durch eine schadhafte Stelle in der alten Mauer, welche Tullia Cornelias Besitz von dem nachbarlichen Garten trennte, von einem Paare schwarzer Augen beobachtet wurden. Diese hatten anfangs kühl, dann verwundert herübergeschaut; schließlich aber verloren sie ihren harten Glanz, und er wich dem Ausdruck tiefen Nachdenkens.
Julius Quinctilius Varus war ungesehen Zeuge der Szene gewesen, die sich jenseits seiner Mauer abspielte.

Kapitel 3

Die Breite Straße, welche das Flaminische Tor mit dem Herzen Roms verband, mit seinen Plätzen und Haupt-Staatsgebäuden, sah täglich ein buntes Treiben.
Vom frühesten Morgen an wurde sie von zahlreichen Klientenscharen durchzogen, welche sich beeilten, in den am Fuße des Gartenhügels zerstreuten alten Herrenhöfen und neuen Palästen ihre Morgenhuldigung darzubringen. In den Vormittagsstunden war sie belebt von der ganzen vornehmen und müßigen Welt von Rom, die dem Marsfeld und den Bädern zuströmte, oder Turn- und Fechtsäle, sowie Juwelierläden aufsuchte. Auch kein Bürger, welchen Gerichtsangelegenheiten aufs Kapitol oder aufs Forum Romanum beriefen, konnte, wenn er in der Umgebung des Vatikanischen Hügels wohnte, den Weg durch diese Straße vermeiden.

Sie hieß die Breite Straße, denn sie war in der Tat breiter als die anderen, zum großen Teil sehr engen Gassen des alten Rom. Eingefasst von zwei Reihen gegen sechzig Fuß hoher Häuser, welche nach der Straße zu nur wenig von Fenstern erhellt waren, machte sie den Eindruck einer tiefen, künstlich hergestellten Felsenschlucht.

Nicht auf Bequemlichkeit und Schönheit hatten es die Baumeister abgesehen, als sie diese quadratischen Riesenschachteln von Gabinischem Stein herstellten. Wo es des Baumeisters Hauptaufgabe war, jeden Zoll nach Länge, Breite und Höhe auszunützen, da konnte von ästhetischen und hygienischen Rücksichten keine Rede sein. Hier hatten Handel und Industrie ihren Sitz. Das Erdgeschoß eines jeden Hauses bestand aus mehreren Kaufläden oder Werkstätten.

Bevor noch die Sonne hinter den Albanerbergen aufgegangen war, hoben schon schlaftrunkene Knaben die Leinwandvorhänge vor den Eingängen, sich mit den Kleinhändlern herumneckend, welche ihre Ware auf dem Bürgersteig ausbreiteten. Stadtdiener übten Aufsicht, dass die unter freiem Himmel aufgeschlagenen Verkaufsstände den freien Verkehr der Fußgänger und der Sänften nicht störten. Mit Aufgang des Tagesgestirns begann das gewöhnliche Getöse einer dicht bewohnten und dem Verkehr dienenden Straße. Das zu lautem Gedankenaustausch geneigte gemeine Volk Roms ging an seine Beschäftigung unter lauten Zurufen und vollem Lachen. Anlässe zu heiteren Gesprächen mit witzigen Bemerkungen fanden die ‚Herren der Welt' genug. Besonders waren es die Klientenscharen, welche zwischen zwei Reihen scharfer Zungen und gut gestimmter Kehlen Spießruten laufen mussten.

Es war schon acht Uhr moderner Tageszeitrechnung, als vom Pantheon her ein so zahlreicher Zug sich in die Straße wälzte, dass er deren ganze Breite einnahm. Voran eilten zwei Läufer in gelben Tuniken, welche mit Hilfe langer Rohrstäbe die Gaffer auseinander trieben. Ihnen folgte eine große Schar Klienten in weißen Togen. Über einem Haufen von Sklaven aus verschiedenen Nationen schwebte eine riesige, goldstrotzende Sänfte, getragen von acht blau gekleideten Dienern.

Schon lange hatte die Breite Straße ein so glänzendes Gefolge nicht gesehen. Irgendein großer Herr begab sich zu einem anderen hohen Machthaber mit seinem Morgengruß. Die Kaufleute und Handwerker traten vor ihre Läden und Werkstätten; die Kleinhändler hörten auf mit ihren Rufen; die Stadtdiener trieben alle Gaffer und entgegenkommenden Leute auf die Fußsteige. In der so geräuschvollen Straße wurde es plötzlich still. Die durch ihr Weißgold von den bunten Kleidern der Sklaven sich vornehm abhebende Sänfte bewegte sich langsam vorwärts, umweht vom Gemurmel der Bewunderung und verfolgt von den Blicken des Neides.

In der Sänfte ruhte auf Purpurpolstern ein Mann im mittleren Alter, neben ihm ein junges Mädchen. Die kleinen, schlauen Augen des Herrn blickten aufmerksam umher, als fürchtete er etwas; aber die Plebs verhielt sich ruhig, stumm dem goldenen Kalb huldigend.

Nur ein Bursche, der Blumen feilhielt, lief an dem Zug vorbei und schrie aus Leibeskräften: „Fabius, der Wucherer!

... Wu—ucherer! ... Die geblähte Kröte... die Krö—öte!"

Bevor die Stadtdiener sich aufrafften, war der zerlumpte, dreiste Bursche schon in einem Seitengässchen verschwunden. Ein vereinzeltes Händeklatschen belohnte seinen Mut, verdross aber den reichen Herrn so, dass er sofort die Vorhänge an der Sänfte schloss.

Gleich darauf entstand laute Unruhe an der Spitze des Zuges.

Vom Flaminischen Tor her kamen zwei Krieger des Weges, angetan mit Soldatenstiefeln und dunklen groben Kappenmänteln, wie solche die bei den in den nördlichen Provinzen liegenden Legionen in Gebrauch waren. Obwohl sie der Armee der die Welt beherrschenden Stadt angehörten, war doch offenbar das heiße Italien nicht ihre Heimat. Üppiges blondes Haar fiel ihnen in goldigem Glanz über den breiten Nacken, und den Melieren schmückte ein dichter Bart. Die Sonne hatte ihre Gesichter gebräunt, und der Staub einer langen Reise bedeckte Helme und Mäntel. Von riesenhaftem Wuchs, überragten sie das gewöhnliche römische Volk um einen ganzen Kopf. Sie gingen langsam einher in schwankendem Gang, wie er Reitern eigen ist, schauten aber aufmerksam um sich.

Als sie mit dem Zug zusammenstießen, wichen sie bis an den Fußsteig aus, verließen jedoch nicht die Mittelbahn. Einem der Klienten missfiel das, denn er schrie: „Zur Seite, ihr germanischen Hunde!"

Und als diese Aufforderung erfolglos blieb, sprang er hinzu und fasste den jüngeren Krieger am Mantel.

„Siehst du denn nicht, wer da kommt?!"

Der Germane runzelte die Stirn, wies mit dem Daumen zum Angreifer und sprach zu seinem älteren Begleiter hinter ihm nur das eine Wort:

„Hermann!"

In seinem Ton lag ein Befehl. Der bärtige Krieger verstand ihn, denn er packte den Schreier und stieß ihn so heftig zurück, dass der römische Bürger mit seinem Schädel das Straßenpflaster berührte.

Sofort wurden die beiden Germanen unter Geschrei und heftigen Gebärden umringt.

„Barbaren!"

„Überfallen römische Bürger!"

„Nehmt sie fest!"

„Der Präfekt wird's ihnen zeigen!"

„Wo sind denn die Stadtdiener?"

So schlug es ihnen entgegen. Und wirklich erschienen Stadtdiener, deren einer fragte: „Welcher Legion gehört ihr an?"

Anstatt der Antwort warf der jüngere Germane seinen Mantel zurück. Ein Silberpanzer wurde sichtbar; um seinen Hals hing eine goldene Kette als Belohnung der Tapferkeit; über seine Hüften war ein farbiges Band geschlungen, das Abzeichen eines hohen Offiziers.

„Platz für den Präfekten der Legionen des göttlichen Imperators!" riefen nun die Stadtdiener und senkten ihre in Rutenbündeln steckenden Beile vor dem Barbaren, den sie an seinen Abzeichen als den Anführer der germanischen Reiterei erkannt hatten.

„Platz da! Tretet seitwärts auseinander!"

Murrend wich die Menge zur Seite.

„Barbaren macht man zu Präfekten!" ging es indes von Mund zu Mund.
Der Auftritt spielte sich so schnell ab, dass der Insasse der Sänfte nicht einmal Zeit fand, den nebenher schreitenden Namenrufer um die Ursache der Störung zu befragen, als der Zug sich schon wieder in Bewegung setzte. Jetzt erst beugte er sich hinter den Vorhängen hervor; kaum aber wurde er der zwei Germanen gewahr, da zog er den Kopf schnell zurück.
„Sputet euch!" befahl er nun den Trägern.
Aber auch ihn hatte das Adlerauge des jüngeren Germanen bemerkt.
„Fabius ist's!" sprach überrascht der Präfekt zu Hermann. „Hast du den Spitzbuben erkannt?"
„Den erkennen alle Bewohner der markomannischen Gaue auf den ersten Blick." gab der ältere Germane zur Antwort. „Ich habe sogar eine Ahnung, dass es seine Räuber gewesen waren, die eure Braut entführt haben."
„Hermann, du scheinst mir auf der richtigen Spur zu sein. Aber vorsichtig! Ist es sein Streich, so muss man ebenso schlau sein wie er selbst. Du musst mit seinen Sklaven in Verkehr treten. Ich habe in seinem Gefolge mehrere Unglückliche aus unseren Wäldern bemerkt!"
„Ich habe darüber schon nachgedacht."
Die Germanen wandten sich nun dem Kapitol zu.
Der Zug des Fabius bewegte sich unterdessen auswärts, überall Bewunderung und Neid erweckend. Auf der Höhe des Mausoleums des Kaisers' Augustus schwenkte er nach rechts ab.
„Zu Tullia Cornelias Villa!" rief der Namenrufer den Läufern zu.

- o -

Die Cousine des Marcus Ouinctilius erwartete nach römischer Sitte seit frühem Morgen den Besuch ihrer zukünftigen Verwandten. Früher als sonst mit ihrer Toilette und dem Frühstück fertig, hatte sie sich in den Empfangssaal begeben, wo sie dem Hipparchos zuhörte, der einen griechischen Roman vorlas.
Wie im Haus des Julius Cornelius, standen auch hier zu beiden Seiten des Einganges Schreine mit Wachsbüsten, welche die Ahnen des Cornelier-Geschlechtes darstellten. Eine Reihe von Konsuln, Prätoren und Tribunen schaute auf Tullia herab. Die Bilder an den Marmorwänden stellten Schlachten und Triumphzüge dar. Das war aber auch alles, was an das Alter des Cornelier-Geschlechtes mahnte. Anstatt harter Sessel von Eichenholz standen hier einladend bequeme Sofas mit Seide überzogen, mit viel Geschmack um die Mittelvertiefung zwischen Palmengruppen und ausländischen Blumen gruppiert. Wo in alten römischen Häusern der Altarherd war, entsprang hier dem Kopf eines Amors Rosenwasser, welches den Saal mit betäubendem Geruch füllte.
„Diese deine griechischen Schriftsteller werden immer langweiliger." bemerkte Tullia. „Stets dieselben Reiseabenteuer, Schiffbrüche, Aufenthalt der Liebenden auf menschenleeren Inseln ... hundertmal habe ich das schon gehört."
„Die Liebe verliert nie den Reiz der Jugend." antwortete der Philosophielehrer leise.
„Glaubst du?"
„Du weißt es, Herrin."
Die Patrizierin erhob ihr Haupt, und ihre Augen begegneten den flammenden Blicken des Griechen, als wollte er sie damit verschlingen.

„Sind die Briefe an die Landgutsverwalter schon abgeschickt?" fragte Tullia, unmerklich lächelnd.
„Wie du befohlen hast, Herrin." antwortete der Philosoph, und neigte sich über die Papierrollen.
„Ich höre Marcus Quinctilius Schritte. Ich habe dich nicht mehr nötig; du kannst gehen. Verdrehe den Sklavinnen nur nicht zu stark den Kopf; ich bemerke, dass die würdevolle Philosophie Amors Liebkosungen nicht abgeneigt ist!"
In dem Augenblick, da Hipparchos sich erhob, kam Marcus hereingeeilt. Heute war er ausgeruht, frisch, ganz weiß, vom gepuderten Scheitel bis zur weiß beschuhten Sohle. Seine glänzenden Arme, an denen selbst die Haare sorgfältig entfernt waren, schmückten kostbare Armspangen. Er verbreitete Gerüche orientalischer Düfte um sich her.
„Ich komme dir zu Hilfe." sagte er, Tullia die Hände küssend. „Denn ich fürchte, der Glanz des Fabiusschen Goldes könnte dich betäuben, wie die afrikanische Sonne. Er kommt schon mit seinem ganzen Hofstaat; ich habe ihn von weitem gesehen."
Tullia verzog ein wenig das Gesicht.
„Dir macht alles Spaß." bemerkte sie.
„Hat Spaß gemacht, willst du sagen. Ich fange schon an einzusehen, dass das Leben nicht so lustig ist, wie mir unlängst noch geschienen hat. Vieles hat aufgehört, mich zu fesseln, und am wenigsten Vergnügen finde ich an der Gesellschaft solcher Fabier und ihrer Töchter; aber ich pflege nicht nach rückwärts zu sehen, wenn ich mich einmal entschlossen habe, vorwärts zu schreiten."
An der Schwelle erschien der Namenrufer und verkündete:
„Der ausgezeichnete Lucius Fabius Pomponius Furio!"
„Julius Cäsar Claudius Antoninus!" lachte Marcus, als der Diener verschwand. „Er hat sich schon vier Namen erdacht und in den ägyptischen Buden zwei alte Schreine mit Ahnen gekauft. Ich bin überzeugt: über ein Jahr wird irgendein griechischer Weiser sein Geschlecht von Romulus selber ableiten, und die Welt wird es glauben, so lange der neue Patrizier seinen Stammbaum stets von neuem wird vergolden können. Du solltest mir dankbar sein, dass du durch mich mit einer so hervorragenden Familie verschwägert wirst."
„Marcus!" strafte ihn Tullia, sich erhebend. „Spotte nur deiner selbst."
Der Vorhang tat sich auf; herein trat sicheren Schrilles Fabius, seine Tochter an der Hand führend. Mittleren Wuchses, gekleidet in eine tadellos weiße Toga mit dem schmalen Saum des Ritterstandes, umfing er mit den scharfen Blicken seiner kleinen, durchdringenden Augen schnell die hoheitsvolle Gestalt der Patrizierin.
Einen Augenblick zögerte Tullia, unentschlossen, was sie zu tun habe. Aber schon hatte sie sich überwunden. Mit der Ungezwungenheit der Weltdame, mit dem herkömmlichen nichtssagenden Lächeln näherte sie sich Livia, und deren Stirn mit ihren Lippen berührend, sagte sie: „Sei gegrüßt im Hause der Cornelia. Die Gattin meines lieben Vetters wird mir stets ein willkommener Gast sein."
Fabius' Verbeugung mit einer kurzen Verneigung beantwortend, lud sie die Gäste durch eine leichte Handbewegung zum Sitzen ein und ließ sich wieder nieder.
In Fabius' gelbem, von einer starken Höckernase und breitem Munde verunstaltetem Gesicht zeichnete sich ein Lächeln der Zufriedenheit ab.

„Die Götter haben uns einen heiteren Tag beschert und scheinen damit die Verbindung unserer Häuser zu begünstigen." hub er auf griechisch an, und nahm gegenüber der Hausfrau Platz.

„Die Jugend, die ihre jungfräulichen Träume auf dem Altar des Hymen niedergelegt hat, begleiten stets gute Vorzeichen seitens wohlwollender Götter." antwortete Tullia, sich Livia zuwendend.

Ihre Worte riefen auf dem Gesicht des Mädchens keine Röte hervor, obwohl die Braut erst fünfzehn Jahre zählte.

„Den glücklichen Vorzeichen der Götter wird Marcus Quinctilius' Bereitwilligkeit nachhelfen." bemerkte Livia mit gefallsüchtigem Lächeln zu ihrem Verlobten.

„Ich werde mich bemühen, dass die guten Vorzeichen dich nicht trügen." entgegnete Marcus etwas nachlässig.

„Das will ich auch hoffen."

In diesen Worten lag so viel Entschiedenheit, dass Tullia das junge Mädchen etwas genauer ins Auge fasste.

Schön war die Tochter des Millionärs keineswegs. Von niederem Wuchs, gedrungen, mit dem länglichen Kopf der Ägypterinnen, hatte sie die starke Nase, die dicken und sinnlichen Lippen, sowie die kleinen, schlauen Augen ihres Vaters. Auf dem Sofa bequem zurückgelehnt mit der Ungeniertheit einer Person, die sich fühlt, schien sie gar nicht die Ehre zu würdigen, die ihr zuteil geworden, dass sie die Schwelle der Cornelier betreten durfte.

Der Patrizierin gefiel das nicht. Kühl nahm sie wieder das Wort und bemerkte: „Marcus hat mir noch nicht gesagt, wann ich das Glück haben werde, Livia als seine Gattin zu begrüßen."

„Sobald Livia ihren Philosophie-Kurs beendet haben wird, werden wir Hymens Fackeln anzünden." antwortete Fabius.

„Die Jungfrau beschäftigt sich mit hellenischer Weisheit? Ist diese Zerstreuung nicht allzu anstrengend für ihr junges Köpfchen?"

Fabius zuckte die Achseln.

„Die Philosophie ist jetzt so allgemein in der Mode." sagte er, „dass die Gattin des Marcus Quinctilius manchmal in Verlegenheit käme, würde sie dieselbe nicht in ihren Grundzügen kennen. Ich habe aus Athen einen tüchtigen Lehrer kommen lassen, damit er Livia hilft, dieser unverdaulichen Wissenschaft etwas abzugewinnen."

Der ehemalige Zöllner sprach sein Griechisch fehlerfrei, fließend, mit attischem Akzent. Auch wirkten seine Gebärden nicht abstoßend auf die Patrizier!.

„Und an welchem System findet meine Braut am meisten Gefallen?" fragte Marcus.

„Der Gattin Vorliebe darf der Geschmacksrichtung des Mannes nicht widerstreiten." antwortete Livia schlagfertig. „Auch ich ziehe den göttlichen Epikur allen anderen Weisen vor."

„Es ist das wirklich der einzige Philosoph, welcher praktische Winke fürs Leben erteilt." fügte Fabius hinzu.

„und Epiktet?" wendete Tullia ein.

Fabius machte eine geringschätzige Handbewegung. „Wie kann ein Sklave für freie Menschen denken?"

Dann das Gespräch auf einen anderen Gegenstand hinüberleitend, fügte er hinzu: „Die schöne Tullia war gestern gewiss im Zirkus? Dieser Anicetus leistet wahrhaft Wunderbares; zum hundertsten Male erhielt er den ersten Preis."
„Er kutschiert wie ein Sonnengott." bestätigte Tullia.
„Herkules konnte nicht besser gebaut sein als er." bemerkte Marcus.
„Wenn der göttliche Marcus Aurelius mehr im Sinne Roms handeln wollte, müsste er Anicetus mit dem Purpur schmücken." fügte Livia vorlaut hinzu.
„Porcia Pulcheria hat ihm ein Riesenbukett von weißen Kamelien zugeworfen." sagte Fabius, bedeutsam lächelnd.
„Was sagt denn der Konsul, ihr Gatte, dazu?" fragte Tullia.
„Der Konsul Pulcherius klatscht schon lange allen Verehrern seiner Gattin Beifall." ließ sich Marcus vernehmen.
„Mich wundert es nicht." nahm wieder Livia das Wort, „dass sie den herrlichen Anicetus ihrem hässlichen und kränklichen Manne vorzieht."
Diese Worte klangen in dem Mund eines fünfzehnjährigen Mädchens so sonderbar, dass Fabius seiner Tochter einen strafenden Blick zuwarf.
Livia aber blähte ihre dicken Lippen verächtlich und wagte den Einwurf: „Die Zeiten sind vorüber, da wir Unwissenheit heucheln mussten."
Nach Porchia Pulcheria kam eine Anzahl anderer großer Damen Roms an die Reihe, von denen jedes der Anwesenden etwas Pikantes zu erzählen wusste.
Bei der Verabschiedung sprach Fabius: „Ich hoffe, dass das unter so glücklichen Umständen geknüpfte Band mit der Zeit sich festigen werde zum Wohle unserer Häuser, zum Segen für die Fabier, Quinctilier und die verwandten Geschlechter."
Marcus begleitete seine Verlobte bis ins Vorhaus. Hier flüsterte ihm Fabius zu: „Wenn du vormittags ein wenig Zeit erübrigen könntest, suche mich auf dem Marsfeld im Portikus Agrippas auf. Ich benötige deinen Rat in einer sehr wichtigen Angelegenheit."
In den Empfangssaal zurückkehrend, wandte sich der Prätor an Tullia mit der Frage: „Nun, wie gefüllt dir Fabius?"
Tullia zuckte die Achseln. „Ich kann mir nicht recht klar werden. Scheinbar hat dieser Libertine nichts Abstoßendes an sich, er bewegt sich anständig, spricht ausgezeichnet griechisch, und doch steckt in ihm etwas, was sich zwischen ihn und uns stellt."
„Das sind die letzten Spuren seiner Abstammung. Aber die verwischen sich in der nächsten Generation. Fabius ist kein gewöhnlicher Emporkömmling. Bevor ihn die Habsucht des Ägypters in den Zollpachtungen eine Goldgrube entdecken ließ, war er Advokat in Rom und soll viel in Patrizierhäusern verkehrt haben."
„Ich war von seinem gewandten Auftreten allerdings überrascht. Man muss sehr gut beobachten, um das Gekünstelte seines Benehmens gewahr zu werden."
„Das Gold erhebt die Niederen und erniedrigt die Hohen. Den Standesunterschied, welcher einzig aus groben oder seinen Gewohnheiten beruht, gleicht es schnell aus. Für Geld kann man die besten Sklaven kaufen, welche einem alles beibringen, was in unserer Welt nötig ist. Nur so ein Sonderling wie Julius will diese Wahrheit nicht verstehen."

„Und doch gibt es noch Dinge, welche um kein Geld zu haben sind." wendete Tullia ein.
„Bürgerliches Pflichtgefühl, die Liebe zu Rom und ähnliche Altertümer!" höhnte Marcus. „Ich weiß, was du sagen willst; das sind alte Geschichten, die man heute nur noch in Büchern liest. Übrigens kann man den Schein dessen, was unsere Väter Tugenden genannt haben, ebenfalls erlernen. Auch Fabius versteht zu sprechen wie der alte Cato, wenn er es für nötig erachtet."
„Mir missfällt die Frühreife Livias." bemerkte Tullia.
„Die Mädchen von heute sind unseren Großmüttern allerdings stark unähnlich; aber eine vorurteilsfreie Gattin wird auch dem lustigen Prätor mehr nachsehen . . . Doch ich sehe bei dir keine Spinnräder, keine Webstühle!" rief Marcus, Umschau haltend. „Julius wird dich sicherlich in den nächsten Tagen besuchen!"
„Ich wäre dem Gelächter meiner Sklaven ausgesetzt, wollte ich jetzt noch die Hauseinrichtung ändern. Ich werde versuchen, die Matronenrolle auch ohne diese abgeschmackte Komödie zu spielen."
„Vielleicht treffen wir uns heute auf dem Marsfeld, der Tag ist so schön."
Mit diesen Worten nahm Marcus Abschied von Tullia.

- o -

Der warme Oktobertag lockte ganz Rom aufs Marsfeld. Wer immer im Kaufladen oder in der Werkstätte nicht gefangen gehalten wurde, eilte in diesen Stadtgarten.
Das Marsfeld lag auf dem linken Tiberufer und nahm eine riesige Fläche ein. Mehrere hunderttausend Quadratklafter Boden hatten einst die Väter der Republik öffentlichen Zwecken gewidmet, und die Patrizier und Cäsaren hatten dieses weite Feld mit Prachtbauten geschmückt, die jeden römischen Bürger mit Stolz erfüllten. Hier erhoben sich die Theater des Pompejus, des Balbus, des Marcellus, der Flaminische Zirkus, das Domitianische Stadium, die Agrippinischen und Minervabäder. Hier waren in zahlreichen Säulenhallen unermessliche Schätze aufgehäuft; hier hatte die weltbeherrschende Stadt unter der stolzen Kuppel des Pantheon ihre Götter aufgestellt. Dunkle Alleen entlang und durch Lorbeerhaine, zwischen denen sich große Rasenplätze licht abhoben, glänzten weiße, mit Kiessand bestreute Wege. Den Müden luden zahlreiche Bänke zur Rast ein, den Gelangweilten verhießen allerlei Schaubuden billige Unterhaltung. Kinder tummelten sich auf dem Rasen; Gaukler und Seiltänzer überschrien einander in der Anpreisung ihrer Kunststücke und luden zum Eintritt in ihre Buden ein. Zu Fuß und zu Pferde, in zweirädrigen Wagen und in Sänften strömten auf zahlreichen Wegen stets neue Massen herbei. Das ganze Gewühl übertönten die lauten Klagen der Bettler und das Geschrei der ihre Ware anbietenden Verkäufer. Erstere hielten ihre Tafeln hoch, aus denen die Behörde ihre Gebrechen oder Unglücksfälle verzeichnet hatte. Letztere schoben ihre Ware den Vorübergehenden möglichst dicht unter die Nase; der eine pries seine Früchte, der andere lobte sein Backwerk, ein dritter versuchte sein Glück mit allerlei Flitterkram. Zurückgewiesen, lachten sie sich gegenseitig aus und liefen munter und hurtig weiter.
Am Rand des Lorbeerhaines saßen auf einer Steinbank zwei Germanen, dieselben, welche des Morgens den Zug des Fabius aufgehalten hatten. Die Köpfe auf die Hände gestützt, schauten sie in das bunte Treiben hinein und schwiegen, wie betäubt von dem großstädtischen Gewühl und dem wüsten Lärm.

Vor ihren Augen entrollte sich ein schier unendliches, grell buntes Bild von Wohlhabenheit und Lebenslust. In vergoldeten Phätons, in purpurnen Sänften, auf leichtfüßigen Rossen zogen an ihnen vorbei die Herren der Welt, getragen und umgeben von Sklaven aller Farben und aller Zungen. Ihnen gegenüber erhob sich, hoch emporragend, der herrliche Bau des Portikus. Hundert Säulen von phrygischem Marmor trugen das riesige Dachgewölbe. Da wurden Sklaven verkauft, ebenso wie Elfenbein, spanische Wolle, chinesische Seide, Leinwand und farbige Gläser aus den Fabriken Alexandriens, griechische Weine, ägyptische Kräuter, arabische Wohlgerüche, Fische aus dem Schwarzen Meer, Käse aus Helvetien, Smaragde vom Ural. Die Arbeit und der Schweiß aller Völker frönte hier der Genussucht des weltbeherrschenden glücklichen Roms.

„Hast du sie nirgends bemerkt?" fragte der Präfekt, ohne seine Stellung zu verändern.

„Ich habe das ganze Marsfeld bis in die entlegensten Winkel genau durchspäht. Eure Braut aber nirgends gefunden. Man hat sie gut versteckt." antwortete Hermann.

Und wieder schweigen sie.

„So etwas gibt's bei uns nicht." sagte nach einer Weile der Präfekt, indem er mit einer halbkreisförmigen Bewegung des Armes die Großartigkeit des Geschauten andeutete.

„Ja, aber so viele Bettler gibt es bei uns auch nicht." bemerkte der Weitere.

„Doch leben und wohnen ihre Bettler besser als unsere Herren."

„Ich beneide sie nicht um ihre stinkenden Schlupfwinkel in den steinernen Truhen ohne Luft und Sonne."

„Dir gefallen also unsere in den Wäldern zerstreuten Gehöfte besser?"

„In den markomannischen Wäldern wohnen die Götter."

„Aber auch die Römer haben ihre Götter."

„Ihre Götter sind verkommen, wie sie selber." entgegnete der Blondbärtige. „Ihre Tempel stehen leer, und ihre Priester halten die Altäre nicht in Ehren."

„Und doch beherrscht ihr Olymp unsere Walhalla ... O Götter!"

Ein wehmütiges Lächeln glitt bei diesen Worten über des Präfekten Antlitz.

Und wiederum schweigen sie; zornerglühten Auges betrachteten sie wieder das lustige Rom. Nach einer Weile unterbrach Hermann das Schweigen.

„Herr, vielleicht wisst Ihr noch nicht, dass seit einigen Wochen unsere Wälder von Waffengeklirr und Hermannliedern widerhallen."

Der Präfekt schaute aufmerksam umher, es war niemand in der Nähe. Dann antwortete er: „Um zu den alten eine neue Niederlage hinzuzufügen. Mit ihrer Macht können wir uns nicht messen."

„Ihre Macht beruht hauptsächlich auf der Tapferkeit der verbündeten Völker. Es gäbe keine Legionen ohne unsere Arme."

Du sprichst, als wärst du kein Legionär. Als alter Kriegsmann solltest du wissen, dass eine kleine, an Zucht und Ordnung gewöhnte Truppenabteilung ein ganzes Heer zuchtloser Gruppen schlägt."

„Wir besitzen heute Tausende eigener Legionäre und ihre Kriegskunst ist uns nicht mehr fremd .."

„Es naht jemand!" warnte der Präfekt.

Auf einem durch den Lorbeerhain sich hinschlängelnden Fußpfad wurde ein einsamer Wanderer sichtbar. Die Arme auf der Brust gekreuzt, schritt er gesenkten Hauptes langsam einher.

Als er der Steinbank näher kam, schnellten beide Germanen gleichzeitig empor. Der Ältere blieb in soldatischer Haltung wie festgebannt stehen, der jüngere eilte dem Wanderer einige Schritte entgegen.

„Julius!"

Julius Quinctilius Varus erhob sein Haupt; ein Strahl aufrichtig freudiger Erregung erhellte sein düsteres Antlitz.

„Servius? Du in Rom?!" rief er zurück, und mit herzlichem Händedruck begrüßte er den Germanen. „Aber muss ich denn an diesem Ort dir begegnen? Das Haus der Quinctilier hätte dir ja jeder Stadtdiener gewiesen. Wo hast du Quartier genommen?"

„Ich habe mich im Lager der Prätorianer einquartiert, aber es war meine Absicht, dich morgen aufzusuchen." antwortete der Präfekt.

Indes hatte Julius auch dessen Begleiter bemerkt und trat nun auf ihn zu.

„Ah, da ist ja Hermann!" sprach er freundlich lächelnd den Krieger an, welcher immer noch in strammer Haltung sein Auge unverwandt auf des Tribunen Antlitz heftete; „Hermann, der Zenturio der dritten Kohorte der zehnten Legion. Gedenkst du noch des Sturmlaufes in Pannonien? Nebeneinander gingen wir da einem Hagel von Pfeilen und Wurfgeschossen entgegen. Da hatten wir es heiß, nicht wahr, Alter?"

Der starre, harte Ausdruck des bärtigen Kriegergesichtes taute auf unter dem Eindruck dieser Worte; seine Wimpern und seine Lippen zuckten, und schließlich antwortete er mit gerührter Stimme: „Nicht leid ist es einem Krieger, zu fallen, wenn er von einem Feldherrn, wie du einer bist, geführt wird, hochberühmter Tribun!"

„Kennst du Rom? Weißt du, wo der Gartenhügel liegt?" fragte Julius weiter.

„Es ist nicht das erste Mal, dass ich die Hauptstadt der Welt bewundere."

„Nun, so wirst du dich sofort ins Lager der Prätorianer begeben und deinen Herrn in mein Haus umquartieren. Auch für dich wird sich unter dem Dach der Quinctilier eine behagliche Ecke finden."

Mit einer freundlichen Handbewegung verabschiedete der Tribun den Zenturionen, nahm den Präfekten unter den Arm und führte ihn dem Portikus zu.

„So viel mir bekannt ist," sagte Julius, da sie nun allein waren, „weilst du zum ersten Mal in Rom?"

„Ich hatte nie geahnt, dass es eine bittere Pflicht sein würde, die mich zu der Reise veranlasste, die mir sonst seit jeher in sehnsüchtigem Traum vorschwebte." gab Servius zur Antwort.

„Sind es Angelegenheiten der Legion, die dich hierhergeführt haben?"

„Ich bin gekommen, meine Braut zu suchen, welche von Räubern entführt und in die Sklaverei verkauft worden ist."

„Ist es möglich?! Wer sollte es gewagt haben, seine Hand gegen die Braut des Präfekten der Legionen zu erheben?"

„Und doch ist es geschehen. Zu nächtlicher Zeit drang eine Gruppe rußgeschwärzter Gesellen in die Behausung des Vaters meiner Verlobten und legte alles in Brand; nur ein einziger Diener ist entkommen, der mir die Kunde ins Lager überbrachte. Du fragst, wer die Tat gewagt haben sollte? Als ob du die Wirtschaft römischer Bürger in den verbündeten Landen nicht kennen würdest! Die Steuereinnehmer ziehen den Germanen die Haut über die Ohren, die Kolonisten verhetzen ein Dorf gegen das andere, die Kaufleute betrügen schamlos. Was aber der Steuereinnehmer, die Kolonisten und die Kaufleute nicht herauszupressen vermögen, das entreißt der Legat mit Gewalt oder der benachbarte Prokonsul! Von Zeit zu Zeit veranstalten Banden vermummter Räuber Streifzüge auf menschliche Ware; sie nehmen alles gefangen, was ihnen in die Hände fällt: frei oder unfrei, das ist ihnen gleichgültig, wenn die Person nur gesund ist. Ich wundere mich sehr, dass Rom den Freveln seiner Bürger in den Ländern freier Nachbarn so wenig Aufmerksamkeit zuwendet. Die Germanen könnten dieser Frechheiten überdrüssig werden, und du weißt es ebenso gut wie ich, dass die Markomannen in der Zeit der Antonine nicht mehr jene wilde, in ungeregelten Gruppen umherziehende Horde sind, wie meine Ahnen aus der Zeit des Tiberius. Die Hälfte unseres Adels hat gedient oder dient noch auf Offiziersposten in den Legionen, und unser Volk ist der Hauptbestandteil eurer Bundestruppen. Ich spreche so zu dir, einem Römer, weil auch ich in der geistigen Kultur des großen Rom, meiner Adoptivmutter, erzogen worden bin, und deswegen schmerzt es mich, wenn die Elendesten unter euch dasjenige zerstören, was unser gemeinsam vergossenes Blut auf den Schlachtfeldern zusammengekittet hat."

Mit düsteren Gesichtszügen hörte Julius zu, nur hin und wieder den Kopf erhebend, als wollte er widersprechen. Doch erst nachdem der Präfekt beendet hatte, gab er kurz zur Antwort: „Du schilderst die Zustände im Grenzgebiet in allzu grellen Farben."

„Allzu grell?" brummte der Germane, und ein bitteres Lächeln umspielte seine Lippen. „Weißt du, wie mich heute Morgen auf der Straße der Pöbel von Rom begrüßt hat? Einen ‚germanischen Hund' hat man mich gescholten, und der Pöbel mit dem Knurren eines bemusterten Wolfes wich erst zurück, nachdem vor seinen neidischen Augen die Abzeichen meiner Würde erglänzten."

„Der Pöbel ist überall gemein und frech, solange er nicht eine starke Hand über sich verspürt." erwiderte Julius. „Ich zweifle jedoch nicht, dass du in Rom Gerechtigkeit finden wirst."

„Das will ich hoffen, denn anders ..."

Die tiefe Stimme des Präfekten klang dumpf, wie das Echo entfernten Donners. Hochgewachsen, breitschultrig, nach vorn geneigt, blickte er finster hinab auf das mit seinem Farbenflitter prunkende Gedränge, das ihn wie tosende Meereswogen umgab. Eine tiefe Furche senkrecht über der gebogenen Nase, die Blitze verhaltenen Zornes in seinen blauen Augen, die zusammengezogenen Augenbrauen und aufeinander gepressten Lippen verliehen seinem trockenen, glatt rasierten Antlitz den Ausdruck starken Mutes und unbeugsamer Entschlossenheit. Trotz seines Körperbaus, seiner Haar- und Gesichtsfarbe die ganz anders war als die von Julius, schien er ihm doch in diesem Augenblick sehr ähnlich. Beide entstammten alten Adelsgeschlechtern, beide hatten, von der Seite gesehen, die Züge von Raubvögeln — die geboren sind, zu siegen.

„Der göttliche Marcus Aurelius ist ein gerechter Herr." begann der Römer wieder.

„Der göttliche Marcus Aurelius liest zu viel Bücher und befasst sich viel zu wenig mit Staatsangelegenheiten." erwiderte der Germane.

„Das sind dreiste Worte im Mund eines Legionärs."

„Julius denkt ebenso ..."

Da erschollen vor ihnen die Rufe von Lausern: „Platz da! Platz da!"

Umgeben von einem Schwarm von Klienten in weißen Togen und Sklaven in bunten Kitteln glitt Fabius vorbei, breit gelagert auf den Polstern seiner Sänfte. Als er den Präfekten gewahrte, erblasste er.

„Zum zweiten Mal begegne ich heute diesem Schurken." bemerkte Servius. „Tränen und Blut meiner Brüder glitzern auf seinen Millionen."

Sie bogen in den Portikus ein. Hier war das Gedränge so groß, dass sie wieder zurücktreten wollten, als sie von einer klangvollen weiblichen Stimme angehalten wurden.

„Sei gegrüßt, Julius!" hatte jemand knapp neben ihnen gerufen.

Tullia Cornelia war es, die mit ihrer Bruders Tochter Mucia vor einer Kaufmannshalle stand, neben ihr zwei Sklavinnen; sie war im Begriff, farbige Leinwand für ihre Dienerinnen einzukaufen.

„Seit wann ist es denn Sitte, dass Römerinnen vergeblich den Besuch ihrer Verwandten erwarten, die von weit her heimgekehrt sind?" fragte Tullia, nachdem Julius zu ihr getreten war.

„Nach dreijähriger Abwesenheit fand ich in Rom so viele dringende Geschäfte vor, dass ich bisher keinen Augenblick freie Zeit halte." entschuldigte sich der Tribun. „Morgen wollte ich dir meine Huldigung darbringen . . . Das ist ja wohl Mucia." fügte er hinzu, sich der jüngeren Cornelierin zuwendend, welche ihre großen braunen Augen auf ihn heftete. „Sie ist so ausgewachsen und so schön geworden, dass ich sie nicht erkannt hätte, wärest du nicht zugleich zugegen. Und ich weiß nicht einmal, ob sie schon Hymens Fackel angezündet hat?"

„Hymen gehört nicht zu den Lieblingsgottheiten Mucias." antwortete Tullia an ihrer statt. „Im ganzen Kaiserreich gibt es keinen, den sie ihrer Liebe würdig hielte. Vielleicht verschafft du ihr irgendeinen Gott vom Olymp."

„Ich warte nur auf einen Römer." bemerkte daraufhin ruhigen Tones Mucia.

Julius fasste sie aufmerksam ins Auge. Sie hielt seinen prüfenden Blick kurze Zeit aus, dann wandte sie sich und machte sich mit der Ware des Kaufmannes zu schaffen; ein leichtes Erröten überflog ihr bleiches Gesicht. Weder Julius' Blick noch Mucias Erröten entging dem Auge Tullias. Leicht kräuselten sich ihre Augenbrauen und zuckten ihre Lippen.

„Ich sehe, du bist nicht allein." sagte sie zu Julius mit ein wenig veränderter Stimme.

„Mein Kampfgenosse und Freund: Servius Claudius Calpurnius, Präfekt der Legionen." stellte Julius vor.

Der Germane neigte sein Haupt und legte die Hand an die Brust.

Die römische Patrizierin begrüßte ihn mit einem gewinnenden Lächeln und sagte: „Mein Haus steht offen für den tapferen Präfekten, über welchen Rom so manchmal schon voll Hochachtung gesprochen hat. Ich hoffe, ihn zugleich mit dem Tribunen bei mir zu sehen .... Nun aber beurlauben wir euch, hoch-berühmte Krieger. Ich glaube nicht, dass Anführer von Legionen für unsere häuslichen Sorgen Interesse haben; wir suchen Leinwand aus für Tuniken unserer Sklavinnen."

Kaum hatten sich Julius und Servius im Gedränge entfernt, stand Marcus, welcher von der entgegengesetzten Seite kam und die Abgehenden nicht bemerkt hatte, neben Tullia.

„Du beginnst schon, deine Rolle zu spielen?" raunte er ihr zu, seine Lippen ihrem Ohr nähernd.

„O, das war ein Einfall von Mucia, dies Einkaufen von Leinwand! Ich habe ihn nur eiligst ausgenutzt." antwortete Tullia ebenfalls leise während sie sich mit dem Prätor mehr durch Blicke

als durch Worte verständigte. „Und es ist prächtig gelungen, denn soeben ging Julius weg. Er war da in Begleitung irgendeines Barbaren; der Tribun findet Geschmack an Absonderlichkeiten."
„Ich habe ihn gesehen, diesen germanischen Kerl mit den Schultern und der Brust eines Gladiators. Welches Haar, welcher Körperbau! Kein Wunder, dass sich die Frauen in ihn vergaffen! Aber diese Barbaren sollen noch den Tugendbegriffen unserer Urahnen aus der Periode des hölzernen Rom huldigen. Wenn doch die Götter mir seine Muskeln gegeben hätten!"
„Auch ohne seine Muskeln hilfst du dir ganz gut durch."
„Ja, aber wie lange noch? Schon jetzt empfinde ich die Folgen einer durchschwelgten Nacht stark."
Nach einer kurzen Pause fügte der Prätor, rings umherspähend, hinzu: „Hast du vielleicht Fabius gesehen?"
„Vor kurzem ist er hier vorübergezogen."
Marcus verabschiedete sich nun von Tullia mit einem feinen Lächeln und verschwand im Gewühl. Mit den Ellbogen bahnte er sich eine Gasse, um den Vater Livias zu finden.
Er fand ihn in der Halle eines Juweliers.
„Du tust sehr recht daran, wenn du beizeiten an die Ausstattung denkst." sagte er, indem er Fabius' Schulter mit den Fingerspitzen berührte. „Morgen werde ich die schöne Livia befragen, wie sie mit dem Geschmack ihres Vaters zufrieden ist."
„Livia verlangt für sich keinen Schmuck mehr; sie hat genug davon." antwortete Fabius, und versteckte hastig den erworbenen Halsschmuck hinter der Tunika.
„Ich verstehe ... Aber was ist das für eine wichtige Angelegenheit, worüber du mit mir sprechen wolltest? Ist dir vielleicht ein Schuldner durchgegangen?"
Fabius nahm schweigend Marcus Arm und führte ihn zur Säulenhalle hinaus in den Lorbeerhain an ein einsames Plätzchen, wo beide sich niederließen. Bevor er über die Angelegenheit zu sprechen begann, rieb er sich die Stirn und rückte auf der Bank verlegen hin und her.
„Du weißt." begann er endlich mit unsicherer Stimme, „dass ich einst im freien Germanien ausgedehnte Handelsverhältnisse hatte ..."
„Wohl weiß ich es! Man sagt, dass du auch jetzt noch bedeutenden Nutzen ziehest aus verschiedenen Unternehmungen, welche unter Leuten unserer Gesellschaft als entehrend gelten!" entgegnete Marcus, und schaute den Ägypter verächtlich an. „Du solltest nicht vergessen, dass deine Tochter die Frau eines Quinctiliers wird!"
Schnell erhob Fabius sein Haupt und mit einem giftigen Blick auf Marcus sagte er erregt und beinahe schon laut: „Und dieser Quinctilier hätte meine Tochter niemals bemerkt, wenn ihr Vater nicht Millionen aus jenen entehrenden Unternehmungen herausgeschlagen hätte!"
Marcus schwieg und biss sich auf die Lippen.
„Ich kenne Senatoren, welche insgeheim Wucher pflegen! Ich kenne Patrizier, welche vermittels ihrer Klienten und Sklaven Handel treiben! Es ist nicht meine Schuld, wenn das Rom der Cäsaren vor dem Gold in den Staub sinkt. Aber fürchte nichts; in demselben Augenblick, wo du mein Schwiegersohn wirst, höre ich auf jene, Geschäfte zu betreiben, die in der Gesellschaft anstößig erscheinen, in welche ich durch dich eingeführt werden soll. Ich habe genug Geld, ich besitze genug Ländereien, Häuser, Sklaven, Bergwerke ..."

Er grinste selbstgefällig und zeigte dabei zwei Reihen weißer, gesunder, scharfer Zähne; seine kurzen Finger an den großen.
ungeschlachten Händen krümmten sich zu Krallen; in seinen Augen funkelten gelbe Lichter.
„Indes . . ." hub er nach einer Pause wieder an, ohne jedoch fortzufahren.
„Indes . . ." nahm Marcus auf.
Fabius rieb sich die Stirn.
„Vor einigen Monaten." sprach er verlegen weiter, „habe ich auf dem Markt eine Sklavin gekauft, ohne zu wissen, dass sie die Tochter eines freien Germanen aus den markomannischen Wäldern ist."
„Gekauft?" fragte Marcus, mit durchdringendem Blick.
„Sie ist mir von meinen früheren Klienten zugebracht worden." gab Fabius ausweichend zur Antwort. „Diese Sklavin soll die Braut des Präfekten Servius sein."
„Des Präfekten der Reiterei in den Legionen?!" rief Marcus.
„Desselben."
„Das ist eine sehr missliche Sache! Weißt du, dass das nach den sardinischen Bergwerken riecht?"
„Ich weiß es, aber ich hoffe, dass mein Geld und deine Beziehungen mich aus dieser Verlegenheit herausreißen werden."
Marcus besann sich,
„Vor allem muss die Germanin sofort in Gewahrsam gebracht und so gut versteckt werden, dass sie keinem Menschen unter die Augen kommt." meinte er dann.
„Das soll heute noch geschehen."
„und dann darf Geld nicht gespart werden, damit seitens der Behörden ernsthafte Nachforschungen unterlassen werden; denn der Präfekt wird alle Hebel in Bewegung setzen."
„Meine Schatulle steht zu deiner Verfügung."
„Diese Sklavin wird dich aber viel kosten."
„In diesem Falle will und kann ich nicht knausern." antwortete Fabius, und sich schwerfällig erhebend, fügte er noch hinzu: „Ich zweifle nicht, dass du alles tun wirst, was in deiner Macht liegt, um den unerwarteten Schlag von dem Vater Livias abzuwenden . . . Soviel Widerwärtigkeiten wegen einer gewöhnlichen Germanin! Das verdanken wir der philosophischen Regierung der Antonine!" Damit entfernte er sich gegen den Portikus, wo ihn seine Klienten und Sklaven erwarteten.
Schon war er hinter den Säulen verschwunden, und Marcus rührte sich noch nicht von seinem Platz. Sein sonst heiteres, lächelndes Gesicht bedeckten Schatten tiefen Nachdenkens. Der „lustige Prätor" der alles missachtete, was sich nicht in ein Mittel zum Lebensgenuss umsetzen ließ, konnte sich nicht klar werden über das Gefühl, welches ihn in diesem Augenblick gefangen hielt.
Wenn ihm jemand gesagt hätte, in der Tiefe seiner Seele habe sich die unterdrückte Stimme der Quinctilier des „hölzernen" Zeitalters, wie er es verächtlich nannte, gemeldet, so wäre er gewiss in ein schallendes Gelächter ausgebrochen. Und doch war er in diesem Augenblick der echte römische Patrizier, der Nachkomme von Rittern und Staatsbürgern, welche Gut und Blut fürs öffentliche Wohl hingaben. In seinem Blut steckte die durch viele Menschenalter fortvererbte

Abneigung gegen Handel, Gewerbe, Zoll und Wucher, wie gegen jede Beschäftigung, welche lediglich das Ansammeln von Geld zum Zweck hat. Durch das offene Geständnis des Fabius fühlte er sich gedemütigt. Er, ein Quinctilier, soll die Tochter dieses Schurken heiraten, welcher Bräute von berühmten, um Rom wohlverdienten Kriegern aussaugen lässt und dieselben auf dem Markt feil hält! Er soll das gefügige Werkzeug der Niederträchtigkeit dieses Räubers und Menschenhändlers werden!

Marcus schaute um sich her, als suchte er Rettung. Doch es gab keine Rettung für ihn. Denn ein nüchternes, einfaches Leben zu führen, wie seine Ahnen, war er weder gewillt, noch verstand er es.

„Ich muss diesen Hallunken beschützen." seufzte er auf. „Es ist nicht meine Schuld, dass ich nicht vor dreihundert Jahren zur Welt gekommen bin."

Damit hüllte er sich in seine Toga und wandte sich dem Minerva-Bad zu.

Kapitel 4

„Also sind deine Nachforschungen ganz und gar erfolglos geblieben, Caius!" fragte der Tribun Julius seinen Klienten, welcher die oberste Verwaltung seiner Besitzungen bereits übernommen hatte.

„Bisher haben wir von der germanischen Maid nicht die geringste Spur entdeckt." antwortete Caius, „obwohl Hermann und ich all unseren Scharfsinn aufgewendet und unsere Beine nicht geschont haben. Auf den Sklavenmärkten weiß man gar nichts von ihr."

„Und doch habe ich sichere Nachrichten, dass man Thusnelda nach Rom geschleppt hat!" warf Servius ein.

Alle drei saßen um einen kleinen Tisch auf gewöhnlichen Sesseln von Eichenholz und verzehrten ein bescheidenes Frühstück, aus Wein und Brot bestehend. Bedient wurden sie von nur einem Sklaven, dem schlanken Artemidorus. Der Tribun und der Präfekt waren städtisch gekleidet, trugen weiße Tuniken von Seide und hohe geschnürte Schuhe; aber es schmückten weder Armspangen ihre Arme, noch Ringe ihre Finger.

Julius dachte nach. Nach kurzem Schweigen sagte er: „Vielleicht wäre es gut, Siegfried zu Hilfe zu nehmen. Man hat mir gesagt, dass dieser Greis sich großen Ansehens bei den Sklaven erfreut. Er wird euch den Weg weisen zu den Geheimnissen entlegener Gässchen . . . Siegfried soll vor mir erscheinen." befahl er dem Artemidorus.

„Man müsste auch Fühlung gewinnen mit den Bekennern des christlichen Aberglaubens. Diese Sektierer wissen alles, was in den Schlupfwinkeln des Verbrechens vorgeht."

„Es wird schwer sein, in ihre Höhlen einzudringen, weil sie wieder vorsichtig und misstrauisch geworden sind, geschreckt durch die Gerechtigkeit des göttlichen Marcus Aurelius." bemerkte Caius. „Der göttliche Imperator kann diesen Aberglauben nicht leiden, obwohl er sonst die Freiheit fremder Religionen nicht beengt. Vorige Woche hat er einige Christen, die ihren Glauben nicht verleugnen wollten, zur Verbringung in die sardinischen Bergwerke verurteilt."

„Der göttliche Marcus Aurelius ist ein Römer, und kein richtiger Römer kann eine Sekte dulden, welche ganz unbekannte Götter über unseren Olymp stellt. Rom verdankt seine Weltherrschaft seiner Religion und seiner Tatkraft. In demselben Augenblick, da auf dem Kapitol die Stelle Jupiters ein anderer, mächtigerer und mehr verehrter Gott einnimmt, zerfällt das römische Reich wie eine morsche Eiche. Der göttliche Marcus Aurelius weiß, dass ein Aberglaube erstickt werden muss, welcher, anstatt neben unseren Göttern zu bestehen, dieselben zerstören und beseitigen will."

„Ich weiß." bemerkte Servius, „dass der christliche Glaube auch schon in den Legionen Verbreitung findet. Ich selbst habe öfters kleine Grüppchen von Soldaten gesehen, die in der Dämmerstunde mit kleinen Kreuzen in der Hand Gebete verrichteten. Es muss doch irgendein mächtiger Kern in diesem neuen Glauben stecken, wenn er trotz aller Verbote der Cäsaren und trotz der Wachsamkeit der Prätoren immer mehr um sich greift."

„Die Götter der Christen." erläuterte Caius mit einem verächtlichen Achselzucken, „versprechen ein besseres Leben nach dem Tod und lehren, dass alle Menschen gleich seien. Es scheint, dass die Sklaven und Barbaren an dieser Gleichheit am meisten Gefallen finden. Für römische Bürger ist dieser Glaube nicht."

„Und doch sollen sich sogar schon Christen auf dem Palatin befinden, in der allernächsten Umgebung des Imperators.

So erzählt man sich mitunter draußen in den Legionen."

„Nicht möglich!" riefen beide Römer gleichzeitig.

„Der göttliche Marcus Aurelius." setzte Julius fort, „würde diese Sekte neben sich nicht dulden. Es gibt nur einen wahren Glauben, und die Lehren unsere Priester."

Das Gespräch wurde abgebrochen, da Siegfried hereintrat, nun in der weißen Toga, dem Gewand des freien Mannes.

Als Servius seiner ansichtig wurde, erhob er sich lebhaft und rief ihm zu: „Dir begegne ich hier?! Ich hätte geglaubt, dass du schon lange in Walhalla haust."

Der Greis betrachtete eine Weile mit weit geöffneten Augen den Präfekten, dann verbeugte er sich tief mit einer Bewegung seiner Hand gegen dessen Knie und sprach: „Die Stimme eures Vaters hat mich auf dem Grabhügel heraus angesprochen, o Herr!"

„Du hast ihn gekannt, Alter?"

„Oh, oh, oh! Wer in den markomannischen Wäldern hätte nicht Weib und Kind verlassen, wenn er uns rief! . . . Tapfer, ja tapfer hat er sich geschlagen." murmelte Siegfried, „aber am Ende haben sie ihn doch überwältigt ..."

„Hast du nicht." unterbrach der Präfekt den Alten, welcher ' sein Herz noch weiter ausschütten wollte, „hast du nicht in letzter Zeit etwas von einer germanischen Gefangenen aus hohem Geschlecht gehört?"

„Aus hohem Geschlecht?" wiederholte Siegfried. „Vielleicht aus einem der unsrigen?"

Der Präfekt nickte bejahend mit dem Kopf, und um dem Gedächtnis Siegfrieds vielleicht zu Hilfe zu kommen, fügte er hinzu: „Haben nicht etwa Sklaven unseres Stammes von einem Überfall auf Winfrieds Hof erzählt?"

Siegfried blickte zu Julius.

Doch dieser sagte: „Sprich nur, der Präfekt ist mein Freund, und ich wünsche, dass er mit seiner Braut heimkehrt."

„Es gibt in Rom einen Sklavenhändler." berichtete daraufhin der Greis, „von dem man sich erzählt, dass er förmliche Jagden auf freie Germanen veranstaltet. Aber man müsste sich sehr vorsichtig an ihn heranmachen, denn er ist heute ein gewaltiger Herr; er ist Ritter und mit Senatoren befreundet."

„Fabius?" fiel ihm Julius ins Wort.

„Du hast es gesagt. Herr."

Der Tribun schwieg. Diese Kunde von dem Treiben des zukünftigen Schwiegervaters von Marcus berührte ihn sehr unangenehm.

„Aber das ist ja nur ein Gerücht." fügte der Alte schnell hinzu, da er bemerkte, welche peinliche Wirkung seine Worte bei dem Tribunen hervorriefen.

„Achte nicht auf mich." sprach Julius, „tue, was dir deine Rechtschaffenheit gebietet."

Und dem Nomenklator zuwendend, fragte er: „Bist du beim Stadtpräfekten gewesen?"

„Der hochberühmte Präfekt weilt im Theater des Pompejus." gab der Grieche zur Antwort.

„Reiche uns die Togen, und die Sänfte soll bereit stehen."

Der Sklave legte beiden Herren das lange, bauschige Gewand um die Schultern, richtete die Falten zurecht und eilte zur Sänfte.

„Im Theater finden wir nicht nur den Stadtpräfekten, sondern alle, die du brauchst." sagte Julius zu Servius.

- o -

Im Theater des Pompejus wurde an diesem Tag seit frühmorgens eine Reihe zusammenhangloser Vorstellungen gegeben. Der Dichter Marullus hatte eine neue Komödie geschrieben, und der berühmte Pantomimiker Paris sollte mit seinem meisterhaften Spiel einige religiöse Mythen verbildlichen. So stand es angekündigt in den Tagesnachrichten.

Der Platz vor dem Tempel Thalias und Melpomenes war bei der Ankunft der beiden bereits leer; die Dienerschaft, welche ihre Herrschaften hergetragen hatte, war schon in ihre Behausungen zurückgekehrt. Der Portikus des Theaters hallte nur von den gemessenen Schritten der Prätorianer wider, welche die Ordnung aufrecht zu erhalten hatten.

Als Julius und Servius das Innere des Theaters betraten, war die erste Nummer der Vorstellung gerade zu Ende. Es war eine alte Komödie von Plautus gegeben worden, unter deren Wirkung das Publikum immer noch lachte. Von seinem Platz in den für den Senatorenstand bestimmten Sitzreihen, schweifte des Germanen Auge wie geblendet über das Theater. Im ersten Augenblick sah er gar nichts außer einem weißen Glanz, der ihn von allen Seiten wie ein silberner Nebel umgab.

Es kam Servius vor, als würde er zur Mittagszeit am Meeresstrand stehen und betrachtete die im Sonnenlicht erglänzende Flut. Neben ihm, hinter ihm, über ihm bis hoch oben, wo nur mehr der Himmel zu sehen war, glänzten weiße Frauenkleider und weiße Männertogen. Vierzigtausend Personen fanden hier Platz auf den steinernen Sitzen des kolossalen Halbkreises, und alle diese Kleider und Togen waren in fortwährender Bewegung begriffen, während bald hier, bald dort die Strahlen unzähliger Edelsteine aufblitzten.

Es dauerte eine Zeitlang, bis sich das Auge des Germanen an diese Fülle von Glanz gewöhnte. Dann begann er in dieser bewegten Masse zuerst Gestalten zu unterscheiden, bald auch die dazu gehörigen Köpfe zu finden. Beinahe alle hatten die gebräunte Hautfarbe der Südländer und schwarze Haare, deren natürliches Dunkel reich darüber gestreuter Goldstaub mildern sollte.

Nachdem sich Servius von der ersten Überraschung ein wenig erholt hatte, blieb sein Auge auf den für die weiblichen Mitglieder des Senatoren- und des Ritterstandes bestimmten nächstoberen Sitzreihen haften. Hier waren die Frauen und Schwestern der Herren der Welt versammelt, in tief ausgeschnittenen Kleidern mit bloßen Armen. Schon hatten auch sie den Germanen bemerkt; sie legten geschliffene Smaragden an die Augen, betrachteten ihn und bewunderten seine herrliche Gestalt.

Ein leises Geflüster ging von Sitz zu Sitz: „Wer ist das? . . . Mit Julius Quinctilius ist er gekommen."

Der Germane, entzückt von der glänzenden Umgebung, hatte es gar nicht wahrgenommen, dass sein Freund ihn verlassen hatte. Julius sprach indes mit einem älteren, bärtigen Senator; dann begab er sich mit diesem zu Servius, welcher die Vorstellung des Stadtpräfekten — denn niemand anders war der Senator — mit einer Verbeugung entgegennahm.

„Der Stadtpräfekt fragt, ob du bezüglich der Person des Räubers irgendeinen Verdacht hegst."

„Wahrscheinlich sind es Leute eines Kolonisten gewesen." antwortete Servius. „Diese Menschen verüben bei uns so manche Freveltat."

„Kolonisten gibt es in Germanien eine große Menge." entgegnete der Stadtpräfekt. „Ruht nicht der Verdacht auf irgendeinem persönlich?"

„Der Überfall ging zur Nachtzeit vor sich, und überdies hatten die Räuber ihre Gesichter geschwärzt."

Der Stadtpräfekt strich seinen Bart und überlegte. „Es wäre sonderbar, wenn von einem solchen Gewaltakt meine Leute nichts wissen sollten." bemerkte er und ließ sein Auge über die Sitzreihen des Ritterstandes schweifen.

Hier saßen unter anderen auch reich gewordene Steuerpächter, welche ihren schmalen Purpurstreifen dem Staatsschatz sehr gut bezahlt hatten.

Des Stadtpräfekten forschendes Auge glitt langsam von Haupt zu Haupt. Bei Fabius angelangt, blieb es längere Zeit unbeweglich, konnte jedoch nichts gewahr werden, weil der Ägypter, den Kopf zur Seite gewandt, ein sehr lebhaftes Gespräch mit seinem Nachbar führte. Und aus der Entfernung konnte der Stadtpräfekt nicht bemerken, dass Fabius ihm hin und wieder einen verstohlenen Blick zuwandte und unwillkürliche Unruhe verriet.

Auf der Bühne erschienen zwei Histrionen (Possenspieler) ohne Masken und ohne Kothurne; es begann die angekündigte Komödie des Marullus. Einer der Schauspieler, angetan mit dem Kleid des Narren und mit einem kurzen Mantel, verspottete den anderen, welcher ihm geduldig zuhörte und mit würdevollem Kopfnicken zustimmte. Das Theaterpublikum begleitete dieses Zwiegespräch mit so allgemeinem Gelächter, Hände-klatschen und Togenschwenken, dass Servius, solches Spektakels ungewohnt, kein Wort davon verstehen konnte. Umso mehr war ihm der große Jubel und Trubel unverständlich, der immer stärker wurde; erst nachdem er die Komödianten besser ins Auge gefasst hatte, kam er auf eine Vermutung bezüglich des Anlasses zu

diesem großen Vergnügen: der eine Histrion trug einen Philosophenmantel und ähnelte dem Imperator Marcus Aurelius.
„Ich staune." sagte er leise zu Julius, „dass die Regierung derlei Missbräuche gestattet."
Der Tribun zuckte mit den Achseln.
„Alle Cäsaren waren nachsichtig gegenüber dem Zirkus und dem Theater."
In der Komödie des Marullus grübelte ein Philosoph über Pergament- und Papyrusrollen, während seine Frau sich mit einem germanischen Gladiator vergnügte. Als der Narr dem betrogenen Mann den Treubruch vorhielt, ließ dieser sich ein Schwert bringen. Aber beim Anblick der blinkenden Schneide warf er die Waffe von sich und flüchtete hinter die Bühne, verfolgt vom Gelächter und Händeklatschen des Publikums.
Nach diesem Stück folgten noch drei andere Schaustücke ähnlicher Art. Immer betrog die Frau ihren Mann, immer verhöhnte sie ihn zugleich mit ihrem Geliebten; immer war der Mann der Tölpel, der Feigling, ja sogar der bezahlte Mitwisser. Und das im Theater versammelte Rom fand Gefallen an dem Schmutze und heulte vor Vergnügen, wenn der Histrion mit seiner Mimik irgendein zweideutiges Wort, einen gemeinen Witz hervorhob. Senatoren schauten vergnügt drein, vornehme Frauen wollten sich schier totlachen, Mädchen kicherten verständnisinnig, und wild brüllte der Pöbel in den obersten Sitzreihen.
Servius staunte immer mehr. Er, der Barbar, der Sohn undurchdringlicher Wälder, würde jeden töten, welcher gegen ein Weib seines Geschlechtes auch nur den Schatten eines schimpflichen Verdachtes aussprechen würde. In seinen Wäldern wusste man nichts von dergleichen, und wenn dennoch einmal so etwas vorkam, dann ließ man es ja nicht offenkundig werden, unterdrückte man jede Kunde davon, damit die Ehre nicht befleckt würde. Hier aber, in der Hauptstadt der Welt... Wieder erhob er die Augen zu den Sitzreihen der adeligen Damen, und er sah auch hier nur vergnügte Gesichter.
Sein Gedankengang wurde gestört durch den plötzlichen Ausruf: „Sei gegrüßt, Cäsar!" der aus vielen tausend Kehlen auf einmal erklang.
In einer Loge rechts von der Bühne war ein schlanker Jüngling erschienen, ganz in Purpur gekleidet, einen goldenen Kranz in dem dunklen, von Goldstaub glitzernden Haar. Er winkte dem Publikum mit der Hand einen nachlässigen Gruß zu, und nachdem Ruhe eingetreten war, sagte er mit heiserer Stimme: „Seid gegrüßt!"
Es war Lucius Verus, der mitregierende Imperator. Kaum hatte er sich auf seinen Purpursitz niedergelassen, da erschien raschen, leichten Schrittes ein wohlgestalteter junger Histrion auf der Bühne, deren zwei Seiten von zwei Sängerchören, einem männlichen und einem weiblichen, besetzt waren. Und wiederum erscholl ein Zuruf, ebenso lärmend wie der, welchen Rom soeben einem seiner Beherrscher zu Füßen gelegt hatte; Frauen erhoben sich von den Sitzen und winkten dem Histrionen heftig zu.
Das war Paris, der im ganzen Reich berühmte Pantomime, ein erst unlängst freigelassener Sklave.
Das Orchester, bestehend aus Flöten, Pfeifen, Zymbeln, Zithern und Leiern, leitete das Schaustück mit einem lärmenden Vorspiel ein; Chöre sangen dazu, und der Künstler begleitete das Ganze mit rhythmischen Leibesschwingungen. Den Inhalt der Vorstellung selbst bildete eine leichtfertige Göttersage, die der aalglatte, geschmeidige Mime durch Körperbewegungen und

Gesichtsausdruck unter entsprechender Gesang- und Musikbegleitung so deutlich veranschaulichte, ohne ein Wort zu sprechen, dass jung und alt mit verhaltenem Atem sich in seine Darstellung vertiefte. Heiße Glut lagerte sich auf die Gesichter von Männern und Frauen, von Jünglingen und Mädchen.

Nachdem der Mime geendet hatte, fiel ein wahrer Hagel von Blumen auf ihn herab, und es entstand ein solcher Freudenlärm. als sollten die Mauern des Theaters bersten. Frauen rissen Ringe von ihren Fingern und warfen sie auf die Bühne; der Pöbel zerschlug von zuhause mitgebrachte Holzsessel an den steinernen Zwischenwandungen.

„Paris! Paris!" schrien Tausende von Kehlen.

Und Paris, der Liebling des Imperators Lucius Verus, der Geliebte von Patrizierinnen, der Freund von Senatoren, machte nachlässig und herablassend wie ein Cäsar seine Verbeugungen.

Das Publikum Roms erschien Servius immer unverständlicher. Auch er hatte Mimenspiele und Pantomimen in der Provinz, in Vindobona und anderen Städten gesehen. Dort aber milderten die Histrionen die Rücksichtslosigkeit der Verfasser; keiner von ihnen würde es wagen, angesichts barbarischer Zuschauer das Heiligtum der Familie zu verunglimpfen, oder Götter zu verhöhnen. Servius selbst würde denjenigen mit Stockstreichen züchtigen lassen, der damit großtun wollte. Ein Soldat von echtem Schrot und Korn und mit dem Tod vertraut, wusste aus Erfahrung, dass der Krieger leichter stirbt, wenn er im entscheidenden Augenblick eine höhere Macht über sich fühlt, welcher er sich im stillen Gebet oder in einem Stoßseufzer anempfehlen kann.

Hier dagegen bewarf man einen Histrionen, welcher die heimischen Götter erniedrigte und dem öffentlichen Gelächter preisgab, mit Blumen und Edelsteinen! Und ganz Rom, vom Cäsar bis zum letzten Plebejer, zollte dieser Gottlosigkeit wütenden Beifall.

Der Germane senkte sein Haupt; düstere Gedanken entstanden in seinem Hirn. Er erinnerte sich der Worte Hermanns: „Ihre Götter sind verkommen, wie sie selber." Der alte Zenturio hat wahrgesprochen; er kennt die Herren der Welt sehr gut . . . Die Herren der Welt?! Warum denn sind sie die Herren, und wir . . .? Julius hat gesagt, Rom müsse fallen wie eine morsche Eiche, wenn Jupiters Stelle auf dem Kapitol ein anderer Gott einnähme. Jupiter sitzt zwar noch in dem marmornen Tempel auf seinem Thron von Elfenbein, aber nicht furchtbar müssen seine Blitze sein, wenn der erste beste Schauspieler ungestraft die Götter des Olymp verhöhnen darf.

Servius hob seinen Blick zu Julius. Auch der Tribun saß gesenkten Hauptes da und starrte vor sich hin.

„Wenn ich Imperator wäre, ließ ich den Komödianten kreuzigen." sprach ihn Servius mit leiser Stimme an.

„Auch ich." brummte Julius zurück.

In der Loge gegenüber derjenigen des Lucius Verus schob eine lange weiße Hand den Purpurvorhang zurück; in der Öffnung erglänzte ein Paar schwarzer, feuriger Augen, die auf Servius gerichtet waren. Der Blick war von so stechender Kraft, dass der Germane ihn verspürte; aber als auch er hinblickte, fiel der Vorhang zu.

Nun bemerkte Servius rund um sich her ein zweideutiges Lächeln. Er ahnte nicht den Grund des Interesses, welches er erweckte, aber er wusste, dass das Geraune, welches jetzt entstand, ihm galt.

„Wenn du nur willst." sagte ihm Julius. „kannst du dich in Rom gut unterhalten. Faustina hat ein Auge auf dich geworfen."

„Wer?" fragte der Germane.

„Faustina, die Gemahlin des göttlichen Marcus Aurelius."

„Und was ist denn dabei?"

Julius vermochte noch nicht zu antworten, als sich ihm einige Senatoren näherten. Sie begrüßten ihn herzlich, und dann baten sie ihn, sie mit Servius bekannt zu machen.

Der germanische Präfekt sah sich plötzlich von den höchsten Würdenträgern Roms umgeben. Berater der Cäsaren, Präfekten und Prätoren überhäuften ihn mit liebenswürdigen Worten, offenbar um seine Gunst werbend. Sie trugen ihm ihre Dienste an, und nachdem sie erfahren hatten, welches Unrecht der Grund seiner Anwesenheit in Rom sei, verhießen sie ihm ihre Hilfe und gerechte Strafe für den ruchlosen Verbrecher.

Zwei Männer betrachteten diesen Vorgang sehr aufmerksam.

Der Steuerpächter Fabius runzelte die Stirn und riss zuckend an seinem Bart. Plötzlich erhob er sich und verließ seinen Sitz, nicht ohne Marcus, der unter den Senatoren saß einen verständnisvollen Blick zuzuwerfen.

Bald darauf verließ auch der „lustige Prätor" das Theater und begab sich in den Portikus, wo er seinen zukünftigen Schwiegervater in unruhiger Erwartung vorfand.

„Ist dir heiß?" fragte Marcus, höhnisch lachend. „Willst du dich abkühlen?"

„Vergiss nicht." antwortete Fabius in zornigem Ernst, dass mein Vermögen bald das deine werden soll?"

„Nun ja, und gerade deshalb wirst du vernünftig handeln, wenn du mir die Mitgift sofort auszahlst; meinen Händen wird sie niemand entreißen.

„Außer du selbst."

„Du fängst an witzig zu werden, und zwar zu sehr ungelegener Zeit. Das sieht aus wie Galgenhumor!" entgegnete Marcus.

„Du könntest mich aber auch einen Augenblick ernsthaft anhören."

„Also ganz ernsthaft gesagt: wir haben uns gar nichts mehr zu sagen; hier muss gehandelt werden, und zwar ohne Verzug. Denn, wie ich merke, könnte dieser germanische Haudegen bis zum Imperator selbst vordringen."

Marcus schaute um sich her, und nachdem er sich überzeugt hatte, dass sie von niemand belauscht wurden, fügte er flüsternd die Frage hinzu: „Und die Germanin?"

„Ist schon gut versteckt."

„Bist du dir ganz sicher?"

„Ganz sicher."

„Das nächste, was du nun zu tun hast, ist, im Würfelspiel deine murrinische Vase an den Stadtpräfekten zu verspielen. Ich weiß, dass sie ihm sehr gefallen hat."

Fabius machte ein schiefes Gesicht. „Gleich die Vase! . . . Das ist ja ein Vermögen!"

„Ist dir deine Haut nicht noch wertvoller? . . . In einigen Tagen gebe ich ein Gastmahl, an dem auch Lydia teilnehmen wird, mit der du bekannt werden wolltest. Dies ist die einzige Gelegenheit, dich mit dem Stadtpräfekten zusammenzubringen. Da wirst du das Fallen der Würfel absichtlich zu deinen Ungunsten verbessern müssen. Zu den Stadtwachen und geheimen Agenten sende einen klugen Sklaven und spare nur ja kein Geld."

Fabius trat nun dicht an Marcus' Seite und mit den Augen zwinkernd, flüsterte er: „Wäre es nicht besser, diesen Germanen . . .?" Er beendet den Satz mit einer Gebärde, welche einem Stoß glich.

Marcus trat einen ganzen Schritt zurück. Wieder regte sich in ihm der Abscheu gegen den alle Rücksichten bei Seite lassenden Händler mit den Wolfszähnen und den Katzenaugen.

„Darüber befrage griechische Sklaven um ihren Rat." antwortete Marcus kühl. „Die verstehen alles, auch mit Dolchen umzugehen . . . Auf Wiedersehen! Ich kehre ins Theater zurück."

„Tor!" murmelte ihm Fabius nach.

- o -

Auf der Bühne hatte sich inzwischen der Wettbewerb der drei Göttinnen Minerva, Juno und Venus um den goldenen Apfel, den Preis der Schönheit, abgespielt, und zwar in einer Weise, die den rasenden Beifallssturm der Zuschauer erntete. Die Klasse der fetzigen und geflickten Togen raste vor Vergnügen, die der Purpurgekleideten, welche die der Bühne zunächst gelegenen Sitzreihen einnahm, lächelte begehrlich.

Julius und Servius erhoben sich gleichzeitig.

„Gehen wir?" fragte der Tribun.

„Ich habe kein Verlangen nach der Fortsetzung." antwortete der Präfekt.

Nachdem sie das Theater verlassen hatten, gingen sie zu Fuß über das verödete Marsfeld.

Julius ergriff zuerst das Wort: „Du scheinst nicht entzückt zu sein von unseren Vergnügungen."

„Jetzt erst begreife ich jene Zierlinge, die uns Rom zu den Legionen schickt, jene nach Salben duftenden Tribunen und in der Blüte der Jahre ausgemergelten Legaten." gab Servius zur Antwort. „Auch ich begreife nun, warum Avidius Cassius im letzten Kriege die militärische Zucht mittels Schwert und Kreuz wiederherstellen musste. Ich möchte kein Heer in die Schlacht führen, welches nur aus Söhnen Roms bestünde."

„Und doch haben solche Heere die Macht des Orients gebrochen." widersprach durch den Mund des Julius der Stolz des Römers.

Servius machte eine verächtliche Handbewegung.

„O, der Orient! Im Morgenland gehen die Männer in weichen Weiberkleidern einher. Übrigens sind drei Viertel der Legionäre nicht mehr Abkomme eures Blutes."

Julius widersprach nicht. Er wusste, dass der Germane die militärischen Verhältnisse ebenso gut kannte, wie er selbst. Doch schmerzte den Römer gerade die Tatsache, dass ein Barbar solche genaue Kenntnis besaß.

„Der langwierige Frieden unter der Herrschaft der Antonine hat die Zucht des Lagerlebens ein wenig gelockert." wendete er ein; „aber es soll nur ein Ernstfall eintreten, und sofort werden wir die alte römische Tüchtigkeit erwachen und erglänzen sehen. Bisher hat uns noch niemand übertroffen, weder in Kriegstüchtigkeit noch in Staatsklugheit."

Der Germane schwieg. Düstere Gedanken wollten ihm offenbar nicht aus dem Kopf, denn seine Stirn runzelte sich stets von neuem.

Sie näherten sich der Breiten Straße, als sie eine geschlossene Sänfte vorbeigleiten sahen, deren Träger im Laufschritt gingen.

„Nach dem Frühmahl werde ich mich zur geheimen Wache begeben." sprach Servius. „Ich möchte möglichst schnell den Zweck meiner Anwesenheit in Rom erfüllt sehen, um wieder über die Alpen ins Lager zurückkehren zu können."
„Und wenn du Thusnelda nicht findest?"
„Dann bliebe mir nur eine traurige Pflicht: die Rache."
„Mögen dir die Götter behilflich sein."
„Vielleicht die aus dem Theater?" spöttelte Servius bitter lächelnd.
„Der Hades soll die niederträchtigen Griechen verschlingen!" schalt Julius. „Der Verfall der Sitten in Rom ist ihr Werk."
„Meinetwegen; aber ich begreife nicht, wie Leute, welche an den Pantomimen eines Paris Gefallen finden, in den Tempeln Opfer darbringen können. Für meine barbarische Seele ist eine solche Heuchelei unfassbar. Wenn ich Römer wäre, zertrümmerte ich entweder die Altäre aller Venusse, Simonen und Minerven, oder aber ich ließ alle Verfasser dieser Stücke und alle Histrionen kreuzigen. Und waren denn nicht auch Priester im Theater?"
„Leider."
„Das ist eine absonderliche Art von Götterdienern, welche einem Paris zujubeln. Wie willst du denn nur die Griechen allein für den Sittenverfall verantwortlich machen? Kann denn das Volk an die Lehren solcher Priester glauben?"
Und wiederum widersprach Julius nicht, obwohl ihn die Worte des Germanen tief berührten.
„In der Tat." sagte er wehmütig, „vieles hat sich verschlechtert in dem Rom der Cäsaren. Wir hätten irgendeine schwere Heimsuchung nötig, irgendein Unglück, welches uns züchtigen und wieder zu den Altären der Götter bekehren würde."
„Ich zweifle, ob dasjenige Rom, welches ich heute im Theater geschaut habe, sich jemals vor den Göttern des Olymp vertrauensvoll und demutsvoll beugen könnte. Ich sage das nicht als Germane, sondern als römischer Ritter und Präfekt, erzogen von euren Rhetoren und Philosophen. Ich hatte geglaubt, die Weisheit der gebildetsten Nation werde mir die Fabeln meines eigenen Volksstammes ersetzen; heute weiß ich nur so viel, dass ich unsere Götter missachten gelernt habe, nicht aber die eurigen liebe. Weder eure noch unsere Götter sind die wahren, da sie keine Furcht und keine Verehrung mehr erwecken."
„Du sprichst wie ein Christ." bemerkte Julius.
„Ich spreche wie alle, die aus euren Büchern, Schulen und Theatern ihre Erziehung hergeholt haben. Ich spreche wie alle Gebildeten unserer Zeit, wie du selber, wenn du mit dir allein bist."
„Trotzdem verurteilst du unsere Theater und bringst Opfer dar vor jeder Schlacht!"
„Ich verurteile eure Theater, weil mir jegliche Gotteslästerung abscheulich vorkommt. Opfer aber bringe ich dar nicht euren, und auch nicht unseren Göttern, sondern jenen unbekannten, die ich nicht sehe, die ich jedoch immer um mich herum spüre, wenn sich der Flügelschlag des Todes über meiner Reiterei unheimlich vernehmen lässt."
„Du glaubst wirklich an jene unbekannten Götter, Servius?"
„Und du fragst darum? Du, ein Soldat, welcher aus Schlachtfeldern so oft die Wahrheit von Ahnungen und warnenden Zeichen erfahren hat?! Du, der sich ins Schlachtengewühl stürzt, stets in dem Bewusstsein, dass du unversehrt wieder herauskommst?! Wenn irgend ein lächerlicher

Rhetor oder Philosoph, welcher die Stimme des Todes nie gehört hat, welcher niemals bereit war, sein Leben in der Blüte der Jahre zu lassen, welcher niemals in Betrachtung versunken dastand über einem mondbeleuchteten Haufen von Leichen . . . wenn ein solcher Elender im Gefühl der Sicherheit, welche er in den Straßen der Stadt unter dem Schutze der Behörden genießt, zungenfertig die Götter verhöhnt, so wundere ich mich darüber gar nicht; der Soldat aber hat kein Recht die Götter zu lästern, denn in schweren Augenblicken verspürt er unbekannte Gewalten neben sich. Denkst du noch an jene Nacht vor der Schlacht in Pannonien!"

„Ich gedenke derselben . . ." murmelte Julius. „Helfe uns der Genius unseres heimischen Feuerherdes, das heilige Feuer der Vesta." fügte er nach einer Weile mit klangloser Stimme hinzu, „und deine . . . unbekannten Götter!"

- o -

Sie bogen in die Gartenstraße ein, wo die beiden Männer mit derselben Sänfte zusammenstießen, welche sie schon auf dem Marsfeld hatten vorbeigleiten sehen. Diesmal öffnete sich der Vorhang.

„Gruß dem unfreundlichen Nachbarn und Verwandten." meldete sich die Stimme Tullias, und die Sänfte hielt.

Der Tribun näherte sich.

„Dringende Angelegenheiten meines Gastes" . . . er wies auf den ebenfalls herantretenden Präfekten . . . „haben es mir unmöglich gemacht, mein gestriges Versprechen zu halten, nämlich dir heute meine Huldigung zu Füßen zu legen." entschuldigte sich Julius, die schöne Witwe begrüßend. „Wir kommen aus dem Theater, wo wir einen Teil unseres Geschäftes besorgt haben."

Tullia stieg aus der Sänfte.

„Ich sehe: mit Soldaten muss man ebenso umgehen, wie sie selbst ihre Feinde behandeln. Ich nehme euch gefangen und befehle, bei mir das Frühmahl einzunehmen."

„Einem so liebenswürdigen Überfall unterwirft sich jeder Krieger ohne Widerstand." antwortete Julius, das Haupt beugend.

„Und die Barbaren kämpfen nicht mit dem weiblichen Geschlecht." fügte Servius höflich hinzu.

„Manchmal aber werden dieselben von Weibern herausgefordert!" lachte Tullia bedeutsam. „Ich habe bemerkt, dass auch ihr euch bei der heutigen Vorstellung gelangweilt habt."

„Du kommst also auch schon vom Theater?" fragte Julius.

„Ich hatte keine Lust, die ekelhaften Dinge noch länger anzusehen und anzuhören. Ich begreife nicht, wie man an ewigen Treubrüchen und Gotteslästerungen Gefallen finden kann. Weit sind wir von der Sittenstrenge unserer Vorfahren abgewichen, wenn wir so für die griechische Fäulnis schwärmen. Jeder Mutter, welche ihre Töchter in die Vorstellung von Marullus führt, soll der Censor das Recht absprechen, weiße Kleider zu tragen; einer solchen kommt das bunte Kleid der Dirne zu. Zuweilen fühlt man sich versucht, zu beklagen, dass aus dem Thron sanftmütige, milde Antonine sitzen anstatt grausame Claudier und Flavier."

Julius hörte argwöhnisch zu. Tullia sprach so? Er kannte ja seine schöne Verwandte von früher her, als sie noch die Gattin des Prokonsuls war; er wusste, dass sie nur allzu stark am Theater und an der griechischen Literatur hing, und dass der alte Cornelius die Hälfte seiner Landgüter hatte verkaufen müssen, um ihre Gelüste zu befriedigen. Aber Tullias Gesicht zeigte nichts

Unaufrichtiges. Sollte etwa der Witwenstand eine solche Sinnesänderung in ihr hervorgebracht haben?

Mit bezauberndem Lächeln wiederholte die Patrizierin ihre Einladung, als sie mit den Gästen vor ihrem Haus ankam.

Hier geleitete sie dieselben bis in das Atrium, dann entschuldigte sie sich:

„Verzeiht, dass ich euch für einige Augenblicke verlasse; aber auch solche Kleinigkeiten, wie ein Frühmahl, erheischen die Mitwirkung der Hausherrin. Ich werde euch indes Mucia hereinschicken."

Julius wunderte sich über Tullia im Stillen immer mehr. Tullia befasste sich mit dem Hauswesen? Sie, die niemals wusste, was auf den Tisch kommen würde, stets sicher, dass der sizilische Koch, ein Meister in seiner Kunst, die Anordnung besser traf als sie selbst?

Mucia trat in den Saal und begrüßte die Gäste mit einem freundlichen Lächeln.

„Die Manen von Corneliern begrüßen euch mit Freuden, tapfere, um Rom hochverdiente Männer." sagte sie etwas feierlich, und mit einer anmutigen Handbewegung lud sie ein, sich niederzulassen. „Bitte, die Tante wird nicht lange auf sich warten lassen."

„Nicht zu Haus, sondern im Theater glaubte ich die schöne Mucia anzutreffen." erwiderte Julius.

„Der Jugend gehört das vergnügte Lachen."

„Das Lachen unserer Theater beleidigt die Ohren einer Römerin." antwortete Mucia.

„Zehntausend Römerinnen klatschen heute einem Paris Beifall." bemerkte der Germane.

„Das waren Römerinnen, welche griechische Bildung genossen haben und sich damit vergiften ließen."

„Nun, und du, Mucia?" fragte Julius.

„Mich nennt Marcus Quinctilius eine Römerin des ‚hölzernen Rom'. Ich verstehe, Wolle zu spinnen, aber für Pantomimen und Marullische Satiren fehlt mir das Verständnis. Dazu gehört ein verfeinerter Geschmack; ich finde an der veralteten Einfachheit mehr Wohlgefallen."

Die Worte Mucias waren mit eben solcher Wahrhaftigkeit gesprochen, wie sich in ihren Augen Offenherzigkeit ausdrückte. Mit großem Interesse betrachteten beide Krieger die Jungfrau, die so viel von der Würde einer Matrone an sich hatte. Sie wurde etwas verlegen.

„Also du liebst unsere Theater nicht?" nahm Julius das Gespräch wieder auf.

„Du kannst noch fragen, Tribun, du? Du selber hast ja deine Jünglingsjahre lieber im Feldlager zubringen wollen, als im Theater. Anstatt die lebenslustige Gesellschaft deiner Altersgenossen zu genießen, hast du es vorgezogen, dich im Dienst Roms ärger als der Sklave eines Plebejers zu plagen und nach den überstandenen Mühen des Tages das harte Zeltlager aufzusuchen. Ein Quinctilier fragt eine Cornelierin, ob sie an gemeinen Dingen Gefallen findet?"

Mit jedem ihrer Worte geriet sie immer mehr in Eifer. Bei den letzten Worten schaute sie den Tribunen fest an; als aber sein entzückter Blick den ihrigen traf, senkte sie wieder verlegen ihr Köpfchen.

Das Gespräch konnte nicht fortgesetzt werden, da die Herrin hereintrat.

„Ich habe im Hofe decken lassen, weil es heute draußen so schön ist." sagte Tullia und führte ihre Gäste durch einen engen Gang zur gedeckten Tafel.

„So, hier haben wir es licht und grün. Im Voraus bitte ich die bescheidene Aufwartung zu entschuldigen und mit dem vorlieb zu nehmen, was gerade im Hause zu haben ist; eigentlich bin ich ja unvorbereitet."

Nur zwei Sklaven trugen die Schüsseln herum, und es waren so einfache Speisen, dass sogar die Legionäre, obwohl sie im Lager keine feine Küche kannten, davon etwas überrascht waren. Das ganze Frühmahl bestand aus Austern, Bratfischen, Brot, Früchten und jungem Albanerwein. Tullia goss aus ihrer Schale, bevor sie dieselbe an die Lippen brachte, einige Tropfen auf den Fußboden, den Hausgöttern zum Opfer.

„Der Sieg, den unsere Legionen über die Völker des Morgenlandes davongetragen haben." begann sie lächelnd, sich Julius zuwendend, „wird unserem tapferen Tribunen hoffentlich die Möglichkeit geben, längere Zeit hindurch in der Hauptstadt auszuruhen, womit die Römerinnen sehr zufrieden sein werden!"

„Die schönen und feinen Römerinnen werden an so derben Soldaten, wie ich einer bin, keine Freude haben." entgegnete Julius. „Im Lager habe ich die glatten Redensarten vergessen, höfliche Formen und Geschmeidigkeit verloren."

„Höflichkeit und Geschmeidigkeit beim Manne kommen wieder mit der Liebe, und Julius Quinctilius verdient ja die Verehrung der Römerinnen. Heute gibt es immer weniger Patrizier von deinem Schlage . . . Ich zweifle nicht, dass sich auch der tapfere Präfekt längere Zeit hindurch in der Gesellschaft der Römerinnen wohlfühlen wird." Mit diesen letzteren Worten wandte sie sich an Servius.

Der Germane unterbrach sein bisheriges Schweigen. „Nur eine Cornelia und nur ein Quinctilius versöhnen einen Barbaren mit einem Tausend jener, welche einen Paris mit Blumen überhäufen."

„Ich bin durchaus nicht verwundert darüber, dass unser Theater den keuschen Augen der Söhne Germaniens missfallen muss. In euren Wäldern, sagt man, habe sich seit den Zeiten des Geschichtsschreibers Tacitus nichts geändert; und aus seinen Büchern wissen wir, dass die Treue bei euch etwas Heiliges ist."

Bei diesen Worten blitzte es in den Augen Tullias für einen Augenblick so fein spöttisch, dass es nur Julius gewahrte, welcher jede Bewegung der Prokonsulswitwe aufmerksam verfolgte.

„Ja, die Barbaren." antwortete Servius, „sind noch so ungebildet, dass sie an die Heiligkeit der Eide, der Verträge, der Ehe und an viele andere ‚Fabeln' glauben."

„Ich bemerke, der tapfere Präfekt hat von den Römern nicht nur das Schwert schwingen, sondern auch mit der Zunge fechten gelernt."

„In der Tat waren eure Grammatiker, Rhetoren und Philosophen die Bildhauer meiner Jugend."

„Und sie hatten einen dankbaren Schüler!"

„Sie selbst waren anderer Meinung. Oft beklagten sie sich vor meinem Vater, dass ich ihre Weisheit nicht würdige. Die starre Natur des Barbaren verkannte den Wert der spitzfindigen sophistischen Schwatzereien und der rhetorischen Stilverrenkungen."

„Und doch hat sie dieselben ausfallend richtig geschätzt!" lachte Tullia. „Ich möchte wissen, ob dieselbe starre Natur eben so richtig die glühende Liebe der Römerinnen zu schützen verstände. Manch' schwarzes Augenpaar ruhte heute im Theater auf der einnehmenden Erscheinung des berühmten Präfekten der Reiterei."

„In dieser Richtung werde ich meine Fähigkeiten nicht erproben können, weil ich nicht mehr frei bin." antwortete Servius.

„Und das sollte ..."

Sie wollte sagen „abhalten" bemerkte aber ihren Fehler sofort und sagte schnell: „Und das sollte auch bei uns noch allgemeine Regel sein."

Dann wandte sie sich wieder Julius zu.

„Man hat mir gesagt, dass du die Absicht hast, dich ums Prätorat zu bewerben. Rom freut sich schon auf die glänzenden Spiele, denn nur ein Quinctilier kann glänzend auftreten."

„Nach dreizehnjährigem Lagerdienst gebührt mir ein Jahr Ruhe auf dem Prätorenstuhl." gab Julius zur Antwort.

„Aber das alte Rom sah nicht gern unverheiratete Prätoren." bemerkte Tullia scheinbar gleichgültig.

„Auch daran habe ich gedacht."

Bei diesen Worten erhob er seine Augen zu Mucia, welche sich nicht an dem Gespräch beteiligte. Nicht Tullia, sondern Mucia machte hier die Hausherrin; ihre Blicke und ihre Zeichen lenkten die bedienenden Sklaven.

Es folgte ein Augenblick des Schweigens. Mucias Wangen erglühten unter dem Eindruck des Blickes von Julius, und in Tullias Augen blitzte es so unheimlich, dass ihr bisher helles, lächelndes Gesicht einen Ausdruck erhielt, über welchen Julius erschrak. Hass und Rachsucht kamen in den sonst so schönen, echten Römerzügen ihres Antlitzes zum Vorschein, die nun so verzerrt waren.

Bald aber hatte die Patrizierin ihre innere Aufregung gemeistert. „Vielleicht begeben wir uns in den Garten." schlug sie vor, wieder kühl und ruhig, und erhob sich.

Doch Julius antwortete: „Mit größtem Vergnügen werden wir ein andermal deine Gastfreundschaft für längere Zeit in Anspruch nehmen; für heute bitten wir um Urlaub. Der Präfekt hat noch vieles in der Stadt zu tun."

„Unter diesen Umständen halte ich nicht auf, bitte dich aber, meines Hauses freundnachbarlich zu erinnern."

- o -

Als die Gäste hinter dem Vorhang verschwunden waren, wendete sich Tullia gegen ihre Nichte.

„Ich hätte geglaubt." sprach sie, Mucia mit grimmigen Blicken messend, „dass Patrizierinnen des hölzernen Rom die Werbemittel von Dirnen verschmähten!"

„Ich weiß nicht, wohin du abzielst, Tante." erwiderte Mucia und erhob stolz ihr Haupt.

„Du verstehst mich sehr gut. Du hast dich heute vor den Gästen sehr schlau benommen."

„Geschwiegen habe ich, Tante!"

„Dein Schweigen war beredter als unbescheidene Blicke."

„Ich war nur über die Einfachheit des Empfanges verwundert."

„Also hast du mich beargwöhnt! Du hast über die Gründe meiner Anordnungen Vermutungen angestellt, welche nicht zu deinen Plänen passen! Weißt du, dass es in Rom nicht viele solche Verwegene gibt, die meinen gerechten Zorn verdienen möchten?"

„Tante, ich habe mich bisher stets deinen Gewohnheiten gefügt, obwohl ..."

„Und du hast vernünftig so gehandelt, denn schwarz wäre für dich der Tag, an welchem es dir einfallen sollte, dich meinen Absichten in den Weg zu stellen."
Jetzt trat Mucia ihrer Tante näher, und ihr gerade in die Augen schauend, sprach sie: „Wenn deine Absichten irgendeinmal mit den Pflichten einer Römerin in Widerstreit geraten sollten oder mit dem, was ich als mein Recht betrachten darf, dann würde ich vor deinem drohenden Zorn weder zurückschrecken noch zurückweichen. Du sprichst zu einer Cornelia!"
Nicht das sanfte Mädchen sprach diese Worte, sondern die Patrizierin, welche keine Befehle von wem immer annimmt, noch viel weniger Drohungen ruhig zu ertragen vermag. Eine tiefe Furcht in der Stirne, die Augen halb zugedrückt, die Unterlippe vorgeschoben, so stand Mucia ihrer Tante gegenüber, ebenso stolz und hoheitsvoll, ebenso unbeugsam wie letztere selbst.
Diese, überrascht von der Entschiedenheit ihrer Nichte, schwieg und biss sich auf die Lippen.
„Die Wahl eines Ehegemahls ist nicht Sache des Weibes." sprach Mucia weiter. „Wenn Julius Quinctilius dich vor den Altar seines häuslichen Herdfeuers führt, wird nicht mein Neid deine Freude trüben; wenn aber ..."
Hier verstummte auch Mucia, kehrte sich um und verließ langsam den Hof.
„Du sollst deine dreiste Rede bereuen!" zischte ihr Tullia nach.

Kapitel 5

Am Abend desselben Tages schlichen zu einem Hinterpförtchen der Juliusschen Behausung vier Männer hinaus, deren einer mit einer Fackel voranleuchtete. Alle trugen dunkle Mäntel mit Kappen. An der Ecke der Gartenstraße machten sie Halt.
„Hermann wird den Präfekten zum Grünen Schwan bringen." sprach der alte Siegfried. „Dort zechen die Sklaven und Gladiatoren des Fabius. Caius geht mit mir auf den Esquilin; vielleicht gelingt es uns, bei dem Torwächter des Ägypters irgendein Anhaltspunkt zu gewinnen. In einer Stunde werden wir uns im Grünen Schwan einfinden und können dann gemeinschaftlich beschließen, was weiter zu tun ist. Nur muss Hermann seine Augen stets und überall offen haben, denn um diese Stunde ist es in Rom nicht sicher."
Damit reichte er dem Zenturionen eine frisch angezündete Fackel und entfernte sich mit Caius.
„Kannst du dich auch noch gut erinnern, wo der Grüne Schwan liegt?" fragte der Präfekt seinen Zenturionen.
„Am Fuße des Palatin; ich finde ihn ganz einfach, weil ich dort früher oft mit germanischen Soldaten verkehrte." antwortete Hermann. „Aber Ihr, Herr, haltet stets das kurze Schwert bereit, denn ich habe heute gegen Abend hinter der Gartenmauer verdächtiges Gesindel herumschleichen gesehen; mir schwant stark, dass Fabius' Angst schon über eurem Haupte kreist."
„Ich habe meinen Panzer unter der Tunika." beruhigte der Präfekt.
Durch Nebengassen schritten sie den Quirinal entlang, gegen den Hauptplatz, das Forum Romanum. Rechts und links erhoben sich die Häuser so hoch, dass sie mit dem dunklen Himmelsgewölbe

zusammenzustoßen schienen. Aus den Rinnen, die in der Mitte jeder Gasse liefen, verbreiteten sich üble Gerüche.
Der Unrat vieler Tage bedeckte das Straßenpflaster, in Erwartung eines wohltätigen Regengusses. Aus den steinernen Stufen vor den Eingängen zu den Krämerladen und den Werkstätten saßen die kleinen Händler und Handwerker mit Frau und Kind, der Abendruhe hingegeben, gemütlich miteinander plaudernd, hier und da auch wohl zankend. Besonders die Weiber mussten sich jetzt auskeifen, weil sie am Tage keine Zeit dazu hatten; die Männer lachten laut dabei und stachelten die zuweilen erlahmende Streitsucht ihrer ‚schöneren' Lebensgenossinnen durch eingestreute Zwischenbemerkungen auf; die Kinder aber balgten katzenartig herum, unbekümmert um alles, oder fischten auch die Reste von Früchten aus dem Rinnsal heraus und verzehrten sie. Armseligkeit trat überall zutage: zerfetzte, schmutzige Tuniken machten das Fackellicht unbarmherzig sichtbar; barfüßig waren nahezu alle. Und doch wussten sie sich auf ihre Art zu vergnügen. Helles Gelächter, das sich auf die andere Seite der Straße und nach rechts und links nebenan fortpflanzte, erklang jeden Augenblick; Fröhlichkeit war der Grundton des abendlichen Treibens in den Gassen, welche das römische Proletariat bewohnte.
„Ich begreife nicht, wie die Leute in dieser verpesteten Luft leben und sich noch des Lebens freuen können." sagte der Präfekt zu Hermann, der schnell voranschritt und etwaige menschliche Hindernisse unnachsichtig mit seinen Ellenbogen aus dem Weg räumte. „Denn die bemalten Vorhänge an den Eingängen können über das dahinter versteckte Dunkel und Elend nicht hinwegtäuschen. Heute Morgen schaute ich im Theater die blendendste Prachtentfaltung; noch greller erscheint mir im Dunkel der Nacht das römische Elend."
„Da sind unsere markomannischen Waldhütten von Holz und Lehm doch besser als diese steinernen Kerker." antwortete Hermann. „Ein germanischer Hund müsste in dieser Luft verrecken. Von so engen und verpesteten Räumen hätte ich mir in meinen jüngeren Jahren nie eine Vorstellung machen können."
Sie kamen an das andere Längsende des Quirinals. In den Eingängen zu einer Art von Höhlen, die durch kleine Öllämpchen kümmerlich beleuchtet waren, wurden Weiber sichtbar, die unsere Wanderer bis zum Trajansplatz mit schamlosen Zurufen verfolgten, bis Hermann einem ihnen dreist nachlaufenden Weib die Fackel unter die Nase schob.
„Platz da, ihr Gesindel! Aus den, Wege, elende Ratten!"
Und mit seinen Ellenbogen gab er seinen Worten den gehörigen Nachdruck, um sich einen Weg zu bahnen mitten durch eine Gruppe, welche die ganze Gassenbreite einnahm.
„Geh' du aus dem Weg, du bellender Hund!" schrie ihm ein verlotterter Lump zu.
Hermann versetzte ihm einen Schlag ins Genick, gab dem Hinsinkenden noch einen Fußtritt dazu und ging über seinen Leib hinweg weiter.
„Du kannst heute noch etwas abbekommen!" warnte lachend der Präfekt, höchst ergötzt von Hermanns Handeln.
„Meine Faust ist heute tatendurstig." antwortete Hermann; „An die zwanzig könnte ich allein zusammenschlagen."
Sie überschritten drei Plätze, welche von Trajan, Augustus und Nerva ihre Namen hatten und kamen dann auf einen sehr großen Platz, wo sich das Flavische Amphitheater erhob.

Als sie hier in eine Gasse einbogen, welche zum Palatinischen Hügel führte, traten plötzlich zwei Männer hinter der Ecke hervor. Der eine rannte an Hermann an und schlug ihm die Fackel aus der Hand, während der andere auf den Präfekten losstürzte und demselben einen Dolchstoß gegen die Brust versetzte. Schnell beugte sich Hermann nach seiner Fackel, als er sich aber wieder aufrichtete, war niemand mehr zu sehen.

„Seid Ihr verwundet, Herr?" fragte er und musterte den Mantel des Präfekten.

„Das war eine schwache Hand." antwortete Servius; „hat nicht einmal eine Beule in den Panzer gestoßen! Aber ich sehe, dass man auf seiner Hut sein muss: Fabius verliert keine Zeit!"

Etwas langsamer und auf jedes Geräusch achtend, gingen sie am Fuße des Palatins weiter. Die bisher stille und verödete Gasse begann sich zu beleben; gruppenweise zogen Gladiatoren und Soldaten in die Schänken.

„Hier muss irgendwo der Grüne Schwan sein." sagte Hermann, mit seiner Fackel die leinenen Vorhänge beleuchtend, auf welchen die Handelsleute und Schankwirte ihre Schildzeichen gemalt hatten.

„Da haben wir ihn."

Sie betraten eine geräumige Stube, in welcher Marmortische umherstanden. und nahmen an einem derselben unweit der Tür Platz. Im Grünen Schwan war es schon so voll, dass anfangs niemand den Eintritt neuer Gäste bemerkte. Mädchen in bunten Tuniken schenkten aus großen Tonkrügen Albanerwein ein.

Hermann schlug mit der Faust auf den Tisch und rief: „Wein her!"

Ein riesenhafter Kerl mit einem roten, wirren Bart, der neben dem Schankfass stand, schrie: „Hörst du nicht, du gallische Kröte? Wein hin zum fünften Tisch!"

Mit einschmeichelndem Lächeln um ihre Lippen schwebte eine junge Sklavin zu den Germanen heran und füllte ihnen die Schalen.

„Vielleicht etwas zum Zubeißen? Rettich, frische Zwiebel, aus-gezeichnete Schnecken, Seefische?"

„Wir verlangen nur recht viel Kalk und Pfeffer, damit wir uns gründlich ausspucken können." antwortete Hermann.

Damit fertigte er das Mädchen ab, welches schon zudringlich werden wollte, und dann widmete er seine ganze Aufmerksamkeit der vielköpfigen, lärmenden Gesellschaft, die aus Gladiatoren, Sklaven, Soldaten und aus einigen römischen Bürgern bestand, deren schmutzige Togen längst nichts mehr von ihrer ursprünglichen weißen Farbe erkennen ließen. Dieser ganze Schwarm tat sich an dem erbärmlichen, sauren Getränke gütlich und unterhielt sich gruppenweise.

„Dem mit dem Netz hast du aber einen ordentlichen Stoß versetzt!" schrie ein Gladiator einem anderen in die Ohren. „Auch nicht einen Muckser mehr hat er von sich gegeben."

Eine besondere Art Ringkämpfer bediente sich eines kleinen Netzes mit dem Kunstgriff, dasselbe dem Gegner über den Kopf zu werfen und ihn dadurch kampfunfähig zu machen.

„Was sollte er noch mucksen?" lachte der andere. „Er hat es ja doch genau auf den richtigen Fleck bekommen! Er fiel wie ein Klotz mit dem Gesicht in den Sand, und weg war er!"

„Und das ist seit drei Tagen dein fünfter?"

„Jawohl, der fünfte."

„Du hast in dieser Woche eine glückliche Hand."

Nun meldete sich ein in der Nähe der Gladiatoren sitzender ärmlich gekleideter römischer Bürger mit einem fuchsähnlichen Gesichtsausdruck:
»Wenn an Stelle des Marcus Aurelius ein anderer Imperator auf dem Palatin säße, schenkte er dir die Freiheit; der aber . .“
Er machte eine verächtliche Handbewegung.
Die Zirkuskämpfer warfen einen Blick auf den Zwischenrufer, dann sahen sie einander an und schwiegen.
Indessen setzte der Schäbige, mit seinen listigen Augen Umschau haltend, den abgebrochenen Satz fort und sagte: „Der aber ist nur in seine Bücher und Griechen verliebt; römische Sitten missachtet er."
Da ihm niemand antwortete, wendete er sich den Germanen zu: „Wenn nicht der Imperator Lucius Verus da wäre, wär's schade, in Rom zu leben."
Nun meldete sich Hermann.
„Trage du nur deine laugen Ohren anderswohin; du siehst. Im Schwan verdienst du dir nicht einmal das morgige Mittagessen!"
Helles Gelächter aus der nächsten Umgebung belohnte die Worte des Zenturionen.
„Schwere Zeiten sind über die Spione gekommen." sagte Hermann zu dem Präfekten, „wenn sie schon im Grünen Schwan Verdienst suchen."
Der schäbige Bürger erhob sich, warf allen um sich herum den bösen Blick einer Katze zu, die bei einer Dieberei ertappt worden war und verließ die Schenke, von Flüchen der Gladiatoren begleitet.
„Das ist jetzt ein sehr schlechtes Gewerbe." sagte derjenige, der fünf Gegner niedergestochen hatte, ein Germane von kleiner, gedrungener Gestalt mit dem Nacken eines Stieres. „Aus Gladiatoren und Plebejer machen sie schon Jagd, nachdem unter den Patriziern schon zu stark aufgeräumt worden ist."
„Aber auch mit deinem Gewerbe scheint es herabzugehen, da du nur auf die Kosten einer Zeche in den Grünen Schwan kommst." bemerkte Hermann.
„Es sollen nur die großen Spiele kommen, dann wird es genug Arbeit geben!" antwortete der Gladiator. „Wenn nur ordentlich gewettet werden wollte, denn das Dienen und Umbringen um gewöhnlichen Lohn bringt nichts ein."
„Bei welchem großen Herrn dienst du denn?" fragte Hermann.
Der Gladiator zuckte die Achseln.
„Gibt es denn jetzt wirklich große Herren? Was von alten Geschlechtern übrig geblieben ist, ist herabgekommen; dasjenige Gesindel aber, welches sich in den Provinzen bereichert hat, knausert ärger als ein Sklave, der Geld zusammenspart, um sich freizukaufen. Was versteht denn so ein Fabius von Zirkusspielen?! Er verdingt uns an Prätoren und streicht für unsere Blutarbeit Tausende von Sesterzen ein."
„Also bei Fabius bist du angestellt?" fing Hermann auf.
Der Gladiator spie aus.
„Jetzt können sich nur noch Freigelassene den Luxus von Gladiatoren erlauben!" sagte er, sich vorsichtig umschauend.

Niemand, außer den beiden Germanen, hörte mehr zu; die Gesellschaft war schon trunken und vergnügte sich am Würfelspiel.

„Vater Siegfried!" rief plötzlich der Gladiator. „Hatte man dich denn an die Kette gelegt, dass du seit einem Monat dich hier nicht gezeigt hast?"

„Du hast es nicht erraten." antwortete Siegfried, welcher sich mit Caius gerade dem Tisch der Germanen näherte. „Man hat mich im Gegenteil für immer von der Kette gelassen: Julius Quinctilius hat mir die Freiheit geschenkt."

Das breite Gesicht des Gladiators erstrahlte in ungeheuchelter Freude. „Solche Kunde muss begossen werden!" rief er.

„Sofort! Setze dich zu uns. He, Wirt! Eine ganze Ampher von dem Starken und große Schalen!" rief Siegfried als Antwort, und zum Präfekten hinübergeneigt, flüsterte er: „Der Torwächter des Fabius weiß gar nichts, vielleicht plaudert dieser Bär etwas aus; er steht in seinem Dienst."

Die Ampher Wein und die großen Schalen kamen auf den Tisch. Siegfried schenkte ein, schob eine Schale dem Gladiator zu und sagte: „Nun trink, aber so, wie du es verstehst, wenn du willst. Zeige meinen Freunden, was Sporus kann!"

Sporus lachte vergnügt, ergriff die Schale und leerte sie auf einen Zug. „Stark ist der." bemerkte er.

„So setze eine zweite Schale darauf, und sofort wird er dir mild erscheinen."

Der Gladiator war kein Freund von Ziererei und ließ solche Aufforderung nicht zweimal an sich ergehen. Er leerte auch die zweite Schale, wischte sich den Mund mit der Hand und schnalzte mit der Zunge.

„Wie geht's dir da bei Fabius?" fragte Siegfried, die Schale des Gladiators frisch füllend.

„Hoffentlich gut, denn er ist ja einer der vermögendsten Millionäre."

„Der Orkus soll ihn verschlingen! Millionär, aber nur für sich. Ein Dutzend unserer Leute hat er gekauft, um damit zu prunken, nur damit es heiße, dass er eigene Gladiatoren habe. Als ob denn so ein Emporkömmling Sinn und Verständnis hätte für die edle Fechtkunst! Gestern zeigte ich ihm einen neuen Stoß, welchen ich selber ausgedacht habe; er hat mir aber nicht einmal mit einem Worte gedankt. Ein richtiger großer Herr hätte seine Freude daran gehabt und ein gutes Trinkgeld gegeben; der warnte mich nur, ich möchte stets kaltes Blut behalten und mich nicht allzu sehr anstrengen. Wie besorgt! Aus jedem meiner Muskeln möchte er Sesterzen ziehen . . . Vater Siegfried, ich sage dir, was das für ein prachtvoller Stoß ist! Jeden strecke ich damit nieder!"

„Ich weiß es schon längst, dass du ein Meister bist; aber so trinke doch! . . . Ein großer Held, und trinkt wie ein Weib!" ermunterte ihn der Alte und füllte die Schale bereits zum sechsten Male.

„Vater Siegfried . . . ich sage dir . . . jeder muss hinsinken!" wiederholte der Gladiator schon lallend, tat einen neuen Zug aus der Schale, schüttelte sich und machte einen unsicheren Streich in die Luft. „So ist . . . mein . . . neuer Stich!"

„Und Fabius weiß ihn nicht zu schätzen?"

„Der?" grinste der Gladiator.

„Aber auf die Sklavenjagd versteht er sich gut!"

„Dieser Hu . . . Hund!"

„Sogar Töchter unserer freien Landsleute lässt er auf den Sklavenmarkt schleppen."

Sporus, schon ganz trunken, glotzte den Alten an.

„Thusnelda hat er geraubt." gab ihm Siegfried ein.

„Thusnelda ... oh, oh, oh ... die ist schön!" murmelte Sporus.

Servius zuckte auf, aber Siegfried warf ihm einen verwarnenden Blick zu.

„Also schön ist sie?"

„Oh, oh, oh! ... Und der Hu ... Hund ... wollte ... dass ich ..."

„Dass du sie umbrächtest?"

Sporus schüttelte verneinend den Kopf.

„Ein anderer." lallte er, „hat ihr... das eiserne. das eiserne Band... um den Hals gelegt. Sporus nein, nein! Ein Grieche ... Sporus ... wird keiner germanischen Herrin ... Fesseln anlegen. Vater Siegfried. ich sage dir ... mein Stoß. ..."

Er holte aus, um seinen Stoß zu markieren fiel aber mit dem Gesicht auf den Tisch, und bald darauf erdröhnte ein fürchterliches Schnarchen.

Der Präfekt warf eine Handvoll Scheidemünzen für die Bedienung auf den Tisch und verließ mit seiner Begleitung die Schenke.

Draußen auf der öden Gasse fragte er halblaut: „Kennt jemand von euch die Behausung des Fabius genau?"

„Einige mal habe ich kurze Zeit darin geweilt." meldete sich Caius.

„Wie ist die Umgebung des Hauses?"

„Es steht mitten in einem von einer hohen Mauer umgebenen Garten."

„Kann man in den Garten gelangen, ohne von den Stadtdienern bemerkt zu werden?"

„Stadtdiener zeigen sich dort selten um diese Zeit."

„Weißt du, an welcher Stelle sich das Sklavengefängnis befindet?"

„Ich habe unweit des Hühnerhauses ein Loch gesehen, von welchem mir Fabius' Verwalter sagte, dass es das Verließ für die Sklaven sei."

„So führt uns, Siegfried und Caius!" befahl der Präfekt. „Aus den Worten des Trunkenboldes schöpfe ich die Vermutung, dass Fabius Thusnelda in Ketten gelegt und eingesperrt hat. Wir werden Selbsthilfe üben... Gewalt für Gewalt! Sollte uns jemand hinderlich in den Weg treten, gebt ihm sofort das Eisen zwischen die Rippen."

Wieder kamen sie auf den Platz, welcher das Flavische Amphitheater umgab, und von hier wandten sie sich dem Esquilin zu.

- o -

Rom, am Tage für den Wagenverkehr gesperrt, stöhnte und brummte in der Nacht, wie ein unter schwerer Last ächzender Riese. Zu allen Toren drängte sich verschiedenes Gefährt herein. Es kamen Reisende aus allen vier Weltgegenden, Kaufleute mit Waren, Pächter von Ländereien aus der Umgebung mit den Erzeugnissen ihrer Gärten. Ein dumpfes Rollen verbreitete sich über die ganze schlafende Stadt, wie das Brausen eines entfernten Meeres. Von Zeit zu Zeit ließen sich heftigere Laute vernehmen; wenn in einer engen Gasse zwei Wagen zusammenstießen, dann fluchten die Leute, wieherten die Pferde.

An dem von Caius geführten Grüppchen huschten auf dem Theaterplatz jeden Augenblick dunkle Gestalten vorbei und verschwanden, ohne sich umzuschauen, in der Richtung gegen die Via Appia.

„Das sind sicherlich Christen." erklärte Caius. „Sie versammeln sich zur Nachtzeit hinter dem Appischen Tor. Diese Sektierer schmieden gewiss nichts Gutes, da sie das Tageslicht scheuen."

In der Nähe des Titus-Bades begegneten der Präfekt und seine Begleiter der dem Stadtinnern zu marschierenden Stadtwache; sie fühlten sich nun sicherer auf ihrem weiteren Wege.

Die Hähne krähten schon, als sie an einer Gartenmauer Halt machten.

„Hier ist es." sagte Caius.

Der Präfekt lauschte. Das tiefe Schweigen der dunklen Nacht gab nur das dumpfe Rollen der Wagen im inneren Stadtbezirk wieder; sonst ließ sich kein Geräusch vernehmen.

„Siegfried bleibt diesseits der Mauer." ordnete Servius an; „Hermann wird auf der Mauer Wache halten, ich gehe mit Caius hinüber. Jeder halte sein Eisen in Bereitschaft."

Er stieg auf die Schultern Hermanns und bestieg die Mauer; ebenso tat Caius. Der Abstieg auf der anderen Seite war unerwarteter weise dadurch erleichtert, dass die an der Mauer sich hinziehenden dichten Anpflanzungen von Bäumen und Sträuchern auf einer hohen Erdböschung standen, welche von der Mauer eben nur überkrönt war. Dadurch wurde das beabsichtigte Herabgleiten an einem Baum erspart und auch der Rückzug mehr gesichert.

Von der Mauer herab reichte Hermann dem Caius eine frisch angezündete Fackel. Dieser verdeckte sie mit seinem Mantel so, dass sie nur bis auf einige Schritte vor ihm den Weg beleuchtete; ihm nach schlich Servius, sie kamen in eine lange Allee. Einige Male blieben sie mit verhaltenem Atem stehen, weil sie Geräusche vernahmen; doch mutig schritten sie vorwärts, nachdem sie sich überzeugt hatten, dass es nur kleine Windstöße waren, welche die abgefallenen dürren Kastanienblätter in raschelnde Bewegung versetzten.

Endlich schimmerten abseits von der Allee die weißen Wände eines niedrigen Gebäudes. Bald erkannte Caius dasselbe als das vom eigentlichen Gehöft ziemlich entlegene Hühnerhaus.

„Hier ist es." flüsterte er und eilte einige Schritte voran, um das Verließ aufzusuchen.

Ein gedämpfter Laut des Unwillens entrang sich seiner Kehle. Servius sprang hurtig herbei: „Was gibt's?"

„Das Loch ist offen!" antwortete Caius und drehte sich gleichzeitig so, dass er mit seinem eigenen Körper das Fackellicht gegen das Gehöft zu verdeckte.

Bei dieser Wendung bot sich ihm ein neuer überraschender Anblick dar: an einen Baumstamm gelehnt, wie schlafend, saß ein Sklave mit leichenfahlem Gesicht in einer Blutlache.

Stumm wies Caius auf die Leiche. Servius, der glaubte, dass der Mann schlief, wollte sich sogleich auf ihn stürzen, doch hielt ihn Caius schnell zurück und klärte ihn darüber auf, dass der Sklave ohnehin schon unschädlich sei.

„Man hat ihm offenbar mitten im Schlaf den Todesstoß versetzt und die Jungfrau aus dem Verließ gestohlen!"

Servius musste mit Gewalt seine Erregung meistern. Doch wollte er noch nicht ganz an das Misslingen seines kühnen Unternehmens glauben; wenigstens wollte er volle Gewissheit haben. Er stieg daher in das Loch hinab und ließ sich die Fackel reichen. Dasselbe war so niedrig, dass er niederknien musste, um sich darin umzuschauen. Der ganze Inhalt des Verliesses bestand aus einer Handvoll Stroh, einem umgestürzten Krug, aus dem sich das Wasser über den Sandboden verbreitete. Im Sand sah Servius Fußspuren, die von Thusnelda herrühren könnten. Ein kleiner Gegenstand erglänzte im Sande; gierig griff Servius zu.

„Ihr Ohrring!" rief er.

Zum Glück erstickte der Ruf im Loch. Doch meldeten sich die Hähne im Hühnerhaus, und gleich darauf steckte Caius seinen Kopf zum Loch hinein.

„Ich höre Hunde knurren." warnte er.

Servius schwang sich mit Caius Hilfe aus dem Loch, und nun ging's schnell der Gartenmauer zu. In der langen Allee warf Caius die Fackel zu Boden und trat die Flamme aus, denn im Gehöft wurden die Hunde schon laut. Bald darauf sahen die Flüchtigen hinter sich Lichter in unmittelbarer Nähe des Hühnerhauses, ein Umstand, der für sie günstig, zugleich aber auch nachteilig war. Einerseits wurden die Träger der Lichter und ihre etwaigen Begleiter offenbar durch die Auffindung der Leiche des Sklaven und durch das Offenstehen des Verliesses aufgehalten, anderseits kamen hier die Hunde den Flüchtigen auf die Spur. Die beiden beschleunigten daher ihren Lauf. In der geradlinigen Kastanienallee konnten sie gut beschleunigen, ohne sich zu verirren, und schon hörten sie das Zeichen Hermanns, welcher in tiefem Bass grunzte und hustete, um sie über seinen Standplatz auf der Gartenmauer zu unterrichten, als gleich darauf aber auch ein wütendes Gebell von zwei großen Hunden erscholl, welches sich unheimlich schnell näherte.

„Halt!" befahl Servius dem voraneilenden Caius. „Ziehe dein Messer! Die Bestien müssen erledigt werden!"

Und sofort stellte er sich in Bereitschaft; Caius tat ein gleiches.

Indes waren die Hunde auch schon vor ihnen.

„Den Angriff abwarten!" befahl wieder Servius und reizte gleichzeitig die schon wahrnehmbaren Tiere mit Hetzlauten, damit sie nicht etwa entmutigt den jähen Angriff unterließen.

In der Tat sprangen ihnen die Hunde an die Brust; es war, als ob jedes von beiden Tieren sich seinen Mann gewählt hätte. Caius packle seinen Angreifer mit der Linken am Kopf und stieß ihm das Messer ins Genick, so dass der Hund augenblicklich leblos, aber mit den Zähnen festgebissen an seinem Mantel hängen blieb; er musste sich von dem Kadaver erst befreien. Servius aber wollte sich nicht mit Tierblut beflecken; er umfasste die Gurgel seines Feindes mit beiden Händen, würgte ihn krampfhaft und schleuderte das röchelnde Tier aus Leibeskräften zu Boden, wo es nur noch einen einzigen Laut von sich gab.

Hermann wiederholte sein Zeichen immer eifriger und rief schon halblaut: „Hierher! Hierher! Von drüben nahen Fackeln!"

Rechtzeitig schafften es Servius und Caius sich mit Hilfe Hermanns und Siegfrieds über die Mauer in Sicherheit zu bringen, indem Hermann sie an den Händen hielt, während Siegfried ihnen seine Schultern unterstellte. Zuletzt stieg der Zenturione herab.

„Fort ist sie!" berichtete kurz der Präfekt. „Ein Ohrring ist alles, was ich von ihr gefunden habe. Caius meint, ein dritter müsse sie gestohlen haben, weil der wachhabende Sklave ermordet ist. Jetzt aber sprechen wir nicht weiter, sondern entfernen uns, und nicht zu eilig, damit wir nicht vielleicht Verdacht erregen.

Schweigend ging das Häuflein die öde Gasse zurück gegen den Theaterplatz, während aus dem Garten des Fabius großer Lärm zu ihren Ohren drang. Caius schaute zurück, sah Fackeln über der Gartenmauer und riet zu eiliger Flucht. Doch der Präfekt hielt ihn zurück.

„Das Licht in dunkler Nacht blendet die Dabeistehenden, so dass sie schon auf kürzere Entfernung nichts mehr unterscheiden können, uns aber hüllt es in umso undurchdringlichere Finsternis."

„Und wir sind ja unserer vier." tröstete er noch hinterdrein mehr sich selbst als seine Begleiter. Er überließ sich, unwillkürlich hinter ihnen zurückbleibend, seinen trüben Gedanken.

Der Sohn eines markomannischen Fürsten, tat schon seit seinem achtzehnten Lebensjahr Dienste in den Legionen Roms, anfangs als untergeordneter Offizier, dann als Anführer der verbündeten Reiterei. Nach vielen Kämpfen mit Roms an Zucht und Ordnung gewöhnten Truppen hatte sein Vater schließlich aus den Händen des Cäsars die römische Staatsbürgerschaft und den Ritterring angenommen und den Göttern sowie den Gesetzen der nachbarlichen Weltmacht Treues Bündnis geschworen, so dass Servius selbst nur mehr dem Blut nach seinem germanischen Volk angehörte. Erzogen in den Begriffen und Anschauungen seines neuen Vaterlandes, hatte er Rom ohne Bedenken seinen Arm und seine Jugend gewidmet. Seit zwölf Jahren beschützte er die nördlichen Marken des römischen Weltreiches gegen seine eigenen Stammesgenossen. In hundert Gefechten zügelte er den Trotz der freien Germanen, die unablässig an die Tore des Reiches pochten. So gebot es ihm seine Soldatenehre und die Redlichkeit seines Stammes. Sogar ihren Erzfeinden gegenüber wahrten die unverdorbenen Herzen germanischer Völker Treu und Glauben.

Sie aber, die mächtigen, gesitteten, fein gebildeten Herren der Welt, hielten auch sie die eingegangenen Verpflichtungen den besiegten Völkern gegenüber? Beachteten die Vollstrecker ihrer Gesetze die von ihren Cäsaren vollzogenen geheiligten Verträge? Und das Licht Roms, verbreitete es unter den Barbaren Frieden, Gerechtigkeit und mildere Sitte, wie es die Kundgebungen des Senates verhießen?

Der Präfekt atmete schwer aus. Alle Klagen der germanischen Völker ertönten in seinem Herzen und erinnerten ihn an Tausende von Ansiedelungen, welche von römischen Legionen niedergetreten, an Hunderttausende von Gefangenen, welche in die Sklaverei geschleppt worden waren. Er glaubte ein mächtiges Ächzen und Stöhnen zu hören, ähnlich dem Herbststurm in unermesslichem Wald. Er sah vor seinen geistigen Augen lichterloh brennende Dörfer; er sah germanische Gladiatoren im römischen Zirkus von Tigern und Löwen zerfleischt; er sah Weiber, den Häschern preisgegeben.

Und er selbst musste sich in Rom wie ein Dieb in eine fremde Behausung einschleichen, um sein heiligstes Eigentum heraus zu stehlen, — er, der seine jugendliche Begeisterung dem Ruhm des Cäsars geopfert hatte, er, der auf Schlachtfeldern mit dem unerschrockenen Mut des Barbaren die verweichlichten Söhne des stolzen Rom anführte. Der nächste beste Zöllner, ein Schurke, wert am Kreuze zu hängen, konnte seiner spotten, weil eine Germanin, die Tochter eines besiegten Volkes, für Rom nur eine geborene Sklavin war.

Gesenkten Hauptes, ganz in seine Gedanken versunken, ging Servius hinter seinen Begleitern einher, welche immer schnellere Schritte machten. Er hielt sie nicht mehr zurück; war er ja doch selber von dem Sturm getragen, der in seinem Innern tobte.

„Tod diesem Hund!" rief er unbewusst aus, die geballte Faust emporhebend.

Sofort wandte sich Hermann um. „Ihr habt befohlen, Herr?"

Der Präfekt schaute auf, wie aus einem quälenden Traum erwachend. „Habe ich denn etwas gesagt?"

„Ihr habt Tod dem Hund geschworen."

Servius lächelte bitter und schwieg.

- o -

In südlichen Ländern gibt es nur kurze Morgen- und Abenddämmerung; der Wechsel zwischen Tag und Nacht vollzieht sich viel schneller als im Norden. Und so war es schon lichter Morgen, als Servius mit seiner Begleitung vor der Behausung des Julius ankam.

Von den Sklaven erfuhr der Präfekt, dass sein Gastgeber nicht mehr schläft, und er begab sich sofort in dessen Schlafgemach.

Der Patrizier ruhte auf einer harten Matratze, in eine einfache Wolldecke gehüllt.

„Dein Gesicht nimmt mir die Hoffnung auf gute Kunde." sagte Julius, um erhob sich.

Stumm reichte ihm Servius die Hand; seine wehmütig zornigen Züge waren für den Augenblick beredt genug.

„Geh' in dein Gemach." sprach Julius leicht erregt weiter; „kleide dich um, und beim Frühstück werden wir beschließen, was weiter zu tun ist. Sei guten Mutes."

Servius tat, wie ihm der Freund empfohlen.

Als sie bei Wein und Brot wieder beisammen waren, berichtete Servius über das nächtliche Unternehmen.

„Nun ist es Zeit, dass die Behörde die Sache in ihre Hand nimmt." erklärte darauf Julius; „denn es kann jetzt keinem Zweifel mehr unterliegen, dass sich Thusnelda bei Fabius befunden hat. Hat er sie ermordet, so muss er bestraft werden; hat er sie wo anders versteckt, umso besser für dich. Es gibt noch Gerechtigkeit in Rom."

Servius konnte sich eines bitteren Lächelns nicht erwehren.

„Du zweifelst?" fuhr Julius fort. „Sogleich begeben wir uns zum Prätor der Ausländer; da wirst du dich überzeugen, dass in Rom Verträge mit verbündeten Völkern heilig sind und nicht missachtet werden dürfen."

„Der Prätor der Ausländer ist aber kein Römer." bemerkte Servius.

„Er ist es seit drei oder vier Generationen. Schon sein Großvater, der von Spanien gekommen war, wurde mit unserem Ritterring geschmückt und hat sich in den Legionen um Rom verdient gemacht; sein Vater aber hat einen makellosen Namen hinterlassen, wiewohl er Ämter in den Provinzen verwaltete. Der Prätor selbst hält die militärischen und bürgerlichen Tugenden seiner Vorfahren hoch in Ehren, ist fein gebildet und hat ein edles Herz. Ich sage dir nochmals: sei guten Mutes."

- o -

Eine halbe Stunde später hielt Julius' Sänfte vor dem Haus des Prätors der Ausländer. Das Atrium und der Empfangsraum waren gedrängt voll von Rechtsuchenden, doch Julius und Servius hatten nicht lange zu warten; der Name des ersteren ging allen anderen voran.

An der Schwelle des Tablinums, des Arbeitszimmers, wurden die beiden von einem hochgewachsenen Mann mittleren Alters und von schöner Gestalt empfangen. Er hatte braunes Haar und trug einen Bart, der bis auf die breite Brust herabfiel; sein trockenes Gesicht von bräunlicher Farbe wies ausgeprägte Züge auf und war von einem Paar verständiger Augen erhellt.

„Ich vermute, dass es nur eine sehr wichtige Angelegenheit sein kann, welche Julius Quinctilius zu einem homo novus geführt hat." begann der Prätor mit einem leichten Lächeln auf den schmalen Lippen.

„Du weißt, Prätor, dass ein Patrizier jegliches persönliche Verdienst hochachtet, weil er selber den Ursprung seines Standes davon ableitet." entgegnete Julius.

„Die Antwort ist eines Quinctiliers würdig." erwiderte der Prätor und verbeugte sich vor dem Tribunen.

Der Prätor schob den Türvorhang zurück und wartete an der Schwelle, bis die Gäste eintraten. Dann lud er sie zum Sitzen ein und sprach: „Befiehl, Tribun."

„Mein Freund, Servius Claudius Calpurnius, der gewiss auch dir wegen seiner Tapferkeit und Verdienste bekannte Präfekt der Reiterei in den Legionen, bedarf deines Rates und deiner Hilfe, Prätor. Mir liegt viel daran, dass er durch dich überzeugt würde, Rom wisse gerecht und dankbar zu sein."

Die Lippen des Prätors umspielte ein zweideutiges Lächeln.

„Wenn das von mir abhängt." bemerkte er und wandte sich Servius zu.

Der Germane trug seine Angelegenheit in kurzen, abgerissenen Sätzen vor; hin und wieder kamen schroffe Ausdrücke über seine vor Erregung bebenden Lippen.

Der Prätor hörte ihm, den Kopf auf die Handfläche gestützt, scheinbar gleichgültig zu; wenn seine Augen nicht von Zeit zu Zeit lebhafter aufgeblitzt wären, hätte man glauben können, dass ihn die Sache des Präfekten ganz kühl lasse. Servius legte sich keinen Zwang auf; er fühlte das Bedürfnis, seinem Gram Luft zu machen. Dabei schonte er die römischen Beamten nicht; er sprach von Gewalttätigkeiten in Germanien, von zu großer Nachsichtigkeit, ja von Vorschubleistung gegenüber den Missetaten der Steuereinnehmer und der Kolonisten. Die offene Soldatennatur vergaß alle Vorsicht.

Nachdem der Präfekt geendet hatte, strich der Prätor seinen Bart und sprach gelassen:

„Ein großes Unrecht ist dir widerfahren, Präfekt, und ich leugne nicht, dass es der römischen Gerichte Pflicht ist, dir volle Gerechtigkeit zu verschaffen; aber dazu gehören unwiderlegliche Beweise, die ich bisher nicht sehe. Ich selbst glaube an die Richtigkeit deiner Vermutungen; aber es sind eben nur Vermutungen, welche vor Gericht nicht gelten."

„So werde ich in der Hauptstadt keine Gerechtigkeit finden?!" rief Servius erregt dazwischen.

Der Prätor blieb ganz ruhig.

„In dieser Weise kommt man der Sache nicht auf den Grund." sagte er, ohne auch nur im geringsten den gelassenen Ton zu ändern; „besonders wenn man es mit einem solchen

Schlaukopf zu tun hat, wie Fabius es ist. Wenn ich Beweise in den Händen habe, dann sollen mich die Millionen dieses Wucherers und sein erkaufter Ritterring nicht abhalten, ein Urteil zu fällen, wie es seine Gewalttat verdient. Vor allem also muss ich die nötigen Beweise finden und zusammenstellen."

„Und inzwischen wird von Thusnelda jede Spur verloren gehen!" ereiferte sich Servius.

Der Prätor zuckte die Achseln.

„Kann sein; ich verspreche dir nur, der Sache eifrig nachzugehen und ein gerechtes Urteil zu fällen. Ich werde alles tun, was in meiner Macht steht, damit Fabius nicht straflos ausgeht." Sich an Julius wendend, fügte er hinzu: „Bringe du, Tribun, dem Präfekten die Überzeugung bei, dass Marius Pomponius einer Unwahrheit nicht fähig ist."

Bei diesen Worten stand er auf und reckte sich, so hoch er konnte. So viel Stolz kam in seiner Haltung und so viel Wahrhaftigkeit in seinem verfinsterten Gesicht zum Ausdruck, dass Servius' Misstrauen schwand.

„Verzeihe mir, Prätor, und ich danke dir."

„Ich habe nichts zu verzeihen. Ich verstehe und fühle die Entrüstung einer germanischen Seele über das, was außerhalb Italiens geschieht; denn auch in meinen Adern fließt das Blut freier Barbaren. Solche Römer, wie der Tribun Julius Quinctilius einer ist, besitzt das heutige Rom nicht mehr viele. Aber fasse dich in Geduld und vertraue auf mein Wohlwollen."

Julius und Servius verabschiedeten sich von Marius und traten hinaus.

„Ich soll mich in Geduld fassen, während nur die Götter allein wissen, was mit Thusnelda geschieht!" sprach der Präfekt. „Gehe du allein nach Hause; ich will noch ein Äußerstes versuchen. Gegen Mittag hoffe ich bei dir zu sein."

„Du hast etwas Unbedachtes im Sinne." entgegnete Julius; „bedenke, dass du dich nicht im Lager befindest."

„Ich weiß es; habe keine Sorge um mich."

Damit entfernte sich Servius, während Julius die Sänfte bestieg.

- o -

In der Stadt herrschte schon reger Verkehr. Nach allen Richtungen bewegten sich Sänften und Tragsessel. Gruppen von Klienten und Sklaven umgaben die darin sitzenden Herren, welche sich beeilten, ihren Morgengruß denjenigen Würdenträgern darzubringen, welche auf die Besetzung hoher Stellen Einfluss übten. Händler und Handwerker stellten ihre Ware aus, dieselbe mit einander überbietendem Geschrei anpreisend. Von Krämerladen zu Werkstatt flogen witzelnde Zurufe, Hänseleien, Gelächter hinüber, herüber und die Gassen entlang.

Servius machte von der tags vorher beobachteten Sitte, sich mit den Ellenbogen Bahn zu brechen, ausgiebigen Gebrauch.

So kam er bis zum Esquilin; hier fragte er einen Stadtdiener nach der Behausung des Fabius.

Der Steuerpächter bewohnte einen prachtvollen Palast.

Zehn Säulen von phrygischem Marmor trugen das mit Bronzeblech bedeckte Dach der Vorhalle. Zwei reckenhafte Türsteher in reichen, golddurchwirkten Tuniken hielten am Eingang Wache.

„Ist dein Herr zu Hause?" fragte Servius einen derselben.

„Du weißt es, Herr." erhielt er zur Antwort.

Er trat ein. Ein herrliches Mosaikbild, die Entführung der Europa darstellend, bildete den Estrich eines Vorraumes, dessen Wände mit altem Rüstzeug, kostbaren Schwertern und mit Köpfen wilder Tiere behängt waren. Servius schob den schweren Vorhang an der inneren Tür zurück und betrat den großen Empfangsraum, zu dessen Einrichtung sogar Bänke von Citrusholz gehörten; auch fehlten hier nicht die Schränke mit Wachsbüsten von Ahnen. Viele Personen verschiedenen Alters und Standes erwarteten hier den Aufruf zur Audienz.

„Ist dein Herr beschäftigt?" fragte Servius den Namenrufer, einen feisten Griechen.

Dieser maß den Ankömmling mit dreisten Augen von der Sohle bis zum Scheitel und zögerte mit der Antwort.

„Ist dein Herr beschäftigt?" wiederholte Servius im Befehlston, als säße er hoch zu Ross vor der Front seiner Reiterei.

„Er ist beim Frühmahl." antwortete jetzt der erschreckte Grieche.

„Wo denn?"

„Im Hof." sagte der Sklave und versuchte noch, mit seiner breiten Gestalt den Zutritt zu dem schmalen Gange, welcher in das Peristylium führte, zu verwehren.

Der Präfekt stieß ihn jedoch zur Seite und befand sich gleich darauf in dem prachtvollen, kostbar eingerichteten Säulenhof. Zwischen zwei zierlichen kleinen Springbrunnen, welche Wohlgerüche ausströmten, umgeben von fremdländischen Pflanzen, ruhte Fabius auf einem Sofa von orientalischem Stoff mit reich geschnitzter Einfassung. Von Wachstäfelchen las er etwas ab; vor ihm stand ein mit Silbergeschirr gedeckter Tisch.

Als der Steuerpächter plötzlich den Präfekten vor sich bemerkte, sprang er auf; er erbleichte und wäre auf seinen Sitz zurückgefallen, hätte er sich nicht an der Sofalehne gehalten; erstarrt heftete er seine Augen auf den unerwarteten Gast — die Aaskrähe verlor ihre Besinnung, da sie sich einem stolzen Aar germanischer Wälder gegenübersah.

Servius stand vor ihm in der Entfernung von wenigen Schritten, kraftstrotzend und zornigen Auges. Vorgeneigt, als wollte er sich im nächsten Augenblick auf sein Opfer stürzen, betrachtete er schweigend den Steuerpächter.

Fabius wollte schreien, konnte aber keinen Laut hervorbringen; er wollte fliehen, vermochte sich aber nicht vom Fleck zu rühren. Er war durch den Blick des Präfekten gelähmt und an den Platz gebannt.

Jetzt stürzte Servius auf ihn los, packte ihn mit beiden Händen unter den Armen, hob den starren Körper empor und mit im Halse auskochendem Grimm, mit durch die Zähne gepresster Stimme schrie er: „Wo hast du meine Thusnelda?"

Dabei schüttelte er den schier leblosen Körper. „Sprich, oder ich erwürge dich!"

Das Schütteln und die Todesangst belebten Fabius wieder. Schreien konnte er noch immer nicht, aber mit dem Fuß stieß er den Frühstückstisch um.

„Tor!" zischte Servius, seinen Feind wieder auf die Beine stellend. „Willst du, dass deine Sklaven an deinem Hasenmut ihre Augenweide haben?"

Fabius, festen Boden unter seinen Füßen verspürend, schlich sich rücklings zur Seite und atmete auf. Der herbeieilenden Dienerschaft winkte er mit einer Handbewegung ab; aber er zog sich gegen den hinteren Ausgang zurück und sagte: „Was willst du von mir?"

„Wo hast du Thusnelda?!" rief Servius.
„Ich habe diesen Namen niemals gehört."
„Ich weiß, dass sie bei dir war! Wo hast du sie gelassen?"
„Man hat dich belogen."
„Ich habe Beweise."
Fabius' Augen flogen unruhig hin und her, er konnte des Präfekten Blick nicht ertragen. Das Wort „Beweise" beunruhigte ihn noch mehr; doch verharrte er im Leugnen.
„Du kannst keine haben." sagte er endlich, „denn ich weiß nicht einmal, wovon du sprichst."
„Höre! Du weißt, dass ein Germane sogar solchem Schlangengezücht gegenüber, wie dir, sein Wort hält. Gib mir Thusnelda heraus, und ich will dir deine Schandtat nicht gedenken; ich bringe auch keine Klage beim Prätor ein. Ich schwöre es dir beim Haupt meines Vaters."
Bei diesen Worten erhob er seine Rechte, und mit weicher Stimme bat er: „Gib mir Thusnelda zurück."
Der Steuerpächter fühlte plötzlich seinen Mut zurückkehren. Er lächelte höhnisch und sprach: „Täppischer Bär, mit Fabius sprichst du!"
Servius zuckte zusammen und schrie: „Mit dem Schurken, welchen die Frevel seines ganzen Lebens unfähig gemacht haben, den Worten eines ehrlichen Mannes zu glauben! Wenn du aber denkst, dass deine gestohlenen Millionen dich vor der gerechten Rache schützen, so täuscht dich deine Schlauheit. Du hast mir Meuchelmörder auflauern lassen; aber ich werde dich am helllichten Tage mitten unter der Schar deiner Sklaven, im Angesicht von ganz Rom niedertreten! Sogar des Imperators Gewalt soll meinen Arm nicht hindern, wenn ich beschlossen haben werde, dich in meine Hände zu bekommen!"
Er wandte sich um und schritt festen Schrittes von dannen.
Lange stand Fabius da, niedergeschmettert von der Drohung des Präfekten. Als Steuerpächter in germanischen Provinzen kannte er die Wildheit barbarischer Völker aus persönlicher Erfahrung sehr wohl; er wusste, dass Servius auf seine eigene Gefahr nicht achten würde, wenn sich ihm Gelegenheit böte, Rache zu üben.
Also dazu sollte ich mein Vermögen zusammengerafft haben — dachte er bei sich — um gerade zu einer Zeit, da mir Ehren und Würden winken, schlaflose Nächte zuzubringen in steter Furcht vor dem Zorn dieses wilden Legionärs? Er ballte die Faust und knirschte mit den Zähnen. Wir werden sehen, wer mächtiger ist!
Fabius schritt zurück in die Mitte des Raumes und klatschte in die Hände. Sofort erschienen von allen Seiten die Sklaven.
„Welcher Hund hat mir den blonden Barbaren hereingelassen?" fragte er wütend.
„Er hat mich zurückgestoßen und ist eigenmächtig hier herein-gedrungen." meldete sich der Namenrufer mit erblassten Lippen.
„Fünfzig Stockstreiche und ins Loch mit ihm bei Wasser und Brot!" befahl Fabius. „Die Sänfte vors Haus!"
Zwei Sklaven ergriffen den feisten Griechen bei den Armen und führten ihn hinaus.

- o -

Eine Viertelstunde später war Fabius, umgeben von seinen Klienten und einer großen Schar von Sklaven, auf dem Weg zu Marcus Quinctilius.

Der ‚lustige Prätor' hatte die Nacht in Gesellschaft andalusischer Tänzerinnen verbracht und war eben im Begriff, sich ankleiden zu lassen, als ihm Fabius' Besuch angemeldet wurde. Einer der Sklaven legte ihm die Schuhe an, ein anderer brannte ihm mit einer glühenden Nussschale die Härchen auf den Armen ab, ein dritter machte ihm die Frisur, ein vierter rieb ihm das Gesicht mit wohlriechenden Ölen ein, ein fünfter hielt ihm einen Spiegel vor, den eine in Elfenbein eingerahmte polierte Silberplatte bildete, ein sechster wartete mit einer frischen Tunika.

Er ließ Fabius eintreten, ohne sich zu dessen Begrüßung zu erheben. „Warte ein wenig." sagte er.

„Ich komme in einer sehr wichtigen und dringenden Angelegenheit."

„Ich weiß, dass du nur wichtige Angelegenheiten hast; in diesem Augenblick ist keine so wichtig, wie meine Frisur. Denke dir nur, mein Haar fängt schon an, grau zu werden . . . Reibe mir die Haare an den Schläfen mit Nusswasser ein." befahl er dem Friseur.

„Es ist aber heute wirklich eine wichtige und dringende Sache." wiederholte Fabius mit Nachdruck.

„Bei Herkules!" zürnte Marcus. „Du bist ja nicht der Imperator, dass du nicht auf den Prätor warten könntest."

Fabius biss sich in die Lippen und ging ungeduldig auf und ab.

„Du schnürst mir den Schuh am Knöchel zu stark!" schalt Marcus einen der Sklaven. ... „So, jetzt ist's gut." Und dem vor ihm befahl er: „Den Spiegel höher!"

Aufmerksam betrachtete er seine Frisur, dann befahl er: „Die Tunika her!"

Der hinter ihm stehende Sklave legte ihm das seidene Gewand an. Dann tat Marcus noch manchen prüfenden Blick an sich hinunter und hinauf, entließ endlich die Sklaven, und wandte sich dann an Fabius.

„Nun lasse deine so wichtige und dringende Angelegenheit hören. Hast du vielleicht wieder etwas verbrochen?"

Fabius prüfte vor allem die anliegenden Räume, ob nicht jemand versteckt darin lausche, dann trat er dicht zum Prätor hin und flüsterte:

„Die verwünschte Germanin ist heute Nacht mit meinem Pastetenmacher durchgegangen."

„Mit dem Pastetenbäcker? Welch ein Schaden!" bedauerte Marcus aufrichtig und ungeheuchelt. „Nikanor war ein Meister in seiner Kunst; ich habe dich bitten wollen, dass du ihn mir zum Hochzeitsgeschenk machst."

„Aber, Prätor!" brummte Fabius ungeduldig.

„Was willst du? . . . Ach ja, jene Germanin! Ich hatte dir ja gesagt, dass du sie gut verwahren sollst."

„Konnt' ich es besser? Ich habe sie in Ketten legen und im Verließ einsperren lassen. Heute Morgen hat man mir gemeldet, dass das Loch offensteht, der Wächter ermordet und das Bett des Pastetenmachers leer sei; und ich habe mich selber überzeugt, dass die Meldung richtig war."

„Du hättest sie noch besser verwahren sollen... so für immer!" meinte Marcus.

„Leicht gesagt! Ich habe für sie hunderttausend bezahlt."

„Du?" lachte Marcus hell auf. „So viel wolltest du für sie einsäckeln ... so ist das zu verstehen! Dass du aber auch in so wichtigen Dingen immer nur an Sesterzen denken kannst!" Die letzteren Worte begleitete Marcus mit einem verächtlichen Blick.
Es entstand eine kurze Pause; dann ergriff wieder Marcus das Wort.
„Von Rechts wegen und öffentlich darfst du eine Entlaufene, die keine Sklavin ist, nicht verfolgen, denn sonst würdest du dir den Prätor für die Ausländer auf den Hals laden, und du weißt ja eben so gut wie ich, dass man Marius Pomponius noch nie gekauft hat. Und doch muss die Germanin zu dir zurück, wenn du nicht stets in Angst leben möchtest. Schlimm stände es um dich, wenn jener blonde Präfekt sie auffände!"
Bei Nennung des Präfekten zuckte Fabius zusammen.
„Dieser Barbar ist nicht dein Freund." höhnte Marcus; „Ich glaube es! Auch ich möchte die Rache des Präfekten nicht über meinem Haupt schweben fühlen. Der würde dir sicherlich ein für alle Mal die Lust vertreiben, geraubte Germaninnen auf dem Sklavenmarkt zu verschachern!"
Marcus hielt inne und weidete sich mit einem höhnischen Lächeln um die Lippen an dem komischen Gesicht des Steuerpächters, dessen Züge äußerste innere Unruhe verrieten. Der Patrizier ergötzte sich an der Herzensangst des Freigelassenen mit dem erkauften Purpursaum; so hatte er seinen künftigen Schwiegervater noch nicht gesehen.
„Dieser Kerl ist heute bei mir gewesen." murmelte Fabius plötzlich.
„Was?! Und du lebst noch?!" rief Marcus.
„Er hat mir gedroht . . ." murmelte wieder Fabius, ohne den Satz zu beenden.
„Dass er dich in beschleunigter Weise in das düstere Reich der Schatten schicken wird? Ich habe oft gehört, dass die Germanen nicht lügen. Bei Jupiter, ich möchte nicht in deiner Haut stecken!" Marcus ging nachdenklich einige Schritte auf und ab, dann blieb er vor Fabius stehen und sagte in ernstem Ton: „Deine nimmersatte Habsucht hat dich in eine üble Lage versetzt; aber verliere nicht die Besinnung, denn du weißt ja, dass in dem Rom der Antonine Männer, wie jener unbestechliche Cato des hölzernen Zeitalters, an den Fingern einer Hand abzuzählen sind. Wer die Millionen eines Fabius besitzt, setzt durch, was er will. Sende nur sogleich deine Spione aus, damit der Präfekt seine Germanin nicht vor dir ausfindig macht; dann komme morgen zu mir zur Tafel und würfle schlecht. Verlasse das Haus nach Sonnenuntergang nie mehr ohne starke bewaffnete Bedeckung . . . Nun aber erlaube, dass ich meine Toga nehme und ausgehe. Ich will Tullia Cornelia zu deinen Gunsten zu Hilfe nehmen."

- o -

Tullia Cornelia war eben im Begriff, ihre Sänfte zu besteigen, als Marcus vor ihrem Haus erschien.
„Ich komme zu ungelegener Zeit." meldete sich der Prätor; „aber ich wäre dir sehr dankbar, wolltest du mir den zehnten Teil einer Stunde schenken."
„Dir, lieber Marcus, schenke ich sogar eine Viertelstunde, aber mehr nicht. Die Imperatorin Faustina hat mich auf den Palatin bescheiden lassen."
Sie begaben sich in den Empfangssaal und nahmen auf Sofas Platz.
„Was kann die Imperatorin von dir wollen?" fragte Marcus.

„Ich weiß es nicht." antwortete Tullia achselzuckend; „aber wahrscheinlich hat sie wieder einen Zeitvertreiber erspäht und bedarf meines Rates. Man munkelte gestern im Zirkus, dass sie an dem germanischen Präfekten Gefallen gefunden habe."

„Merkwürdig! Auch meine Schritte hat der Legionär zu dir gelenkt."

„Du kommst doch nicht etwa im Auftrag Faustinas?"

„Durchaus nicht!" lachte Marcus. „Ich jage nur für mich, und auf Männer jage ich überhaupt nicht."

„Nun denn?"

„Ich komme, dich zu bitten, dem Julius klar zu machen, dass ein Verwandter dem anderen nicht schädlich sein sollte."

„Ich verstehe nicht, worauf du abzielst."

„Du wirst mich sofort verstehen. Ich weiß nicht, ob dir bekannt ist, zu welchem Zweck jener Barbar nach Rom gekommen ist."

„Die ganze Stadt belustigt sich ja an seinem Kummer wegen einer Sklavin. Wenn doch nur ihr Römer so lieben könntet! Nicht einer von euch würde einer Braut halber von seinem Vergnügen ablassen."

„Mir liegt sehr viel daran, dass Julius sich nicht mit dieser Angelegenheit befasst."

„Aber Julius und Servius sind ja innig miteinander befreundet, und Julius bringt es fertig, seinen Freund und Kriegsgenossen höher zu schätzen als seinen Verwandten."

„Die Freundschaft eines römischen Patriziers mit einem Barbaren ist einfach lächerlich, besonders wenn sie einem verwandten Patrizier schadet. Das ganze Gesindel aus den Wäldern und Bergen ist doch nur dazu auf der Welt, um uns zu dienen. Das ist's, was du dem Patrizierstolz des Julius begreiflich machen sollst. Julius schadet mir damit, dass er den Präfekten allen Senatoren anempfiehlt."

„Sprich deutlicher!"

„Fabius hat seine Hand im Spiel." flüsterte Marcus.

„Ah! . . . Nun ist mir die Sache klar." erwiderte Tullin und begann zu überlegen. Nach einer Weile erhob sie sich und fügte hinzu: „Ich verstehe alles, aber in diesem Fall kann ich dir nicht nützlich werden; ich könnte nur mir selber bei Julius schaden."

„Richtig! Ich habe für einen Augenblick vergessen, dass du ebenso scharfsinnig wie schön bist. Also sprechen wir nicht mehr davon. Aber sage mir: haben dir meine Ratschläge schon etwas genutzt?"

„Den ersten Auftritt als Matrone alten Stils habe ich schon gespielt."

„Ich zweifle nicht, dass du ihn bezaubert hast."

„Könnte ich nicht sagen; seine Augen waren viel mehr auf Mucia gerichtet."

„Du machst Spass!" rief Marcus verwundert. „Diese unausgebackene Vestalin sollte Julius gefallen? . . . Aber es könnte ja sein. Du musst Mucia für längere Zeit aus dem Haus schaffen."

„Du weißt ebenso gut wie ich, dass das unmöglich ist! Das Haus der Cornelier gehört mehr ihr als mir. Der Prokonsul hat sein Vermögen mir und ihr zu gleichen Hälften hinterlassen, und meinen Teil . . "

Marcus blies über seine Handflächen hinweg. „Der Wind hat ihn davongetragen ... ich verstehe." ergänzte er. „Das ist allerdings eine große Schwierigkeit."
„Übrigens ist Mucia durchaus nicht so gefügig, wie es bisher geschienen hat, sie hat mir schon ihre scharfen Zähne gezeigt."
„Auch das noch? Und doch muss sie aus dem Weg geräumt werden."
Tullia schwieg mit gerunzelter Stirn.
„Bei solcher Sachlage wäre es grausam von mir." fuhr der Prätor fort, „deine Verwendung bei Julius in Anspruch zu nehmen. Ich werde ihn selber sprechen, obwohl ich im Voraus weiß, was ich zur Antwort bekomme."
Schon wollte er sich verabschieden, als ihm noch etwas einfiel.
„Weißt du, dass sich in vier Tagen der Todestag unseres Großvaters jährt? Julius wird als Anhänger veralteter Bräuche gewiss zur Gruft der Quinctilius hinausziehen, um die Toten abzufüttern. So viel ich mich erinnere, ist an demselben Tag irgendein Cornelius gestorben; der wird sicher schon lange nach Wein und Milch dürsten, weil der Prokonsul sich wenig um die Bedürfnisse seiner Vorfahren kümmerte. Da die Mausoleen beider Geschlechter nebeneinander liegen, könntest du deinen zweiten Auftritt auf der Komödie –‚Die altrömische Matrone' dort abspielen. Spare aber die Getränke nicht; lasse große Löcher neben den Gräbern machen und schütte dem versickerten immer frischen Wein nach. Sie sollen einmal einen guten Tag leben, die Toten, denn gar lustig werden sie es in ihren engen und dunklen Räumen für gewöhnlich nicht haben. Julius aber wird sich an dir erbauen!"
Übermütig auslachend, verließ Marcus zugleich mit Tullia das Haus.

Kapitel 6

Julius Quinctilius betrat seinen Speisesaal und überschaute ihn mit prüfendem Blick. Vier vielarmige Öllampen in den Ecken beleuchteten von Bronzesäulen herab das große quadratische Gemach, an dessen Wänden außerdem noch viele silberne Kandelaber angebracht waren, von denen jeder drei Wachskerzen trug. Die Wandgemälde aus gelbem Grund, umrahmt von einer unterliegenden breiten schwarzen Marmortafel, stellten Szenen aus der Geschichte des Quinctilischen Geschlechtes dar.
In der Mitte des Saales stand das Triklinium: ein großer quadratförmiger Tisch, mit seinem einzigen massiven Fuß in den Mosaikboden eingelassen, auf drei Seiten umgeben von geräumigen Lagerbänken, deren jede drei Personen in liegender Stellung Platz bot.
In diesem Gemach gab es keine duftspendenden Springbrunnen, keine weißen Säulen, keine ausländischen Gewächse; niedrig und im langen Lauf der Zeit nachgedunkelt, gemahnte es durchaus nicht an das moderne Rom des Antoninischen Zeitalters. Dagegen erinnerten die Bronzesäulen in den Ecken an Marcus' Urahnen; die Teppiche auf den Lagerbänken hatte ein Konsul Quinctilius vor hundert Jahren bei seiner Heimkehr aus einem orientalischen Feldzug mitgebracht; das Tischblatt von Citrusholz stellte den Wert eines Landgutes dar; der Wert der Wandgemälde und der Bodenmosaik hätten einer Familie von bescheideneren Ansprüchen ein

gutes Auskommen gesichert. Nur die neuzeitigen Kandelaber und eine große Menge von frischen Blumen, die auf dem Tisch und aus den Lagerstätten umherlagen, belebten das altmodische Bild.

Marcus selbst, blass, angegriffen, mit blau unterlaufenen Augen, in Gewänder aus den feinsten Stoffen gehüllt, machte aus diesem ernsten Hintergrund den Eindruck einer unpassenden Figur. Er war hier ein Fremdling, gegen dessen keckes Eindringen die stummen Wände laut Einspruch zu erheben schienen.

„Ist alles fertig?" fragte er den abseits stehenden Hausmeister, der in gebeugter Stellung, die Hand auf der Brust, die Befehle seines Herrn erwartete.

„Du hast befohlen, Herr." antwortete der griechische Sklave.

„So gehe nun in die Küche und sage dem Aristippos, dass er nicht wieder etwas verderbe; letzthin hatte er die verdorbene Tunke zum Eberkopf zu büßen; heute soll er, bei Herkules, meinen Zorn nicht wieder wecken!"

Der Sklave ging, und Marcus begab sich in den Empfangssaal, wo er sich auf einem Sofa ausstreckte. Er war müde; die Nacht vorher hatte er beim Imperator Lucius Verus zugebracht und dann mit einigen Genossen des Gelages in den Straßen der Stadt nächtliche Abenteuer gesucht; sie hatten auf eine vermummte Frauengestalt Jagd gemacht, welche ihnen hinter dem Appischen Tor plötzlich aus den Augen verschwunden war.

Unter lautem Gähnen dachte Marcus jetzt über diese Jagd nach und verfiel dabei in allgemeine Betrachtungen wegen seiner Abgespanntheit nach jeder Vergnügung.

„Alt werde ich schon ... ja alt." sagte er zu sich selber; „doch ich will noch einige Zeit hindurch das Leben genießen, und dazu muss mir die Mitgift der Tochter des Steuerpächters verhelfen ..."

Aus seinen Gedanken wurde er durch den Namenrufer geweckt; dieser meldete den ersten Gast an.

Es war Fabius. Marcus vergaß seine Müdigkeit und sprang auf, nicht gerade des Ägypters wegen, wohl aber, um die nun zu erwartenden übrigen Gäste zu empfangen.

Der Empfangsraum bevölkerte sich bald immer mehr. Nach Fabius kam der Präfekt von Rom, dann Marius Pomponius, der Prätor für die Ausländer, weiter drei Senatoren, stark parfümiert und das Haar mit Goldstaub bedeckt. Marcus empfing sie mit Küssen auf beide Wangen.

„Anstatt eines reichlichen Mahles." so eröffnete er seinen Gästen, nachdem diese ihre Sofas eingenommen hatten, „habe ich für eine unbedingt angenehme Unterhalt gesorgt."

„Ich habe schon gehört." meldete sich darauf einer der Senatoren, „dass du deinen Hähnen eine neue Kampfesweise beigebracht hast."

„Ich möchte wetten." bemerkte ein zweiter, „dass uns Lydia ein Gedicht vorliest, nach welchem uns dein Falernerwein kaum mehr munden wird."

„Du würdest die Wette verlieren." erklärte Marcus. „Ich habe den witzigsten Kerl des Reiches eingeladen. Lucian hat versprochen zu kommen."

„Der junge Rhetor aus Syrien, welcher mit dem Imperator Lucius Verus nach Rom gekommen ist?" fragte der Stadtpräfekt.

„Derselbe. Imperator Lucius zieht ihn allen Weisen vor, welche den göttlichen Marcus Aurelius umgeben."

„Ich habe vernommen, dass seine Zunge von so giftigen Worten trieft, wie sie nicht einmal den Griechen geläufig sind." bemerkte der Prätor der Ausländer.

Da kam eine Mädchengestalt in den Saal gehuscht, klein, zart gebaut, schlank, in kurzem Gewand von gelber Seide. Drei Perlenschnüre schmückten ihr schwarzes Haar, das an der Stirn offen und gesträubt, am Hinterhaupt in einen griechischen Knoten zusammengefasst war. Der Hals und die bloßen Arme trugen eine glänzende Last von Geschmeide; die kleinen Füße steckten in goldbestickten Purpurschuhen.

„Seid gegrüßt, ihr Väter, Söhne und Enkel des heiligen Rom!" rief sie mit zarter Stimme in den Saal hinein, den Gruß mit Kusshändchen nach allen Seiten hin begleitend.

„Seid gegrüßt auch ihr. Ahnen und Urahnen." fügte sie hinzu, den Schränken zugewendet, in denen die Wachsbüsten der Quinctilier standen.

Sofort wurde sie von Marcus' Gästen umringt; nur der Prätor der Ausländer beeilte sich nicht, sie zu begrüßen.

„Die schöne Lydia bringt stets Frohsinn mit." schmeichelte ihr einer der Senatoren.

„Und der fade Mucius ist stets verwundert, wenn Jugend ein heiteres Gesicht zeigt." antwortete Lydia. „Man hat mir gesagt, der gelehrte Arzt aus Athen, welcher trotz seiner Weisheit aussieht, als hätte er selbst schon von dem abscheulichen Lethewasser getrunken, habe dir verordnet, barfüßig herumzugehen. Befolge seinen Rat, und vielleicht bringst du es zugleich mit runderen Armen und Waden auch zu einem besseren Humor."

Mucius war durch Lydias anzügliche Rede nicht beleidigt, er lachte mit den anderen, streckte seine mageren, weiß gepuderten Arme aus und entgegnete: „Noch sind sie kräftig genug, um sich umarmend deinen Rippen fühlbar zu machen. Vielleicht erlaubst du ..."

Lydia machte eine lebhafte Bewegung zur Seite.

„Denke an deine Zöllnerin, die für einen Gatten wie du ihre Millionen hergegeben hat!" rief sie ihm zu.

„Für den Purpur, für den Purpur!" berichtete Mucius.

„Für den Senatorensaum?" lachte Lydia. „Auch ein Senator! ... Worüber beratschlagst du denn auf dem Kapitol?"

„Darüber, dass man so geschwätzigen Elstern wie du die allzu spitzen Zungen stutze."

„Ich sehe, du brauchst nicht zugrunde zu gehen, wenn du einmal mit den Millionen deiner Zöllnerin fertig bist. Du legst einfach einen zerrissenen Sack um die Schultern, und der Weise ist da. Heutzutage ernährt das seinen Mann!"

Da erschien an der Schwelle des Saales ein Mann von wenig mehr als dreißig Jahren, in einen dunklen Philosophenmantel gehüllt. Er hatte die letzten Worte Lydias gehört; ein zweideutiges Lächeln umspielte seine schmalen Lippen. Er verbeugte sich vor den römischen Purpuraten, aber mit einem etwas verächtlichen Blick seiner kleinen, durchdringenden Augen.

„Nun haben wir auch unseren Lucian da!" rief Marcus dem Erschienenen zu und begrüßte ihn.

„Niemand fehlt mehr, es kann losgehen."

Er klatschte in die Hände. Auf dieses Zeichen hin ertönten hinter einem Vorhang die Klänge eines Kriegsmarsches, ausgeführt von einem auf Flöten, Pfeifen und Zithern bestehenden Orchester. Im Marschschritte begab sich die Gesellschaft in den Speisesaal. Hier trugen vier Sklaven britische

Austern, Meerigel, Schnecken und mit mildem Wein benetzte Tulpen als Vorimbiß herum, welcher den Appetit anregen sollte. Während darauf syrische Knaben in roten, goldgestickten Seidentuniken silberne Waschbecken zum Händewaschen hereinbrachten, verstummte Plötzlich die Marschmelodie, und es erklang wie unterirdisch eine leise klagende Trauerweise. Der Hausherr wendete sich dem großen Tisch zu, und die Arme einem zwischen Blumen durchschimmernden silbernen Totengerippe entgegenstreckend, verkündete er:

„O du, der zähnefletschend aller Mühen und Träume der Menschheit spottest, gemahne uns bei Tag und bei Nacht, dass dem Sterblichen so viel Glück vergönnt ist, wieviel er bei Lebzeiten zu genießen Gelegenheit hat. Sind wir einmal dir ähnlich, dann helfen uns weder die Vergötterung der Überlebenden, noch die Lieder und der Weihrauch der Priester, noch auch der ganze Olymp, an den das gemeine Volk glaubt. Gemahne uns daran, dass wir jede Stunde des Lebens bestens ausnützen und keinen Tropfen der Lebensfreuden ungenossen verdunsten lassen."

„Mucius soll dem Gerippe ein Opfer darbringen!" rief Lydia. „Von uns allen wird er zuallererst Charons Schifflein besteigen."

Auch diesmal fühlte sich der Senator nicht beleidigt. Der Hand eines Sklaven entnahm er einen frisch gefüllten Kristallbecher, näherte sich dem Gerippe, spritzte es an und sprach nach einer tiefen Verbeugung:

„Ich bringe dir meine gebührende Huldigung dar, du stummer Spötter, du Philosoph der Philosophen, du bester Lehrmeister der Menschheit! Du allein besitzt die einzige, ewige Wahrheit, die niemals lügt und stets frisch und neu ist, wiewohl die Menschheit ihre mahnende Stimme seit jenen Zeiten hört, da unsere tapferen und tugendhaften Urahnen noch Tieren ähnlich in Höhlen wohnten. Es huldigt dir der hochberühmte Senator Mucius, nicht so tugendhaft und tapfer wie seine Ahnen, dagegen aber viel vernünftiger, weil er nicht zusammen mit dem Vieh Erdlöcher bewohnt, keinen Brei von schwarzem Mehl isst, kein Wasser trinkt, keine Matronen liebt, die den Stallgeruch mit sich herumtragen, und sich vor dem Zorn keines Olymp fürchtet, an welchen er ebenso wenig glaubt, wie du an ein Fortleben des Menschen in den Wolken, im Hades oder wo immer..."

„... und." unterbrach ihn plötzlich Marcus, „doch um die Gunst Lydias sich bewirbt, obwohl er dir stets ähnlicher wird!"

Lautes Gelächter beschloss die Ansprache an das Totengerippe.

Nur zwei Personen beteiligten sich nicht an der gemütsrohen Szene. Der Prätor der Ausländer strich missmutig und finster seinen Bart; Lucian lächelte spöttisch.

Nun kamen neun Knaben hurtig herein, alle kleine runde Tische tragend, die sie längs der Lagerbänke aufstellten.

„Im marmornen, goldglänzenden Rom der Antonine gebührt die Herrschaft der Schönheit." sprach Marcus und lud Lydia ein, den mittleren Sitz als Ehrenplatz einzunehmen. „Marius Pomponius und der Stadtpräfekt werden die würdigste Umrahmung für dich bilden."

Damit wies er den beiden ihre Plätze neben Lydia an; bezüglich der übrigen Gäste entschlug er sich wegen des Zeremoniells.

Zwei Sklaven nahmen den Männern die Togen ab, und lockige, gallische Knaben legten ihnen Kränze von frischen Blumen auf die Köpfe.

Als sie, den linken Ellbogen auf die weichen Polster gestemmt, sich auf den Lagern ausstreckten, spielte das Orchester sinnliche orientalische Tanzlieder.

Marcus warf dem am Eingang unbeweglich dastehenden Hausmeister einen Blick zu. Dieser gab ihn weiter einem anderen Sklaven. Sofort traten zwei Vorschneider ein, und mit der Behändigkeit von Taschenspielern, so dass ihre Bewegungen für ungeübte Augen verloren gingen, zerteilten sie einen Rehrücken, einen Wildschweinsbraten und eine Menge gebratenen Geflügels. Der Saal füllte sich mit Sklaven, welche ohne jegliches Geräusch, nach dem Takte der Musik sich bewegend und verbeugend, die Speisen und Getränke herumreichten. Anfangs wurde nur älterer Albanerwein aus vergoldeten Bronzekrügen ausgeschenkt. Das ganze Heer der Bedienung leitete nur mit seinen Blicken der unbewegliche, steife Hausmeister; weder erhob er einmal die Hand, noch machte er irgendeine Kopfbewegung; nur seine Augen und Brauen waren in fortwährender Bewegung, und die stumme Schar verstand ihn vollkommen.

Die Gäste sprachen zu Beginn des Mahles nichts. Geschäftig bewegten sich ihre Hände, um den ersten Hunger zu stillen; die Knochen warfen sie auf den Boden unter dem großen Tisch und wischten sich die Finger an Handtüchern von feinem Leinen ab.

Das Gespräch wurde von dem dürren Mucius eingeleitet.

„Auf keine Weise." fing er an, „wollte es mir gelingen, aus dem Koch des Konsuls herauszubringen, wie er die Tunke zum Wildschweinkopf bereitet. Ich bot ihm tausend Sesterzen für sein Geheimnis, aber der schlaue Siculer widerstand der Versuchung."

„Weil er weiß, dass der Konsul ihn mit Nachtwächterdienst bestrafen würde." sagte der Hausherr, der sich den Koch nur
für heute ausgeliehen hatte. „Die Tunke ist das große Los in der Lotterie seines Lebens."

„In der Tat." bemerkte der Stadtpräfekt, „der Konsul besitzt ein eigenes Talent, neue Leckereien zu erfinden. Ich kenne keine Tunke, welche den Gaumen so angenehm reizen würde."

„Und welche dem Magen so unzuträglich wäre." warf Lydia ein. „Ich bin immer krank danach."

„Ich meinesteils." antwortete Mucius, „sehe nur auf den Geschmack. Im Magen verspüre ich aber keinen, sondern am Gaumen, und diese Tunke hat einen ganz ungewöhnlich vortrefflichen Geschmack! Unsere heimische, eintönige Küche ist mir so fade wie die Tugend hässlicher Weiber."

„Dafür gibt's bald Rat." entgegnete Lydia.

„Ich gebe einen Kuss für einen guten Rat." sagte Mucius weiter.

„Du sprichst doch hoffentlich von einem Kuss in der Einfassung von zehntausend Sesterzen." begann Lydia den Handel.

„Das ist mir zu viel. Wollte ich so gut zahlen, so erübrigte ich nicht einmal den Lohn für den Fährmann Charon."

„Sehr gern werde ich deiner Leiche eine Sesterze für Charon in die Hand drücken."

„Die zwei streiten so, als wären sie schrecklich ineinander verliebt." meldete sich der Stadtpräfekt.

„Berührt nicht das Thema der Liebe." sprach Lydia, sich ein wenig erhebend, „davon versteht ihr alle nichts."

„Dieses Verständnis kann uns die schöne Lydia nicht absprechen." mischte sich Marcus galant ein.

Da richtete sich Lydia ganz auf und fuhr in heftigem Tone fort: „Weshalb denn gerade ich nicht? Vielleicht deshalb, weil ich euch aus der Nähe kenne, mithin besser als der Pöbel, der vor eurem Purpur heuchlerisch den Kopf senkt?"

„Wenn du so sprichst." sagte Marcus, „hat es den Anschein, als ob du uns hasstest, und doch ..."

„Du willst sagen: und doch unterhältst du uns. Ja, ich unterhalte euch, weil missgünstige Götter mir Sklaven zu Eltern gaben und ich das erst erlaufen musste, was euch das Schicksal schon in die Wiege gelegt hat. Aber ihr versteht das nicht, ihr Herren der Welt, die ihr es nur früheren Geschlechtern verdankt, dass ihr aus dem Elend niedergetretener Völker und aus der Misshandlung herabgewürdigter Menschen eure Schätze und Vergnügungen schöpfen könnt."

Lydias Wangen glühten, und ihre Augen sprühten Blitze. Doch ließ das die Senatoren kühl; sie hörten ihr begierig zu, belächelten aber ihre Worte spöttisch.

„Lydia scheint sich zu gefallen in der neuen Rolle als Heldin aus einer griechischen Tragödie!" witzelte Marcus.

„Eine Antigone spricht aus ihr" bestätigte Mucius.

„Marmor könnte sich an ihr entzünden" höhnte der Stadtpräfekt.

Lydia verbiss ihren Zorn und nahm ihre eigentliche Rolle wieder auf.

„Ich habe euch also ein neues Vergnügen bereitet und dafür gebührt mir mein Lohn; denn hochberühmte Senatoren sollen für alles zahlen" sprach sie und deutete auf einen kostbaren Kristallbecher.

„Er sei dein." erwiderte Marcus und gab dem Hausmeister ein Zeichen, den Becher beiseite zu stellen.

„Dein sei auch diese Kleinigkeit." sagte Mucius und überreichte ihr eine seiner Armspangen.

Auch von diesem und jenem ... von allen Seiten erhielt Lydia Geschenke. Fabius, der schweigsam neben Marcus lag, warf ihr einen Ring zu. Lydia schob denselben mit Verachtung zurück.

„Von dir nehme ich nichts an" sagte sie.

„Warum denn?" fragte Fabius erstaunt.

„Weil du ein Sklavenhändler bist und ich die Tochter eines Sklaven."

„Frech!" brummte Fabius.

„Eine Freigelassene kann gegenüber einem Freigelassenen nicht frech sein!" rief ihm Lydia zornig zurück. „Nimm die Wahrheit hin von mir, wenn andere es nicht wagen, sie dir zu sagen ... Nun, und du, stummer Philosoph." damit wendete sie sich an Lucian, „du bringst mir nichts dar?"

„Nichts außer meinem Beifall." antwortete Lucian.

„Das ist viel für einen Philosophen, aber wenig für einen Mann, von dem man sagt, dass er in einer Fingerspitze mehr Witz innehabe, als alle diese Köpfe zusammen." Lydia beschrieb mit der Hand einen Kreis.

„Es wird immer schöner!" lachte Mucius. „So liebenswürdig habe ich Lydia noch nie gefunden. Es wäre angezeigt, mit Falerner auf ihr Wohl zu trinken."

Während dieses Wortgeplänkels hatte die Dienerschaft nicht aufgehört, die Schüsseln zu wechseln; von Weinen kamen immer ältere Jahrgänge und feinere Marken an die Reihe; ab und zu wurden die Hände in wohlriechendem Wasser gewaschen.

„Falerner gib her!" schrie Mucius, schon angeheitert. „Jenen Falerner, der sogar mein abgekühltes Blut ins Rollen bringt."
Die Musik, welche bisher unausgesetzt gespielt hatte, brach jetzt mitten im Takt ab. Unter feierlicher Stille brachten Sklaven eine große, moosbewachsene Ampher herein, an deren Hals ein Blechtäfelchen das Alter ihres Inhaltes bekundete. Sie war von einem Hohenpriester zu Neros Zeilen, einem Vorfahr des Quinctilius Geschlechtes, im Keller eingeschlossen worden.
Marcus füllte mit dem goldenen Nass sehr vorsichtig eine Murrinische Schale, welche den Neid der Senatoren erweckte. Nicht jeder von ihnen konnte sich eines Gefäßes rühmen, um dessen Wert man sich den Ritterstand hätte erkaufen können.
„Nur eine Schale von Murra ist eines solchen Falerners würdig." sprach Marcus, das Gefäß emporhaltend. „Ehre sei deinem Angedenken, tugendhafter Hohenpriester, dafür, dass du mit diesem Weinschatz an uns gedacht hast!"
„Ehre, Ehre, Ehre!" erscholl es allerseits.
„Ich brächte dir die ersten Tropfen zum Opfer, wie es die alte Sitte verlangt." sprach Marcus weiter; „denn ich fühle mich zu Dank verpflichtet. Aber was hättest du davon, armer Tropf! Dein Ururenkel handelt nach seiner eigenen Überzeugung, wie gewiss auch du nach der deinigen gehandelt hast; er glaubt aber nicht daran, dass du noch fortlebst und irgendwelche Bedürfnisse hast, irgendeine Freude, irgendein Leid kennst. Leicht sei dir die Erde! Wir werden indes deinen Wein trinken; denn es ziemt sich, dass Lebende genießen, was Tote hinterließen."
Damit leerte er die Schale auf einen Zug. Gleichzeitig ertönte hinter dem Vorhang ein Lied, mit dem Ausdruck großer Leidenschaft gesungen von einer frischen, klangreichen weiblichen Stimme.
„Nur einmal leben wir;
Wir leben nur heut', nur heut'!
Das Gestern stehlt mir,
Nicht kenn' ich morgige Freud'.
Das Gestern bringt mir nichts,
Das Morgen vielleicht den Tod,
Den Gesellen bleichen Gesichts,
Begleiter zu Charons Boot.
Wozu denn Sorge und Plage?
Gezählt sind unsere Tage;
Was immer du spinnst und webst,
Nicht einen davon überlebst.
Was Parzen spinnend bestimmen,
Dem kannst du niemals entrinnen.
Drum lasse das eigene Weben,
Erfasse dein Leben und Streben
Als erstes und einziges Heut',
Als erste und endliche Freud'.
Drum kreise der volle Becher,
Der edelste Sorgenbrechern

Trinkt den feurigen Wein,
Lasst unser Leben ein Heute nur sein!"
Und der Becher kreiste schon während des Gesangs. Der hundertjährige Falerner trank sich mild, aber kaum genossen, tat er seine feurige Wirkung.
Nachdem die Sängerin beendet hatte, wiederholten die Senatoren :
„Trinket den feurigen Wein,
Lasst unser Leben ein Heute nur sein!"
„Der feurige Wein, der edelste Sorgenbrecher, schon gut, schon gut, ja sogar schön!" brummte der dürre Mucius. „Aber wozu denn in einem so schönen Lied der abscheuliche »Geselle bleichen Gesichts, Begleiter zu Charons Boot»?"
Ein kalter Schauer durchrieselte seine Glieder, so dass er sich schüttelte.
„Aha! Mucius sieht den Tod nicht gern!" rief Lydia lachend.
Da geschah etwas Merkwürdiges: alle diese genussrohen, nur auf Sinneslust bedachten Menschen taten einen scheuen Blick zu dem silbernen Totengerippe, welches unter den welkenden Blumen schon freier dastand als anfangs.
„Bist du denn verliebt in ihn?" entgegnete Mucius.
Anstalt zu antworten, sang Lydia:
„Ich armer Tropf!
Ein kahler Kopf
Und im Gebisse Lücken.
Ich kann kaum steh' n,
Ich kann kaum geh' n,
Mit Schwindsucht in dem Rücken.
Frohe Jugend
Ohne Tugend,
An dich ich denken werde,
Wenn ich ruhe
In der Truhe,
Im kalten Schoß der Erde."
„Mucius hat recht: lass doch den kalten Schoß der Erde." bemerkte Marcus.
„Warum denn?" fragte Lydia keck. „Sollten etwa die Nachkommen der Sieger von tausend Schlachtfeldern den Tod scheuen? Ich kann es nicht glauben." höhnte sie lächelnd. „Der Tod ist ja euer bester Freund; das Töten liegt ja in eurem Blut."
Und sie begann zu deklamieren:
„Schrecklich ist doch die Fahrt zu den dunklen Gefilden
des Hades ..."
„Fahr' doch hinunter! Geh' mir zum Pluto!" schrie Mucius, und zu den Sklaven gewendet: „Wein her!"
Im sich selbst Mut zuzusprechen, fügte er singend hinzu: „Trinket den feurigen Wein, lasst lustig und fröhlich uns sein."
Die Sängerin hinter dem Vorhang stimmte nun eine ausgelassene Melodie mit folgendem Text an:

„Ja, alles in dem Weltenrund,
Der Spatz, die Katz' und auch der Hund,
Trinkt bei Durst und Hitze
Aus der nächsten Pfütze.
Die Sonne saugt den Ozean,
Die Erde zapft die Wolken an,
Luna ganz verschwindet,
Bis sie Wasser findet.
Der Mensch beherrscht die Welt allein,
Er trinkt nicht Wasser, sondern Wein;
Trinkt nach Wunsch und Willen,
Ohne Durst zu stillen."
Laut wiederholten die Senatoren die ganze letzte Strophe.
„Zeige uns diese Nachtigall!" rief der Stadtpräfekt zu Marcus hinüber.
„Ja, ja, lasse sie hereinflattern aus ihrem Käfig." fügte ein anderer hinzu.
„Lass sie sehen, lass sie sehen!" forderten alle.
Marcus gab dem Hausmeister ein Zeichen. Das unsichtbare Orchester begann eine Tanzweise zu spielen, in deren Takt eine griechische Sklavin hereingeschwebt kam. Sie führte rund um den Saal einen Sinne reizenden Tanz auf. Mit Kennerblicken verfolgten die Senatoren ihre geschmeidigen Bewegungen.
„Ich gebe dir zehntausend Sesterzen für sie!" rief Mucius entzückt.
„Fünfzehntausend." bot der Stadtpräfekt.
„Sechzehn." erhöhte Lydia das Angebot.
„Würfeln wir um sie." antwortete Marcus.
„Gut." meldete sich Mucius, „Ich gebe meinen Koch als Einsatz."
„Ich einen Gladiator." stimmte der Stadtpräfekt zu.
„Nun, und du?" fragte Marcus Lydia.
„Deinen Becher." gab diese zur Antwort.
„Einverstanden! Mucius wirft zuerst."
Ein Knabe brachte Würfel in einem goldenen Becher.
„Vier!" rief Mucius. „Verloren! . . . nimm dir den Koch."
„Fünf!" brummte der Stadtpräfekt.
„Zehn!" triumphierte Marcus.
„Sechzehn!" rief Lydia, laut auflachend.
„Die Sängerin ist dein." Mit diesen Worten überwies ihr Marcus den Spielgegenstand in Besitz.
„Von nun an gehört sie sich selbst." antwortete Lydia bedeutsam, „ich gebe ihr die Freiheit zurück!"
Die Sklavin, welche bisher unausgesetzt getanzt hatte, blieb nun plötzlich stehen; ihr erstaunter Blick zeigte, dass sie Lydias Worten kaum glauben konnte.
„Du bist frei!" rief ihr Lydia zu.
Mit einem lauten Aufschrei fiel die Sklavin zu ihren Füßen und umfasste ihre Knie.

„Ein Sklavenkind gefällt sich in der Rolle einer Patrizierin." brummte Mucius.
„Sklavenkind! . . . Ja, ich bin ein Sklavenkind." antwortete Lydia gereizt. „Aber was sind denn das für Patrizier, die ihren Purpur an die Töchter von Steuerpächtern, Zöllnern und Sklavenhändlern verkaufen?"
Sie berührte mit ihrer Hand den Kopf der Freigelassenen und sprach: „Als Entgelt für deine Freiheit versprich mir unauslöschlichen Hass gegen Rom! . . . Und nun gehe."
Lydias letzte Worte verhallten im allgemeinen Lärm. Der alte Wein wirkte störend auf die geordnete gemeinsame Unterhaltung; Tischnachbarn rückten näher zusammen und führten ihre Gespräche ohne Rücksicht auf die übrige Gesellschaft.
Nur der Prätor der Ausländer hatte Lydias hasserfüllte Worte gehört. Mäßig in Speise und Trank, war er der Einladung des Marcus nur der gesellschaftlichen Pflichten wegen gefolgt, die ganze Zeit hindurch unbeteiligt an dem widerwärtigen Treiben, beschränkte er sich auf die Rolle des düsteren, ab und zu traurig lächelnden Beobachters.
Jetzt neigte er sich zu dem Mädchen hinüber und sprach mit gedämpfter Stimme: „Mäßige dich, Lydia."
„Nicht dir gelten meine Worte, Prätor." antwortete die Syrierin.
„Sie gelten römischen Senatoren, und auch mein Kleid ziert der breite Purpursaum. Übrigens gibt es auch unter echt römischen Patriziern viele ehrbare Männer."
„Wie viele?"
Der Prätor antwortete nicht. Er wandte sich an Lucian und fragte: „Warum ist denn unser gelehrter Tischgenosse so schweigsam? Dein Mund soll, wie man hört, beredt und deine Worte stechend sein."
„Ich nehme mir ein Beispiel an dir, Prätor."
Auch Lucian hatte an keinem Gespräch teilgenommen. Umso tätiger waren seine kleinen, neugierigen, spöttischen Augen, welche offenbar Stoff zu einer Satire sammelten.
„Du bist mir noch ein Geschenk schuldig." meldete sich jetzt Lydia. „Dein Beifall ist mir zu wenig."
„Du hast ein gutes Gedächtnis; ich hätte geglaubt, der Falerner . . ."
„Hört, hört!" unterbrach ihn Lydia, „Lucian will sprechen!"
„Ich habe es nicht gesagt." wehrte dieser sich.
„Lucianl Lucian!" rief und bat man von allen Seiten.
Die Musik verstummte, Lucian erhob sich.
„Nicht an Lydia habe ich für irgendwelche Gunst eine Schuld abzustatten, sondern an den hochberühmten Prätor Marcus Quinctilius, wenn meine Anwesenheit unter den Beherrschern der Welt durchaus schon vergolten werden muss. Einen Vortrag über die Olympier möchte ich halten, welche die Menschheit so viele Jahrhunderte hindurch betrogen . . ."
Er unterbrach sich selbst und ließ seinen Blick über die verdutzten, langen Gesichter schweifen.
„Doch ich weiß, dass ich damit meiner Schuld hier nicht gerecht werde, und deshalb werde ich euch lieber etwas Vergnügliches von ihnen erzählen. Kennt ihr die Eifersuchtsszene zwischen Mama Juno und Papa Jupiter?"

„Papa Jupiter, Mama Juno!" erklärte Mucius lachend, „Dieser hier . . . dieser." dabei deutete er mit unsicherer Hand auf einen der Tischgenossen, „hat ihnen Opfer dargebracht, Weihrauch gespendet . . . hahaha! ... er ist ein Priester gewesen ..."
Jupiter mit einer brummigen und Juno mit einer keifenden, zänkischen Stimme nachahmend, brachte Lucian unter allgemeiner Heiterkeit die besagte Szene zum Vortrag, welche damit endete, dass Jupiter sich in seine inneren Gemächer zurückzog und der unlängst in den Olymp erhobene schöne Knabe Ganymed von der zürnenden Juno ahnungslos eine Tracht Prügel erhielt.
Nachdem sich das Händeklatschen gelegt hatte, löste Mucius seine zweite Armspange und warf sie Lucian zu. Ähnliches taten die anderen.
Der Rhetor aber machte eine abwehrende Handbewegung.
„Entgelt nehme ich nur im Schulsaal oder auf dem Markt, wenn ich öffentlich lese; hier bin ich Gast des Prätors."
Die Senatoren sahen ihn verwundert an; noch nie war ihnen ein Philosoph vorgekommen, welcher Gold verachtet hätte. Tausende von griechischen und ägyptischen Gelehrten weilten in Rom, von welchen jeder nur auf die Gelegenheit lauerte, eine Handvoll Sesterzen zu erhaschen.
„Es ist schon spät, und ich habe noch meinen Stoff zu verarbeiten." schloss Lucian, wusch sich die Hände und verabschiedete sich.
Bald nach ihm verließ auch der Prätor der Ausländer die Gesellschaft, die nunmehr aufstand und sich in den Säulenhof begab, während Sklaven im Speisesaal sogleich wieder Ordnung schafften.
Im Hof begann sofort das Würfelspiel beim Falerner.
„Stolz ist der Syrier." bemerkte Marcus.
„Vielleicht war es ihm nur zu wenig." vermutete der Stadtpräfekt.
„Ich habe noch keinen Griechen oder Syrier auch nur das kleinste Stücklein Gold oder Geld verachten gesehen." warf Fabius ein.
„Aber auch keinen Ägypter." fügte Mucius bedeutsam hinzu.
Fabius fühlte sich getroffen, wusste aber nicht, ob und wie er den Angriff beantworten solle. So schwieg er, von Marcus Hilfe erwartend.
Er befand sich zum ersten Mal in einer so hoch vornehmen Gesellschaft als Gast unter Gästen; denn außer dem bereits weggegangenen Prätor der Ausländer gehörten alle anwesenden Senatoren alten Patrizierfamilien an; ein jeder von ihnen hatte eine lange Reihe Purpur geschmückter Vorfahren hinter sich. Er hatte sich zwar einigen Schliff angeeignet und sich an bessere Gesellschaft gewöhnt; zu den Angehörigen des Patriziates jedoch, welche von ihren kriegerischen Vorfahren die Verachtung für jedwedes Geld- oder Erwerbsgeschäft geerbt hatten, hatte er niemals in näheren Beziehungen gestanden. Diese betrachteten ja selbst dann, wenn sie infolge ihrer Verschwendung gezwungen waren, mit Töchtern reich gewordener Handelsleute Ehen einzugehen, sich selbst als im Nachteil befindlich. Und wenn auch die Gäste eines Senators mit dessen zukünftigem Schwiegervater freundlich sprachen, so geschah es doch in jenem Tone hoher Herren, welcher mehr abstoßend als ermutigend wirkt.
Während des Mahles hatte Fabius des öfteren versucht, mit dem Stadtpräfekten, neben welchem er ruhte, ein vertraulicheres Gespräch anzuspinnen; aber immer, wenn er glaubte, seiner Zunge freien Lauf lassen zu können, traf ihn ein stolzer Blick oder fühlte er sich zurückgestoßen durch

ein vorübergehendes spöttisches Lächeln. Der schlaue Spekulant war scharfsinnig genug, um zu verstehen, dass der Patrizier die durch ihre Geburt und Stellung gezogene Grenze nicht überschritten. Sogar der feurige Falerner vermochte nicht, diese Kluft zu überbrücken. Derselbe Würdenträger, der die Beleidigungen eines ungezogenen Frauenzimmers gleichgültig hinnahm, gestattete dem steinreichen Pächter auch nicht die geringste Vertraulichkeit. So oft sich Fabius zu ihm hinüberneigte, wendete er sich wie zufällig ab und hielt ersteren stets in angemessener Entfernung.

„Wie spielen wir?" fragte der Stadtpräfekt.

„Wie immer: tausend Sesterzen der Einsatz." meldete sich Mucius.

„Sieh' zu. dass du verlierst." flüsterte Marcus dem Fabius zu, „alles andere überlasse mir."

Wieder ertönte Musik, wie unterirdisch, und im Hof erschien ein Kranz von Knaben und Mädchen, welche einen orientalischen Tanz aufführten. Dieser Sinnesreiz war schon so alltäglich geworden, dass die Spieler ihm keine Aufmerksamkeit schenkten. Sie würfelten, tranken Falerner und schrieben ihre Verluste auf den Wachstäfelchen der Gewinnenden ein. In der ersten halben Stunde lag vor Fabius schon ein ganzer Haufen solcher Täfelchen, welcher einen Werl von vielleicht hunderttausend Sesterzen darstellte. Hauptsächlich ihm war das Glück hold; die Goldstücke, allerdings einstweilen nur aufgeschrieben, flogen ihm wie Nachtfalter dem Licht zu. Er war anfangs bestrebt, zu verlieren, konnte aber sein Glück nicht hindern, und je mehr er gewann, desto weniger erinnerte er sich an den Zweck seiner Anwesenheit. Die Augen des Emporkömmlings, der in den Mitteln zur Bereicherung niemals wählerisch gewesen war, glänzten jetzt von Habgier; wenn er den Würfelbecher zur Hand nahm, dann krümmten sich seine Finger wie die Krallen eines Raubvogels. Er war so auf das Gewinnen fixiert, dass er das höhnische Lächeln der Patrizier gar nicht bemerkte. Denn diese schrieben ihm ihre Tausende von Sesterzen mit einer Ruhe ein, wie es eben nur Leute können, die gewohnt sind, in vollster Gemütsruhe große Summen auszugeben. Keiner von ihnen runzelte auch nur die Stirn, wenn er einen niedrigen Wurf machte.

„Mein lieber Schwiegervater." ... mit diesen Worten wandte sich Marcus an Fabius . . . „das Glück ist dir so hold, dass ich es mir zu Nutze machen möchte. Vielleicht gestattest du, dass ich dich vertrete."

Ohne Fabius' Antwort abzuwarten, nahm er den Goldbecher aus dessen Hand.

„Stadtpräfekt, um das Ganze hier!" schlug Marcus vor, auf die Täfelchen des Fabius deutend.

„Angenommen!"

Sie warfen, zuerst der Präfekt, dann Marcus.

Als Fabius die niedrige Zahl des Marcus bemerkte, streckte er unwillkürlich die Hand nach seinen Täfelchen aus, doch Marcus hatte sie bereits dem Präfekten zugeschoben.

„Ich hatte geglaubt." behauptete Marcus lachend, „dass der Schwiegersohn eines so glücklichen Spielers in dessen Vertretung ebenfalls vom Glücke begünstigt sein müsste; indes sehe ich, dass das launenhafte Schicksal zwischen Schwiegervater und Schwiegersohn einen Unterschied macht. Vielleicht ist es übrigens wirklich nur eine Laune; vielleicht geht's beim zweiten Mal besser. Kannst du, Präfekt, dich an jene Murrinischen Vase erinnern, welche Fabius aus dem Nachlass der Claudier erstanden hat? Sie war im Portikus des Agrippa ausgestellt."

„Ganz Rom hat von diesem Meisterstück Murras mit Begeisterung gesprochen." antwortete der Präfekt.
„Wenn ich nun diese Vase im Namen meines Schwiegervaters einsetzen würde? ... Du erlaubst es ja?" fragte Marcus, sich an Fabius wendend.
Dieser verstand wohl, wohin der Prätor abzielte. Er zögerte einen Augenblick; er mochte sich ungern von dem Kleinod trennen, um welches ihm sogar die Reichsten beneideten. Doch er überwand sich schließlich und gab seine Einwilligung, obwohl mit unsicherer Stimme und entfärbten Lippen.
„Was setzt du dagegen?" fragte Marcus den Präfekten.
„Einen Gladiator hast du heute von mir schon gewonnen." erwiderte der Präfekt, „und du wärest imstande, mir all die übrigen auch noch zu nehmen ... aber sie sind gesetzt!"
Tiefes Schweigen trat ein. Die Stille war umso feierlicher, als die Musik schon verstummt und die jugendlichen Tänzer abgetreten waren.
Mit verhaltenem Atem verfolgten die Senatoren die über die polierte Silberplatte kullernden Würfel; nur Marcus blieb ruhig.
„Wieder verloren." stellte er gleichgültig fest. „Morgen schickst du die Vase dem Stadtpräfekten." gab er Fabius zu verstehen.
Der Verlust des kostbaren Gefäßes wirkte auf den Millionär so niederschmetternd, dass er kaum mit einem Kopfnicken zustimmen konnte. Ein Wort, das er von sich zu geben sich bemühte, blieb ihm zwischen den angespannten Lippen stecken.
Marcus warf ihm einen wütenden Blick zu, der dem glücklichen Gewinner nicht entging. Dem Stadtpräfekten stieg eine Ahnung auf. Man will etwas von mir, aber was? dachte er sich. Seine Augen gingen hin und her, von Marcus zu Fabius, von Fabius zu Marcus, als wollten sie von ihren Gesichtern die Antwort ablesen.
Das Spiel wurde fortgesetzt, aber das durch Marcus verscheuchte Glück wollte nicht mehr zu Fabius zurückkehren. Immer öfter griff er zur Weinschale, um seinen Kummer zu ertränken.
„Um einige germanische Sklavinnen wird Fabius heute ärmer werden." prophezeite Mucius, obwohl er die Worte nur schwer herausbrachte.
„Man sagt, er habe davon eine ganze Legion." bemerkte ein anderer Senator.
„Wenn mein Schwiegervater Germanen ausrottet, so macht er sich verdient um Rom; denn sie sind ein unruhiges Volk und werden immer übermütiger." entgegnete nun Marcus. „Diese Barbaren sind schon so frech, dass sie ganz offen Anerkennung von Menschenrechten verlangen. Wahrscheinlich habt ihr von jenem Präfekten der Reiterei in den Legionen gehört, der unsere Behörden mit der Forderung belästigt, eine angeblich entführte Dirne seines Stammes ausfindig zu machen. Was für ein Übermut gehört dazu, Präfekten und Prätoren wegen einer einzigen Germanin in Bewegung setzen zu wollen! Werden doch nicht wenige in unseren Amphitheatern allein von wilden Bestien zerrissen! . . . Auch bei dir, Präfekt, soll jener Barbar vorgesprochen haben. Du wärest kein Römer, wolltest du seiner lächerlichen Zumutung nachgeben!"
Der Stadtpräfekt hörte aufmerksam zu, seinen Blick auf Fabius geheftet, welcher tief aufatmete und dessen Gesichtsausdruck sich deutlich belebte. Auch Fabius' Augen gingen verstohlen auf Kundschaft aus, und da begegneten sich die Blicke beider. Wie auf frischer Tat ertappt, wandten

sich Fabius' Augen schnell ab. Nun wusste der Stadtpräfekt, warum man ihn zwei so große Gewinne hatte machen lassen.

„Auch ich." antwortete er jetzt dem Marcus fein lächelnd, kann allzu große Nachgiebigkeit Barbaren gegenüber nicht gutheißen. Rom bleibt Rom, so lange es die Nachbarn mit eiserner Faust niederhält."

„Mit der Faust des Mucius!" lachte eine weibliche Stimme dazwischen.

Die Senatoren schauten sich verwundert um. Ins Spiel vertieft, hatten sie gar nicht an Lydia gedacht, die sich, von dem Wein überwältigt, auf einem Sofa zwischen Palmen und anderen fremden Gewächsen ausgeschlafen hatte. Jetzt war sie erwacht und näherte sich den Spielern.

„Schön würde euer Rom aussehen." sprach sie, „wenn die Barbaren in den Legionen ihre Dienste versagten. Ein Heer, angeführt von solchen Tribunen wie Mucius, würde unter den Besen der Weiber zerstieben."

Mucius, der am meisten getrunken hatte, starrte Lydia blöden Auges an. Er wollte sich erheben, fiel aber schwer zurück. "Ha, ha, der Falerner . . . legt sich wie Blei ... in die Glieder!"

„Erhebe dich, römischer Senator. Bändiger der Barbaren, Bezwinger der Welt!" höhnte Lydia unter allgemeinem Gelächter. „Hundert Völker schauen auf dich, und zu Hause erwartet dich die Zöllnerstochter mit ihrem Prügel; denn Mucius' Eheliebste ist freigebig mit ihren schmerzlichen Liebkosungen."

„Ich werde ihr zeigen . . . wer Herr . . . Herr im Hause ist!" lallte Mucius zurück.

Wieder erhob er sich, fiel aber der Länge nach zu Boden.

Marcus gab dem Hausmeister ein Zeichen.

„Bettet ihn in meinem Schlafgemach!" befahl er.

Bald erschienen vier Sklaven mit einer Tragbahre und brachten den mit den Händen herumfuchtelnden Senator aus dem Säulenhof.

Marcus trank und spielte weiter.

Kapitel 7

Zum Appischen Tor hinaus bewegte sich eine geschlossene Sänfte, umgeben von einer großen Sklavenschar. Die Tuniken der letzteren zeigten keine grellen Farben, blendeten auch nicht mit Goldstickerei; schwarz, ohne jeglichen Aufputz, erinnerten sie an das Trauergewand der Leichenbestattungsgesellschaften. Auf den düsteren Trupp schauten die vielen, oft Jahrhunderte alten Büsten herab, die zu beiden Seiten längs der berühmten Appischen Straße, welche Rom mit dem südlichen Campanien verband, erbaut waren. Ganze Patriziergeschlechter mitsamt ihren Klienten und Freigelassenen ruhten in der nächsten Nähe der Hauptstadt, nach dem Volksglauben überwachten sie das Wohlergehen des lebenden Geschlechts.

Neben alten Türmen, Pyramiden und gewöhnlichen Steinplatten, die mit Moos, Schimmel und hundertjährigen Staubschichten bedeckt waren, schimmerten herrliche, neuere Mausoleen, in Tempelform gebaut, zu denen breite Freitreppen hinaufführten; Säulenhallen, sinnbildliche Figuren, Standbilder und Tafeln mit Inschriften schmückten die Schauseiten der Totenkammern.

Unbewegliche Zypressen hielten Wache über den Gebeinen erloschener Geschlechter, stumm wie diese. Hier und da gaben an den Eingängen hängende Kränze Zeugnis von dankbarer Erinnerung der Hinterbliebenen; doch diese Beweise einer Liebe, die bis in das Reich der Schatten reichte, waren nur selten.
Der Trupp schritt langsam mitten auf der Straße dahin, unbeachtet von den Landleuten, welche zum Abendmarkt in die Stadt eilten. Er kam vorbei an den Gräbern der Scipionen, der Fabier, der Hortensier, an vielen kleineren und größeren, großenteils vernachlässigten, mit Unkraut bewachsenen Denkmalen und machte erst gegenüber dem Triumphbogen des Drusus Halt.
Hier erhob sich inmitten einer dichten Anpflanzung von Bäumen und Sträuchern, von der Straße etwas entfernt, ein hoher runder Turm aus Gabinischen Steinen, den Ecktürmen eines befestigten Lagers ähnlich. Die Zeit hatte daran großenteils schon ihr Werk verrichtet. Die Mauer wies zahlreiche Sprünge und Risse auf, in denen Moos, Unkraut und Schling-pflanzen wucherten. Über dem niederen Eingang befand sich eine alte Marmortafel, auf welcher jedoch in neuer Goldschrift die Worte: „Gruft der Cornelier" prangten.
Hier entstiegen der Sänfte Tullia und Mucia. Beide waren in lange schwarze Mäntel gehüllt, welche ihre weißen Kleider vollständig bedeckten, und trugen Lorbeerkränze.
„Am Grab meines Gatten und seiner Ahnen gebührt dir der Vorrang." sprach Tullia zu Mucia und reichte ihr einen schwarzen Schleier. „Nur aus der Hand einer Cornelierin nehmen die Schatten der Cornelier willig eine Opfergabe, wie uns der Glaube unserer Väter belehrt."
Ein spöttisches Lächeln überflog ihr ganzes Gesicht, als Mucia die schwarze Hülle um den Kopf legte.
Mit dem Gesicht gegen Osten, die Arme erhoben, stand das junge Mädchen da, ohne jedoch die vorgeschriebene Gebetsformel herzusagen. Mit ihren in das Blau des Himmels gehefteten Augen, mit den halboffenen Lippen war sie eine Verkörperung des Gebetes ohne Worte. Nur hin und wieder entfuhr ein Seufzer ihrem Mund und zuckten ihre Lippen.
Heilige Scheu flößte sie der Sklavenschar ein. Diese Unglücklichen, zur Misshandlung geboren, vergessen von der Gunst des Lebens, die ihren freien Ebenbildern Blumen und Perlen auf dem Lebensweg unter die Füße streute, erkannten unwillkürlich die Heiligkeit ihres innigen, stummen Gebetes; wussten sie doch aus eigenster Erfahrung, dass die sehnlichsten Wünsche, die heißesten Bitten nicht in Worten Ausdruck finden. So in die blaue Ferne schauend, während der Lufthauch des nahenden Abends mit ihrem Schleier spielte, so in sich gekehrt und ihren eigenen Gedanken lauschend, losgelöst von ihrer Umgebung, unbeweglich, machte Mucia den Eindruck des Standbildes einer Vestalin. Ihr jugendliches Gesicht trug die Würde einer reifen Matrone.
Endlich kreuzte sie die Arme auf der Brust, neigte den Kopf und sagte halblaut:
„Leicht sei euch die Erde!"
„Leicht sei ihnen die Erde!" wiederholten leise die Sklaven.
Einige von ihnen machten, ängstlich um sich blickend, mit dem Daumen das Kreuzzeichen auf ihrer Stirn.
Aus Gefäßen, die der Hausmeister darreichte, goss Mucia eigenhändig Wein und Milch um die Mauer der Gruft und verscharrte Brot und Früchte in die Erde. Nachdem diese, bis auf Romulus und Remus, die Gründer Roms, zurückreichende Zeremonie verrichtet war, ließ Mucia die Tür der

Gruft öffnen und betrat bei Fackelschein den unterirdischen Raum. Urnen standen ringsherum in Wandnischen; ganz unten standen in tieferen und breiteren Aushöhlungen steinerne Sarkophage. Einer von diesen war an der vorderen Längsseite mit flach erhabener Bildhauerarbeit geschmückt, welche ein Tribunen der Legionen in ruhender Lage darstellte. An diesem legte Mucia ihren Lorbeerkranz nieder, dann beugte sie sich, presste ihre Stirn an den Deckel des Sarkophages und verharrte so längere Zeit in ehrfurchtsvoller Betrachtung.

Es war ein eigentümliches Gespräch, das die lebende Cornelierin mit den Toten führte. Die Tochter eines großen Geschlechtes, dessen Name ein nie welkendes Blatt im Ruhmeskranze Roms bildete und in der Geschichte durch militärische und bürgerliche Verdienste glänzte, klagte sie vor ihren Ahnen die Zeit an, in welcher ihr zu leben bestimmt war. In ihr waren Herz und Sinn altrömischer Matronen, wie es ihre Urgroßmütter waren, wieder aufgelebt; der Pflege und Betätigung dieses Sinnes stand aber ihre Umgebung und die ganze Wirklichkeit des Lebens feindlich gegenüber.

Schon als Kind hatte sie es schmerzlich empfunden, wenn griechische Lehrer, die ihr Vater aus Athen hatte kommen lassen, ungestraft über alles spotteten, was in Ehren zu halten sie sich unbewusst angetrieben fühlte. Und was die ersten Lehrer, die Grammatiker begonnen hatten, das spannen die Rhetoren und Philosophielehrer weiter; sogar weibliche Sittsamkeit und bürgerliche Tugend nannten sie lächerliche Überbleibsel aus halbbarbarischer Vergangenheit. Und als man ihr lange Kleider anlegte und sie an öffentlichen Vergnügungen teilnehmen ließ, da sah und hörte sie nur das gerade Gegenteil von dem, was sie zu sehen und zu hören verlangte. In den Theatern überhäufte man Verfasser und Darsteller schlüpfriger Stücke mit Kränzen und Edelsteinen; bei Gastmählern nahm man keine Rücksicht auf die Anwesenheit der Frau oder Tochter des Hauses; in den Empfangssälen unterhielt man sich über Dirnen- und Familienskandale aus griechischen Schriften prosaischen oder poetischen Inhaltes sowie aus ihren lateinischen Nachahmungen wehte ihr verderblichste Sittenpest entgegen.

Die ganze Umgebung — die Eltern nicht ausgenommen, ja ganz Rom — erschien ihr wie verbündet, um sie von der Verehrung alter Tugenden und Sitten abzubringen, welche in ihr so frisch und rein wieder lebendig waren, als wenn sich zwischen der Antoninischen Ära und den Zeiten der ersten Konsuln keine trennende Periode eingelagert hätte. Vergeblich suchte die neue Zeit in Mucias Seele einzudringen; die Patrizierin des „hölzernen Rom" wies die vergifteten Früchte von sich, mit welchen die marmorne, goldene Hauptstadt der Welt ihre verwöhnten Kinder fütterte.

Sie sonderte sich so ab, dass sie auf jeden gesellschaftlichen Verkehr verzichtete und sich auf die Leitung von Tullias Haushalt beschränkte, wo sie an den Arbeiten der Sklavinnen persönlich teilnahm.

Eines aber konnte Mucia beim Kampf mit den Sitten und Begriffen ihrer Zeit in die vier Wände ihrer Abgeschlossenheit nicht hinüberretten. Von der Zweifel- und Spottsucht und der Oberflächlichkeit der griechischen Philosophie angesteckt, suchte sie vergeblich den Quell jenes lebendigen Glaubens, welcher in jeder schweren Stunde die Hände zum Gebet emporhebt.

An Jupiter und Juno, an Mars und Venus, an Merkur und an all' das übrige Göttergeschlecht, welches ihre Urgroßmütter verehrte, glaubte Mucia nicht; an treubrüchige, meineidige,

schwelgerische Gottheiten konnte sie nicht glauben, da diese ihr auch nicht das geringste Vertrauen, nicht einmal die geringste Achtung einflößten. Das strengste Pflichtgefühl stellte sie sogar für bloße Menschen als höchstes Gesetz auf — und da es nicht einmal von Göttern beachtet wurde, so hatte sie für diese nur die tiefste Verachtung. Und der Götterkult in den Tempeln, wo am Tage geopfert, in der Nacht Orgien gefeiert wurden, das Verhalten der Priester, die in den Tempeln beteten und im Theater den die Götter verhöhnenden Histrionen Beifall klatschten, erschien ihr als verabscheuungswürdige Lüge.
Da ihr jedoch das Leben ohne religiösen Glauben ganz und gar zweck- und inhaltlos vorkam, so trachtete sie, die innere Leere, die unendliche Wüstenei ihres Herzens selber auszufüllen — sie suchte sich einen Gott. Hier in der unterirdischen Gruft, welche sie durchaus nicht als das jammervolle, trostlose, inhaltsleere Ende von allem begreifen konnte, suchte sie eine aufklärende Eingebung; es steckte in ihr die uralte Ahnung aller Völker, ja der feste Glaube an die Fortdauer des Seelenlebens nach dem Tod des Leibes. Diesen einen Glauben, auf dessen Grund auch Rom seine häuslichen Herde und seinen Altar der Vesta gebaut hatte, vermochten ihr keine Rhetoren, keine Philosophen und keine Histrionen zu rauben. Die junge Römerin glaubte daran, dass sie jetzt von den Schatten ihrer Ahnen gesehen, dass ihre stumme Sprache von ihnen gehört werde, dass dieselben nun im Besitz der Wahrheit seien, und dass sie ihr eine erleuchtende Mitteilung machen könnten . . .
Während Mucia an der Schwelle des Schattenreiches verweilte, befassten sich die Gedanken Tullias, die draußen an der Erdoberfläche geblieben war, mit den Lebenden. Sie war ganz und gar ein Kind ihrer Zeit und kümmerte sich nicht um die Rätsel des Lebens und des Todes. Die feine Dame lebte nur für die Gegenwart und höchstens noch für die allernächste Zukunft, insofern sie von der Gegenwart darauf verwiesen wurde.
Einen Charakterzug aber hatte Tullia von den Welteroberern doch geerbt: den Stolz, welcher in ihr jegliches andere Gefühl erdrückte und sogar stärker war als die Anhänglichkeit auf Leben. Stände sie vor der Wahl zwischen Tod und Schande — keinen Augenblick würde sie wanken. Vier ihrer Vorfahren haben sich mit aller Ruhe ins warme Bad gelegt und sich durch Öffnung der Pulsadern den Tod gegeben, um den Urteilen Neros und Domitians auszuweichen.
Und gerade diese stolze Seite ihrer Seele wurde in den letzten Wochen so oft von rauhen Händen berührt.
Zahlreiche Gläubiger der verschwenderischen Patrizierin, welche glaubten, ihre Millionen seien unerschöpflich, wurden mit jedem Tag zudringlicher und dreister. Ja, schon einige Mal ist das Unerhörte geschehen, dass ein Händler, den die Prokonsulswitwe früher nicht einmal eines Blickes würdigte, laut vor ihr seine Stimme erhob und drohte. Anfangs konnte sich Tullia über diese neue Lage nicht klar werden, denn sie hätte sich nie träumen lassen, dass sie in eine Notlage geraten könnte; als aber ihr Verwalter immerfort neue unbezahlte Rechnungen vorlegte und meldete, dass die Kaufleute nichts mehr borgen wollten, da fing sie an zu begreifen, dass eine nicht zahlende Schuldnerin kein Recht auf Stolz hat. Wäre sie ein Mann, so würde sie in Staatsdienst treten und in irgendeiner Provinz sich eine Quelle reichlicher Einkünfte eröffnen. Schon mancher heruntergekommene Patrizier hatte sich als Statthalter unter Barbaren seine

verlorene Unabhängigkeit wieder verschafft. Als Weib jedoch konnte sie nur ihre Anmut und List als Mittel zur Abwendung des bevorstehenden Zusammenbruchs einsetzen.

Sie wusste, dass ein Schwarm von Emporkömmlingen bereit wäre, sofort ganze Haufen von Sesterzen zu ihren Füßen niederzulegen, wenn sie einen Mann dieser Klasse wieder heiraten wollte. Den Weg hielt sie jedoch in ihrem Stolz für schmählich. Nur durch einen Patrizier konnte sie sich wieder emporheben lassen. Aber echte Patrizier waren in der Antoninischen Zeit schon sehr selten, und die vorhandenen befanden sich zumeist in einer ähnlichen Lage wie Tullia selbst, so dass sie den Stammbaum reicher Töchter einer weniger genauen Prüfung unterzogen. Nur auf Julius Quinctilius Varus konnte somit ihr Augenmerk gerichtet sein. Seinetwegen spielte sie heute die Rolle einer frommen Matrone an der Gruft der Cornelier, obwohl sie sich um die Schatten der Verstorbenen so viel kümmerte, wie um den Staub auf den Randsteinen der Straße.

Versonnen schaute sie auf die Straße hinunter, aber Julius ließ sich nicht blicken. Sollte sich Marcus täuschen in seiner Meinung über dessen Frömmigkeit und Festhalten an der alten Sitte? Doch nein: dort unten tauchte jetzt ein ebenso schwarz gekleideter Trupp auf wie ihr eigener, und sie erkannte bald Julius, welcher, von einer Menge Klienten und Sklaven umgeben, mit Servius neben der leeren Sänfte einherschritt.

Tullia stellte sich so, dass sie von der Straße aus gesehen werden musste, zog ihren schwarzen Mantel über den Kopf und erhob die Arme; doch betete sie nicht, sondern schielte gegen die Straße, um sich zu vergewissern, ob Julius sie bemerkt habe. Er musste sie sehen, denn die aus rohen Steinen erbaute Pyramide der Quinctilier stand in nächster Nähe des Turmes der Cornelier. Tullia war zufrieden; denn sie fühlte Julius' Blick kurze Zeit auf sich ruhen, und gleich darauf sah sie ihn dem Präfekten etwas ins Ohr raunen.

Die Abenddämmerung, die im Süden plötzlich eintritt und schnell verläuft, war schon hereingebrochen. Die Zypressen erschienen nun ganz schwarz und hoben sich vom klaren Abendhimmel noch schärfer ab als bei lichtem Tage; sie erschienen noch stummer und trauriger als vor einer kleinen halben Stunde. Nun, da Julius seine Zeremonie an der Pyramide und im Innern verrichtete, konnte Tullia ihre Komödie aufgeben. Sie vertiefte sich jetzt in den Gedanken ihrer Heirat mit dem Tribunen, dessen Tatkraft und Entschlossenheit, wie man sich in ganz Rom erzählte, an Grausamkeit grenzte. In dem letzten orientalischen Kriegszug zwang er die störrischen Legionäre durch Schwert und Kreuz — durch Verurteilungen zur Enthauptung oder zum Tod am Kreuz — zum Gehorsam, und die verweichlichten Söhne Roms plagte er mit Waffenübungen ohne Ende. Der römische Pöbel war denn auch schlecht auf ihn zu sprechen. Julius Quinctilius und Avidius Cassius, die die Parther besiegt hatten, waren der Schrecken derjenigen Purpurträger, welche den Dienst in den Legionen nur als Vorstufe zu hohen Würden betrachteten.

„Wird denn ein so rauher Krieger einen nachsichtigen Beurteiler weiblicher Schwächen abgeben können?" dachte sich Tullia. Nun, kommt Zeit, kommt Rat; ein Weib hat ja auch einen Herkules sanftmütig gemacht.

Da trat Mucia aus der Gruft, bleich und müde. Tullia erbebte. In ihren Zukunftsbetrachtungen hatte sie gar nicht an Mucia gedacht; jetzt spürte sie wieder die Nebenbuhlerin. Doch nein! — stolz erhob sie ihr Haupt — wie sollte Mucia neben mir und über mich Siegerin werden?!

„Gehen wir." befahl Tullia und hüllte sich fester in den Mantel.
Schon wollte sie ihre Sänfte besteigen, da sah sie auch Julius bei Fackelschein aus der Pyramide heraustreten und beschloss, ihn abzuwarten.
„Seid gegrüßt!" rief dieser und trat mit Servius hinzu.
„Ohne die Vermittlung der Schatten unserer Toten hätten wir nicht das Vergnügen, euch an unserer Seite zu sehen." antwortete Tullia. „Dafür werdet ihr jetzt zum Dienst an die Seite unserer Sänfte befohlen."
Die beiden Damen machten es sich bequem; die Sänfte setzte sich in Bewegung. Der Tribun und der Präfekt schritten zu beiden Seiten daneben. Läufer mit Fackeln gingen voraus, laut schreiend: „Platz da für die hochberühmte Tullia Cornelia!" ohne jedoch viel auszurichten, denn auf der Straße hatte der nächtliche Wagenverkehr bereits begonnen.
Ziemlich lange bewegte sich der Zug unter allseitigem Schweigen. Das war Tullia nicht recht; sie suchte ein Gespräch anzuknüpfen und sagte: „Die tapferen Krieger sind so schweigsam, dass man glauben könnte, die Erinnerung an den Tod lasse sie nicht gleichgültig."
„Das Kriegshandwerk ist ein grausames, und es kann kein anderes sein." antwortete Julius. „Auf dem Schlachtfeld mordet man und kümmert sich auch um sein eigenes Leben nur wenig; umso aufdringlicher werden die Gedanken über Leben und Tod, wenn man heil heimgekehrt ist, besonders bei Gelegenheiten wie die heutige. Leider ist in Rom hierin große Gleichgültigkeit eingerissen; der Glaube an die Manen der Verstorbenen scheint geschwunden zu sein. Begeht die schöne Tullia alle Todestage so andächtig wie den heutigen?"
Durch diese Wendung überrascht, wusste Tullia nicht, was sie antworten sollte.
Julius aber schöpfte Argwohn und fasste Tullia so fest ins Auge, dass sie sich in ihrem Innern erforscht fühlte.
Schnell wendete sie sich Servius zu.
„Der Prätor Marius Pomponius hat mir versichert, dass er deiner Angelegenheit eifrig nachgehe. Ich freue mich dessen, und überhaupt bringen alle weiblichen Herzen deiner Sache viel Teilnahme entgegen. So treue Liebe findet auch bei uns volle Schätzung, sie erregt geradezu begeisterndes Aufsehen."
„Also scheint sie hier nicht das Gewöhnliche zu sein." erwiderte Servius; „bei uns ist die Treue etwas Selbstverständliches."
„Ja, ja!" seufzte Tullia. „Auch bei uns galt ehedem treue Liebe bei den Männern, und es wäre gut, wenn die von Dichtern und Philosophen verspottete alte Zeit wiederkehren wollte."
„Eine solche oder eine andere Zeit ist immer zum größeren Teil das Werk der Frauen." mischte sich Mucia ein. „Nicht Väter, sondern Mütter erziehen die Kinder."
„Das würde bedeuten," bemerkte Julius, „dass jetzt die Kinder von ihren Müttern schlecht erzogen werden!"
„Gar nicht werden sie erzogen." erwiderte Mucia. „Die Mutter überlässt ihre Kinder anfangs ihren Dienerinnen und später, wenn die Zeit des Unterrichts gekommen ist, griechischen Sklaven, Grammatikern, Rhetoren, Philosophen."
Julius lauschte aufmerksam Mucias Worten; er stellte offenbar Vergleiche an zwischen Tullias verstelltem Wesen und Mucias unverfälschter Aufrichtigkeit. Tullia selbst fühlte, dass — wie gut

auch ihre Komödie an und für sich gespielt sein konnte — doch durch die gleichzeitige Anwesenheit Mucias und einen Vergleich mit dieser sich ganz von selbst ein merklicher Gegensatz ergab. Glühender Hass senkte sich tief in ihre Seele und sie dachte: „Marcus hat recht, Mucia muss beiseite geschafft werden!"

Das Gespräch flockte immer mehr. Die beiden berühmten Krieger, deren Namen trotz ihrer jungen Jahre schon der Geschichte Roms angehörten, sprachen wenig anziehend; sie verstanden sich nicht auf Unterhaltung mit Damen. Auf ihre wenigen Fragen bekam Tullia in der Regel keine Antwort, oder wenn sie antworteten, so taten sie es in kurzen Sätzen, oft nur mit Ja oder Nein. Und die ewigen Vergleiche zwischen einst und jetzt, für welche Julius eine eigene Schwäche hatte.

Oder zwischen Römern und Barbaren, welche Servius bei jeder bietenden oder herbeigezogenen Gelegenheit anzustellen pflegte, waren in Tullias Augen ja geradezu abgeschminkte Staatsangelegenheiten! Daran hatte sie keinen Geschmack.

Warum nicht lieber über die letzte griechische Komödie sprechen oder über das jüngste Trabfahren im Zirkus? . . . Wie ganz anders plauderte es sich mit dem lustigen Prätor! Und doch musste Tullia wegen ihrer allzu dreisten Gläubiger um Julius' Gunst förmlich buhlen, um Geldes wegen musste sie Lug und Trug üben. Wäre dieser langweilige Julius kein Quinctilier — ließe sie ihn ganz unbeachtet.

Der bereits stark belebte Abendverkehr auf der Straße, in welchem die Sänfte Tullias und ihr Trupp manches Hemmnis zu überwinden hatten, war allen ein willkommener Vorwand, das Gespräch ganz abzubrechen.

Als sie sich dem Appischen Tor näherten, drang lautes Geschrei zu ihren Ohren, und im Fackelschein erblickten sie eine Menschengruppe, welche mit der Torwache rang, um sich den Einlass in die Stadt zu erzwingen.

„Lasst uns hinein!" schrie ein in Lumpen gehüllter starker Mann. „Zum göttlichen Imperator wollen wir! Mit ihm wollen wir heute noch sprechen, nicht mit euch unterhandeln!"

„Zum göttlichen Imperator!" wiederholte die Gruppe. „Fort mit der Torwache!"

„Nicht der göttliche Imperator, sondern der Stadtpräfekt wird euch empfangen und hinter Schloss und Riegel bringen!" antwortete der wachhabende Zenturio, ein älterer germanischer Haudegen. „Solche Landstreicher werden auf dem Palatin nicht vorgelassen."

„Seit wann ist es einem römischen Bürger nicht gestattet, die Stadt zu betreten?" schrie der Anführer der Gruppe. „Du wirst uns keine neuen Gesetze vorschreiben, germanischer Hund! Fort mit dir!"

Er stürzte sich auf den Zenturionen; aber der alte Soldat ergriff den Angreifer am Hals und schleuderte ihn von sich, so dass er zu Boden fiel.

„Wartet die Ankunft des Stadtpräfekten ab, ihr Gesindel!" knurrte dann der Wachkommandant die übrigen an und ließ die ganze Wache in einer Reihe quer vor das Tor treten.

Die Gruppe drang auf die Soldaten ein, wurde jedoch zurückgewiesen, wobei die Mutigeren mit der flachen Schwertklinge bearbeitet wurden. Eine Flut von grässlichen Flüchen seitens der Angreifer belohnte die Soldaten.

„Dass euch Jupiters Blitze treffen! Die Erde soll euch nach dem Tod ausspeien wie Verräter! Charon möge euch die Überfahrt verweigern!"

Der Wagenverkehr vergrößerte den Wirrwarr; die Pferdelenker forderten Räumung der Straße. Inzwischen hatten Julius und Servius die Sänfte Tullias Halt machen lassen und drängten sich nun durch das Gewühl hindurch vor den Zenturionen. Die Wachsoldaten senkten die Schwerter.

„Was begehren diese Leute?" fragte Julius.

„Ehre dir, hochberühmter Tribun!" antwortete der Wachkommandant. „Diese Leute möchten heute noch den göttlichen Imperator belästigen, um Brot für ihren Hunger zu fordern. Sie behaupten, die Dürre hätte ihnen die Felder versengt und ihre Weiber im Gebirge sterben vor Hunger. Ohne Bewilligung des Stadtpräfekten darf ich sie aber nicht in die Stadt lassen."

Die Gruppe umringte den Tribunen und seine Begleiter; alle schrien durcheinander und drängten sich heran, die Kleider der zwei offenbar hochangesehenen Männer zu berühren.

„Tretet auseinander!" rief Julius so laut, dass es den Lärm übertönte. „Woher kommt ihr? Was wollt ihr? Es soll einer allein sprechen!"

Scheu zog sich die Gruppe zurück, so dass um den Tribunen ein freier Platz entstand.

„Es spreche einer!" wiederholte Julius.

Der starke Mann in der zerlumpten Toga trat vor und schilderte das Elend des Gebirgsvolkes. Als er flehte: „Noch heute müssen wir vor den göttlichen Imperator kommen, denn auch unterwegs haben wir nichts genossen . . da unterbrach ihn die Gruppe und schrie: „Vor den göttlichen Imperator!"

Julius erhob seine Rechte und sofort trat Ruhe ein.

Der erste Sprecher setzte darauf die Sachlage näher auseinander und sagte dann: „Man hat uns oft berichtet, der göttliche Marcus Aurelius verachte nicht die Unglücklichen. Ihm, unserem Herrn, wollen wir unser Leid klagen, die Tränen unserer Frauen und Kinder darbringen. Befiehl, dass die Wache uns in die Stadt lässt . . ."

„Hinein wollen wir, hinein!" schrie wiederum die Gruppe.

Und wieder trat Ruhe ein, als Julius die Hand erhob. Er sagte: „In der Brust des göttlichen Imperators Marcus Aurelius schlägt ein großes, ein wahrhaft väterliches Herz. Aber nicht ihr allein verlangt gehört zu werden in eurer Not. Ganz Italien schreit nach Brot, und die Staatsspeicher stehen leer. Verbleibt heute ruhig außerhalb der Stadtmauern, und morgen in aller Frühe meldet euch bei meinem Verwalter Caius, dem ich noch heute die nötigen Weisungen erteilen werde. Zu euch spricht der Tribun Julius Quinctilius Varus."

Er nickte kurz mit dem Kopf und wollte sich mit Servius entfernen, als er neben sich Mucia bemerkte, welche gegen die Abmahnung Tullias die Sänfte verlassen und sich durch das Gewühl hindurchgezwängt hatte.

Erstaunt mahnte Julius halblaut: „Die schöne Mucia gehört nicht hierher! der Pöbel pflegt hinterlistig und unberechenbar zu sein."

„Und ich glaubte, dass ich dir vielleicht nützlich werden könnte." gab Mucia zur Antwort; „denn gerade auf den Pöbel, dachte ich, werde die rauhe Stimme eines Kriegers nicht leicht besänftigend wirken."

Julius schaute ihr tief in die Augen; die scharfen Züge seines ernsten Gesichtes erhielten währenddes einen merkwürdig milden Ausdruck. Mucia wurde verlegen und senkte die Augenlider.

Indes begann die durch das Versprechen des Tribunen für einen Augenblick beruhigte Gruppe wieder zu murren. Der zerlumpte Sprecher verständigte sich kurz mit seinen Genossen, wandte sich dann wieder an Julius und sagte:

„Bis morgen ertragen wir den Hunger und die Kälte nicht. Verschaffe uns Einlass; wir müssen noch heute vor den göttlichen Imperator kommen."

Julius hatte schon dem nächsten Soldaten das Schwert aus der Hand genommen, da trat Mucia zwischen ihn und den Sprecher.

„Bezahlt ein Obdach und ein Nachtmahl hier in der Taverne vor dem Stadttor mit diesem Geschenk von Mucia Cornelia." sagte sie, eine mit Edelsteinen besetzte Armspange darreichend, „und tut, wie der hochberühmte Tribun befiehlt."

Die Wirkung dieser sanften, mit milder Tat gepaarten Worte war eine bessere, als sie Julius mit seiner im Befehlston gesprochenen Verheißung hatte erzielen können. Die Hungrigen umringten Mucia und küssten den Saum ihres Kleides.

Sie erhob ihre Rechte über der dankbaren Schar und sprach: „Es mögen euch die Manen eurer Eltern und Großeltern eine ruhige Nacht gewähren."

Dann wandte sie sich zu Julius und sagte halblaut: „Entschuldige, Tribun; aber ich vermag beim Anblick des Elends nicht kalt zu bleiben."

Julius nahm sie beim Arm und führte sie aus dem Gedränge zum Tor hinein. Jenseits desselben, wo sie einen Augenblick ganz allein, ohne Zeugen waren, ergriff er ihre Hände und sagte: „Ich danke dir, Mucia!"

„Ich habe nichts getan, wofür mir deinerseits Dank gebührt." antwortete Mucia mit ein wenig bebender Stimme.

„Wenn ich dich betrachte, dann fange ich an zu glauben, dass es in Rom noch Patrizierinnen gibt, würdig, von einem Kriegsmann hochgeachtet zu werden . ."

Schon nahte Tullias Sänfte und gleich nach ihr die des Tribunen eigener Trupp.

„Der Pöbel wird immer übermütiger." bemerkte die Prokonsulswitwe von ihrem Sitz aus. „Der Stadtpräfekt sollte jenes Gesindel der Zirkusverwaltung als Löwenfutter überliefern!"

Julius antwortete nicht, er verabschiedete sich von Tullia mit einer stummen Verbeugung und bestieg mit Servius seine Sänfte.

„Wir empfehlen uns der freundlichen Erinnerung unserer Nachbarn." sagte Tullia beim Abschied, dem Tribunen freundlich zulächelnd.

- o -

Julius' Sänfte bewegte sich schnell vorwärts; sie war von acht starken, ausgesuchten Sklaven getragen, die den vielen Wagen und Karren in den Straßen geschickt auswichen.

„Ein schweres Jahr steht uns bevor." sagte Julius nach längerem nachdenklichen Schweigen zu seinem Gefährten, dem Präfekten. „Von allen Seiten kommen Berichte über Missernten; sogar Ägyptens fruchtbarer Boden hat alle Hoffnungen getäuscht. Wenn unvermutet irgendwo ein Krieg ausbrechen sollte, befänden wir uns in einer sehr schwierigen Lage."

„Man munkelt von Kriegsberatungen freier Stämme in den germanischen Wäldern." bemerkte Servius.
Julius lächelte geringschätzig.
„Dieser kindische Aufruhr wiederholt sich jedes Jahr zu Beginn des Frühlings; nicht von dorther droht uns Gefahr."
Servius schwieg.
Vor dem Haus des Tribunen angekommen, erfuhren sie von dem Torwächter, dass sie seit einer Stunde von dem Prätor der Ausländer erwartet würden.
Im Empfangssaal trafen sie Marius Pomponius, der, auf einem Sofa ruhte und zum Zeitvertreib in einem Buch las.
„Verzeihe, Tribun." sagte der Prätor, „dass ich es mir bei dir so bequem gemacht habe; ich wollte euch aber beide durchaus erwarten."
„Ich vermute, dass du die Freundlichkeit hattest, dich in der Angelegenheit des Präfekten herzubemühen." sprach Julius, den Gast begrüßend.
„In der Tat bin ich in dieser Angelegenheit gekommen, für welche ich doppelt eingenommen bin, als Prätor sowohl wie als Mensch. Ich möchte, dass der Präfekt ohne Groll gegen die Behörden der Hauptstadt in seine Heimat zurückkehrt, sehe aber ein, dass ohne seine eigene Hilfe alle meine Bemühungen erfolglos sein werden. Es hat sich jemand zwischen mich und Fabius geschoben, der alle meine Anordnungen zuschanden macht."
„Geld ... Bestechung!" bemerkte Servius dazwischen.
„Auch ich hege dieselbe Vermutung." fuhr der Prätor fort. „Meine Leute haben alles ausgekundschaftet, beziehungsweise bestätigt, bis zu dem Augenblick, da die unbekannte germanische Sklavin aus Fabius Haus verschwunden und ihr Wächter ermordet worden ist. Damit schließen meine Berichte. Hast du nicht vielleicht selbst eine weitere Spur von deiner Braut entdeckt?"
„Meine Kundschafter sind ebenfalls schon bis in die letzten Schlupfwinkel gedrungen, ohne irgendetwas zu erfahren." antwortete Servius. „Die Sklaven des Fabius schweigen, als hätte man sogar ihren Zungen Fesseln angelegt, und die Leute des Stadtpräfekten bekunden eine merkwürdige Nachlässigkeit in ihren Forschungen. Bei jedem Schritt spüre ich die Wirkung von Fabius' Geld und den Einfluss gewichtiger Personen."
„Ich selbst bin davon überzeugt und meine, es wäre angebracht, verlässliche Leute auf Fabius' Landbesitzungen zu schicken." entgegnete der Prätor.
„Auch ich habe schon daran gedacht." erwiderte Servius; „und ich begebe mich selber gegen Süden, um die Nachforschungen zu leiten. Vielleicht sind die Leute und Sklaven auf dem Land zugänglicher und redseliger als hier in der Stadt; vielleicht sind auch die Verstecke dort nicht so tief und nicht so bewacht. Ich selbst gehe hinaus; sollte aber auch dieser Versuch fehlschlagen, sollte römische Niederträchtigkeit einem Spitzbuben zum Sieg über einen Präfekten der Legionen verhelfen, dann ..."
„Bedenke, dass du in Rom bist." unterbrach ihn der Tribun.
„Ich weiß es und sage es Rom ins Gesicht, dass ich meine Pflicht als Mann, erlittenes schweres Unrecht zu rächen!" schloss Servius erregt.

Die beiden Römer schwiegen, weil sie fühlten, dass der Germane ihnen in dieser Sache moralisch hoch überlegen war, obwohl sie selbst sich nichts vorzuwerfen hatten.

Der Prätor der Ausländer verabschiedete sich.

Gleichzeitig trat Artemidorus herein und übergab dem Präfekten eine durch ein rotes Seidenband zusammengehaltene Papierrolle, an dessen Enden ein Wachssiegel hing.

„Von wem?" fragte Servius.

„Ein unbekannter Bote hat den Brief gebracht und sich entfernt, ohne den Absender zu nennen."

Servius löste das Band und überflog den Inhalt des Briefes.

„Ich verstehe nichts davon." meinte er und hielt Julius den Brief entgegen.

„Vielleicht kann ich dir helfen." entgegnete dieser und nahm das Papier aus der Hand des Freundes.

Der griechisch geschriebene Brief lautete:

„Eine an deinem Schicksal teilnehmende Freundin erwartet dich mit froher Kunde. Erscheine heute kurz vor Mitternacht auf dem Palatin an der Mauer des kaiserlichen Gartens. Dort vertraue dich ruhig einem dir entgegenkommenden Führer an."

Eine Unterschrift war nicht vorhanden.

„Das Rätsel ist leicht gelöst." behauptete Julius. „Du hast eine Verehrerin gefunden, welche dir ein Stelldichein anberaumt."

„Ich habe keine solche Bekanntschaft gemacht und kann nur vermuten, dass man mich auf Thusneldas Spur bringen will."

»Ich bezweifle es. Auf jeden Fall rate ich dir, deinen Panzer unter der Tunika anzulegen und Begleiter mitzunehmen; denn die Nacht begünstigt sowohl Liebe wie Verbrechen."

Artemidorus erschien hierauf wieder auf der Türschwelle und meldete, dass die Tafel gedeckt sei.

- o -

Einige Stunden später befand sich Servius in Begleitung Hermanns und Siegfrieds auf dem Weg zum Palatin. Sie schritten rasch aus, solange sie geradeaus gingen, hielten aber immer erst vorsichtig Umschau, wenn sie in eine andere Gasse einbiegen mussten. Der ärmliche Stadtteil, den sie durchschritten, war jedoch schon in tiefen Schlaf versunken; nur hier und dort taumelte ein verspäteter Trunkenbold oder widerhallten die gemessenen Schritte der Stadtwache.

„Hast du vielleicht neue Nachrichten aus unseren Wäldern?" fragte Servius Hermann, als sie sich dem Palatin näherten.

„In den germanischen Tavernen erzählt man sich, dass die ganze Nordgrenze des Reiches von Kriegsliedern widerhallt." antwortete Hermann geheimnisvoll.

„Die ganze?" fragte der Präfekt ungläubig.

„Verfehdete Stämme reichen einander die Hände und geloben sich in heiligem Schwur gegenseitig Schutz und Trutz."

„Wie lange wird nur diese schöne Eintracht dauern!" bemerkte Servius mehr für sich, als um wirklich zu fragen.

„Herr!" rief nun Siegfried so unvorsichtig laut, dass Hermann ihm mit dem freien linken Ellenbogen zwischen die Rippen fuhr, da er in der Rechten die Fackel trug. „Stellt Ihr die Eintracht unter den Fürsten her, so wird sie sicherlich von Dauer sein, und ich, so auch all meine Knochen, will euch helfen, unter dem niederen Volk und im Kampf noch meinen Mann zu stellen. Ich bin jetzt frei, ich gehe mit Euch!"

„Würdest du unter freigelassenen Germanen noch mehr so verwegene Kerle, die im Bedarfsfalle keine Tat als zu kühn erachten, finden?" fragte der Reiterpräfekt.

„Gewöhnlich vergessen unsere Brüder in der römischen Sklaverei die Tapferkeit ihrer Vorfahren, ja sogar ihre eigene; aber unter den Gladiatoren zählte ich wenigstens zehn solche, welche alles zu unternehmen fähig sind, was Ihr gebietet."

„Nimm das Geld hier und bewirte dieselben morgen mit altem Albanerwein; vielleicht benötigen wir ihrer Arme."

Bald nachdem Servius diese Worte gesprochen, mahnte Hermann, dass man an der Mauer des kaiserlichen Gartens angelangt sei. Der Präfekt hieß seine Begleiter zurückbleiben, belehrte sie, dass er den Ruf eines Nachtraben ausstoßen würde, wenn er etwa in Gefahr käme, und schritt dann allein an der Mauer entlang.

Eine dunkle Gestalt trat wie aus der Mauer heraus, kam ihm entgegen und sagte freundlich: „Ganz unnötig hast du Begleiter mitgenommen, es droht dir keinerlei Gefahr."

„Zu wem führst du mich?" fragte Servius.

„Zuerst werde ich dich einer vertrauten Sklavin der Kaiserin Faustina übergeben; diese wird dich an dein Ziel bringen."

Nach wenigen Schritten öffnete der Führer eine Pforte in der Gartenmauer und lud Servius zum Eintreten ein. Im Garten geleitete die angekündigte Führerin den nächtlichen Gast in eine lange Zypressenallee und hieß ihn dann allein weitergehen bis ans Ende derselben und dort warten.

Die Allee mündete in einen großen runden Platz, umgeben von Myrtenbäumen, auf deren dunklem Grund sich weiße Marmorstatuen im klaren Mondschein scharf abhoben. In der Mitte des Platzes plätscherte ein Springbrunnen, dessen Strahl einer Silbersäule ähnlich aufstieg und wie ein Regen funkelnder Edelsteine herabfiel.

Auf die Lösung des Rätsels begierig, hielt Servius mit gespannter Aufmerksamkeit Rundschau. Feierliche Stille herrschte über den kaiserlichen Parkanlagen, die ihn an germanische heilige Haine erinnerten. Er blickte hinaus; dieselben Sterne glänzten am tiefblauen Himmel, nur heller und lebhafter als in seiner Heimat. Sogar der Platz erinnerte ihn einigermaßen an jenes freie Feld im Hain, auf welchem er vor einem Jahr gleichfalls bei Mondschein zum ersten Mal Thusnelda erblickt hatte in Begleitung ihres Vaters, welcher den Gottheiten seines Stammes Opfer darbrachte.

Mit diesen Gedanken beschäftigt, erschrak Servius, als er plötzlich eine der Marmorstatuen von ihrem Standplatz sich loslösen und auf ihn zuschreiten sah. So unerschrocken der Krieger auf dem Schlachtfeld war, hier hörte er sein Herz heftig pochen; der Schreck hatte ihn förmlich an der Kehle ergriffen und nahm ihm den Atem. Doch fasste er sich, als er die Gestalt immer näher kommen sah und den Kiessand unter ihren Füßen knirschen hörte. Überirdische Wesen berühren die Erde nicht mit den Füßen, und ein langer Mantel bringt bei ihnen auf dem Sand kein Geräusch hervor! Servius legte die Hand an den Griff des Dolches unter der Tunika und wartete.

„Amor hat Erbarmen und sendet dir Trost in deiner Herzenspein." meldete sich schon aus einiger Entfernung die bewegliche Statue mit der Stimme eines leibhaftigen Weibes, und im nächsten

Augenblick stand vor Servius eine stolze Frauengestalt, deren Kopf mit einem dichten Schleier umhüllt war.

„Du bringst mir Kunde von meiner Thusnelda?" fragte der Präfekt.

„Ich bringe dir Liebe." antwortete die Unbekannte und legte ihre beiden Hände auf Servius' Schultern. „Ich kenne die traurige Geschichte deines Herzens und will sie dich vergessen machen."

Servius trat einen Schritt zurück.

„Du magst die Geschichte kennen; du kennst aber mein Herz nicht, in welchem keine Untreue wohnt. Ich bin kein Römer, ich bin ein Germane!"

„Du stehst als Held in Roms Diensten, und was würdest du sagen, wenn . . . Roms Herrin selbst dich entschädigen will für das offenbare Unrecht, welches einem so treuen und tüchtigen Diener Roms in Rom selbst widerfährt, da der schwächliche Imperator dir keine Genugtuung zu verschaffen weiß?"

Sie näherte sich ihm wieder, so dass er ihren Atem durch den Schleier hindurch in seinem Gesicht verspürte, und weiter sprach sie hastig und feurig: „Ich will dir Ruhm und Ansehen verleihen, um welches dich alle beneiden sollen . . . Konsuln und Prätoren will ich dir zu Füßen legen . . . ich will dich in den Purpur des obersten Feldherrn kleiden . . . das ganze Reich soll mit Ehrfurcht deinen Namen nennen."

Beängstigt trat Servius wieder einen Schritt zurück, und unwillkürlich kam über seine Lippen das halblaut fragende Wort: „Faustina ..."

Da warf sie mit einer nachdrücklichen Handbewegung den Schleier zurück, und aufs Neue vortretend, so dass sie Servius wieder nahestand, sagte sie in gebieterischem Ton: „Du hast es gesagt, und nun beuge dein Knie und bitte um Verzeihung, dass du mein Geheimnis gelüftet hast! Du hast die Wahl: entweder Verzeihung und Freundschaft, oder . . ." Sie unterbrach sich.

Servius stand einen Augenblick sprachlos da. Er sah und fühlte denselben Blick auf sich geheftet, der ihn unlängst im Theater wie stechend getroffen hatte; er sah ein in höchster Leidenschaft erglühtes Gesicht, dessen halb geöffneten, vollen Lippen ebenso gut Worte liebkosender Zärtlichkeit wie schweren Zornes entströmen konnten. Bald jedoch gewann er wieder die Herrschaft über sich. Er richtete sich hoch auf.

„Den goldenen Adlern des Imperators habe ich soldatische Treue gelobt. Wie sollte ich die Ehre seiner Familie verletzen? Entlasse mich als seinen treuen Diener . . . dein Freund kann ich nicht werden!"

„So fürchte meine Rache!" antwortete die Kaiserin mit vor Zorn gepresster Stimme.

„Ich fürchte nur den unbekannten Gott und mein eigenes Gewissen." entgegnete der Präfekt und wandte seine Schritte der Zypressenallee zu.

- o -

Julius hatte bereits sein hartes Lager aufgesucht, von welchem er dem Vorleser Briefe diktierte. Als Servius eintrat, entließ er jenen und fragte, ob er das Rätsel des namenlosen Schreibens richtig erraten hat, und da Servius seine Vermutung bestätigte, sagte er: „Die Tugenden unserer Matronen von früher haben sich aus Rom in die Provinzen geflüchtet."

„Und doch." bemerkte der Präfekt, „kenne ich in Rom eine Patrizierin, der du unbedenklich die Ehre deines häuslichen Herdes anvertrauen könntest."
„Und wer wäre das?" fragte Julius lächelnd. „Du hast gewiss Mucia Cornelia im Sinne?"
„Ja. Ich habe sie zwar wenig gesehen, glaube jedoch, sie richtig einzuschätzen."
„Auch ich fühle mich zu ihr hingezogen durch ihr ehrliches, offenes Gesicht, welches von der Maske der Heuchelei hoffentlich nie Gebrauch machen wird ..."
Nach einer Weile fügte Julius hinzu: „Aber in Rom und bei meinen Jahren muss ich vorsichtig sein, denn weibliche Geschicklichkeit kann das wachsamste männliche Auge hintergehen. Ich habe noch Zeit, ich kann warten!"
Am anderen Tag verließ Servius mit Hermann Rom. Ihr Reiseziel waren die Landbesitzungen des Fabius im Süden.

Kapitel 8

„Deine Sterne geben so zweideutige Antworten, wie es die Aussprüche der Wahrsager sind, wenn ihre Kunst nicht durch überreichliches Entgelt angeregt wird." sagte Tullia Cornelia, sich von ihrem Sofa erhebend, auf welchem sie während des abendlichen Vortrages ihres Hofastrologen ruhte.
Der ägyptische Gelehrte zuckte die Achseln.
„Die Gestirne sind nicht immer geneigt, klar zu antworten. Und zwingen kann ich sie nicht; man muss eben einen geeigneten Augenblick abwarten."
„Und wann wird dieser gekommen sein?"
„Die Klarheit der Stellung am Himmel steht mit derjenigen, die den Gegenstand der Frage betrifft, oft in engster Verbindung." entgegnete der Sterndeuter mit einem unmerklich spöttischen Lächeln. „Darum beobachte ich sorgfältig tagtäglich."
„Und stets ohne Erfolg!"
„Was mir die Sterne erzählen, ist bisher nicht so sehr dunkel, als vielmehr nur so ungünstig, dass ich lieber stets von neuem Beobachtungen anstelle."
„Wie? Ungünstig?" fragte Tullia entsetzt. Sie erblasste und forschte unruhigen Blickes in den Gesichtszügen des Astrologen.
„Ich lese in den Gestirnen nichts von einer Hymensfackel ..."
„Deine Sterne lügen!" rief Tullia heftig.
Der Sterndeuter zuckte nur wiederum die Achseln.
„Wenn du meiner Wissenschaft keinen Glauben schenkst, so befrage einen Wahrsager. Soeben weilt in Rom der berühmte Alexander von Abonuteichos und erteilt Auskünfte gegen hohes Entgelt."
„Der Paphlagonier, der Schwiegervater des Senators Mummius Sisenna Rutilio?" fragte Tullia.
„Der ... berühmte ... paphlagonische ... Meister in seiner Kunst." antwortete der Astrologe, jedes Wort besonders betonend. „Einen Beweis seines Ruhmes und seiner Meisterschaft haben

wir darin, dass vom frühen Morgen bis spät in die Nacht hinein ein breiter Strom Goldes sich in den Palast des Senators ergießt, seitdem der Meister darin seinen Sitz aufgeschlagen hat."
Tullia ging unruhig hin und her, fortwährend von den höhnischen Blicken des Ägypters verfolgt.
„Weißt du Näheres über ihn?" fragte sie begierig.
„Seine göttliche Schlange Glykon kennt alle Geheimnisse des Himmels, der Erde und der Menschenherzen." höhnte der Astrologe, seinen langen Bart streichend, „und sie soll noch kein einziges Mal falsch gesprochen haben, wiewohl der Rhetor Lucian behauptet, dass nicht die Schlange spreche, sondern ein witziger Diener des Meisters, welcher hinter ihm versteckt sei. Dieser freche Rhetor beneidet den Meister um das Gold und verleumdet ihn durch die Behauptung, dass der unter Alexanders Mantel hervorlugende Schlangenkopf mit dem Menschengesicht ein papierenes Ding sei, welches mittels verborgener Fäden in Bewegung gesetzt werde."
„Wenn das wahr wäre, dann hätte man es während seiner jahrzehntelangen Tätigkeit schon viel früher entdeckt, und er fände nicht überall so viele Tausende von Gläubigen."
„Du hast es gesagt." erwiderte der Sterndeuter doppelsinnig.
Tullia ging noch eine Weile, von innerer Unruhe getrieben, auf und ab, dann blieb sie plötzlich vor dem Ägypter stehen.
„Du gehst sofort zu Alexander und kündigst ihm an, dass ich noch diesen Abend bei ihm erscheinen werde. Erwarte mich im Vorhaus des Senators!"
„Ich habe es gewusst, dass du so befehlen wirst, trotz des stürmischen Abends." bemerkte der Astrologe.
„Wozu ich mich entschließe, und was ich tue, das zu beurteilen ist nicht deine Sache; tue, was ich befehle!" sprach Tullia kühl.
Nachdem der Astrologe sich entfernt hatte, ließ sie sich wieder auf ihr Sofa nieder, verschränkte die Hände über dem Kopf ineinander und starrte die Zimmerdecke an. Es waren nicht heitere Gedanken, welche ihr Gehirn auswählten; der Widerschein derselben verunstaltete ihre schönen Gesichtszüge, und ihr stolze Verachtung ausdrückender Mund zuckte in den Winkeln.
Sechs Wochen schon spielte Tullia die Rolle einer ‚Matrone des hölzernen Rom', Theater, Zirkus und lustige Gastereien sich versagend; derjenige aber, für welchen sie so viele Opfer brachte, schien ihr verändertes Wesen noch immer nicht zu bemerken. Stets gleich freundlich, aber kühl und gleichgültig, verriet Julius mit keinem Wort, dass er in Heiratsabsichten hin und wieder in ihrem Hause verweile. Nur so viel konnte sie bemerken, dass er mit Ohr und Auge beobachtete und im stillen Vergleiche zwischen ihr und Mucia anstellte, sowie dass sein Ton ein wenig wärmer zu werden schien, wenn er seine Worte an Mucia richtete.
Oft mussten ihre Lippen lächeln, während sie den Zorn in ihrem Innern kaum zu unterdrücken vermochte. O, könnte sie doch damit hervorbrechen und der Nichte den Aufenthalt im gemeinsamen Hause verleiden! Aber Mucia gab zu heftigen Auftritten keinen Anlass; still und bescheiden waltete sie im Haus wie ein Schutzgeist. Ohne ihre gute Haushaltung und Sparsamkeit hätte das glänzende Gebäude eines nicht mehr vorhandenen Reichtums schon manchen tiefen Riss aufzuweisen; der Berg von Wachstäfelchen — mit unbezahlten Rechnungen — wuchs von Tag zu Tag höher. Tullia konnte somit auf geradem Weg ihrer Nichte nichts anhaben, und eine

Gelegenheit vom Zaun zu reißen, bei der sie ihren Zorn auslassen könnte, das mochte sie nach jenem ersten Auftritt vor wenigen Wochen, in welchem Mucia sich der Tante überlegen gezeigt hatte, kaum mehr wagen. Und doch musste das elende Hindernis, welches sich zwischen sie und Julius wie ein Keil schob, auf irgendeine Weise beseitigt werden. Das war der stets wiederkehrende Schluss von Tullias Überlegungen.

Plötzlich blitzte es in ihren Augen — sie erhob sich schnell vom Sofa und eilte in eine Ecke, wo auf einer Bronzesäule eine Kolossalbüste des Kaisers Augustus stand. Unterhalb der Brustmuskel derselben befand sich ein kleiner, kaum merklicher runder Tupfen; Tullia drückte darauf mit ihrem Zeigefinger — der Marmor öffnete sich und zeigte in seinem hohlen Innern eine Reihe von Fläschchen und verschiedene Dolche. Die Prokonsulswitwe nahm ein Fläschchen zur Hand, hielt es gegen das Licht der Öllampe, und die dunkle Flüssigkeit betrachtend, raunte sie halblaut zu sich selber:

„Gift der Locusta! Schneller und sicherer als alle meine Bemühungen wirst du mir das Hindernis aus dem Wege schaffen!" (Anmerkung: Locusta war eine berühmte Giftmischerin, welche zu Zeiten bei Kaiser Claudius, Nero und Galba gelebt, den ersteren mit ihrem Gift aus der Welt geschafft halte, selbst aber vom letzteren zum Tode verurteilt worden war.)

Kaum hatte Tullia die Worte gesprochen, da brauste draußen ein Sturmwind durch die ihres Laubes schon entkleideten starren Äste der Bäume. Sie erschrak, und es wurde ihr noch unheimlicher, als der Herbststurm an die Mauern des Hauses anprallte mit einer Wucht, dass es merklich erbebte.

Die sonst nicht furchtsame Patrizierin stand erstarrt und wie festgebannt vor dem geöffneten Versteck der kleinen, tückischen, in ihrer Wirkung meist untrüglichen Todeswerkzeuge.

Nach dem ersten und heftigsten Anprall rüttelte der Sturm eine Zeit lang an allem, was am Haus nicht niet- und nagelfest war, und dieses Gepolter verwandelte Tullias unbewussten Schrecken in wirkliche Angst. Sie wollte fliehen, fühlte aber ihre Glieder wie gelähmt, so dass sie sich nicht einmal umwenden konnte. Endlich ließ das Gepolter ein wenig nach, die heftigeren Windstöße wichen einem mehr stetigen Luftzug, der sich in die schmalen Durchgänge, Spalten und Fugen zwängte und ein vielstimmiges Klagelied heulte, aus welchem Tullia das Wimmern und Ächzen eines menschlichen Wesens herauszuhören glaubte.

Der Luftzug machte sich auch in ihrem Gemach bemerkbar, das Lampenlicht wurde unruhig; sie glaubte von jemand überrascht zu sein und wollte wenigstens den Kopf wenden, sie vermochte es aber nicht. Von der Hand aus, in der sie noch immer die Giftflasche hielt, durchrieselte ein frostiger Schauer ihren ganzen Körper, kalter Schweiß bedeckte ihre Stirn; sie wähnte, sich selber zu sehen mit glasigen Augen und Todesblässe im Gesicht. Ein heller Schrei entfuhr ihren Lippen, und sie musste sich mit der Linken an dem Gesims der Bronzesäule festhalten, um nicht zusammenzusinken.

Da hörte sie wirklich eilige Schritte hinter dem Türvorhang und gleich darauf die Worten

„Du hast befohlen, Herrin?"

Diese Frage der alten ägyptischen Sklavin wirkte auf Tullia wiederbelebend. Schnell fasste sie sich, verdeckte die offene, zweiteilige Marmorbüste mit ihrem Körper und befahl:

„Halte mir ein blaues Kleid und einen warmen Mantel bereit, Chrysippus und Sporus sollen mich begleiten."

Sobald die Dienerin verschwunden war, stellte Tullia das Giftfläschchen zurück, schloss das geheime Versteck und eilte verstört ihrem Toilettenzimmer zu, als wäre sie soeben der Umarmung des Todes entronnen.

- o -

Nach einer halben Stunde, während welcher die Patrizierin die Kleider gewechselt und sich mit einer Schale Wein aufgemuntert hatte, verließ sie ihr Haus zu Fuß, bewacht von zwei Gladiatoren, welche ihr in einiger Entfernung folgten. Tullia hatte farbige Kleider angelegt und eine wollene Haube über den Kopf gezogen, um bei etwaigen Begegnungen nicht erkannt zu werden. .. eine überflüssige Vorsicht, da der stürmische und dunkle Abend niemand auf die Gasse lockte, den nicht eine Pflicht hinauszog. Sie trug tausend Sesterzen in Gold bei sich, denn so viel kostete eine Audienz bei dem berühmten Wahrsager, wenn wohlhabende Personen bei ihm Rat suchten. Für so viel wert hielt sie eine Auskunft darüber, ob der Tribun Julius ihren Reizen und Listen unterliegen werde.

Außer dem Geld brachte sie dem Wahrsager das Vertrauen einer von Zweifeln durch und durch zerfressenen Seele entgegen, welche stets umso größer sind, je mehr die Wahrheiten der Uroffenbarung in dem Menschen verwischt oder verdunkelt werden: der Glaube an einen Gott und an die Unsterblichkeit der Seele. Wie fast alle gebildeten Römer, die im Geiste der neueren griechischen Philosophie erzogen worden waren, anerkannte Tullia durchaus kein Jenseits, leugnete jedoch nicht ein dunkles Walten von Naturkräften, die sich irgendwelcher Werkzeuge bedienen, um ihr Dasein und auch im Voraus schon ihr Wirken zu offenbaren.

Das menschliche Gemüt fühlt ein großes, gewaltiges Geheimnis über sich und über alle Welt gebreitet. Wer aber dasselbe nur mit seinem eigenen Verstand ergründen und also mit seinem eigenen Verstand, dessen Beschränktheit er doch unbedingt anerkennen muss, über jenes Geheimnis hinauskommen will, der verfällt unausweichlich der aus dem Dunkel gesetzten Strafe, dass er nämlich in Irrtümer gerät, die der Vernunft gerade zuwiderlaufen, und in Ermangelung eines Ausweges ein Sklave törichter Wahnvorstellungen oder gar der Spiegelfechtereien schadenfroher Schwindler wird. Was konnte man anderes von einer Tullia erwarten, die zuweilen stundenlang den Gaukeleien ihrer alten Ägypterin lauschte und zuschaute, bei der sie sich Rat einholte, so oft sie etwas Wichtiges vorhatte? Gebete kannte sie keine, aber an die Sprache der Träume, der Würfel, des Feuers glaubte sie fest.

Mit Mühe gegen den Sturm ankämpfend, sonst aber unbehelligt, gelangte die Patrizierin pochenden Herzens auf den Quirinal, wo der Palast des Senators Nutilio stand. Hier wurde sie vor dem Haus von ihrem Hofastrologen erwartet.

„Empfängt Alexander?"

„Das Vorhaus und der Empfangssaal sind so überfüllt, dass drei Viertel der Anwesenden das Antlitz des heiligen Mannes heute nicht mehr sehen werden." antwortete salbungsvoll der schlaue Ägypter.

„Ich frage nicht wegen der anderen!"

„Für meine Herrin habe ich Audienz erwirkt."

„Ich möchte sogleich vorgelassen werden, um nicht den Gaffern ausgesetzt zu sein."
„Auch daran habe ich gedacht! wir gehen ohne Aufenthalt in den Säulenhof, wo Glykon, die göttliche Schlange, ihren Altar hat aufstellen lassen. Alexander weiß schon, welche Frage er der Gottheit zu übermitteln hat. Er findet sie aber heute in sehr schlechter Stimmung, wovon der plötzlich hereingebrochene Sturmwind ein Zeichen sein soll. Den kostbarsten Weihrauch lässt er der Schlange auf den Altar streuen."
Tullia schauderte zusammen. Der vor einer Stunde überstandene Schrecken fuhr ihr von neuem in die Glieder; sie brachte Glykons schlechte Laune mit ihrem eingebildeten Erlebnis in Verbindung.
„Fürchte nichts, Herrin!" sprach der Sterndeuter, welcher Tullias Gemütserschütterung mit seinen stets scharf beobachtenden Augen bemerkt hatte. „Alexander hat mir versichert, das göttliche Ungeheuer krümme sich schon in günstigeren Windungen."
Ermutigt trat Tullia in das Haus; die Gladiatoren blieben draußen. Im Gedränge des Vorhauses und des Empfangssaales bemerkte sie viele verschleierte und vermummte Personen, welche ebenso wie sie von der Menge nicht erkannt zu werden wünschten. Ein schmaler Gang verband den vorderen mit dem rückwärtigen Teil des Hauses. Hier hinter dem Empfangssaal zog eine unsichtbare Hand den schweren Vorhang zurück, und Tullias Blick fiel in einen geräumigen Säulenhof. Ein rosiger Rauch erfüllte denselben, durch den der weiße Marmor hindurchschimmerte, und betäubende Wohlgerüche strömten ihr entgegen, so dass sie sich mit dem Mantel Mund und Nase verhüllen musste.
Es dauerte einige Zeit, bis Tullia sich an die schwere Luft und das unruhige rötliche Licht gewöhnte, in das die Säulen, die Pflanzen und die Hausgeräte wie in einen Nebel gehüllt erschienen. Im Hintergrund hing in ganzer Breite des Raumes ein scharlachroter Vorhang mit phantastischen Tiergestalten und allerlei sonderbaren Zeichen in Goldfarbe bemalt. Davor stand ein Altar, auf welchem ein schwaches Feuer glimmte; eine dünne Rauchsäule entstieg demselben, und von Zeit zu Zeit sprühten blutrote Funken darin auf.
Tullia wollte bis zur Mitte des Gemaches vordringen, doch wurde sie von ihrem Astrologen aufgehalten, der ihr zuflüsterte. Gott Glykon vertrage nicht die Nähe gewöhnlicher Sterblicher, und auf ein Sofa deutete, das unweit vor dem Eingang stand. Er selbst lehnte sich mit dem Rücken an den Türpfeiler, kreuzte die Arme über der Brust und schaute in den Raum hinein mit den wissenden Augen eines Zauberers, der sich an den Kunststücken eines anderen Schwindlers belustigt.
Ungeduldig erwartete Tullia das Orakel, aber der Wahrsager wollte nicht erscheinen. Den Kopf auf die Sofalehne gestützt, lauschte sie dem eintönigen Plätschern des von fremdländischen Zierpflanzen umgebenen Springbrunnens.
Da ertönte hinter dem Vorhang Flötenspiel mit Zitherbegleitung, eine süße, träumerische Weise. Nur aufgrund ihrer inneren Aufregung überwand Tullia den Schlaf. Plötzlich mischte sich in die sanfte Musik ein entfernter Donner, der sich sehr schnell näherte . . . jetzt ein heftiger Schlag, und auf dem Altar loderte eine mächtige blutrote Flamme empor, um sogleich wieder zu erlöschen.
Tullia zuckte zusammen der Astrologe lächelte.

Nun teilte sich der Vorhang in der Mitte mit einem jähen Ruck, und nachdem er sich ebenso schnell wieder geschlossen hatte, hob sich von seinem Hintergrund die weiße Gestalt eines hochgewachsenen und hoch aufgerichteten Greises ab. Sein übermäßig langer Bart hatte bedeutende Ähnlichkeit mit Flachs. Von seinen Schultern floss ein langer Purpurmantel; um seinen Hals wand sich der hintere Längenteil einer Schlange, deren Vorderteil unter der rechten Achselhöhle hinter seinem Rücken verschwand, um unter der linken, auf seinen Vorderarm gestützt, mit seinem menschlichen Gesicht hervorzuschauen.

Alexander von Abonuteichos richtete seinen Blick gegen den Himmel, streckte die Rechte und, so gut dies ging, auch die Linke vor sich aus und machte von Zeit zu Zeit tiefe Verbeugungen. Er betete. Tullia war aufgestanden und betrachtete ihn durch den rosigen Nebel mit ebenso großer Ehrfurcht wie Aufmerksamkeit; es schien ihr, als wäre sein klassisch schönes, gerötetes Gesicht von einem feurigen Schein umgeben. Nach dem stillen Gebet ließ er sich mit einer so jugendlich frischen und hellen Stimme vernehmen, als wenn er nicht einige sechzig, sondern zwanzig Jahre auf seinem Nacken tragen würde.

„Mein Gott und Ahne haben deine Bitte erhört, stets wohlwollend denjenigen, welche ihm vertrauensvoll nahen. Zolle Dank seiner Güte!"

Tullia verneigte sich tief.

Da bewegte sich der Mund des Schlangenkopfes, und eine klanglose, dumpfe Stimme, als käme sie aus der Erde hervor, verkündete: „Eines mutigen Weibes Sache ist es, die Hindernisse wegzuräumen, welche sich ihr auf dem Weg zum glücklichen Ziel entgegenstellen. Nur Mutige werden von den Dämonen begünstigt. Kehre heim, beobachte deine Umgebung und scheue vor keiner kühnen Tat zurück, wenn dein eigenes Wohl eine solche erfordert."

Wiederum ein starker Donnerschlag, ein Auflodern der Flamme, und ehe dieselbe erloschen, war der Wahrsager verschwunden. Die feierliche Stille von früher trat ein.

Der Astrologe gab nun Tullia ein Zeichen, mit der Hand auf ein Tischchen deutend, welches in einiger Entfernung vor dem Altar stand. Hier legte Tullia den Beutel mit ihren tausend Sesterzen nieder.

Halb betäubt verließ sie den Säulenhof. Der Astrologe begleitete sie bis ins Vorhaus, wo er sich die Erlaubnis ausbat, noch einmal zurückkehren zu dürfen, um, wie er sagte, von Alexander vielleicht nähere Auskunft darüber zu erhalten, ob bei Beseitigung der Hindernisse Tullia persönlich eingreifen oder es durch andere verrichten lassen könne. Tullia bewunderte im Stillen die Klugheit ihres Astrologen und willigte gern ein, nicht ahnend, dass er es bloß eilig hatte, seinen Zuführerlohn von Alexander in Empfang zu nehmen.

Gleich darauf fiel ihr durch ihre lebhaften Bewegungen eine vermummte Mannesgestalt auf, die sie zu erkennen glaubte.

„Marcus!" rief sie halblaut. „Du beim Wahrsager?"

„Frauendienst!" antwortete der lustige Prätor. „Livia will wissen, wie sich unser Zusammenleben gestalten wird; die Antwort Glykons soll ich ihr von Alexanders Hand niedergeschrieben auf Papier überbringen."

„Ah, da fällt mir ein: ist dein Trauungsfest nicht schon übermorgen?"

„Freilich, und du scheinst vergessen zu haben, dass deine Anwesenheit demselben Glanz verleihen soll. Kommst du sicher?"

„Deinetwegen muss ich wohl."

„Ja, meinetwegen muss ich leider auch."

„Was? Schon so früh bereust du deine Verbindung, ehe sie noch zustande gekommen ist?"

„Der hässliche Emporkömmling haftet an seinem Geld, als handelte es sich um seine Lebensgeister... Darf ich dich morgen besuchen?"

„Gern, ich erwarte dich nach der Vorstellung im Flavischen Amphitheater. Und nun wünsche ich dir ein gutes Orakel."

„Doch wohl in meinem, nicht in Livias Sinne." lachte der lustige Prätor.

Während des ganzen Heimganges überdachte Tullia den Ausspruch Glykons, welcher ihrem Stolz schmeichelte. Auch sie war überzeugt, dass die Dämonen nur Mutige begünstigen; und wie sollte die Tochter eines kriegerischen Geschlechtes vor einer kühnen Tat zurückschrecken? Der Dämon Alexanders spricht wie ein Römer alten Schlages: über Leichen zum Sieg!

Sie hatte sich in diesen Gegenstand so hineingedacht, dass sie, zu Hause angekommen, sich sofort wieder in das Arbeitszimmer ihres verstorbenen Gemahls begab, die Marmorbüste öffnete und das Giftfläschchen wieder herausnahm. Da hörte sie aber auch den Wind wieder sein Klagelied heulen, und auf einmal schauderte sie zusammen. Woher diese Augst? Im Amphitheater hatte sie Hunderte von letzten Aufschreien und Seufzern gehört; Todesröcheln und Todeszuckungen sterbender Menschen waren ihren Ohren und Augen nicht fremd, sie vergnügte sich an dem Spiel der Histrionen wie auch an der Geschicklichkeit der Rosslenker. Nun aber fühlte sie sich wie gelähmt und willenlos schon durch die Klage des Windes!

Die abergläubische Römerin stützte sich wieder auf die Bronzesäule, und dem Treiben des Windes lauschend, erinnerte sie sich an den Volksglauben, dass, wer bei Nacht im Wind ein menschliches Seufzen und Wimmern vernehme, nicht lange mehr zu leben habe. Ein neuer Windstoß nahm ihr den Rest ihres Vorsatzes; sie stellte das Giftfläschchen an seinen Platz, schloss das Versteck und verließ das Arbeitszimmer, um ihr Schlafgemach aufzusuchen.

„Nicht heute... morgen oder übermorgen." murmelte sie unterwegs. „Ich will auch die nähere Aufklärung des Orakelspruches abwarten."

Um zu ihrem eigenen Schlafgemach zu gelangen, musste Tullia an demjenigen Mucias vorbeigehen. Sie hörte darin ihre Nichte laut sprechen. Daher blieb sie stehen und schob nur mit einem Finger den Türvorhang unmerklich auseinander, so dass sie einen Blick ins Innere werfen konnte. Mucia war im Begriff, zur Ruhe zu gehen und ließ sich von der jungen ägyptischen Sklavin Mimut das Haar auflösen.

„Du sagst, Mimut." fragte Mucia, „die Götter der Christen lieben alle Menschen, belohnen die guten und strafen die bösen? Sie sind gegen alle gerecht, aber auch barmherzig?"

„Ja, gegen alle, Herrin." antwortete die Sklavin. „Vor unserem Gott gibt es keinen Unterschied zwischen arm und reich, zwischen Herren und Sklaven, zwischen Freien und Unfreien. Unser Gott hat alle gleich gemacht und nimmt sich ganz besonders der Unglücklichen und Hilflosen an."

„Warum genießen dann aber zumeist gerade die Bösen die Früchte der Erde und der Arbeit ihrer Sklaven? Warum herrschen Niederträchtige über Edle, Betrüger über Leichtgläubige? Das Geld befindet sich meistens in unehrlichen Händen, Ehren und Würden zieren mehr nichtswürdige als verdiente Männer. Warum geschieht denn alles verkehrt, wenn ein neuer, ein besserer Gott erstanden ist, der das gemacht haben soll?"

Tullia horchte aufmerksam .... ein neuer Gedanke zuckte durch ihr Hirn, welcher sie aus ihrer halben Ohnmacht aufrüttelte.

„Das Reich unseres Gottes ist nicht von dieser Welt, Herrin." erwiderte Mimut. „Nicht hier auf Erden, sondern in einer anderen Welt, im neuen Leben nach dem Tod, lässt unser Gott Guten und Bösen volle und ganze Gerechtigkeit widerfahren."

„In einer anderen Welt?" fragte Mucia verwundert. „Glaubt ihr denn, dass der Mensch nach dem Tod fortlebt?"

„Wir glauben es, Herrin."

„Kennt ihr die andere Welt? Wo ist sie?"

„Ich kann dir das nicht sagen, Herrin; aber unsere Priester wissen es. Vielleicht würdest du dieselben verstehen; sie belehren jeden gern. Ich fühle es in meinem Herzen, dass sie wahr sprechen."

„Sind denn eure Priester so zugänglich?"

„Sie sind die Diener unseres Gottes, und er selbst hat ihnen den Auftrag gegeben, alle zu belehren. Wie unser Gott alle Menschen liebt, so dürfen auch unsere Priester niemand abweisen."

Mucia schwieg nachdenklich.

„Bringe mir Wasser." sagte sie nach einer Weile.

Schnell trat Tullia vom Vorhang zurück, und leisen Trittes setzte sie ihren Weg fort.

In ihrem Schlafgemach überlegte sie. Sie dachte nicht an die vernommenen Lehren, durchaus nicht; wohl aber beschäftigte sie das Gehörte, und daraus zog sie ihre Schlüsse. Wenn Mucia nur den orientalischen Aberglauben annehmen wollte, dann wäre das Gift der Locusta überflüssig! Mucia, die Christin, würde durch das Schwert des Scharfrichters beseitigt werden!

„Hören wir morgen noch, ob der Orakelspruch eine solche Beseitigung des Hindernisses zulässt!"

- o -

Bei einer bemoosten Ampher hundertjährigen Falerners saßen Marcus und Fabius im Säulenhof des ersteren. Der Prätor hatte seinem Hausmeister aufgetragen, alle Bedienung fern zu halten und selbst weg zu bleiben. Am Vortag seines Trauungsfestes hatte er mit Fabius noch das Allerwichtigste zu besprechen.

Nach längerer Unterhandlung bemerkte er ärgerlich: „Ich hatte gehofft, meinen Schwiegervater zugänglicher zu finden."

Fabius, der es sich auf einem Sofa recht bequem gemacht hatte, lächelte halb vergnügt, halb boshaft und erwiderte: „Der zukünftige Großvater von Quinctiliern muss für ein anständiges Auskommen seiner Enkel sorgen."

„Wenn du ihr Großvater bist, dann bin ich ihr Vater, und der Vater hat doch eher zu sorgen, als der Großvater, sowie anderseits der Schwiegersohn näher steht, als die Enkel." gab Marcus zurück, ungeduldig auf- und abgehend.

„Du warst dir selbst am nächsten, und doch . . ."

„Und doch habe ich ein Patriziervermögen durchgebracht, willst du sagen." warf Marcus lebhaft ein. „Ich habe mir das selber schon so oft gesagt, dass du mir wahrlich jeden Vorwurf darüber ersparen könntest. Übrigens rate ich dir, meine Geduld nicht auf allzu harte Proben zu stellen, denn ..."

„Denn was?" fragte Fabius ruhig, die Weinschale an die Lippen setzend.

„Denn ich könnte es bereuen, dass ich mich mit dir verbinde."

„Du wirst es nicht bereuen." entgegnete Fabius, schnalzte vor Behagen mit der Zunge und fuhr gleichgültig fort: „Vielleicht weißt du, wo man einen solchen Wein zu kaufen bekommt. Ich möchte für meinen und auch für deinen Keller einen kleinen Vorrat anschaffen."

Marcus ging auf die Abschweifung nicht ein, sondern antwortete auf die ersten Worte des Ägypters.

„Glaubst du etwa, ich habe keinen anderen Ausweg mehr als eine reiche Heirat? Senatoren finden jeden Augenblick Anstellung in den Provinzen und damit eine unerschöpfliche Quelle des Reichtums."

„Was würdest du in der Provinz ohne den Hof des Imperators Lucius, ohne Theater, ohne Zirkus, ohne Gastgelage anfangen?" fragte Fabius mit der Ruhe eines Mannes, der weiß, dass man ihn nur schrecken will.

„Ich könnte auch in Rom bleiben und ein gutes Auskommen haben, wenn ich die Verbindung mit Livia aufgeben wollte." bemerkte Marcus in ernstem Ton.

Fabius spitzte die Ohren und antwortete schon etwas kleinlaut:

„Ich weiß nichts von einer Erbschaft, welche dir gestatten würde, noch länger ein lustiges Leben zu führen."

„Julius Quinctilius Varus ... du kennst ihn ja . . . hat mir für jenen Fall die Hälfte seines Vermögens angetragen!"

Fabius schnellte wie gestochen empor.

„Was will denn der hochmütige Tribun?!" rief er.

„Wie dich das auf die Beine gebracht hat!" lachte Marcus höhnisch. „Vielleicht sprechen wir jetzt anders zusammen. Was Julius will? Von dir gar nichts, wohl aber verlangt er von mir, dass ich den Namen unseres Geschlechtes nicht mit deinem Geld besudele."

„Besudeln?" unterbrach ihn Fabius zornig. „Auch eure Vorfahren haben sich in den Provinzen bereichert!"

„Allerdings, aber mit dem Unterschied, dass unsere Vorfahren das den Barbaren abgenommene Geld dem römischen Volk in Gestalt von Spielen, Tempeln. Plätzen, Bibliotheken, Schulen und öffentlichen Speichern dargebracht haben. Ihr Steuerpächter dagegen versteht nur zum eigenen Wohl zu rauben, um nachher obendrein mit römischen Bürgern Wucher zu treiben. Unsere Vorfahren bezahlten Würde und Macht mit ihren Dienst-leistungen, mit ihrem Blut, ja, mit Selbstmord, wenn die Cäsaren es so wollten; eure Ritterringe dagegen haben nur den Wert gelauster Sachen."

„Jetzt wirst du aber recht zugänglich!" wunderte sich Fabius.'

„Weil du mich herausgefordert hast!"

Sie schwiegen. Der Prätor schritt die Säulen entlang auf und ab, finster und nachdenklich. Fabius beobachtete ihn mit verstohlenen Blicken, sich den Bart streichend, Schwiegervater und Schwiegersohn hegten keine freundschaftlichen Gefühle für einander; ohne die Eitelkeit des einen und die Verschwendungssucht des anderen hätten sie von einander scheiden können, ohne je ein Wiedersehen zu wünschen. Aber alle Emporkömmlinge Roms beneideten Fabius um seine Verbindung mit den Quinctiliern, und die Gläubiger des Prätors drohten demselben mit öffentlicher Versteigerung seines Hauses und seiner Familienkleinode.

Fabius hatte nicht als erster den Handel wieder aufnehmen wollen; da er jedoch Marcus immer mehr die Stirn runzeln sah, wurde ihm schwül, und er entschloss sich, das Geschäft zum Abschluss zu bringen.

„Wenn du deine Lage gut erwägen wolltest, würdest du mir recht geben." erklärte er, sich Marcus nähernd. „Lege ich Livias Mitgift nicht in deine Hände, so habe ich nur deine Zukunft im Auge."

„Überflüssige Vorsorge!" warf Marcus ein.

„Aber du weißt ja doch selber, dass du den Wert des Geldes nicht zu schätzen verstehst."

„Geiz ist nicht Sache eines Quinctiliers."

„Für Gläubiger hat ein zahlungsunfähiger Quinctilier genau denselben Wert, wie ein eben frei gelassener Sklave."

Entrüstet wandte sich Marcus um, maß Fabius verächtlich vom Scheitel bis zur Sohle und fuhr lebhaft fort: „Ich habe dir schon einmal gesagt: Der Tribun Julius bietet mir die Hälfte seines Vermögens, wenn ich mit Livia breche. Vergeblich schreckst du mich mit meinen Gläubigern. Entweder überträgst du die Hälfte der Mitgift auf mich, oder ich trete zurück."

Wiederum trat Schweigen ein. Fabius strich wieder seinen Bart und verfolgte die Bewegungen des Prätors. Spricht er die Wahrheit oder feilscht er nur, fragten seine listigen Augen. Die Verschwägerung mit einem Patrizier, dessen Stammbaum in den vorgeschichtlichen Zeilen Roms wurzelte, kam dem Senatoren-Purpur gleich. Fabius wusste, dass ihm eine solche Verbindung mit Marcus alle Türen öffnete, dass sie seine Vergangenheit verwischte und ihn auf die Stufenleiter von Ehren brächte, nach denen sich der Steuerpächter seit dem Augenblick sehnte, da er sich sagen konnte, jetzt nennt er genug des Mammons sein eigen. Um eines solchen Zieles wegen lohnt es sich, einen Teil des erworbenen Vermögens zu opfern; aber der angeborene Geiz hieß ihn andererseits seine Millionen vor dem Leichtsinn eines bekannten Verschwenders schützen.

Schon wollte er sich Marcus wieder nähern, als dieser selbst sich meldete: „Es wäre übrigens auch für dich viel sicherer, wenn du dein Vermögen auf mich überschreiben würdest; denn die faule Sache mit jener germanischen Sklavin ist noch nicht beendet."

„Ich finde keinen Zusammenhang zwischen meinem Vermögen und jener Sklavin."

„Als ehemaligr Advokat solltest du wissen, dass das Vermögen eines der Infamie verfallenen . . . für ehr- und rechtlos erklärten . . . Mannes dem Staate anheimfällt. Ich glaube, der göttliche Marcus Aurelius möchte deine Millionen nicht verschmähen zu einer Zeit, da das Volk von allen Seiten die staatliche Unterstützung anruft. Man hört überall sagen, die Not sei wirklich sehr groß."

Fabius fühlte sich sehr beunruhigt, was dem Prätor ein großes Vergnügen bereitete. Er strich nicht mehr seinen Bart, sondern zupfte in nervöser Erregung daran.

„Pluto soll die Dirne verschlingen!" stieß er hervor.

„Wenn er sie nur verschlungen hätte." erwiderte Marcus, „aber ich weiß, dass man von ihr noch keine Spur entdeckt hat. Verschwunden ist sie, aber nur um eines Tages unter dem Schutz des Präfekten Servius aufzutauchen!"

„Ich übermache dir den fünften Teil meines Vermögens und zahle dir für deine persönlichen Bedürfnisse hunderttausend Sesterzen jährlich!"

„Wenn die germanische Sklavin zum Vorschein käme, würden die hunderttausend Sesterzen für mich so viel bedeuten wie das Versprechen eines Verstorbenen."

„Ich trete dir den vierten Teil meines Vermögens ab." bot Fabius.

Aber Marcus schüttelte verneinend den Kopf.

„Ist es dir noch immer zu wenig? Alles, was ich besitze, gehört ja Lucia, welche deine Frau wird. Du wärest ein sehr ungeschickter Mann, wenn du ein fünfzehnjähriges Mädchen nicht nach deinem Willen zu leiten verständest."

Das schien Marcus einzuleuchten, daran hatte er nicht gedacht. Er wäre in der Tat ein Tölpel, wenn er eine so junge Frau nicht nach seinen eigenen Begriffen und Gewohnheiten umzumodeln vermochte.

„Du machst mit Livia alles, was du willst; sie ist ja noch ein Kind." redete ihm Fabius ein, als würde er in seinen Gedanken lesen.

Hätte Marcus das zweideutige Lächeln bemerkt, welches Fabius' Worte Lügen strafte, so hätte er noch weiter gefeilscht; aber dieses Lächeln spielte nur eine Sekunde auf den dicken Lippen des Ägypters.

„Nun, so sei es." willigte Marcus ein „Bereite also alles für morgen vor! Trauzeugen werden meine Klienten sein."

„Und was ist mit deiner Verwandtschaft?" fragte Fabius.

„Du kannst nur mit Tullia Cornelia und entfernteren Verwandten rechnen. Den Tribunen habe ich nicht einmal einzuladen gewagt, Mucia aber hat geradezu abgelehnt."

„Diese . . ."

Fabius konnte die beabsichtigte Bezeichnung Mucias nicht aussprechen, denn Marcus warf ihm einen Blick zu, welchen er nicht missverstehen durfte. Er fand es angebracht, sich sofort zu verabschieden.

Marcus gönnte sich nach der Aufregung des abgeschlossenen Handels eine Schale Wein und eilte dann zu Tullia.

Da die junge Witwe mit Umkleiden beschäftigt war, ließ sie den Patrizier bitten, er möge im Arbeitszimmer warten. So hatte Marcus zu seinem eigenen Leidwesen Zeit, über den häßlichen Handel nachzudenken.

Als Sohn eines Prokonsuls und Erbe eines großen Vermögens hatte er sich nie mit Geldangelegenheiten befasst. Diese wurden von seinem Verwalter und von seinen Rechnungsführern erledigt. Sogar wenn er Schulden machte und Geld aufnahm, bekam er die Wucherer nicht zu Gesicht. Erst seit einiger Zeit fing er an zu begreifen, dass der Senatorenpurpur kein genügender Schutz vor dem Ansturm von Gläubigern sei. Da er mit der von Julius erhaltenen Million nicht alle Schulden gedeckt hatte, wurden die Gläubiger so kühn, dass sie den Prätor persönlich zu sprechen verlangten. Nur sein Amt hielt ihm dieselben noch vom Leib, aber in einigen Wochen ging das ja zu Ende — was dann? Ein anderer Senator wird den Richterstuhl besteigen, ihn selbst aber werden beutelustige Wucherer von allen Seiten überfallen. Wenn er sich also in den schmählichen Handel mit Fabius einließ, so kämpfte er nur um seine Ruhe, um seine Unabhängigkeit. Er wollte den Rest der Gläubiger befriedigen und sich ein sorgenfreies Leben für viele Jahre sichern.

Aber welche Erniedrigung lag in diesem Handel? Er, der Quinctilier, der Patrizier seit unvordenklichen Zeiten, er, der große Mann, welcher ein kleines Heer von Gladiatoren unterhielt, welcher aus Afrika Elefanten und Löwen, aus Spanien Stiere, aus den germanischen Wäldern Auerochsen und Hirsche bezog, um im Zirkus dem römischen Volk eines Imperators würdige Vergnügungen zu bereiten, — er feilschte mit einem Steuerpächter und Sklavenhändler wie ein kleiner Straßenkrämer.

Und erst der eigentliche Gegenstand des Handels! Bisher war ihm seine bevorstehende Verbindung mit Livia etwas so Nebensächliches gewesen, dass er sich darüber eigentlich gar keine Gedanken gemacht hatte. Jetzt aber, da der Handel abgeschlossen war und morgen verwirklicht werden sollte, wurde er des ganzen Ernstes seiner Lage inne. Er sollte sich für immer mit einem Mädchen verbinden, für welches er kein anderes Gefühl besaß, als die Verachtung des Patriziers für die Tochter eines Frei-gelassenen und Händlers. Und Livia konnte er nicht von sich stoßen, wie er es mit seiner ersten Frau getan hatte, denn nur die Millionen des Fabius sicherten ihm seine Stellung als Senator. In seiner Seele erwachte der Rest alten Patrizierstolzes, sein Blut geriet in Wallung — erregt sprang er vom Sofa auf, und seinen Lippen entfuhren die Worte:

„Möchte sie doch heute noch von Jupiters Blitzstrahl vernichtet werden!"

„Ich danke für die freundliche Begrüßung." meldete sich unter hellem Lachen Tullia, welche soeben eintrat.

Eilig näherte sich ihr Marcus, presste lange, herzliche Küsse auf ihre beiden Hände und sprach: „Venus vergelte es dir, dass du in einem Augenblick erscheinst, da ich der Verzweiflung nahe bin."

„Du siehst auch wirklich angegriffen aus. Du fürchtest wohl den morgigen Tag?"

„Ich fürchte die Fesseln, welche ich mir selbst auferlege; ich fürchte die ungelegenen ehrgeizigen Pläne des Fabius, die sonderbare Erziehung Livias und vor allem die Eintönigkeit des ehelichen Lebens. Ich hatte geglaubt, all das Widerwärtige werde mir durch die freie Verfügung über große Summen einigermaßen versüßt; aber auch diesen Trost soll ich nicht haben, denn Fabius hält an seinen Millionen mit zäher Hartnäckigkeit fest.

„Du wunderst dich darüber? Bedenke, dass deine Vergangenheit in keinem Schwiegervater Vertrauen erwecken kann. Wieviel gibt dir Fabius?"

„Den vierten Teil der Mitgift und hunderttausend Sesterzen jährlich."

„Jenes Viertel kommt bald unter die Leute, und die Hunderttausend reichen bei dir nicht einmal fürs Würfelspiel aus."

„Ich habe gewusst, dass ich bei dir Verständnis und vielleicht auch guten Rat finde." bemerkte Marcus zärtlich.

Tullia zuckte mit den Achseln.

„Meine ganze Hoffnung setze ich auf Livias jugendliche Lenksamkeit." sprach Marcus weiter.

„Und ich glaube, du solltest viel mehr auf die Eitelkeit dieser Leute bauen; aus dieser Quelle könntest du schöpfen nach Belieben, ohne dieselbe je zu erschöpfen."

„Ich wähnte, der Patrizierstolz sei in mir für immer erloschen." entgegnet Marcus trübselig, „und doch meldet sich dieses unkluge Gespenst in meinem Innern gerade jetzt; ich finde meine Verbindung mit Fabius abscheulich. Ich beneide Julius um seine Denkart."

„Das widerfährt dir wahrscheinlich nur dann, wenn dich Geldmangel bedrückt." bemerkte Tullia mit teilnahmsvoller Ironie.

„Und wenn du dich irrst?" antwortete Marcus unwillig.

„So wäre mir mein Irrtum eine angenehme Überraschung. Du weißt, dass ich dir stets wohlgesonnen war."

Sie ergriff seine beiden Hände — sie saßen beide nebeneinander auf demselben Polstersitz — und sprach weiter: „An deiner Stelle wäre mir vor dem unbekannten morgen nicht bange."

„Für einen guten Rat, der mir aus der Klemme hilft und den ich eben bei dir zu finden hoffte, will ich dir von ganzem Herzen dankbar sein." sagte der Prätor.

„Dein Schicksal hältst du in eigener Hand. Betritt einen Weg, der nur wenige Schritte von dir liegt, und du brauchst keine anderen Dinge auf dich zu nehmen, um zu Geld zu kommen."

„Ich sehe den Weg nicht."

„In einigen Wochen legst du die Prätur nieder und hast ein Anrecht auf die Verwaltung einer Provinz. Der Senat wird dir das nicht abschlagen, besonders wenn du den Imperator Lucius Verus und Julius für dich hast. Eine Proprätur kann dir dein ganzes verlorenes Vermögen wiederbringen."

„Mit Beginn des neuen Jahres werden nur zwei Propräturen zu besetzen sein, diejenige im Land der Parther und die im nördlichen Germanien, und sowohl hier wie dort stehen die Barbaren schon wieder auf."

„Und du scheust Gefahren, du, ein Quinctilier?" fragte Tullia, des Prätors Hände loslassend.

„Ich scheue die Mühsale, die ich nicht gewohnt bin." entgegnete Marcus. „Der Verwalter unruhiger Provinzen muss wachsam sein wie ein Hund. Mir widerstreben auch die Verrichtungen eines öffentlichen Amtes: jene Audienzen, Schlichtungen, Entscheidungen von Streitigkeiten, die mich nichts angehen, ja auch die Gewalttätigkeiten, ohne welche die Verwaltung entlegener Provinzen unmöglich ist."

„Also bleibt dir eben nur der Dienst bei Fabius übrig." bemerkte Tullia und erhob sich vom Sofa.

„Tullia!" flehte Marcus.

„Meine bitteren Worte widerrufe ich nicht." sprach Tullia stolz. „Wer nicht befehlen will, oder wer es nicht versteht, der muss dienen. Du irrst, wenn du glaubst, die junge Livia werde sich von dir lenken und ausbeuten lassen. Die Tochter eines so raubsüchtigen Vaters kann unmöglich eine Taube sein. Ich habe sie nur einige Mal gesehen und gehört, aber es war genug, um zu wissen, was dich erwartet. Livia besitzt ihres Vaters Entschiedenheit und Schlauheit, welche du sehr bald zu fühlen bekommen wirst."

„Du willst mich schrecken."

„Ich warne dich."

„Nicht solchen Trost habe ich von dir erwartet in meiner Verzweiflung." jammerte Marcus tonlos.

„Weil ich es gut mit dir meine, so habe ich die Pflicht, dir die Wahrheit zu sagen."
„Rate mir besser."
„Ich kann nicht anders: geh' in die Provinzen."
„Hab' Erbarmen! Sieh, was soll ich in der Provinz?" entgegnete Marcus, in Miene und Gebärde einem geängstigten Kinde ähnlich.
Tullia sah ihn mit verächtlichem Mitleid an.
„Es ist wahr, was tätest du in der Provinz ohne die vergnügte und philosophierende römische Welt! Du kannst nur Schwiegersohn und beschützender Diener eines Fabius sein."
Der Prätor senkte sein Haupt wie ein beschämter Knabe.
„Du zürnst mir?" fragte er in weichem Ton.
„Wer könnte denn verwöhnten Kindern zürnen, wenn sie sich schuldig bekennen? Heirate Livia und trage dein Joch, so lange das Gespenst in dir es dir nicht verhasst macht."
„Ja, das Gespenst meldet sich in mir, aber doch nur selten, suchte Marcus sich selbst zu beschwichtigen.
„Umso besser für dich; ich wünsche, dass dasselbe wenigstens bei dir gänzlich zum Schweigen kommt."
„Wenigstens bei mir? Kennst du es vielleicht auch?" fragte Marcus, von der Betonung der Worte überrascht.
Tullia erhob stolz ihr schönes Haupt; in ihren Augen blitzte es.
„Ich an deiner Stelle würde keinen Augenblick schwanken in der Wahl meines Zukunftsweges." sprach sie mit männlicher Kraft.
„Entschuldige: Frauen verleiht man keine Provinzen." suchte Marcus einzuwenden.
„Ich habe gesagt: an deiner Stelle. Als Weib habe ich einen anderen Ausweg, der übrigens auch dir offen steht, wenn du zu wenig Mannhaftigkeit in dir verspürst."
„Welchen?" fragte Marcus lebhaft.
„Weiber haben Dolch und Gift!" antwortete Tullia hoch aufgerichtet, mit einer tiefen Furche zwischen den Augenbrauen.
Entzückten Blickes schaute Marcus eine Weile zu Tullia empor, dann sagte er:
„So erhaben und schön habe ich dich noch nie gesehen! Ich bewundere dich! Wahrhaftig, mit Julius, der dich, wie ich hörte, jüngst wieder besucht hat, wirst du ein schönes Paar bilden. Ich beneide euch um euren Stolz. . . Aber was ist dir?" fügte er hinzu, als er Tullia plötzlich erblassen sah.
Sie ließ sich wieder neben ihm auf dem Sofa nieder und sprach leise:
„Mir scheint, Julius' Gedanken beschäftigen sich nicht mit mir, wenn er im Hause der Cornelier weilt."
Ein kurzes Schweigen trat ein. Dann ergriff Tullia Marcus bei beiden Händen und fragte hastig:
„Nicht wahr, das Schwert hat eine Patrizierin zu gewärtigen, welche den christlichen Aberglauben annimmt?"
„So will es das Gesetz." antwortete Marcus, von der unerwarteten Wendung des Gespräches überrascht.
„Und was muss man tun, um eine Patrizierin vor Gericht zu bringen?" fragte Tullia hastig weiter.

„Es genügt, dem Prätor die Anzeige zu machen, dass sie an den nächtlichen Versammlungen der Christen teilnimmt."

„Und wenn sie vielleicht leugnete?"

„Man muss eben Beweise haben. Am besten ist: sie beobachten und auf frischer Tat ertappen lassen."

„Ich danke dir."

„Aber was ist dir denn?" fragte Marcus, über Tullias Fragen immer mehr verwundert. „Deine Hände zittern, und deine Augen funkeln beinahe unheimlich, und fieberhafte Röte bedeckt deine Wangen. Solltest du etwa . . ."

„Ich?" erwiderte Tullia, spöttisch lächelnd. „Ich sollte den Aberglauben des Pöbels und der Sklaven teilen. Eine römische Patrizierin sollte Christin und Schwester elendester Geschöpfe sein? Ich hätte geglaubt, dass du mich besser kennst."

Nach einer Weile raunte sie Marcus ins Ohr: „Eine innere Stimme sagt mir, Mucia werde dem orientalischen Aberglauben verfallen."

„Und du wolltest . . . ?" rief Marcus entsetzt.

Er bog sich zur Seite und betrachtete Tullia starren Blickes. „Mucia ist unsere Verwandte!" fügte er vorwurfsvoll hinzu.

„Meine allernächste Verwandte bin ich selbst!" antwortete Tullia, die Stirn runzelnd.

In ihren harten Zügen lag so viel unerbittliche Entschlossenheit, dass Marcus sich von neuem entsetzte,

„Deiner Rache möchte ich nicht ausgesetzt sein." bemerkte er in sehr ernstem Ton; „aber ich selbst wäre auch einer solchen Rache nicht fähig."

„Weil du zu dergleichen nicht Mann genug bist." erwiderte Tullia.

„Wahrlich, nicht so hatte ich es gemeint, als ich dir riet, Mucia zu beseitigen!" sprach Marcus traurig und erhob sich.

Ihre beiden Hände ergreifend, schüttelte er dieselben hastig: „Lebe wohl!" sagte er kurz hinzu.

Tullia streichelte ihm die Wangen, wie eine Mutter ihrem traurigen Kind, und entließ ihn mit dem Versprechen, morgen zu seinem Hochzeitsfest zu erscheinen, wenn er nicht über Nacht anderen Sinnes würde. Ein frostiges Gefühl durchrieselte Marcus am ganzen Leib, als er aus dem Haus in die Nacht hinaustrat.

- o -

Sogleich nachdem Tullia sich allein fand, ließ sie einen zu ihrer persönlichen Bedienung bestimmten Sklaven rufen, und als der kleine, dicke, schielende Grieche vor ihr stand, sprach sie:

„Man hat mir gesagt, dass du Auge und Ohr an jede Tür zu legen verstehst."

Der Sklave erblasste, senkte den Kopf und erwartete zitternd das Urteil, welches ihm die Worte seiner Herrin anzukünden schienen.

Tullia aber lächelte gnädig und sprach weiter:

„Von nun an will ich von deinem Auge und Ohr Gebrauch machen. Komm' her!"

Der Grieche fiel ihr zu Füßen. Sie beugte sich über ihn und sprach mit gedämpfter Stimme:

„Ich will wissen, was Mucia Cornelia zu jeder Tageszeit tut, zu Hause und außer Haus; wen sie empfängt, mit wem und worüber sie spricht. Wenn du deine Aufgabe zu meiner Zufriedenheit löst, so erwartet dich ein Lohn, wie du ihn dir nicht erträumen könntest; belügst oder täuschest du mich, so stirbst du unter Stockstreichen. Nun kannst du gehen!"

„O Herrin, du sollst von jedem Schritte und jedem Worte Mucia Cornelias gut unterrichtet sein!" versprach der Sklave, worauf er mit seinen Lippen Tullias Schuhspitze berührte, sich erhob und sich rücklings entfernte.

Um den Befehl seiner Herrin sogleich auszuführen, näherte er sich leise Mucias Gemach und schob geräuschlos den Türvorhang ein wenig zurück. Das schwache Licht einer Nachtlampe beleuchtete das Innere gerade genug, um zu sehen, dass es von keinem menschlichen Wesen belebt war. Behutsam an den Wänden der Gänge fortschleichend und überall aufmerksam horchend, durchwandelte er das ganze Haus, fand aber Mucia nirgends.

Endlich ging er in den Garten hinaus; auch hier spähte und horchte er vergebens.

Kapitel 9

Mucia hatte einen Augenblick vorher das Haus verlassen, begleitet von ihrer Mimut und zwei germanischen Gladiatoren, deren einer mit einer Fackel voranleuchtete, während der andere mit entblößtem Schwert folgte. In einen dunklen Mantel gehüllt, eilte sie durch Nebengassen dem Flaminischen Tor zu. Jenseits desselben, außerhalb der Stadt, nahm sie ihren Weg nach links gegen das Tiberufer.

Mucias Trupp war nicht der einzige. Von allen Seilen tauchten Grüppchen von Leuten und einzelne Personen auf, welche dieselbe Richtung einschlugen. Die Gegend wurde immer öder und ärmer. Nur hier und da glänzte inmitten der kleinen Gärten ein Licht. Von fern her ließ sich das Rauschen des Tiberflusses vernehmen, gleichsam um den Eindruck der nächtlichen Stille ringsum noch zu verstärken.

Länger als eine Stunde war Mucia gegangen, als der Gladiator, der die Fackel trug, vor einem Tor anhielt und dreimal anklopfte. Das Guckloch wurde aufgetan, und eine Stimme ließ sich halblaut vernehmen. Der Gladiator bezeichnete sich mit dem Kreuzzeichen, flüsterte einige Worte, und daraufhin, öffnete sich das Tor.

Mucia befand sich nun in einem Garten, in dessen Mitte sich aus dem dunklen nächtlichen Hintergrund die noch dunkleren Umrisse eines sehr großen Schuppens abhoben. Aus dem Innern kam gedämpft hundertstimmiger Gesang, dessen ungeschulter Klang dem formlosen Gebäude etwas ganz eigentümlich Rätselhaftes verlieh.

Die Mantelhaube tief über die Stirne herabziehend, betrat Mucia — ihrem ersten Gladiator nachgehend, Mimut und den anderen Fechter hinter sich — den Schuppen und blieb in der Nähe des Einganges an der Wand stehen. Niemand kümmerte sich um sie; unbemerkt konnte sie ihre Blicke umherschweifen lassen. Eine dichtgedrängte Gruppe kniete auf dem Fußboden und sang ein Lieb, dessen Wortlaut und Melodie gar befremdend auf die Heidin einwirkten.

Auch alles übrige war für Mucia eine unangenehme Überraschung. Die römische Patrizierin, gewöhnt an die Marmorwände heidnischer Tempel, an die goldstrohenden Statuen ihrer Götter, an die herrlichen Säulenreihen, an die königliche Kleidung der Priester — fühlte sich sehr unheimlich berührt, ja geradezu ' verletzt in dem armseligen Innern des hölzernen Schuppens mit seinem lehmigen, schmutzigen Estrich, mit seinen schmucklosen Wänden, dem Gebälke und den Dachsparren über ihrem Haupt. Solch ein Gebäude hatte sie nie gesehen, und am allerwenigsten hätte sie sich ein solches als Göttertempel gedacht. Jupiter aus dem Kapitol hatte ein anderes Throngemach, die Tempel der übrigen Bewohner des Olymps wirkten ganz anders auf die Sinne. Der unsichtbare Gott der Christen — welch' ein Plebejer musste er sein!

Und in der Tat sah Mucia durch den offenen Eingang neben ihr nur elende Gestalten hereintreten: Handwerker, Sklaven, gemeine Soldaten, Gladiatoren, Kleinhändler, armselige Greise, abgehärmte Weiber mit blassen und schwächlichen Kindern. Die traurigen Gesichter der unter der Last des Lebens sich beugenden Gestalten, die Armut, das nackte Elend, die Verzweiflung, das Ungemach jeder Art, welches den Schuppen füllte und auf den Knien lag vor einem Gott, dessen Anbetung vom Imperator und Senat verboten war — dieser Anblick vermochte nicht, Mucias Wohlwollen für den ‚orientalischen Aberglauben' zu gewinnen.

Doch nein! Mucias Augen, über den Köpfen der knienden Menge unstet umherirrend, erglänzten plötzlich vor Verwunderung. Da ist ja Metella, eine Patrizierin wie sie selbst! Eine der wenigen römischen Matronen alter Sitte, eine treue Gattin, eine musterhafte Mutter, eine sparsame und doch freigebige Hausfrau. Unweit von Metella, an der Schranke, welche sich vor dem beleuchteten Tisch erhebt, kniet Domitilla! Neben ihr der alte Hortensias, welcher vor wenigen Jahren großmächtiger Konsul war — auch Rufius, der Tribun der Legionen, und Flaminius, der Proprätor, knien und beten mitten unter Sklaven!

Immer mehr verwundert, aber auch mit immer größerer Aufmerksamkeit umherblickend, zählte Maria ungefähr fünfzig Personen, welche hervorragende Stellungen in Rom innehatten oder hervorragenden Geschlechtern angehörten. Zivilbeamte und Befehlshaber des Heeres verloren sich in der Menge der Anwesenden niederer Stände ohne Abscheu vor deren Armut.

Sogar Gelehrte huldigten dem verachteten Gott — denn soeben betrat den Schuppen Minucius Felix, der berühmte Anwalt und Rhetor, der ausgezeichnete Stilist, welchen Mucia aus seinen polemischen Schriften und vom Forum her kannte, wo er oft als Redner antrat. Alle Rechtskundigen äußerten sich höchst anerkennend über sein Wissen und seine Fähigkeiten. Also war der Gott der Christen doch kein Vorurteil nur armer und ungebildeter Leute!

Die Anwesenheit von Personen aus ihrem Gesellschaftskreis verfehlte nicht ihren Eindruck auf Mucia. Wo sich so allgemein geachtete Frauen wie Metella und Domitilla befanden, konnte auch sie zugegen sein. Nun begann sie, sich für die Andacht zu interessieren. Sie hatte oft gehört und in Frontons Schriften gelesen, dass die Christen einen Eselskopf verehrten und nur deshalb bei Nacht und sich an entlegenen Stätten versammelten, um ihre sinnlichen Ausschweifungen vor den Augen der Sittenpolizei zu verbergen. Einen Eselskopf sah Mucia hier nirgends, und die andächtig kniende Schar verriet auch nicht die leiseste Spur von ausgelassenem oder gar unzüchtigem Wesen. Man sang einen Hymnus, welcher an Begräbnislieder gemahnte; viele von den Anwesenden wischten sich Tränen aus den Augen, schlugen sich an die Brust und hier und da hörte Mucia die Worte: „Gott sei mir armen Sünder gnädig!" oder das ihr wohlverständliche griechische: „Kyrie eleison, Christe eleison!"

Es war ihr, als ob in ihrem geistigen und leiblichen Auge plötzlich eine Veränderung vor sich gegangen wäre; jetzt betrachtete und begriff sie alles ganz anders als vor wenigen Augenblicken. Es schwand in ihr der Abscheu vor dem schmutzigen Elend und die Voreingenommenheit gegen die Sklaven. Wiewohl letztere auch bisher schon in Mucias Augen nicht so ganz seelen- und gefühllose, in stumpfem Gehorsam von selbst sich bewegende Hausgeräte waren, als welche sie seit Jahrhunderten allgemein galten, so erkannte sie doch erst in diesem Augenblick deren Menschenwürde an.

In das von Mucia geschaute Bild kam plötzlich eine Veränderung: die Vordersten in der versammelten Menge beugten sich tief; wie eine Woge pflanzte sich diese Bewegung nach rückwärts fort, und Mucias Blick fiel wieder auf den beleuchteten Tisch am anderen Ende. Der weißgekleidete Mann, welcher dort bisher seine Arme emporhob, dann zusammenfaltete, dann über den Tisch ausstreckte und wieder emporhob, stand jetzt mit dem Gesicht dem Volk zugewendet und machte in der Luft ein Zeichen, worauf er vom Tisch zurücktrat, und alle Versammelten sich erhoben.

An der Schranke vor dem Tisch wurde nun Minucius Felix sichtbar; er stand augenscheinlich auf einer kleinen Erhöhung, denn er überragte die ganze Versammlung. Der berühmte Rhetor mit dem von der afrikanischen Sonne, die über seine Wiege geleuchtet hatte, stark gebräunten Gesicht wartete, bis vollständige Ruhe unter den Versammelten eingetreten war, und ließ sich dann mit kräftiger, wohltönender und gut verständlicher Stimme also vernehmen:

„Geliebte Brüder und Schwestern in Christo!"

„Es ist euch bekannt, dass unsere Feinde uns für alle Unglücksfälle verantwortlich machen, von welchen Rom getroffen wird. Da in diesem Jahr nicht nur in Italien, sondern auch in dem fruchtbaren Ägypten die Ernte fehlgeschlagen hat, so ist Rom von Hunger bedroht; wenn aber die Herren der Welt leiden, dann suchen sie Schuldige unter den Unschuldigen. Dieses sage ich euch, damit ihr vorbereitet seit auf neue Verfolgungen, welche uns aller Wahrscheinlichkeit nach nicht werden erspart bleiben. Ich rate euch, nicht geflissentlich das Martyrium zu suchen; denn das Gewissen Roms ist schon genug mit unserem Blut belastet. Wer aber von Gott auserwählt wird für die Martyrpalme, der bete in seiner letzten Stunde inbrünstig, dass unser Herr Jesus Christus ihm die Kraft verleiht, die Bosheit dieser Welt zu ertragen. Wer dagegen nicht genug Kraft in sich fühlen sollte, die Leiden siegreich zu überstehen, der nehme zu den unterirdischen Gräberhallen oder zu den Schlupfwinkeln im Gebirge seine Zuflucht, um nicht etwa sein Seelenheil in Gefahr zu bringen."

Er hielt inne und ließ sein feuriges Afrikanerauge über die Versammelten schweifen. Auch Mucia hielt Umschau in ihrer nächsten Umgebung, um zu sehen, welchen Eindruck die traurige Ankündigung auf die Christen mache. Ihr am nächsten stand Mimut, holdselig lächelnd, ihren Blick verzückt auf den Redner geheftet, als hätte er ihr ungeahntes Glück verkündet, und die zwei Gladiatoren neben Mimut schauten so ernst und entschlossen drein, als sollten sie im nächsten Augenblick auf der Arena er-scheinen. Mitten in der feierlichen Stille entfuhren dem einen derselben die halblaut gemurmelten Worte: „Ave Jesu Christe, morituri te salutant. "

Mucia zuckte zusammen. Wenn die Fechter in der Arena antraten, begrüßten sie vor dem Kampfe den Kaiser mit den Worten: Ave Cäsar Imperator, morituri te salutant." „Heil dir, Cäsar,

Imperator! Die dem Tode Geweihten begrüßen dich!" Und nun wurde hier von dem Sklaven der göttliche Cäsar in dem Spruch durch den Namen Jesus Christus ersetzt! Dabei verhielt sich alles ruhig, als wäre nicht die geringste Spur von einer Majestätsbeleidigung vorgefallen. Nur die Nächststehenden wandten sich dem Gladiator zu und schienen ihn mit ihrem zustimmenden Kopfnicken sogar zu beglückwünschen. Mucia begann Achtung zu empfinden vor diesen Meistverachteten unter allen Geschöpfen.

Der Redner sprach weiter:
„Wer von dem Herrn der Herren für die Palme des Martyriums auserkoren wird, dem möge die Erkenntnis der Eitelkeit alles Irdischen in der Stunde der grausamen Prüfung ein Trost sein. Nicht uns, die Kinder des dreieinigen, gerechten, gütigen Gottes, vermag der Tod zu schrecken, wäre er auch der qualvollste; furchtbar ist er nur für diejenigen, welche all ihr Hoffen auf dieses irdische Leben und dessen Freuden setzen. Was ist denn dieses Leben für uns? Eine kurze Wanderschaft, ein einziger vergänglicher Augenblick in der unermesslichen, grenzenlosen Ewigkeit, ein Kampf um die Befriedigung leiblicher Bedürfnisse und Gelüste; und zwar ein schlechter Kampf, wenn die uns innewohnende, gottentstammte Seele dem Leib unterliegt; ein guter Kampf, wenn unser Verstand und freier Wille den Sieg über das zum Bösen geneigte Fleisch davonträgt."
Mucia horchte auf. „Verstand und freier Wille" „Seele und Leib" „zum Bösen geneigtes Fleisch" — so sprach der hochgebildete Rhetor zu Sklaven! Und diese schienen sehr gut zu verstehen, was sie, die gebildete Dame, sich in ihrem Kopf kaum zurechtzulegen wusste.   -
„Unsere Verfolger verlangen, dass wir ihren Göttern opfern und ihre Weisen verehren sollen." fuhr Minucius Felix fort; „selbst aber verhöhnen sie ihre Götter in Theatern und Büchern, und ihre Weisen zerfleischen sich gegenseitig mit ihren Zungen, denn ein jeder von ihnen lehrt anders. Wie wollen sie, dass wir ihre Götter ehren, welche ihnen selbst keine Ehrfurcht mehr einflößen? Sie gehen in ihre Tempel und heucheln zu beten; sie wenden sich an ihre Priester und glauben nicht; sie benetzen ihre Altäre mit Tierblut und lächeln spöttisch! Die elenden Heuchler, die nicht den Mut haben, Tempel niederzureißen, welche in ihren eigenen Augen aufgehört haben, Heiligtümer von Göttern zu sein ... sie morden uns dafür, dass wir nicht lügen wollen wie sie selbst!"
Diese Beweisführung war auch für Mucia schlagend. In der Tat: warum werden diese Leute verfolgt? Da sind ja gerade die Verteidiger des Olymps strafwürdig, weil sie Blutbäder anrichten im Namen von Göttern, welche sie selbst nicht anerkennen.

Minucius Felix sprach weiter:
„Die Priester der römisch-griechischen Götter und die sogenannten Philosophen machen uns lächerlich in den Augen der Gebildeten, verhasst in den Augen des Pöbels; aber sie sollten nur zu uns kommen und unsere lebendige Wahrheit mit ihrer toten Lehre vergleichen. Ihre Götter wälzen sich im Pfuhl der Laster, lügen, stehlen und begehen Ungerechtigkeiten wie die Schlechtesten unter den Menschen. Unser Gott straft jede Bosheit und belohnt nur Gerechtigkeit, Keuschheit, Güte, Mitleid. Ihre Weisen predigen Genuss, verspotten ihre eigene Religion oder lehren wenigstens traurige Gleichgültigkeit gegen jegliche Religion, und an ihrer statt Unterwerfung unter eine unbeugsame blinde Notwendigkeit, welche den Sterblichen aller Hoffnung beraubt. Unsere Priester empfehlen uns Bescheidenheit, Mäßigung, Enthaltsamkeit und trösten alle mit dem Himmelreich.

Ja, es gibt eine andere, eine bessere Welt! Niemals ist es wahr gewesen, dass das Leben mit dem Tod für immer erlischt. Schon eine tiefe und allgemeine Ahnung, die seit Beginn der Jahrtausende bis auf unsere Zeit sich erhalten hat, bestätigt unseren Glauben, ohne welchen der Lebensweg des Menschen auf der Erde als nichts anderes aufgefasst werden müsste, denn als ein grausames Spiel bösartiger Dämonen.."

Plötzlich hörte man von draußen her eilige Tritte nahen. Derselbe Sklave, welcher vor Mucia und ihrer Begleitung das Tor in der Gartenmauer geöffnet hatte, stürzte in den Schuppen, eilte zu dem Sprecher und raunte ihm etwas ins Ohr.

Der Rhetor erhob die Hand und rief in die Versammlung hinein: „Die Wache des Stadtpräfekten ist nahe! Es hat uns jemand verraten! Verlasst den Garten durch das Hinterpförtchen und sucht nicht freiwilliges Martyrium!"

Langsam, als wenn gar keine Gefahr drohte, verließen die Versammelten in größter Ordnung den Schuppen und den Garten und zerstreuten sich draußen im Dunkel der Nacht nach allen Seiten.

Kaum hatte Mucia mit ihrer Begleitung das Hinterpförtchen durchschritten, hörte sie starkes Gepolter am Haupttor des Gartens.

„Im Namen des göttlichen Imperators! Öffnet!" rief man dort.

Eine Antwort auf diese Aufforderung ließ sich nicht vernehmen, aber bald darauf krachte das aufgebrochene Tor.

„Durch das Flaminische Tor dürfen wir nicht zurück." sagte einer der Gladiatoren Mucias.

„Fürchtest du dich?" fragte Mucia.

„Nicht für mich, o Herrin; aber dir könnten die Wachsoldaten Leid antun." antwortete der Gladiator, und ohne sich zu besinnen hob er mit seinen kräftigen Armen Mucia empor und eilte dem Tiberufer zu.

Bewegliche Lichter wurden sichtbar, man vernahm Zurufe in militärischem Ton. Die Soldaten hatten den Schuppen leer gefunden und durchspähten nun die Sträucher und sonstige Verstecke. Der Gladiator, der Mucia trug, beschleunigte seine Schritte, da er die Verfolger unweit hinter sich verspürte.

Plötzlich unterbrach ein weiblicher Schrei die nächtliche Stille. Mucia erbebte. „Mimut!" entfuhr es ihren Lippen.

Der Gladiator wandte sich für einen Augenblick um und machte mit der Rechten das Kreuzeszeichen in der Luft.

„Gott verleihe ihr einen standhaften Tod!" murmelte er.

„Wird sie sterben müssen?" fragte Mucia.

„Nur für diese Welt, Herrin." antwortete der Gladiator. Dann eilte er mit seiner Bürde weiter das Tiberufer entlang.

- o -

Minucius Felix war vom Gericht heimgekehrt, wo er heute als Anwalt eines Freigelassenen zu tun gehabt hatte, welchem die Erben seiner früheren Herren die Freiheit bestritten. Vom Forum Romanum hatte er nicht weit zu seinem Haus, welches sich auf dem Palatin unweit der kaiserlichen Paläste befand. Er übergab seine Toga und einige Pergamentrollen im Vorhaus einem

Diener und eilte in sein Arbeitszimmer, wo er sich auf einem harten Sessel von Eichenholz niederließ. Schwer fiel sein Arm auf die Sessellehne und sein Kopf auf die Brust.

Nach kurzer Zeit hob sich geräuschlos der Türvorhang; auf der Schwelle erschien ein altersgrauer Sklave, der Tafelmeister.

„Das Frühstück ist bereitet Herr." verkündete er mit leiser Stimme.

„Hat nicht Fromentius nach mir gefragt?" Minucius sagt es, ohne sich zu rühren und ohne den Kopf zu heben.

„Der Diakon war zweimal da." antwortete der Sklave.

„Hat er nicht gesagt, wie viele der Unseligen gestern von der Stadtwache eingefangen worden sind?"

„Die Ägypterin Mimut, eine Sklavin von Mucia Cornelia, und zwei Matrosen von kaiserlichen Schiffen sind der Wache in die Hände gefallen."

Nach kurzer Pause sprach Felix vor sich hin: „Mit ihrem Blut wird sich der Tribun Julius Quinctilius beflecken, dessen Prätoratsspiele nächste Woche stattfinden sollen."

Wiederum vertiefte er sich in seine Gedanken, dann fragte er: „Hat der Verwalter die zehntausend Sesterzen, welche von Metellus für den gewonnenen Prozess gekommen waren, unter die Armen unserer Gemeinde verteilt?"

„Ja, Herr."

„Lass mich jetzt allein."

„Das Frühmahl ist bereitet, Herr. . ." erinnerte der Sklave.

„Ich kann nicht; ich habe heute so viel Galle schlucken müssen!" sprach Felix und machte eine abweisende Handbewegung.

Nachdem der treue Diener hinter dem Türvorhang verschwunden war, erhob sich Felix schwerfällig von seinem Sitz und begann, auf und ab zu gehen.

An allen vier Wänden des Arbeitszimmers standen Schränke und Schreine, gefüllt mit den verschiedensten Schriften in Form von Büchern und Pergamentrollen. Was der menschliche Geist im Laufe von Jahrhunderten an Weisem und Törichtem, an Edlem und Verwerflichem irgendwie Bedeutendes hervorgebracht hatte, das war hier gesammelt, und alles das hatte Minucius Felix in seinem eigenen Geiste verarbeitet. Bevor er den christlichen Glauben annahm, hatte er die Weisen aller vergangenen Zeiten um Rat befragt, von den ägyptischen und indischen Priestern angefangen bis Epiktet und Fronton. Der Sturm, welcher unter seiner Hirnschale so oft wütete, hatte seine junge Stirn gefurcht; der Schmerz, welcher an seinem Herzen so oft gelangt, hatte seinen Augen den Glanz, seinen Lippen das frohe Lächeln genommen.

Große geistige Müdigkeit verriet Felix' Antlitz jetzt, als er, in der Mitte des Zimmers stehen bleibend, seine Schriftensammlung überschaute und vor sich hinmurmelte: „Dazu haben so viele Köpfe gedacht und so viele Herzen gelitten, dass der Mensch stets dasselbe eigennützige und raubsüchtige Tier bleibt, welches an dem Unglück und an der Verzweiflung des Nächsten nicht nur den bloßen Hunger, sondern auch die Gefräßigkeit und alle sonstige Gier stillt. Gewalttätigkeit wird noch immer Tüchtigkeit und männliche Tugend genannt, Arglist, Klugheit, Überhebung, Stolz, Demut, Niederträchtigkeit, Güte, Dummheit . . . Nichts hat die Menschheit im allgemeinen von euch gelernt, ihr Philosophen und Dichter; nichts auch von euch, ihr Geschichtsschreiber;

nichts von allen Edlen und fürs Erhabene Begeisterten. Immer noch ist sie mir denjenigen hold, welche ihr Vergnügen bereiten und ihren niedrigen Leidenschaften schmeicheln."
Er setzte sich wieder und ließ den Kopf hängen; dann flüsterte er: „Lichte Gefilde des Jenseits, schon sehne ich mich zu euch hinüber. Ich ersticke in der pestgetränkten Luft dieses irdischen Daseins. Doch dein Wille geschehe, o Gott, der du mich mit dem Pflichtgefühl des Ausharrens erfüllt hast! . . . Lang ist der Weg zur Vervollkommnung der Menschheit."
Wieder ging der Vorhang auf, und derselbe Sklave erschien auf der Schwelle.
„Mucia Cornelia bittet um Gehör."
„Mucia Cornelia?" fragte Felix, den greisen Diener verwundert anschauend. „Hast du den Namen gut gehört?"
„Du hast mich ja den Corneliern abgekauft, Herr." antwortete der Sklave; „ich habe Mucia einst auf meinen Händen getragen."
„Sie trete herein." befahl der Rhetor und erhob sich von seinem Sitz.
Frauenbesuche in Arbeitszimmern von Rhetoren, Philosophen und Dichtern gehörten im Rom der Cäsaren keineswegs zu den Seltenheiten; aber die jüngere Cornelia war dafür bekannt, dass sie nach alter Sitte lebte, nach welcher dem zarten Geschlecht keine so große Freiheit der Bewegung gestattet war. Auch Felix kannte Mucia von dieser Seite, und darum war er über ihren Besuch verwundert.
Als sie eintrat, verbeugte er sich, legte die Hand an die Brust und sprach: „Ich vermute, dass es nur eine sehr wichtige Angelegenheit sein kann, der ich verdanke, dass du deine Schritte zu meiner bescheidenen Behausung gelenkt hast."
Mucia antwortete nicht sofort, sondern spähte im Zimmer umher.
Felix erkannte die Bedeutung dieser Blicke und fügte hinzu: „Meine Wände sind so taub und stumm, dass man auch mit der schwersten Folter nichts herausbringen würde. Du kannst getrost sprechen, was immer dir beliebt."
Sie setzten sich einander gegenüber; zwischen ihnen stand der mit Büchern und Papieren beladene Tisch.
„Eine meiner Sklavinnen." begann Mucia, „die Ägypterin Mimut, ist gestern Abend dem Stadtpräfekten eingeliefert worden."
Argwöhnisch betrachtete Felix seinen Gast, denn er kannte den glühenden Hass der Patrizier gegen die Christen.
„Darf man wissen, wegen welcher Übertretung deine Sklavin von der Gerechtigkeit des göttlichen Imperators ereilt worden ist?"
„Ein Verbrechen ist es, ein Staatsverbrechen. Nun weißt du es."
„Du hast mir noch gar nichts gesagt."
„Ich war gestern Zeugin einer Versammlung von Christen jenseits des Flaminischen Tors; Mimut war dabei. Was nach der Versammlung vorgefallen ist, weißt du ja ebenso gut wie ich."
Leichte Erregung malte sich aus Felix' bräunlichem Gesicht. Einige Augenblicke hindurch starrte er Mucia an, dann legte sich ein bitteres Lächeln um seinen Mund, und er antwortete: „Du kannst sicher auf die Dankbarkeit deines Verwandten, des Prätors Marcus Quinctilius rechnen, wenn du ihm Kunde davon überbringst, wen du in der Versammlung gesehen hast. Er wird sich

überglücklich fühlen, sein Prätorat mit einer Auf-sehen erregenden Verurteilung beschließen zu können. Denn Minucius Felix den Löwen und Tigern im Amphitheater vorgeworfen — wahrlich, ein ungewohntes Schauspiel für den Pöbel von Rom! Glaube nicht, dass ich leugnen oder mich verteidigen würde."

„Oh, wie schlecht muss doch die Welt sein." sprach Mucia leise, „wenn man überall Verrat und Niederträchtigkeit wittert. Ich kenne die Welt noch wenig und musste schon so viel Ungerechtigkeiten sehen ..."

„Entschuldige." unterbrach der Rhetor, ein wenig beschämt, weil er sich aus unberechtigtem Verdacht ertappt sah. „Was ist eigentlich dein Begehren?"

Mucia, welche schon im Zweifel war, ob sie ihr Anliegen überhaupt vorbringen sollte, bemerkte die Umstimmung in Felix. Einen Augenblick schwieg sie noch, dann sagte sie: „Das Unglück dieses Mädchens verscheuchte heute Nacht den Schlaf von meinen Augenlidern. Ich möchte sie dem Rachen der wilden Bestien entreißen und habe geglaubt, bei dir guten Rat zu finden."

„Solltest du Mitleid haben mit deiner Sklavin, mit der Ägypterin?!" rief Felix lebhaft. „Ist sie nicht dazu geboren, um eines unrühmlichen, eines grausamen Todes zu sterben?"

„Ich habe Mitgefühl für jedes Leiden und jegliches Elend." antwortete Mucia.

„Du sprichst wie eine Christin."

„Ich spreche wie ein rechtschaffenes Weib, dessen Gemüt es empört, wenn es offenbar unverschuldetes Unrecht sieht."

„So lehrt nur unser Gott." bemerkte Felix.

„Mich lehrt so mein Herz!"

Felix' Augen erstrahlten vor Freude.

„Wenn du doch eine Bekennerin unseres Gottes werden wolltest!" rief er emporschnellend und Hände und Augen erhebend. „Eine Cornelia hätte vor unserem Gott zwar den gleichen Wert wie Mimut, aber in den Augen der Welt bedeutete sie so viel wie tausend andere Gläubige."

„Eine Cornelia kann sich nicht einem Gott ergeben, welcher die Größe Roms missachtet und verlangt, dass wir unserer ganzen Vergangenheit entsagen. Eine Cornelia ohne Vaterlandsgefühl, ohne römischen Stolz wäre unwürdig des Namens, welchen sie von so vielen tugendhaften Römern geerbt hat. Ich fühle mich von deinem Gott nicht mehr so abgestoßen, wie andere an unumschränktes Gebieten über Menschen gewöhnte Patrizierinnen; ich anerkenne seine Güte, seine Milde und seine Barmherzigkeit, aber ich begreife nicht seine Demut und seine Gleichgültigkeit für Staatsangelegenheiten. Was wäre die Welt ohne Rom, und was wäre Rom ohne die Weltherrschaft?"

Mucia heftete ihren Blick fragend auf Felix. Er aber fühlte, dass sie eine Antwort erwartet, und dass von dieser Antwort vielleicht ihre Bekehrung abhängen könnte. Er erkannte, dass sie durch ihn erleuchtet werden wollte, dass sie über ihre Zweifel emporgehoben, dass sie überzeugt werden wollte. Das sagte die Blässe ihres Gesichtes, welches trotz der scheinbaren kühlen Ruhe innere Erregung verriet; das sagten ihre Augen, deren aufblitzendes und erlöschendes und stets von neuem erglänzendes Gesicht von tiefer geistiger Unruhe zeugte.

„Bevor ich deine Frage beantworte." begann Felix nach längerem Besinnen, „gestatte, dass ich meinerseits dir einige Fragen stelle."

Da Mucia zustimmend mit dem Kopf nickte: sprach er: „In welcher Absicht hast du der Versammlung der Christen beigewohnt und dich einer etwaigen Anzeige ausgesetzt?"
„Ich wollte euren Gott in der Nähe sehen."
„Wer neue Götter aussucht, hat an die alten zu glauben aufgehört; wer aber beim Aussuchen neuer Götter die damit verbundenen Gefahren nicht beachtet, der will nicht, der kann nicht ohne Götter überhaupt leben."
„Ich weiß ebenso wie du, dass die Vielgötterei mit ihren sinnlosen Fabeln längst schon ein Aberglaube ist, an welchem nur noch der Pöbel festhält." erwiderte Mucia. „Ich weiß es ebenso wie du, dass seit mehreren Jahrhunderten Philosophie und Poesie einen einzigen Gott ahnen, der besser und edler ist, als wir Menschen es sind. Auch mir sind die Vorstellungen eines Zeno, Aristoteles, Plato, Cicero und anderer Weisen von einer vernünftigen, gerechten, aller menschlichen Schwächen entledigten Vorsehung nicht so fremd, wie du vielleicht meinst. Man hat mir gesagt, dass die Christen an eine solche in ihrem Gott verkörperte Vorsehung glauben. Ist es da verwunderlich, dass ich mir diesen Gott mit eigenen Augen anschauen wollte?"
„Mich verwundert es keineswegs." antwortete Felix, „weil auch ich durch Wissbegierde zum Gekreuzigten gekommen bin. Aber mehr als verwunderlich erschien es allen Anhängern der alten Ordnung. Solche Wissbegierde kann man mit dem Kopf büßen."
„Was ist mir der Kopf ohne die Erkenntnis!"
Sie blickten einander fest an, er forschend, sie mutig. Es lag so viel Entschiedenheit in ihren Augen, dass Felix an der Aufrichtigkeit ihrer Rede nicht zweifeln konnte. Er war überzeugt, dass sie nicht versuchen würde, ihren Kopf in Sicherheit zu bringen, wenn ihn der Staat verlangen sollte.
„Unser Gott." fuhr Felix mit weicher Stimme fort, „belohnt irdisches Elend mit ewigem Leben. Glaubst du an ein Fortbestehen des Menschen jenseits des Grabes?"
„Ich bete zu den Manen meiner Vorfahren."
„Damit sparst du mir die Mühe, dich zu überzeugen, denn das Christentum beruht hauptsächlich auf dem Glauben nicht nur an einen Gott, sondern auch an die Unsterblichkeit der Seele."
„Ich kenne Menschen, welche das Vielgöttertum verhöhnen, die Schatten ihrer Ahnen hoch in Ehren halten und dennoch verbissene Feinde eures Glaubens sind!"
„Nicht unseren Gott hassen jene Verblendeten, sondern dessen Güte und Gerechtigkeit . . . Verstehst du mich?" fragte Felix, da er bemerkte, dass Mucias Augen fragend auf ihn gerichtet waren. „Dein rechtschaffenes Herz wird mich sofort verstehen."
„Die gleiche Wahrheit für alle Menschen verkündend, hebt unser Gott die Sklaverei auf; vornehmlich die Enterbten in Schutz nehmend, verwirft er die Habsucht und den Eigennutz; Strafe für Böses, Lohn für Gutes verheißend, versetzt er Gewalttätigkeit und Hochmut in Schrecken; die Seele über den Leib stellend, verabscheut er Wollust und jegliche Ausschweifung.".
„Aber vergeblich schrecken sie mit Schwert, Feuer und Zirkusbestien. Unsere Geschichte hat sozusagen gestern begonnen, und schon sind wir so zahlreich, dass, wenn wir heute oder morgen uns entschließen würden, dem Staat Steuern und Soldaten zu verweigern, diejenigen, welche sich stolz die Herren der Welt nennen, einsehen müssten, dass sie ohne unser Zutun armselige Krüppel sind. Sofort würden sie es erfahren, dass das Christentum schon in den Senat und in die

Legionen eingedrungen ist, in die Gerichte und in die Schulen. Die Sehnsucht der nach einem besseren, edleren Glauben lechzenden Menschheit verbreitet den Samen unserer Lehre in stillem Flug über das ganze Reich, und wo dieser Samen auf ein klagendes Herz oder auf eine verzweifelte Seele fällt, da erblüht überall ein neuer Christ, ein neuer Apostel und Märtyrer. Wir sind keine Sekte mehr, wir sind eine große und mächtige Kirche: wir sind ein großes Gewitter, welches ohne das Brausen und Heuten von Sturmwinden, ohne das Gekrache stürzender Bäume über der Welt einherzieht und dennoch die goldenen Tempel der Götter und auch die einst so mächtigen Götter selbst vernichtet. Bald wird unser Kreuz über den Kronen der Herrscher und über den Palästen der Mächtigen erglänzen!"

Je länger Felix sprach, desto wärmer wurde der Ton seiner Rede, desto belebter sein Gesicht; in seinen Augen glänzte das Feuer jugendlichen Eifers.

„Unser ist die Welt!" rief er, die Hand erhebend. „Denn wir bringen der erschlafften Menschheit Worte lebendigen Glaubens, tröstlicher Hoffnung und inniger Liebe; wir bringen neues Licht den Hoffnungslosen, Erbarmen den Unglücklichen."

Mit Bewunderung schaute Mucia auf den Rhetor, und ihr Blick wich nicht von seinen Lippen. Anders klang die Rede dieses Afrikaners als diejenige der skeptischen, witzelnden „Philosophen" von welchen sie seit ihrer ersten Jugend umgeben war. Er spöttelte nicht, er entkleidete den Menschen seiner Ideale nicht, sondern — er glaubte und liebte.

„An der Wahrheit deiner Rede." bemerkte Mucia mit offenbarer Rührung in ihrer Stimme, „würde ich nicht wagen zu zweifeln. Aber warum lasst ihr euch verfolgen, wenn ihr so - mächtig zu sein glaubt?"

„Aus dir spricht der Stolz und die Gewalttätigkeit der Römerin." antwortete Felix. „Uns Christen ist von unserem Gott demütiges und geduldiges Ausharren auferlegt. Er befiehlt uns sogar, für diejenigen zu beten, die uns verfolgen. Und auch die Eroberung der Welt dürfen wir nicht mit Feuer und Schwert unternehmen, wir müssen dieselbe vielmehr von der Kraft unserer Wahrheit erwarten."

„Und Rom? Was soll aus Rom werden?"

„Rom wird entweder zusammenbrechen, wie so viele andere Staaten vor ihm, wenn es nicht der Anwalt der neuen Wahrheit werden will, oder es nimmt unseren Glauben an und verbleibt der Brennpunkt der Welt!"

„Rom sollte zusammenbrechen?" rief Mucia. „Wäre das möglich?"

„Sind denn etwa die religiösen Überzeugungen und die Begriffe von Bürgertugend, auf denen Rom seine Größe aufgebaut hatte, nicht schon gefallen?" fragte Felix dagegen. „Roms Tempel stehen leer, seine Gerichte sprechen erkaufte Erkenntnisse, in den Legionen dienen fast nur Barbaren. Die alten römischen Tugenden irren umher und finden Unterkunft nur mehr in wenigen Häusern; sie sind nur noch Gespenster auf einer nimmer wiederkehrenden Vergangenheit. Nimmt Rom den neuen Glauben nicht an, will es trotzig seinen alten aufrecht erhalten, welchen es selbst schon verachtet und verspottet, so wird es niedergetreten von anderen, jüngeren Völkern."

Mucia widersprach nicht mehr. Felix' Worte entfachten in ihrem Geist eine helle Flamme der Erkenntnis. Nun wusste sie, warum die bestehende Ordnung, so nachsichtig gegenüber allen übrigen fremden Bekenntnissen war und nur das Christentum hasste da es sein Aufkommen zu verhindern versuchte.

„Verstehst du nun, weshalb wir vom Imperator und vom Senat verfolgt werden?" fragte Felix milde, und da Mucia schwieg, fügte er mit gedämpfter Stimme hinzu: „Der Tag, an welchem Mucia Cornelia die heilige Taufe empfängt, wird für die römische christliche Gemeinde ein Festtag sein."

„Noch lebt in Cornelia die Römerin." antwortete Mucia.

„Du willst noch überlegen, du willst den Stolz der Römerin in dir ersticken, bevor du die ganze leidende Menschheit lieb gewinnst, wie es unser Gott befiehlt. Ich weiß dein Zögern zu würdigen, aber ich bin überzeugt, dass nach Überwindung deiner Bedenken die Liebe zur neuen Wahrheit in dir umso lebhafter zum Durchbruch kommen wird. Dein rechtschaffenes Herz und dein edles Gemüt müssen sich für den Gott der Güte und Barmherzigkeit, dein weit ausgreifender Verstand muss sich für den Gott entscheiden, der im nachirdischen Leben - straft oder belohnt, in jenem Leben, wo es keine Freien und Sklaven, keine bevorzugten Römer und keine unterdrückten Völker mehr gibt."

Mucia erhob sich langsam von ihrem Sitz.

„Meine Sklavin haben wir gänzlich vergessen, und doch möchte ich sie um ihrer alten Mutter willen gerettet sehen."

„Du wirst sie weder den Händen des Prätors noch dem Rachen des Löwen entreißen." erwiderte Felix, „es sei denn, dass Julius Quinctilius dir hilft. Ist der Tribun damit einverstanden, so kann Mimut, bevor sie die Arena betritt, vom Zirkusaufseher einen vergifteten Dolch bekommen. Eine einzige Wunde desselben genügt, um den Löwen oder Panther sofort niederzustrecken. Das ist das einzige Mittel."

„Wenn das von Julius abhängt, so zweifle ich nicht an dem Erfolg meiner Bitte."

„Ich aber zweifle, denn der Tribun gehört zu den eifrigsten Anhängern der bestehenden Ordnung."

„Ich will mich sofort zu ihm begeben."

„Der Gott der Christen verleihe deinen Worten überzeugende Kraft." sagte Felix und geleitete Mucia bis zur Schwelle seines Hauses.

Kapitel 10

In ihrer verhängten Sänfte schloss Mucia die Augen, um ihre Gedanken zu ordnen, welche in ihrer Hirnschale herumflatterten wie ein Schwarm kleiner Vögel, zwischen die ein Habicht gefallen war, der sie aufscheucht.

Sie hätte nie geahnt, dass sie irgendeinmal an der Unvergänglichkeit von Roms Macht zweifeln könnte. Rom beherrschte noch die Welt, schickte seine Befehle hinaus über Berge und Meere, empfing die schuldigen Huldigungen von Königen und Völkern. Die goldenen Adler seiner Legionen bewachten noch immer achtunggebietend und drohend die Grenzen des Reiches. Wie vor hunderten von Jahren, so strömten auch heute noch die Früchte des Fleißes vieler Völker auf

allen Wegen in der Hauptstadt am Tiber zusammen, um die stolzen und verwöhnten Kinder derselben zu nähren, zu kleiden, zu belustigen und zu belehren. Rom ragte noch empor, erbaut auf dem Felsen der Weisheit des Senates und der Tüchtigkeit des Heeres — und doch!
Was sie aus dem Munde des afrikanischen Rhetors gehört hatte, keimte schon längst in Mucias Seele. Sie, die Römerin alter Sitte, fühlte sich allzu fremd inmitten ihrer Umgebung, um nicht den Unterschied zwischen der Jetztzeit und den einer lichtvollen Vergangenheit entnommenen Vorbildern zu bemerken. Sie sah um sich herum so wenige Römer nach ihrem Begriff, dagegen so viele im Griechentum ausgehende Zierlinge, die alles ver-spotteten, was sie in Ehren hielt und liebte. Würdenträger in der Verwaltung wie im Heer spielten sich auf Philosophen hinaus, disputieren anstatt zu handeln. Weiber befassten sich mit Liebeleien, anstatt ihre Söhne zu tüchtigen Staatsbürgern zu erziehen. Mucia hatte daher recht gut gefühlt, dass die Welt von jenen Begriffen, Vorstellungen, Sitten, Gebräuchen, Grundsätzen und Tugenden, welchen Rom seine Größe verdankte, in Trümmer ging, aber über die ganze Lage hatte sie sich nicht recht klar werden können. An ein mögliches Ende des gegenwärtigen Zustandes hatte sie bisher nie gedacht, am allerwenigsten an ein Ende der römischen Macht.
Erst unter dem Eindruck von Felix' Worten erhielten ihre Gefühle und Bedenken greifbare Gestaltung. Dieser Afrikaner blickte weit in die Zukunft, er sah die Wahrheit und enthüllte sie Mucias Augen. Entweder wird Rom sich geistig erneuern und in einem neuen Tugendquell von allem Schmutze, Laster, Frevel gegen die Götter, aller Ungerechtigkeit gegen die Menschen sich reinigen .... oder frischkräftige Völker werden es überschwemmen und niedertreten. Die heute noch Barbaren und Sklaven sind, werden über kurz oder lang Roms Herren werden. Ganz anders stellte sich ihr jetzt der Gott der Christen dar, welchen sie sich gestern noch nur als Hort der Unglücklichen dachte. Dieser von den Eigennützigen verachtete Gott brachte wirklich Erlösung aus dem Elend der Zeit; denn er wies der Menschheit neue Ziele und Tugenden, schöner, edler, ehrbarer, allgemeiner als die alten, verwelkten.
„Er ist fürwahr der Gott der Zukunft!" murmelte Mucia unwillkürlich vor sich hin, und sie war über sich selbst verwundert, dass sie so schnell zu innerer Beruhigung gelangte. Ja, dieser arme, gekreuzigte Gott wurde ihrer Vernunft und ihrem Herzen immer mehr verständlich; er füllte eine Leere in ihr aus, welche sie geschmerzt hatte.
So mit ihren Gedanken beschäftigt, hörte sie plötzlich aus der Ferne einen fürchterlichen Lärm. Sie schob den Vorhang an der Sänfte zurück und fragte den Namenrufer, was denn vorgeht. Dieser schaute gegen das Kapitol, konnte allerdings keine befriedigende Antwort geben. Der Lärm wurde immer lauter, kam näher und schien bedrohlich zu werden. Es musste etwas ganz Außergewöhnliches vorgefallen sein.
„Wir werden unter dem Portikus des Tempels von Rom abwarten." befahl Mucia und entstieg der Sänfte.
Auf dem Forum Romanum entstand ein Aufruhr, als ob plötzlich ein Sturmwind in die Säulenhallen und Kaufläden hineingefahren wäre. Männer und Frauen flüchteten in die von hier auslaufenden Straßen; Kaufleute beeilten sich, ihre Gewölbe mit eisernen Stangen zu versperren; Kleinhändler packten ihren Kram zusammen; Stadtwachleute rannten dem Palatin zu. Überall herrschte Bestürzung, die verschiedensten Zurufe schwirrten durcheinander, und über diesem

Wirrwar schwebte ein immer mächtigeres, immer näher heranrückendes Brausen, in welchem unzählige Menschenstimmen zu einem einzigen riesigen Schall zusammenschmolzen, dessen Inhalt unverständlich blieb.

„Fliehen wir, Herrin!" rief der Namenrufer. „Der Pöbel zieht zum Palatin. Es ist ein Aufruhr!"

„Wir bleiben." befahl Mucia.

Auf der breiten Freitreppe zwischen dem Kapitol und dem Forum Romanum erschien ein Trupp Soldaten, auf der Brust den glänzenden Panzer, in der Hand das blanke Schwert, auf den eisernen Helmen die roten Federbüsche. Die stellten sich in einer Doppelreihe auf, um den Zugang zum Forum abzusperren. Doch schon wälzte sich die riesige Menschenwoge von oben herab und stürzte auf den lebendigen Damm mit der Wucht eines plötzlich angeschwollenen Wildbaches. Vergeblich stemmten sich die Prätorianer dagegen, die Flut streckte sie zu Boden und wälzte sich über sie hinweg in die heilige Straße.

Ein unbeschreiblich trauriges, aber gleichzeitig auch empörendes Bild entrollte sich vor Mucias Augen. Was Rom an Elend und Verkommenheit, an wirklichem Unglück und lasterhaftem Müßiggange besaß, war hier in eine einzige bewegliche Masse vereinigt. Männer erhoben drohend ihre Fäuste, Weiber trugen in emporgestreckten Armen ihre schlecht genährten Kinder zur Schau, Straßenbuben schwenkten graue Lumpen ihrer einst weißen Kleidungsstücke in der Luft unter Drohungen und Wehklagen.

Unter Flüchen und ausgelassenem Geheul stürmte diese ungeheure Masse dem Palatin zu.

Mucia warf einen Blick zum kaiserlichen Palast. Dort hob sich, auf einer Zinne desselben stehend, von dem weißen Marmor-Hintergrund die Gestalt eines Mannes in einem gewöhnlichen Philosophengewand ab. Der Mann streckte seine Arme über die erregte Menge aus, als wollte er deren Leidenschaften besänftigen.

Aber der Pöbel wollte die Bedeutung dieser Gebärde des Imperators nicht verstehen. Nach einer kurzen Ruhepause erhob sich aus tausend und abertausend Kehlen ein Schrei, von welchem die Mauern der Tempel und Paläste erdröhnten.

„Brot und Spiele! Brot und Spiele!" brauste es durch die Lüfte.

Marcus Aurelius, der Imperator-Philosoph, hielt noch immer die Hände über der Menge ausgebreitet und die Augen gegen Himmel gerichtet. Mit verdoppelter Wut jedoch erscholl stets von neuem das Geschrei: „Brot und Spiele!"

Raben, Dohlen und Eulen, die in den Giebeln der Tempelei und in den Mauerlöchern des Flavischen Amphitheaters ihre Schlupfwinkel hatten, flatterten aus denselben scheu hervor, flogen auseinander und sammelten sich über den Häuptern der Menge zu kleinen Schwärmen, um wieder auseinander zu stieben, ihr Gekrächze und ihre Klagelaute mit dem Geschrei der Menschen vermischend.

Verabscheuungswürdig erschien in Mucias Augen der hungrige, zerlumpte Pöbel, welcher von seinem gütigen Beschützer ungestüm und frech nicht nur Brot, sondern auch blutige Spiele verlangte. Marcus Aurelius war kein tyrannischer Herrscher, am allerwenigsten den niederen Volksschichten gegenüber, welchen er ein Vater und Wohltäter war, leutselig und jedem zugänglich, mitleidig im Unglück. Aus seinem eigenen Vermögen ernährte und bekleidete er Arme; ja, er ließ seine Hausgeräte, Kostbarkeiten und Familienkleinode verkaufen, um dem leeren

Staatsschatz zu Hilfe zu kommen und den weniger vermögenden Staatsbürgern die Steuern zu ersparen. Obwohl sich vor seinem Willen die Völker dreier Erdteile beugten, führte er doch — er, der „Gott" auf Erden, welchem alle Genüsse der römischen Kultur zu Gebote standen — das Leben eines Tagelöhners. Er schlief auf hartem Lager, nährte sich mit den einfachsten Speisen und kleidete sich wie ein Weiser, welcher äußeren Glanz verschmäht.

Das war allgemein bekannt, und trotzdem schmähte Rom seinen milden Imperator, drohte ihm und sehnte sich zurück nach der Verschwendungssucht der Caligulen, Nero und Domitian; denn diese Ungeheuer im Cäsaren-Purpur hatten zwar ihr eigenes Vergnügen gesucht, aber zugleich dem Müßiggang des Pöbels geschmeichelt.

Mucia betrachtete mitleidig Marcus Aurelius, wie er noch immer dastand über der rasenden Menge mit wie zum Gebet erhobenen Armen, umgeben vom Lärm blinder Wut und niedriger Leidenschaften. Da gewann sie einen liefen Einblick in das Geheimnis der christlichen Wahrheit. Das Volk war tief in Gemütsroheit verfallen, von einem dummen Stolz und gefährlicher Begehrlichkeit erfüllt. Man musste es wieder den Adel der Gesinnung lehren, musste seinen Stolz mäßigen, seine Begehrlichkeit ersticken. Aber wäre das möglich bei dem alten, die Sinne reizenden, nur zum Lebensgenuss aufmunternden Glauben und bei dem Stand der Philosophie mit ihren alles zerpflückenden Zweifeln, mit ihrer gänzlichen Unfruchtbarkeit, mit ihrer beinahe offen ausgesprochenen Selbstverneinung? . . .

Marcus Aurelius neigte sich über den Pöbel. Er wollte sprechen, aber schon seine ersten Worte verhallten in dem stets wiederkehrenden Geschrei: „Brot und Spiele!"

Plötzlich entstand eine stärkere Bewegung in der dicht gedrängten Masse, und für einen Augenblick trat befremdende Stille ein, während welcher Mucia den Hufschlag im Galopp sich nähernder Reiterei hinter sich vernahm. Sie wandte sich um. Auf der Theaterstraße kam eine Abteilung berittener Prätorianer daher gesprengt, an der Spitze der Tribun Julius Quinctilius Varus im Panzer und mit blankem Schwert.

Er sprengte an Mucia vorbei, unmittelbar auf den Pöbelhaufen zu.

Dicht vor der Menge haltend, rief er in dieselbe hinein: „Weicht und zerstreut euch!"

Ein bedrohliches Murren war die erste Antwort. Gleich darauf folgte das wütende Geschrei: „Tod dem Hund! Schlagt ihn nieder!"

Da wandte sich Julius im Sattel seinen Soldaten zu und befahl: „Kettenbildung . . . vorwärts!" Seinem Pferd versetzte er mit der Faust einen Schlag ins Genick und stürzte sich in die Menschenmenge hinein mit solchem Ungestüm, dass er sich auf verhältnismäßig weite Entfernung von den Prätorianern trennte. Sein Schwert war dabei nicht müßig, um so größer aber das Wutgeheul des Pöbels.

Als Mucia Julius mitten im Gewühl erblickte, pochte ihr Herz so gewaltig, dass das Blut ihr Gehirn zu überfluten drohte. Angst erfasste sie an der Kehle und in den Knien. Sie wurde schwindlig und musste sich an der Tempelmauer stützen.

„Er wird ermordet werden." flüsterte sie.

Unterdessen hieb Julius nach rechts und links; sein Schwert hob und senkte sich mit Blitzesschnelle. Wo es aber etwas länger seine Arbeit verrichtete, da entstand eine Lücke in dem Haufen, welche sich jedoch sofort wieder schloss, sobald er um eine Pferdelänge vorrückte.

„Sie werden ihn morden!" kam es wieder über Mucias bleiche Lippen.
Wo eine drohende Faust unter der Wucht seines Schwertes verschwand, da erhoben sich zehn andere. Hier und da flatterten wie rote Mohnblumen die Federbüsche der Prätorianer über den schmutziggrauen Wogen des Pöbels, aber es waren ihrer so wenige, dass es Mucia unmöglich schien, dass auch nur ein einziger von den Soldaten mit dem Leben davonkommen könnte.
„Mars, du Beschützer der Krieger, errette ihn!" flehte Mucia leise. Aber als wenn sie sich selbst auf einer Heuchelei ertappt hätte, fügte sie schnell hinzu: „Du, o Gott der Christen, du, Gott des Erbarmens . . .!" Weiter wusste sie das Gebet nicht fortzusetzen; es war aber so inbrünstig, dass das Hervorstoßen dieser wenigen Worte ihr eine große Erleichterung verschaffte.
Allmählich näherten sich von rechts und links mehrere rote Federbüsche dem Tribunen und legten um ihn herum eine breite Bresche in die Mitte des Gewühls. Hier begann nun der Pöbel auseinanderzustieben, wodurch nach den Seiten hin ein umso größeres Gedränge entstand, welchem jedoch die übrigen Prätorianer mit verdoppelter Anstrengung standhielten. Von einem Widerstand des Pöbels war jetzt keine Rede mehr: alles rannte und flüchtete blindlings unter markerschütterndem Geschrei. Die zu äußerst Stehenden flüchteten sich vom Platz weg in die Straßen; das Gedränge wurde immer geringer; die Bresche in der Mitte verlängerte sich zu einer breiten Furche, schmalere Risse entstanden hinter den einzelnen Prätorianern.
Nun hörte Mucia den Marschschritt von Fußsoldaten. Avidins Cassius, der Besieger der Parther, führte einige Kohorten von Prätorianern zu Fuß dem Tribunen zu Hilfe. Entsetzt stieß der Pöbel ein fürchterliches Geschrei aus und suchte in wilder Flucht sein Heil.
Bald waren die Plätze und Straßen, soweit Mucias Blick reichte, gesäubert; nur Tote lagen umher, und das dumpfe Ächzen und Stöhnen der Verwundeten und Niedergetretenen erfüllte die Luft.
So grässlich der Anblick auch war, suchte Mucia doch den Tribunen, in der Meinung, er könnte sich unter den Leichen befinden. Da kam er aber eben zurück, hoch zu Ross, an der Spitze seiner Prätorianer. Sie trat ein wenig vor und wurde von Julius bemerkt; beide Blicke begegneten sich.
Julius
stieg ab, übergab sein Pferd einem der Soldaten, welchen er gleichzeitig den Befehl erteilte, ins Lager zurückzukehren. Während diese in die Theaterstraße abschwenkten, näherte sich Julius der Cornelierin.
„Ein unbekannter Gott hat dich errettet!" rief ihm Mucia entgegen, beide Hände an die Brust pressend.
Ihre Worte waren ein unwillkürlicher Ausdruck der Dankbarkeit an den auch ihr noch so gut wie unbekannten Gott der Christen; zugleich gab sich darin nun schon zum zweiten Mal ihre große Teilnahme für Julius kund.
„Vielleicht derselbe, von welchem mir der Präfekt Servius erzählt, dass er ihn im Schlachtengetümmel über sich verspüre?" antwortete Julius lächelnd „Aber was macht denn die schöne Mucia hier? Ich glaube doch nicht, dass du an dem Aufruhr teilgenommen hast; es war wenigstens bei den Corneliern niemals Sitte, die Cäsaren um Spiele zu bitten."
„Soeben habe ich mich überzeugt, dass nicht einmal der Pöbel mehr bittet, sondern recht laut fordert . . . Bist du vielleicht schon auf dem Heimweg?" fragte sie dann.
„Meine Arbeit ist getan."

„So wirst du es mir nicht abschlagen, mich zu begleiten. Ich befand mich soeben auf dem Heimweg, oder, besser gesagt, auf dem Weg zu dir, als ich hier von dem schrecklichen Schauspiel überrascht wurde."
„Du warst auf dem Weg zu mir?"
„Du tust verwundert? Darf man denn nicht einen Verwandten um einen Gefallen bitten?"
„Deine Bitte ist ohne weiteres erfüllt." erklärte der Tribun; „sage mir nur, um was es sich handelt."
„Und doch möchte ich dir raten, etwas vorsichtiger und nicht so bereitwillig zu sein mit Versprechungen, denn du könntest sie bereuen."
„Du kannst ja gar nichts von mir verlangen, was ich nachher bereuen würde."
„Wenn es aber doch der Fall wäre?"
„Ich glaube es nicht . . . Nun aber schicke deine Sklaven mit der Sänfte nach Hause; wir wollen zu Fuß gehen."
„Nicht doch!" wendete Mucia ein. „In meiner Sänfte haben wir beide Platz. Ich fürchte, der beleidigte Pöbel könnte sich auf dich losstürzen, wenn er dich auf der Straße erblickte; dort hinter dem Vorhang bist du sicher."
Der Tribun lächelte verächtlich.
„Der Pöbel ist ein Hund, der dem grausamsten Herrn die Hand leckt, während er einen nachsichtigen, der ihn verwöhnt, sogar anknurrt. Du hast ja wohl gesehen, dass ich mir mit dem Pöbel zu helfen weiß."
„Offen gesagt." erklärte Mucia, „es gefällt mir zwar nicht, dass der Pöbel Unterhaltung, und zwar grausame Unterhaltung verlangt; aber sein Schreien nach Brot ist mir verständlich. Ich hörte, dass die Armen von der Hungersnot immer mehr gepeinigt werden."
Julius runzelte die Stirn.
„Mucia, Mucia! Falsches Mitleid spricht aus dir. Wer sich sein Brot nicht selbst erarbeitet und nur dem Müßiggang frönen will, der mag zugrunde gehen. Im unverschuldeten Unglück hat man Anspruch auf öffentliche Hilfe; dann wirst du aber das Elend nicht so massenweise auftreten sehen. Was du heute gesehen und gehört hast, gab es ehedem nicht. Erst die Angst der Imperatoren, welche der Selbsterhaltung wegen der Masse schmeicheln mussten, hat den Pöbel so anspruchsvoll gemacht. Dass seine Forderung viel zu weit geht, hast du selbst erkannt. Aber wäre auch sein Anspruch auf Brot allein wirklich einigermaßen berechtigt, so dürfte er doch über Bitten und Abwarten nicht hinausgehen; zu fordern hat er gar nichts, geschweige, dass darunter die öffentliche Ruhe und Ordnung leiden darf. Hauptsächlich die Überhebung und die Frechheit ist's, die einem das Mitgefühl mit dem faulen Pöbel benimmt. Deine Herzensgüte aber erkenne ich bei alledem an und wünsche dir mir noch etwas mehr Klärung deiner Ansichten."
„Julius, Julius, mir scheint, unsere Ansichten liegen gar nicht so weit auseinander, wenn du deine Worte von unverschuldetem Unglück aus etwas mehr als nur Hungersnot anwendet wolltest. Aber lassen wir das, mit meinen wirklich noch ungeklärten Begriffen kann ich mit dir nicht streiten."
Die Umstände, unter welchen sich der gemeinsame Heimgang beider vollzog, waren auch einem Streit dieser Art nicht günstig. Prätorianer zu Fuß hatten noch immer kleinere Ansammlungen der

Plebs an Straßenecken und auf freien Plätzen auseinanderzutreiben, und wo immer Julius mit Mucia an einem Häuslein vorüberging, folgte ihm ein unheimliches Murren.

Er schien das gar nicht zu beachten; hin und wieder musste er die Unzufriedenen mit einem strengen Blick, mit einem Erheben des Hauptes, ja mit einem Griff nach seinem Schwert vor einer Annäherung zurückschrecken. Stellenweise musste der Tribun und Mucia durch ein Spalier geballter Fäuste schreiten, und Steine flogen hinter und neben ihnen durch die Luft.

An der Ausmündung der Gartenstraße hatte sich eine größere Menschenmenge angesammelt, die die ganze Straßenbreite ausfüllte. Als diese des Tribunen ansichtig wurde, entstand ein großes Geschrei.

„Das ist er! Das ist der wütende Hund, welcher römische Bürger mordet!"

Ein besonders zerlumpter Mann trat auf Julius zu und hielt ihm die Faust unter die Nase.

Julius zückte sein Schwert und herrschte den Pöbel an:

„Lotterbuben, schämt ihr euch nicht vor den Sklaven, solche Auftritte herbeizuführen? Seid ihr Quiriten, seid ihr die Nachkommen von Welteroberern? Macht Platz, oder ihr sollt den Kopf desjenigen, der mir den Weg verstellt, in den Staub fliegen sehen!"

Alles wich seitwärts zurück, Julius nahm die erschreckte Mucia bei der Hand und führte sie unangefochten hindurch.

„Ich hätte dich für mutiger gehalten." sagte er, als sie den Pöbel hinter sich hatten.

„Ich fürchtete nicht um mich." antwortete Mucia mit bebender Stimme.

Julius ergriff ihre beiden Hände und fragte: „Also um mich?"

„Du setzt dich so großen Gefahren aus, dass ich aus Angst für dich beten muss." antwortete Mucia gesenkten Blickes.

Eine Weile lang standen sie schweigend einander gegenüber, er noch immer ihre beiden Hände festhaltend, sie noch immer mit niedergeschlagenen Augen. Die Straße war hier in der Nähe ihrer nachbarlichen Behausungen ganz menschenleer.

„Hinein." sagte endlich Julius in zärtlichstem Ton, „schau' mir in die Augen und höre: wenn ich eine Gefährtin verlangte, die eine Zierde des vereinsamten Hauses der Quinctilier und edle Mutter eines würdigen Erben meines Namens sein sollte, wärest du bereit, den Manen meiner Ahnen das Opfer zu bringen?"

„Du bist ein Römer, Julius, und ich bin eine Römerin." antwortete sie liebestrahlenden Blickes.

„Sofort nach Übernahme des Prätorates sende ich dir den eisernen Ring."

Mit einer leichten Verneigung gab sie schweigend ihre Zustimmung zu erkennen. Er drückte herzlich ihre Hände und presste sie an seine Lippen.

Weder aus seinem, noch aus ihrem Mund kam irgendein flammendes Wort, eine Liebesbeteuerung. Sie sprachen ruhig, ohne Seufzer, ohne Gelöbnisse, einfach wie zwei gut befreundete Seelen, welche sich sagen, dass sie einen und denselben Gedanken in ihrem Inneren hegten, und sich dessen jetzt gelegentlich gegenseitig vergewissern. Trotzdem waren sich beide vollauf der Bedeutung des Bekenntnisses bewusst, mit welchem sie sich fürs Leben verbanden. Hand in Hand, wie Bruder und Schwester, in feierlichem Schweigen näherten sie sich dem Cornelierhaus.

Hier nahm Julius das Wort, „und nun, liebe Mucia, deine Bitte?"

„Ich fürchte, deine römischen Gefühle zu beleidigen." sagte sie verlegen.
„Gegebene Versprechen pflege ich überhaupt nicht zu widerrufen, am allerwenigsten könnte ich heute dir etwas abschlagen, was immer es auch wäre."
„Meine Bitte ist an dein Herz gerichtet."
„Glaubst du, dass ein Mann, der vor nicht ganz einer Stunde sein Schwert mit dem Blut von Aufrührern gefärbt hat, stets nur hartherzig sein kann? Der Krieg ist ein grausames Handwerk, aber mir auf dem Gebiet der Kriegerpflichten muss das Herz des Kriegers zum Schweigen gebracht werden; nach getaner Pflicht sind wir Soldaten vielleicht gemütvollere Menschen als andere. Sprich also ungescheut, ich will dich anhören mit jener Liebe, auf welche du fortan Anspruch hast."
Mucia zögerte noch eine Weile, dann aber brachte sie ihr Anliegen betreffs der Sklavin Mimut in hastig gesprochenen Worten vor, als wollte sie eine lästige Bürde recht schnell abschütteln.
„Eine meiner liebsten Sklavinnen." sagte sie, die Worte hervorsprudelnd, „ist in die Gewalt des Stadtpräfekten gekommen; der Prätor wird sie vor hungrige Löwen bringen lassen. Sie war mir eine treue Dienerin ..."
„Und du willst sie befreit sehen?" half Julius nach, da Mucias Stimme stockte.
„Die alte Mutter meiner lieben Mimut würde den grausamen Tod ihrer Tochter nicht überleben. Erbarme dich dieser armen Leute."
„Wenn bei dem Vergehen deiner Sklavin Milde und Nachsicht zulässig ist, werde ich nichts unversucht lassen, damit sie zu dir zurückkehrt." versicherte Julius.
„Die Unglückliche betet den Gott der Christen an."
„Aaah!" machte der Tribun und starrte sprachlos, als wenn er etwas Fürchterliches zu hören bekommen hätte, Mucia mit weit geöffneten Augen an. Endlich sagte er: „Du verwendest dich für eine Christin? Du, eine Cornelia?"
„Christen sind ja auch Menschen."
„Menschen?" entgegnete Julius zornig. „Strafwürdige Sektierer sind es, welche die öffentliche Ordnung, ja, den ganzen Staat Rom bedrohen! Der Glaube unserer Vorfahren ist ihnen ein Greul; die Staatszwecke sind ihnen gleichgültig, unsere Einrichtungen verachten sie; sie schwärmen davon, die Grundfesten zu zerstören, auf denen das heilige und ewige Rom aufgebaut ist. Ein Häuflein dunkler und elender Geschöpfe bekämpft mit törichter Beharrlichkeit alles, was weise und erleuchtete Männer vieler Jahrhunderte als gut und zweckmäßig anerkannt haben. Ein Gesindel, welches die Besitzenden um ihre bequemeren Lebensbedingungen beneidet, hat sich einen Gott erfunden, welcher ihm seine Lumpen in einer anderen Welt zu vergolden verspricht ... sie sind geschworene Feinde des Staates, der Ordnung und der Größe Roms! Ihr Aberglaube ist gemeinen Köpfen von Sklaven und hasserfüllten Herzen Besiegter entsprungen. Ausgerottet müssen sie werden wie eine Pestbeule, damit ihr Gift nicht den ganzen Staatskörper ergreift!"
Noch nie hatte Mucia in Julius' Gesicht so viel Unerbittlichkeit gesehen; sogar vor einer Stunde, als er sein Schwert auf den Pöbel niedersausen ließ, glänzten seine Augen nicht von solchem Hass. sie fühlte sich betrübt durch den unerwarteten Zorn des Tribunen, obwohl seine Worte für sie nichts Neues waren. Dieselben wurden ja von allen Gegnern des Christentums, von allen

Anhängern der bestehenden Ordnung wiederholt. Auch sie selbst war bis vor kurzem noch derselben Überzeugung gewesen.

„Verlange von mir einen anderen Beweis von Liebe, Mucia." forderte Julius mit vor tiefer Erregung heiserer Stimme.

Mucia aber schwieg.

„Ich verstehe dein Schweigen, es erinnert mich an mein Versprechen." fuhr der Tribun nach einer Weile fort. „Ein Quinctilier darf sein gegebenes Wort nicht zurück nehmen . :'. Deine Sklavin wird unversehrt in deine Behausung zurückkehren."

Nun löste sich Mucias Zunge. „Das dankbare Gebet des armen Wesens wird dich in schweren Augenblicken auf den Schlachtfeldern behüten." sagte sie eifrig. „Ich aber danke. . .

„O, danke nicht!" unterbrach Julius. „Indem ich deiner Bitte nachgebe, begehe ich ein Verbrechen an Rom. Ich weiß das, aber ich habe so viele junge Jahre dem Staatsdienst geopfert, dass ich einmal fehlen darf um der Liebe eines Weibes willen, welches mir fürs ganze Leben angehören will. Aber bitte mich nie mehr um eine Gunst für Feinde des Vaterlandes, liebe Mucia!"

Sie waren vor den, Cornelierhaus angelangt, und Julius verabschiedete sich nun.

Eben pochte er an seinem eigenen Tor, als er hinter sich die beschleunigten Schritte eines Soldaten vernahm. Gleich darauf stand vor ihm einer von den Zenturionen der kaiserlichen Leibwache, welcher, die Hand an der Brust, sich verbeugte und die Anrede erwartete.

„An mich?" fragte Julius.

„Vom göttlichen Imperator Marcus Aurelius an den hochberühmten Tribunen Julius Quinctilius Varus." antwortete der Offizier und übergab ihm eine kleine Rolle mit purpurfarbigen Siegel.

Julius öffnete und überflog die Schrift. Es war eine Aufforderung, sofort auf dem Palatin im Empfangssaal Marc Aurels zu erscheinen.

„Melde zurück." befahl er dem Überbringer, „dass dem Befehl entsprochen werden wird."

Eiligst ließ der Tribun sich eine seidene Tunica, weiße Schuhe und eine für hochfestliche Gelegenheiten bestimmte Toga reichen, befahl dann die Sänfte und ließ sich auf den Palatin tragen.

- o -

Marc Aurels Palast war hundertundfünfzig Jahre früher vom Kaiser Tiberius errichtet worden und unterschied sich nur bezüglich seiner Größenverhältnisse von den gewöhnlichen Häusern reicher Römer. Auch hier trat man, wie überall, aus dem Vorhaus unmittelbar in den Empfangssaal; von diesem kam man in das Arbeitszimmer des Hausherrn, das verhängte Zugänge zu anderen Gemächern hatte. Die Residenz des Philosophen auf dem Kaiserthron war auch von keiner Wache besetzt; die Legion Diener, die in den Patrizierhäusern jedem Fremden mit ihren purpurnen, goldgestickten Tuniken imponierte und ihn mit ihren argwöhnischen Blicken durch alle Vorräume verfolgte, fehlte hier gänzlich.

Vor dem Hauseingang, unter dem Portikus, schritten nur zwei Prätorianer auf und ab, und an der Schwelle des Empfangssaales wartete der Namensrufer. Ohne die Anwesenheit der Prätorianer konnte ein Fremder nicht ahnen, dass er dem Beherrscher der Welt, dem „Gott" auf Erden nahe war. Auch im Empfangssaal befand sich gar nichts, was ein verwöhntes Auge durch Glanz oder sonderliche Feinheit blenden oder auch nur reizen konnte. Wenn auch nicht jeder reichere Römer

in seinem Haus den Hausaltar und den Patrizierthron bewahrt hatte, so besaß doch jeder Mosaiken, Marmorwände mit schön gemalten Arabesken, Türvorhänge von schwerer Seide und Hausgeräte von Citrusholz. Im Empfangssaal Marc Aurels glimmte das heilige Feuer. Auf einer Erhöhung erhob sich der mit einem goldenen Adler geschmückte Purpurthron. Aber die Purpurfarbe und der goldene Adler waren die einzigen Abzeichen der Majestät.
Julius brauchte nicht lange zu warten. Kaum hatte er Zeit, sich im Saal umzusehen, als der Vorhang rauschte und schnellen, hastigen Schrittes der Imperator hereintrat.
Dieser war ein mehr als vierzigjähriger Mann von mittlerem Wuchs und schmächtigem Körperbau. Schlaflose Nächte, verborgener Kummer, offenkundige Sorgen bei schwächlicher Gesundheit halten sein Gesicht bleich gefärbt. In diesem waren vor allem Güte und Milde ausgeprägt. In seinen großen, schwarzen, ausdrucksvollen Augen lag eine gewisse Müdigkeit, und seine leicht geöffneten Lippen verkündeten inneren Gram.
In dem dichten, gekräuselten Haupthaar, welches unordentlich auf seine hohe, gewölbte Denkerstirne herabfiel, wie auch in dem krausen, ungepflegten Bart glänzten zahlreiche Silberfäden.
Beim Anblick dieses Mannes neigte Julius sein Haupt, denn von dessen Schultern floss die Purpurtoga des Imperators herab, unter welcher ein gewöhnlicher dunkler Philosophenmantel hervorlugte. Offenbar hatte der Kaiser selbst, ohne Zuhilfenahme eines Dieners, das Obergewand angetan, um der Sitte zu genügen, wonach jeder freie Römer seinen Gast in der Toga zu empfangen halte. Darum war diese auch nicht in die üblichen Falten gelegt.
„Sei willkommen, hochberühmter Tribun." begann Marcus Aurelius mit leiser, schwacher, etwas müder Stimme.
„Sei gegrüßt, göttlicher Imperator."
Marcus Aurelius näherte sich dem Tribunen und berührte dessen Wange mit seinen Lippen. Nach diesem Kusse — welcher einer althergebrachten Sitte gemäß jedem Mitglied des Senatorenstandes vom Imperator gebührte — begab sich dieser über einige Stufen auf die Erhöhung hinter dem Altar und ließ sich auf dem Thron nieder.
„Ich bitte." sagte er und wies mit einer Handbewegung dem Gast einen Sessel an.
Nachdem Julius seinen Sitz eingenommen hatte, erklärte der Imperator mit etwas gehobener Stimme:
„Ich habe dich zu mir beschieden, Tribun, um dir für die heutige Hilfe zu danken; denn du warst ja nicht verpflichtet, dich dem Zorn des Pöbels auszusetzen."
„Jeder Römer." antwortete Julius, durch den Wortlaut und den eigentümlichen Ton der Dankesworte ein wenig betroffen und gereizt, „jeder Römer hat die Pflicht, das Vaterland in ernsten Augenblicken zu verteidigen, zumal wenn diejenigen, welchen eine mutige Tat durch ihr Amt geboten ist, fürchten, der Helm könnte ihre Frisur in Unordnung bringen und der Panzer ihrem verweichlichten Leib blaue Flecken aufdrücken. Weil die Befehlshaber der in der Hauptstadt liegenden Truppen ihre weisen, nur zum Philosophieren fähigen Köpfe verloren haben, so musste ich für dieselben einspringen, obwohl ich als auswärtiger Tribun dazu kein Recht halte."

Die Antwort des Tribunen war eine Beleidigung für den Imperator. Der Soldat aus dem Lager schleuderte dem obersten Kriegsherrn die Feigheit der unter dessen unmittelbarem Befehl stehenden römischen Garnison ins Gesicht und erdreistete sich, seine gelehrte Liebhaberei in so rauher Weise zu streifen. Der edle Kaiser — der zum Unterschied von seinem Vorgänger Antonin dem Frommen auch Antonin der Philosoph hieß — war jedoch zu viel Stoiker; zu lange und zu beständig hatte er den römischen Stolz in sich unterdrückt, um dem hochmütigen Patrizier sein Missfallen zu erkennen zu geben. Leicht nur erbebten seine blassen Lippen.

Mit ganz derselben, etwas gehobenen, sonst aber ruhigen Stimme wie zuvor, sprach er: „Ich wäre dir noch mehr dankbar, wenn du zur Niederwerfung des Aufruhrs minder gewaltsame Mittel angewendet hättest; denn jene Leute leiden tatsächlich infolge der Missernte. Wir wissen nicht, weder du noch ich, wie Hunger wehtut."

Julius schwieg. Hatte er vorher noch Zweifel, so war ihm jetzt die Bedeutung der Worte des Imperators vollständig klar. Nicht um zu danken, sondern um ernstlich zu tadeln, hatte Marcus Aurelius ihn zu sich befohlen. Das Blut der Könige von Alba, der Stolz eines Geschlechtes, mit welchem die Antonine, wiewohl mit dem kaiserlichen Purpur angetan, weder in Bezug auf die Ahnenreihe noch in Bezug auf Verdienste sich messen konnten, geriet in dem Tribunen ins Wallen.

Ein homo novus, ein neugebackener Patrizier Roms war Marcus Aurelius gegenüber ihm, dem Quinctilier!

Aber auch er wusste sein Mienenspiel zu beherrschen, allerdings aus anderen Gründen. Als ein an strenge Zucht nach unten und nach oben gewöhnter Soldat, blieb er sich bewusst, dass er es mit dem obersten Kriegsherrn zu tun hatte, welchem unbedingter Gehorsam gebührt, so lange dessen Bildnis auf den Fahnen der Legionen prangt. Julius schwieg also.

Marcus Aurelius aber sprach nach kurzer Unterbrechung weiter: „Ich bestreite nicht, dass deine Handlungsweise schneller und unter Umständen wirksamer ist; aber auch ein vernünftiges, begütigendes Wort erzielt mitunter dieselbe, ja, eine bessere Wirkung. Unnötig vergossenes Blut Hungriger und Unglücklicher erfreut nicht die Götter, welche ihre Gaben allen Menschen des Erdkreises zugewiesen haben. Es ist besser, einen Armen zu speisen, als sich an dessen Jammer zu weiden."

Das war einem Julius denn doch zu viel! Dieser kränkelnde Schwärmer wollte ihn, der im Lager aufgewachsen, wo man durch fortwährend sich wiederholende Aufstände der Legionäre in steter Unruhe gehalten wurde — belehren, wie man Übermut, Zügellosigkeit und Frechheit des Pöbels niederhalten soll?!

„Es gibt nur drei Gewalten." antwortete er, „vermöge welcher man die niedrigen Leidenschaften des großstädtischen gemeinen Volkes im Zaum halten kann, das sind: der Glaube, beständige Arbeit und die Furcht. Die erste hat Rom schon längst verlassen und sich in die Provinzen zurückgezogen; die zweite ist dem Pöbel der Hauptstadt durch die Freigebigkeit der Cäsaren und Patrizier verekelt; die dritte aber verliert ihre Kraft, wenn es keine solche Wüteriche mehr gibt, wie ich einer bin."

Die letzten Worte unterstrich Julius mit einem spöttischen Lächeln.

Marcus Aurelius runzelte kaum merklich die Stirn und erhob sich vom Thron.

„Und doch bitte ich dich, Tribun, wenn du vielleicht wieder in eine ähnliche Lage kommen solltest, das Blut der Armen mehr zu schonen. So verlangt es von dir der Imperator."

Einige Augenblicke sahen sie einander ins Gesicht, der Kaiser dem Patrizier, der Untergebene seinem souveränen Herrn — der Bekenner der Lehren stoischer Philosophie mit sanftem, nachsichtsvollem Blick und der Vertreter altrömischer Überlieferung mit hochmütiger, unerbittlicher Strenge. Ihre Blicke kreuzten sich wie zwei feindliche Schwerter, derjenige des Imperators ruhig befehlend, der des Tribunen trotzig ablehnend.

Marcus Aurelius las in den Augen des Patriziers dessen Geringschätzung. Er liebte die letzten Trümmer des altrömischen Adels nicht und umgab sich absichtlich mit neuen Leuten, entnahm seine Berater den Familien mit neueren Verdiensten. Aber dieser Patrizier, der jetzt stolzen Hauptes hochaufgerichtet vor ihm stand, als wollte er die Majestät herausfordern, war einer der untadeligsten und tapfersten Krieger des Reiches, er war der Stolz der Legionen. Solchen Männern verzeiht man ihren Hochmut, auch wenn er augenblicklich beleidigt.

Die Stufen des Thrones herabsteigend, sprach Marcus Aurelius: „Wenn Kummer und Schmerz dein Haar gebleicht und bittere Enttäuschungen dein unbeugsames Herz gebrochen haben werden, dann wirst du mir ob der wohlwollenden Ermahnung keinen Groll mehr nachtragen. Das lasse dir gesagt sein, nicht vom Imperator, sondern vom Philosophen."

Er küsste Julius auf die Wange und entfernte sich.

Als der Vorhang hinter ihm zurückfiel, murmelte Julius vor sich hin: „Ein altes Weib von einem Philosophen!"

Ein gedämpftes Lachen ließ sich hinter seinem Rücken vernehmen.

Der Tribun kehrte sich kurz um. Vor ihm stand ein hoch und schlank gewachsener Mann mit dem müden Gesicht eines Übersättigten. Auf seinen glatten, weißen Armen glänzten zahlreiche und verschiedenartige Spangen; seine Schuhe glitzerten von Perlen und Edelsteinen; sein sorgfältig frisiertes Haar war mit Goldstaub bedeckt. Der Imperator Lucius Verus hatte, während Marcus Aurelius seine letzten Worte sprach, von einem Nebengemach aus den Empfangssaal betreten und sich an der Schlussszene zwischen seinem Bruder und dem Tribunen vergnügt.

„Du bist verwundert über das alte Weib von einem Philosophen in der Toga eines Imperators, lieber Tribun!" sagte er lachend. „Du hast geglaubt, seine Göttlichkeit werde deine heutige Tat mit der goldenen Kette der Tapferkeit belohnen; anstatt dessen hast du eine Lektion aus der stoischen Sittenlehre erhalten. Ja, ja, mein Lieber, so geht es jetzt bei uns. Wir lieben den Pöbel, der unter unseren Fenstern heult wie ein Rudel hungriger Wölfe; wir verbeugen uns vor der Frechheit, wir ermutigen den Aufruhr, wir haben Erbarmen mit jeglichem Gesindel ... denn wir sind Philosophen. Und du nimmst Ärgernis daran, du römischer Mordgeselle, du blutdürstiger Wüterich! ... Hahaha! ... Komme doch zu uns; lerne die Zügellosigkeit der Masse geduldig ertragen und ein gefügiges Schäflein sein in den Händen eines jeden, dem es einfällt, dir das Gewand vom Leib wegzunehmen. Wir leben nicht mehr in Rom, wir leben in einem erträumten Athen, in einem in schwülstigen Reden herumfaselnden Griechenland, das irgendwo in den Lüften schwebt. Von dem Licht der Philosophie sind wir so geblendet, dass wir den wirklichen Erdboden zu unseren Füßen gar nicht mehr sehen."

Jeder Zug in Lucius Verus' Gesicht verriet den Spott, mit dem er dies sprach. Seine Augen und Lippen lachten; Hohn lag in seiner heiseren Stimme.

„Und du bist ein Imperator, göttlicher Lucius?!" bemerkte Julius mit zwischen Staunen und Entsetzen schwankendem Ausdruck.

„Ja, ich bin es." antwortete Lucius Verus, wieder lachend, „aber nur dann, wenn ich etwas erreichen will, was andere vergeblich anstreben. Doch bin ich darin nicht staatsgebührlich, denn eure Politik kümmert mich nicht, ich finde kein Interesse an den langweiligen Beratungen des Senates, noch an juristischen Wortklaubereien vor den Gerichten. Gesang, Wein und Mädchen sind mir lieber. Alles ist vergänglich. Nur die Erinnerung an genossene Freuden ist bleibend. Wie du siehst, bin auch ich Philosoph; nur hat meine Weisheit nicht in der Stoa ihren Ursprung, mein Meister ist der einzig weise Epikur. So oder so, ohne Philosophie geht's nun einmal nicht."

Er hielt einen Augenblick inne und gähnte. Dann legte er seine Hand auf die Schulter des Tribunen.

„Da ich erfuhr, dass mein Bruder dich aus dem Palatin beschieden hatte, entschloss ich mich, dich hier abzuwarten, denn ich habe eine dringende Bitte an dich."

„Die göttlichen Imperatoren haben nur zu befehlen." warf Julius mit einem bitteren Lächeln ein.

Lucius Verus machte eine verächtliche Handbewegung.

„Lass das, lieber Tribun. Quinctilius spottet der Göttlichkeit der Antonine, und ich mit. Ich wollte dir sagen, dass ich deinen Prätoratsspielen beiwohnen will, jedoch nur unter einer Bedingung."

„Befiehl, Imperator!"

„An demselben Tag findet bei mir eine Festtafel statt, zu welcher du hiermit eingeladen bist."

„Was würde aber das Volk von Rom dazu sagen, wenn ich meine eigenen Spiele vor Schluss verließe?" wandte Julius ein.

„Der göttliche Pöbel wäre beleidigt! Ich habe selber schon daran gedacht und erlaube dir, dich zu meiner Tafel zu verspäten, wenn du nur überhaupt kommst."

Da Julius schwieg, fuhr der Imperator fort:

„Ich weiß, dass du lustige Gesellschaft meidest; diesmal aber soll es dich nicht gereuen: Zusammen mit deinem Verwandten Marcus habe ich eine Überraschung ausgedacht, dass sogar du ein Vergnügen daran finden sollst, trotz all deiner römischen Würde. ... Du bist verwundert, dass ich so zudringlich bin? Ja nun, die Gesellschaft, welche ich bisher um mich hatte, fängt an, mir langweilig zu werden; ich will neben mir auch Männer von Tugend und Verdienst sehen."

Julius warf dem zweiten Imperator einen forschenden Blick zu. Sollte Marcus Aurelius diesem Lüstling im Weg stehen? ...

„Ich hoffe." fügte Lucius Verus hinzu, „dass du mir meine Bitte nicht abschlagen wirst."

„Du hast befohlen, göttlicher Imperator." antwortete Julius, verbeugte sich und hatte es eilig, draußen aufzuatmen.

Kapitel 11

Die Ankündigung der Spiele, mit welchen Julius Quinctilius Varus dem römischen Volk seine Prätorwürde bezahlen musste, wirkte auf die erregten Gemüter des Pöbels viel mehr beruhigend, als der Anblick der nach Rom hereinberufenen zahlreichen Truppen.

Schon einige Tage vor dem Fest umstanden dichte Volksmengen die öffentlichen Gebäude und Denkmale, um die darauf gepinselten Ankündigungen zu lesen. Welche Arten von Gladiatoren und Tieren an den mörderischen Kämpfen beteiligt sein werden, wie viele Menschen um des Volksvergnügens willen den Löwen und Tigern vorgeworfen werden sollen, ob die Arena einen Wald oder ein Meer darstellen wird — diese Fragen beschäftigten das römische Volk bei weitem mehr, als die durch alle Tore in die Welthauptstadt eindringende Hungersnot. Die vom Elend Geplagten vergaßen ihre Lumpen, ihren Hunger und sogar die Leichen ihrer Brüder, mit welchen Julius das Forum Romanum besät hatte. Der „Mörder" von gestern war heute der freigebige Patrizier; er versprach sehr glänzende Spiele: fünfhundert Gladiatoren, die sich gegenseitig abschlachten, zehn Elefanten, welche Christen zertreten, einen Löwen, welcher auf Menschenjagd abgerichtet ist, und viele, viele andere angenehme Eindrücke. Wie sollte man angesichts solcher Großmut ihm jene Gewalttätigkeit nicht verzeihen, welche bei einem tapferen Haudegen so selbstverständlich ist? Das ist ja sein Handwerk.

So und ähnlich dachte der Pöbel beim Lesen der Ankündigungen; er besprach im Voraus den Kampf der Gladiatoren und die Sprünge der reißenden Bestien; er ging Wetten ein, er stritt über den Glanzpunkt des Ganzen, Parteien bildeten sich für und gegen diese oder jene Meinung, Raufereien entstanden — und die zur Aufrechterhaltung der Ordnung auf-gestellten Soldaten belächelten dies Treiben nachsichtig; denn in solcher Gemütsverfassung war der Pöbel ungefährlich.

Auf den Plätzen und in den Hauptstraßen, in Schänken und Bädern wimmelte es vom frühen Morgen bis in den Abend hinein. Handwerker verließen ihre Werkstätten, Kaufleute ihre Gewölbe; alles zog hinaus in eine Menge mit anderen freien Bürgern und besprach das bevorstehende großartige Schauspiel. Die „Freiesten" unter ihnen, der unzählige arbeitsscheue Pöbel, stillten ihren Hunger mit ein paar Zwiebeln oder mit Knoblauch, mit harten Brotresten, die er irgendwo gefunden oder erbettelt, mit Küchenabfüllen, welche ihm an den Toren Wohlhabender von den Sklaven zugeschleudert wurden. Das stolze Bewusstsein, dass die Spiele ihn auf gleiche Linie mit den Mächtigsten stellten, ließ ihn sogar den Hunger vergessen. Für ihn, den römischen Bürger, musste der trotzige Patrizier das Schauspiel vorbereiten, vor ihm musste er sich verbeugen, sein Wohlwollen musste er sich erkaufen, für ihn musste er denken.

Durch die Löcher seiner Tunika schaut zwar das nackte Fleisch heraus, und an seinen Füßen hängen mit Schnüren schlecht zusammengehaltene Schuhreste, und doch schaut er, der Erbe von Verdiensten seiner Vorfahren, im Amphitheater und im Zirkus auf dieselben Spiele herab, an welchen Ritter, Senatoren und Cäsaren sich ergötzen. Er kann ebenso wie diese den niedergestreckten Gladiatoren Gunst oder Missgunst bezeugen, er kann das Leben derselben schonen oder ihnen den Todesstoß versetzen lassen, er kann den Siegern zujubeln, kann die Kämpfenden durch Zurufe anspornen, den Kampf kritisieren; kurz, er kann schreien, klatschen, er kann alles, was die mächtigsten Potentaten können. Ja, er kann mehr als diese. Selbst der Imperator darf seine laute Kritik, seine giftigen Bemerkungen, seine beleidigenden Zurufe ruhig anhören. Sogar solche Tyrannen wie Caligula, Nero und Domitian nahmen den in Theatern sich breitmachenden Volkswitz selten übel.

Daher freut sich der Pöbel von Rom, dass er ganze zwei Tage hindurch wieder einmal den Herrn der Welt darstellen wird. Er freut sich bei seinem leeren Magen umso mehr, als die Ankündigungen dahin ergänzt wurden, der neue Prätor Julius Quinctilius Varus werde seine Gäste während der Pause nach den Kämpfen der Gladiatoren mit einem reichlichen Frühmahl bewirten lassen. Darin erkennt man den wirklich hochgeborenen Herrn! — so nahm die Menge diese Ergänzung auf.

In der Tat betrachteten die „neuen" Senatoren, die Nachkommen gemeiner Leute oder gar Enkel von freigelassenen Sklaven, ihre Spiele als eine lästige Pflicht, die in ihre neue Schatulle schmerzlich eingriff. Habgierig und knauserig, hielten sie sich streng im Rahmen der kaiserlichen Verordnungen, ohne dem gewöhnlichen Programm irgendetwas hinzuzufügen. Sie brachten geliehene Pferde, Bestien und Gladiatoren auf die Arena, welche der Pöbel schon öfters gesehen hatte; an Bewirtung dachten sie gar nicht. Sie waren eben darauf bedacht, dass die Spiele nicht möglichst glänzend, sondern möglichst billig ausfielen.

Anders ein Quinctilier! Julius hatte aus Afrika Elefanten und — eine Seltenheit — einen dressierten Löwen kommen lassen. Er nimmt außerdem auf den knurrenden Magen der Zuschauer Bedacht — ja, man kann noch etwas mehr erwarten, meinte der Pöbel: am festlichen Tag selbst wird er wahrscheinlich seine Geldtruhen öffnen und über die Bürger Roms einen Goldregen herabfallen lassen. Genau ein Jahr ist es her, dass sein Verwandter, der jetzt scheidende Prätor Marcus Quinctilius, seine Würde dem Volk nicht nur mit Spielen, sondern auch mit einer halben Million Sesterzen bezahlte.

Vergnügen und obendrein noch Geld sich erhoffend, trugen die ‚Herren der Welt' alles, was im Haus nur irgendeinen Wert hatte, zu jüdischen und ägyptischen Händlern, Trödlern und Pfandleihern. Denn die Frauen und Töchter von Klienten und kleineren Beamten wollten am Festtag im Amphitheater ebenso in neuen weißen Kleidern erscheinen, wie die Frauen und Töchter von Senatoren und Rittern, und ebenso auf weichen Polstern sitzen. Waren sie ja doch ebenfalls freie Bürgerinnen, obwohl ohne den Purpursaum am Kleid.

Unter dem Portikus Agrippas auf dem Marsfeld, in den Kaufläden der Breiten Straße und des Forum Romanum herrschte ein unaufhörliches Schwatzen. Die Römerinnen wählten Stoffe, feilschten, kauften, unterhielten sich über das bevorstehende Ereignis, und so hatten die Zungen vollauf zu tun. Die Kaufleute rieben sich die Hände; ihnen klang das Geschnatter wie Musik in die Ohren.

Auch unter den Arkaden des Amphitheaters ging es schon einige Tage vor den Spielen ungemein lebhaft zu. Dort saßen die kleineren Astrologen und Wahrsager, welche gegen gute Entlohnung die Aussichten für Wetten feststellten. Das abergläubische Volk brachte ihnen viel Geld zu.

Aber nicht das gemeine Volk allein, auch die oberen Schichten machten ihre Vorbereitungen für das große Fest. Die Bevölkerung der Hauptstadt begrüßte die Ankündigung eines anregenden Ereignisses mit der krankhaften Begierde des durch stets neue Darbietungen gezeigten Überdrusses. Rom hatte viel gesehen, aber ein auf Menschenjagd abgerichteter Löwe war noch nicht dagewesen. Dieser Löwe war in der Tat der Löwe des Tages, nicht nur beim gemeinen Volk,

sondern auch in den Häusern der Wohlhabenden und in den Palästen der Großen. Und so quoll ganz Rom über von freudiger Erregung und hoffnungsvoller Erwartung.
- o -
Endlich brach der ersehnte Tag an. Noch blieb die säumige Dezembersonne in die dichten Nebel der Nacht gehüllt, als Rom erwachte, und kaum hatten die Strahlen des Tagesgestirns den grauen Schleier zerrissen, da strömten auch schon dichte Volksmassen dem großen, mehr als hunderttausend Zuschauer fassenden Flavischen Amphitheater zu. Von drei Seiten her, vom Esquilin, vom Kapitol und vom Palatin, wälzte sich die Menge mit dem dumpfen Rauschen einer nahen Meeresbrandung über dieselben Plätze, welche acht Tage früher der aufrührerische Pöbel beunruhigt hatte. Heute erhoben die „Herren der Welt" in den zerlumpten und schmutzigen Togen nicht mehr drohend ihre Fäuste gegen den Palatin, um Brot und Spiele zu fordern. Die Spiele sollen in einer Stunde beginnen; das Brot wird der Imperator mit dem Senat schon besorgen, das ist ja seine Sache.
Auch äußerlich bot die Menge heute ein freundlicheres Bild. Die Togen waren geflickt und frisch gewaschen. Mancher trug einen Lorbeerkranz um sein Haupt und schritt stolz einher, einem Triumphator gleich. Die Massen stauten sich immer mehr, und doch musste sich zwischen denselben hindurch Raum finden für die mit ihren Läufern, Sklaven und Klienten heranrückenden Sänften der vornehmen Welt. Dafür sorgten Stadtpolizisten und zum Teil auch Prätorianer. Auch Frauen und Töchter geringer Leute schauten heute von gemieteten Sänften stolz herab auf die Menge, in welcher ihre Männer und Brüder eingezwängt standen. Zwar wird dieser vorübergehende Aufschwung in höhere Regionen mit wochenlangen Entbehrungen der ganzen Familie gesühnt werden müssen, aber das genossene Vergnügen entschädigt für alles.
Vor dem Amphitheater selbst ging es lärmend zu. Hier wurden von den einen Verkäufern Sitzpolster feilgeboten, von andern Wachstafeln mit dem Programm der Spiele; noch andere priesen der andrängenden Menge duftiges Gebäck, Früchte und Getränke an.
„Langsam, langsam!" mahnen die an den Toren aufgestellten Prätorianer; doch kümmert man sich wenig um die Wächter der Ordnung. Das Volk, welches zum Unterschied vom Senatoren- und Ritterstand keine festen Plätze im Amphitheater hat und doch möglichst unten gelegene Sitzreihen einnehmen will, muss sich diese erstürmen. Starke Ellbogen, auch Fäuste, mitunter auch der Beistand des einzigen Sklaven, welchen der freie Bürger besitzt, entscheiden über den Vorrang. Rücksichtslos wütet die Menge gegen sich; Flüche, Drohungen, Schmerzensschreie, Angstrufe, Hohngelächter über Verletzungen und Unfälle vereinigen sich zu einem höllischen Lärm, welcher nahezu eine Stunde andauert. Die Prätorianer räumen bald das Feld und überlassen das Volk sich selbst; nur an den für die Senatoren und Ritter vorbehaltenen Eingängen halten sie stand; hier geht alles ruhig und ordnungsmäßig vor sich.
Nach und nach wurde es ruhig, sowohl außerhalb wie innerhalb des Amphitheaters. Hier erwartete man außer dem kaiserlichen Hofstaat nur noch den Spender der Spiele selbst.
Endlich kam dieser in feierlichem Aufzug. Nach einem im Tempel des Jupiter dargebrachten Opfer bewegte sich vom Kapitol herab durch die Heilige Straße ein überaus prächtiger Zug. Eröffnet wurde derselbe von einer Reihe von Wagen mit den Bildsäulen der Götter Roms sowie den Büsten der Kaiser aus den großen Geschlechtern der Julier und Claudier: der geniale Cäsar, der

weise Augustus, der heldenmütige Germanicus, die großmütige Agrippina und der allzu früh hingemordete Britanniens. Goldene Kränze schmückten ihre Häupter. Die Wagen, auf welchen man sie aufgestellt halte, waren von Priesterkollegien umgeben, deren Vertreter weiße Schleppkleider trugen; sie wurden von Mauleseln und Elefanten gezogen, deren Köpfe mit Straußenfederbüschen geschmückt waren.

Dann kam eine lange Doppelreihe von Jungfrauen, welche Blumen streuten; weiße Schleier wallten ihnen von der Stirn über den Rücken bis zum Boden herab. Nun folgte der hohe, reich vergoldete Triumphwagen des neuen Prätors. Julius stand darauf hoch erhobenen Hauptes. Ein kaiserlicher Sklave hielt einen Kranz von Eichenlaub schwebend über ihm; von seinen Schultern fiel der goldgestickte Purpurmantel des Triumphators — denn das Volk von Rom liebte die Amphitheater- und Zirkusspiele so leidenschaftlich, dass es den Spendern derselben die Ehren eines siegreichen Feldherrn einräumte. Eine große Schar Klienten und Hausklaven bildeten den Schluss des Zuges, der sich unter Flötenspiel langsam über das Forum Romanum gegen das Amphitheater bewegte.

Als derselbe hier im mittleren Haupttor erschien, erdröhnten die Mauern des kolossalen Raumes vom Beifallssturm, welcher in einen vieltausendstimmigen, schier endlosen Jubel überging, als die Menge Julius' selbst ansichtig wurde.

„Ave! Ave! Sei gegrüßt! Sei gegrüßt!" erscholl es von allen Seiten und wiederholte es sich unablässig mit stets steigender Begeisterung, je weiter der Aufzug in der Arena vordrang. Besonders die obersten Sitzreihen überließen sich ganz und gar ihrem Freudentaumel. Die vor einer Woche so hart gezüchtigte Plebs streckte heute dem ‚Mörder' ihre Hände entgegen, als wollte sie ihn in den Himmel erheben; sie brachte ihm ihren heißen Dank dar — als hätte sie ihn niemals verwünscht.

Julius umkreiste mit seinem ganzen Aufzug die Arena an der Mauer, welche jene von den Senatorensitzen trennte. Gleichgültigkeit, ja sogar ein herablassendes Lächeln zur Schau tragend, verbeugte er sich nach allen Seiten, und nahm die Huldigungen mit der kühlen Höflichkeit eines Aristokraten entgegen, welcher die Anerkennung des gemeinen Volkes geringschätzt.

Nach Beendigung des Rundgangs stieg er vom Wagen und begab sich in seine über dem Mitteltor befindliche Loge. Hier fand er seine nächsten Verwandten: Markus mit Livia Fabia, Tullia Cornelia und Mucia. Er nahm auf einem Purpurpolster zwischen Mucia und Marcus Platz.

Gleich darauf ließ sich aus der Versenkung unter der Arena ein dumpfes Geräusch vernehmen, entferntem Donnerrollen ähnlich. Das römische Publikum kannte die Meisterleistungen seiner Theatermaschinisten; stumm und mit verhaltenem Atem erwartete es die gewiss neue Überraschung. Das Geräusch wiederholte sich und im nächsten Augenblick entstand im Boden der Arena eine Öffnung, auf welcher ein riesiger Baumstumpf zum Vorschein kam. Dieser wuchs schnell in die Höhe, und als er über die höchsten Sitzreihen emporragte, entwickelte sich daraus eine umfangreiche Baumkrone, auf deren Ästen einige Dutzend Knaben in weißen Tuniken sich wiegten und aus Körbchen, welche an den Zweigen hingen, das Publikum mit Feigen, Datteln, Orangen und Zuckerwerk bewarfen. Tausende von Händen griffen die Gaben des neuen Prätors auf, Tausende von Köpfen neigten sich stark über die eisernen Schranken der Sitzreihen vor, so dass das vornehme Publikum der unteren Reihen mit Bangen hinaufschaute, ob denn die

Eisenstangen bei solchem Druck nicht nachgäben. Doch schon faltete der Baum seine Krone zusammen und verschwand allmählich wieder in der Versenkung. Mit starkem Gepolter schloss sich der Boden der Arena. Aus eisenvergitterten Kammern unterhalb der Sitze sprang eine Gruppe Knaben hervor und brachte mittels Rechen die gestörte Sandschicht in Ordnung.

Wieder trat Stille ein, denn soeben tat sich die silberne Tür der kaiserlichen Loge auf, und an deren Schwelle erschien der Hofmarschall. Das gesamte Publikum erhob sich von den Sitzen und heftete seinen Blick auf die mit Goldsternen besäten Purpurwände der Loge.

Plötzlich erscholl aus vieltausend Kehlen ein einziger Ruf: „Ave Cäsar! Sei gegrüßt, Cäsar!" Der Ruf quoll über die Mauern des Amphitheaters hinaus, und „Cäsar . . ." hallte es über das Forum Romanum vom Palatin zurück.

Marcus Aurelius im Purpurmantel, mit dem goldenen Kranz um die Schläfen, trat bis an die Logenbrüstung vor und dankte mit Kopf und Hand. Ihm folgte Lucius Verus, dessen satirhaftes Lächeln auf die obersten Sitzreihen ansteckend wirkte, das schallendes Lachen mit Händeklatschen hervorrief. Nach ihm betraten die Loge: Faustina, die Gemahlin Mark Aurels, Lucilla, dessen Tochter und Gemahlin seines Adoptivbruders Lucius Verus, sowie die allernächste Umgebung des kaiserlichen Hauses.

Das Orchester spielte nun eine Kriegsweise, und der Aufmarsch der Gladiatoren begann. Paarweise schritten sie einher; zuerst kamen die Samniter, welche so lange Schilde trugen, dass nur ihre Köpfe sichtbar waren; ihnen folgten die Thraker mit kleineren Schilden, aber längeren und gebogenen Säbeln; dann die Senatoren mit geschlossenen Sturmhauben; weiter die Mirmillonen in gallischen Harnischen, und die halbnackten Retiarier mit ihren Netzen und gegabelten Spießen. Den Schluss bildeten britische Kriegsgefangene zu Wagen. In die Musik mischte sich lautes freudiges Gemurmel der Zuschauer; man bewunderte den starken, muskulösen Körperbau der Gladiatoren, sowie deren prachtvolle Kleidung und Rüstung. Sie trugen seidene Tuniken verschiedener Farben, vielfach mit Stickereien, Bändern, oder Ketten als Auszeichnung für frühere Leistungen verziert; ihre Helme und Sturmhauben waren mit Pfauen- und Straußenfedern geschmückt, die Harnische goldglänzend. Beim Anblick dieser Schar hätte man glauben müssen, dass sie dazu bestimmt sei, nur ein wirklich schönes Kampfspiel aufzuführen, nicht aber, dass für so viele davon die letzte Stunde schon geschlagen habe.

Alle Völker haben Fleisch von ihrem Fleische, Bein von ihrem Beine hergeben müssen, um dieses Heer von Gladiatoren aufzustellen. Der blondgelockte Germane schritt hier neben dem braunen Gallier einher, der schwarze Nubier neben dem weißen Slaven; Nord, Ost, Süd und West haben Kriegsgefangene nach Rom abführen müssen, damit die Herren der Welt — welche in ihrer großen Mehrzahl den Kriegsschauplatz überhaupt mieden — vom bequemen Theatersitz aus sich an dem Blut und an den Todeszuckungen von Menschen ergötzen konnten. Kerker haben ihre moderigen Löcher aufgetan und zum Tod verurteilte Verbrecher hervorgespien, damit dieselben morden, bevor sie selber vom mordenden Stahl getroffen werden. Spielhöllen und öffentliche Häuser haben Wüstlinge, Verschwender und Ehrlose hierher geliefert, damit sie aus der Arena des Amphitheaters Berühmtheit, Weibergunst und Gold suchen. Mancher ruinierte Spross eines großen Geschlechts zahlte seine Schulden oder sühnte seine Verbrechen im Gladiatorenkampf mit seinem Herzblut.

Diese Leute verschiedener Volksabstammung und verschiedenen Standes, frei und unfrei, gemeiner und vornehmer Herkunft, gerichtlich gebrandmarkt oder noch vorwurfsfrei, elend oder nur unglücklich, alle aber körperlich stark, mutig und gewandt — in ernster Gemütsverfassung schritten sie mitten durch die Arena. Sie spürten die Schwingen des Todesengels über ihren Häuptern. Sie wussten, dass das römische Volk durch ihre blutenden Wunden nicht gerührt würde, dass es nur dem Sieger seine Gunst zeigen würde; sie waren sich dessen bewusst, dass sie erbarmungslos töten mussten, wenn sie nicht nur Beifall, sondern auch das Recht erhalten wollten, bis zu den nächsten Spielen zu leben. Starr vor sich hinschauend, näherten sie sich der kaiserlichen Loge.

Im Angesicht des Herrn der Herren der Welt blieben sie stehen und riefen: „Avete, Cäsares Imperatores, morituri vos salutant!" Seid gegrüßt, Cäsaren und Herrscher, die dem Tode Geweihten grüßen euch!"

Die beiden Imperatoren nickten. Trompeten gaben das Zeichen zum Eröffnungskampf.

Das Schauspiel begann mit einem allgemeinen Gefecht aus stumpfen Waffen, gleichsam um die Nerven des Publikums zu reizen und auch die Gladiatoren in die richtige Stimmung zu versetzen. Schild stieß an Schild, Schwert schlug an Schwert, dumpf erklangen die Harnische, die Netze der Retiarier sausten durch die Luft. Über die ganze Arena zerstreuten sich die Gladiatoren in einzelnen Gruppen und zeigten vor dem Publikum ihre Geschicklichkeit. Das römische Volk war in die Geheimnisse der Fechtkunst so eingeweiht, dass die Bürger selbst oft genug den Kampf leiteten, indem sie bewährten oder frisch erwählten Lieblingen Ratschläge zuriefen; ihre geübten Augen erkannten in der großen Menschenmenge sehr bald die Meisterfechter.

Der Eröffnungskampf wurde aufmerksam verfolgt. Über der Arena schwebte ein fortwährendes Gemurmel; man ging Wetten ein.

Da erscholl eine dröhnende Tuba. Die Musik hielt inne, die Gladiatoren zogen sich unter die Wölbungen zurück, das Publikum hielt den Atem an; Grabesstille legte sich über den Riesenraum, als wenn kein lebendes Wesen sich drinnen befände.

Zum zweiten Mal ertönte die Tuba. Fünf Secutoren und fünf Retiarier, welche das Los als erste für den tödlichen Kampf bestimmt hatte, traten auf. Julius verließ seinen Sitz, begab sich in die Arena hinunter und prüfte die Schärfe der Schwerter der fünf Secutoren.

Nach einem dritten Tubazeichen rückten die bisher in einiger Entfernung einander gegenüberstehenden Gladiatoren bis zur Mitte der Arena vor. Das Orchester spielte einen Marsch. Das Publikum der obersten Sitzreihen neigte sich über die eisernen Schranken vor, während die Senatoren und Ritter einstweilen noch ihre Ruhe bewahrten.

Und wieder traf Waffe auf Waffe zusammen, diesmal aber schon mit hellerem Klange. Es war kein Spiel mehr, es handelte sich schon um Tod und Leben. Zehn schön gebaute, kräftige, mit Schwert, Spieß und Dolch vertraute Menschen stießen zusammen. Die halbnackten Retiarier als angreifende Partei stürzten auf die Secutoren los, welche durch Sturmhauben, Brustharnische und Schilde geschützt waren.

Aber die Ungeschützten haben eine fürchterliche Waffe — ihr tückisches Netz. Gelingt es dem in seinen Bewegungen durch nichts behinderten Retiarier, das Netz dem Gegner über den Kopf zu werfen und beiden Arme darin zu verwickeln, dann spottet er dessen Rüstung. Während dieser in der Schlinge zappelt, spießt er ihn auf seine Gabel und versetzt ihm dann mit dem Dolch den Todesstreich.

Anfangs bot der Kampf wenig Aufregendes; so lange die Secutoren eine geschlossene Reihe bildeten, konnten ihnen die Retiarier nicht recht beikommen. Das Publikum verhielt sich ruhig. Wiederholt wichen die letzteren zurück, und zwar jedes Mal etwas leichter, teils um die Secutoren zum Angriff zu verleiten, teils um ihren eigenen Ausfall zu verstärken. Bei einem neuerlichen Anlauf gelang es endlich, die Reihe der Secutoren zu durchbrechen. Nun begann der Kampf Mann gegen Mann, die Jagd des einen Menschen auf den anderen. Der einzelne Secutor wich den Angriffen seines Verfolgers aus, indem er sich schnell zurückzog, einen gelegenen Augenblick erspähend, wo er denselben hinter dem Schild hervor mit seinem Schwert erreichen könnte. Der Retiarier dagegen folgte ihm behutsam oder sprungweise; er duckte sich, um den Schwertstreichen zu entgehen oder ließ sich blitzschnell auf ein Knie nieder, um seinem Netz einen besseren Schwung zu geben.

Je lebhafter sich dieser Kampf entwickelte, mit desto größerem Interesse verfolgte ihn das Publikum. Anfänglich fielen nur von den obersten Sitzreihen vereinzelte Bemerkungen und ermunternde Zurufe. Da rief einer: „Greif' von rechts an!" der andere: „Stoß zu!" ein dritter: „Hau' von oben herab!" Mit jedem Augenblick mehrten sich die Zurufe. Schließlich brüllte der ganze Pöbel: „Fass' ihn! . . . Nieder mit ihm! . . . Hau' zu! . . . Spieß' ihn auf! . . . Schlag' tot!"

Durch das wilde Geschrei angespornt oder gereizt, drangen die Gladiatoren wütend aufeinander ein, Schweiß rann von ihren Stirnen, ihre Augen funkelten wie die wilder Tiere, heisere Laute entrangen sich ihren trockenen Kehlen. Und diese Wut wird nun von allen Anwesenden immer mehr geschürt; denn jetzt sind auch die unteren Sitzreihen in Hitze geraten. Senatoren und Ritter mitsamt ihren Frauen und Töchtern vereinigen ihre Hetzrufe mit denjenigen des gewöhnlichen Volkes. Selbst der Imperator Lucius Verus beugt sich über die Logenbrüstung hervor, schreit und fuchtelt mit den Händen, wie der gemeinste Plebejer.

Nur drei Zuschauer bewahrten ihre Ruhe in dem allgemeinen Taumel. Marcus Aurelius saß mit dem Gesicht von der Arena abgewandt und schrieb auf Wachstäfelchen seine Verfügungen über kleinere laufende Regierungsgeschäfte. Der Prätor Julius stützte seinen Kopf auf die Handfläche und schaute finster vor sich hin. Mucia schloss die Augen und verweilte mit ihren Gedanken weit weg von diesem rohen Gewühl. Der philosophierende Imperator war den Vergnügungen der Menge abhold; der tapfere Soldat erkannte die Notwendigkeit und Berechtigung des Tötens nur aus dem Schlachtfeld um des Staates willen an; die junge Patrizierin, in deren Seele die erbarmungsvolle Lehre der Christen einen Zwiespalt hervorgerufen hatte, bedauerte die Grausamkeit ihrer römischen Mitbürger. Sie wäre gar nicht anwesend gewesen, wenn das Schicksal ihrer Sklavin Mimut sie nicht hergeführt hätte; sie wollte selbst Zeuge davon sein, wie Julius sein Versprechen erfüllen würde.

Im Amphitheater erscholl das erste Freudengeschrei.

„Der hat's bekommen! ... Der hat genug! ... Der ist schön gefallen! . . . Ein prachtvoller Hieb!" So und ähnlich lauteten die Äußerungen des Entzückens.

Ein junger germanischer Retiarier lag auf dem weißen Sand; das Schwert eines Secutors hatte ihn niedergestreckt. Aus einer großen Wunde aus der linken Seite quoll sein Blut — ein Gnadenstoß war nicht mehr nötig.

Händeklatschen belohnte den Sieger und forderte zugleich Fortsetzung des grausigen Reigens. Die Secutoren hatten jetzt die Übermacht. Schnell nach einander folgten nun die jubelnden Zurufe: sieben Menschen wälzten sich auf der Arena in ihrem Blut; nur mehr ein einziger Retiarier stand zwei Secutoren gegenüber.

Alle drei schauten zum Publikum empor: vielleicht ist's genug des grausamen Spiels? Vielleicht wird ihnen von den Zuschauern weiteres Morden erlassen. Jeder Übriggebliebene hatte ja das Seinige schon geleistet.

Ja, der hochgewachsene, breitschulterige, starkbrüstige Slave, der seine blauen Augen so mild leuchten ließ, als könnte er fremdes Leid nicht ertragen, hatte bereits drei Secutoren auf dem Gewissen. Er erhob seinen Kopf, warf das lange blonde Haar zurück und ließ seinen fragenden Blick von rechts nach links über die Zuschauer gleiten, wobei sein trauriges Lächeln sehr deutlich flehte: Habet Erbarmen mit uns! Nicht dazu hatte ihn sein Vater in den Wäldern an der Theiß reiten und die Waffen schwingen gelehrt, auf dass er mit seiner Kraft und Geschicklichkeit grausame Maulaffen erfreue. Er hat die slavische Scholle seiner Altvordern gegen Einfälle verteidigen sollen, ist jedoch von römischen Legionären aus dem Schlachtfeld überwältigt, in Ketten geschlagen und nach Rom geschleppt worden, um der dem Müßiggange ergebenen Stadt als mörderisches Spielzeug zu dienen. Ich habe drei gemordet, lasset es genug sein! — so sprach sein milder Blick.

Doch der römische Pöbel entbrannte in Wut darüber, dass irgendein Barbar sich herausnahm, kampfesmüde zu erscheinen. Es ist Sache eines solchen Hundes, freudig und anmutig zu sterben, um die Augen der Herren der Welt zu ergötzen. Das muss sein Dank sein für die beglückende Auszeichnung; denn nur die mutigsten und schönsten Kriegsgefangenen wurden für die Gladiatorenschulen angekauft. Das verweichlichte und verzwergte römische Volk wollte im Amphitheater nur gesundheitsstrotzende Recken sehen.

Ergrimmt über das abschlägige Wutgeschrei stürzte sich der Slave mit solcher Wucht auf den näher stehenden Secutor, dass er ihn umrannte; im selben Augenblick jedoch erhielt er von dem zweiten Gegner einen Schwerthieb über den Kopf. Blutüberströmt wankte er, ließ sich auf ein Knie nieder und erhob die Hand zum Zeichen, dass er die Gnade oder Ungnade der Zuschauer anrufe.

Es wäre ja Pflicht der letzteren gewesen, das Leben eines Unglücklichen zu schonen, an dessen mörderischem Mühen es sich schon seit nahezu einer Stunde ergötzte. Doch das römische Volk kannte keine Gnade für einen Barbaren, der so frech war, es des Anblickes seiner zuckenden Gliedmaßen berauben zu wollen. Unter erneuertem Wutgeschrei ballten sich die Fäuste des vieltausendköpfigen Publikums, die Daumen streckten sich nach abwärts — ein Zeichen, welches bedeutete, dass der Unterliegende sterben soll.

Da geschah etwas Unerwartetes. Der slavische Retiarier erhob sich blitzschnell auf die Beine und versetzte mit seiner Gabel dem hinter ihm stehenden Secutor, bevor dieser es gewahr wurde, einen so wuchtigen, mit beiden Händen geführten Schlag über den Kopf, dass er ihm das Visir eindrückte. Und in demselben Augenblick stak auch schon die Gabel in der Gurgel des überrumpelten Gegners, welcher rücklings in den Sand schlug. Gleich daraus wandte er sich mit derselben Geschwindigkeit dem zuerst Angegriffenen zu und versenkte seinen Dolch in dessen Hals.

Ein staunendes „Ah!" durchbrauste das Amphitheater, worauf sogleich ein betäubender Beifallssturm folgte. Männer schwenkten ihre Togen, Weiber ihre Fächer; die Musik spielte einen Triumphmarsch. Dem Sieger näherte sich ein Sklave des Julius und überreichte ihm eine kleine silberne Schale, die mit Goldstücken gefüllt war.

Der slavische Gladiator stand in der Mitte der Arena, umgeben von neun teils starren, teils noch zuckenden Leichen, und wischte sich mit der Rechten das aus seiner Kopfwunde rieselnde Blut vom Gesicht. Freudig ergriff er mit der Linken die ihm dargereichte Schale und schaute gespannt hinein — ohne erst zu danken, ohne sich vor dem Spender zu verbeugen, ja ohne auch nur zur Loge der Imperatoren emporzuschauen. Wie er so dastand und auf das Gold hinstarrte, welches sofort mit seinem herabrieselnden Blute sich färbte, konnte man aus seinem Mienenspiel deutlich ablesen, dass er sich die Frage stellte: Genügt es, um mich loszukaufen? Habe ich mir die Freiheit erkämpft? Wiederum fuhr er, und zwar mit dem Vorderarm, denn seine Hand war schon ganz blutig, über sein Gesicht, auf welchem nun die Antwort geschrieben war: Nein, nein, es genügt nicht! Ich werde noch weiter kämpfen müssen!

Ein Trompetenstoß weckte ihn aus seinem Nachdenken. Jetzt erst verbeugte er sich gegen die Imperatoren und gegen Julius, dann schritt er wankend aus der Arena.

Eine Gruppe Sklaven kam nun aus einer Kammer unter den Wölbungen auf die Bahn gelaufen. Die einen schleppten mittels eiserner Haken die Leichen der Gladiatoren hinweg, die anderen gruben mit Spaten den blutdurchtränkten Sand um, noch andere ebneten ihn mittels Rechen und bestreuten ihn mit einer frischen Schicht, so dass jegliche Spur des Gemetzels verschwand.

Während dieser Pause schwirrten laute Gespräche durch das ganze Amphitheater. Alles besprach den Verlauf und Ausgang der ersten Szene. Auch entstand eine Bewegung in den Zuschauerräumen, denn die ersten Wetten wurden in den obersten Sitzreihen, wo es sich um geringe Beträge handelte zumeist bar beglichen, während sie in den unteren, wo bedeutende Summen auf dem Spiel standen, auf Wachstäfelchen notiert wurden. Von den obersten gerieten so manche auch in Streit miteinander wegen einer ganzen oder einer halben Sesterze, oder wegen eines Sandalenpaares, um welches in Ermangelung von Geld gewettet worden war und welches der verlierende Teil jetzt nicht hergeben wollte. Die auf den Zwischengängen aufgestellten Prätorianer mussten oft einschreiten, besonders wenn Maulschellen klatschten. Vor ihrer überlegen lächelnden Entschiedenheit verstummte gewöhnlich der Streit; wo ihr Einschreiten nicht unmittelbar wirkte, genügte bei dem hochentwickelten juristischen Sinne der Römer die Verweisung auf den ordentlichen Rechtsweg, um der Selbsthilfe ein Ende zu machen.

Wo aber auch dieses Auskunftsmittel zu versagen schien, da wirkte untrüglich das jetzt erschallende Trompetenzeichen, das neue zehn Gladiatoren, wieder gesunde, starke, schmucke Männergestalten, auf die Arena berief.

Feierliche Stille trat wieder ein; die Tuba erdröhnte, die Musik fiel ein, der Kampf begann. Die Gladiatoren fielen einer nach dem anderen in den Sand und verspritzten ihr Blut; Rom schrie und klatschte Beifall oder brüllte vor Wut, immer lauter und stärker, je mehr es sich an dem Geruch von Menschenblut berauschte.

- o -

Teilnahmslos saß Julius da; nur hin und wieder, wenn das Entzücken der Zuschauer in allzu betäubender Weise zum Ausbruch kam, schleuderte er in die Menge Blicke des Zornes und der Verachtung. Auch er hatte kein Mitleid mit den Gladiatoren; er war viel zu sehr römischer Aristokrat, als dass er von der Verzweiflung eines Sklaven oder Freigelassenen gerührt werden konnte. Er war aber viel zu sehr Soldat, als dass er auch für die besten Leistungen der Gladiatoren in diesem zwecklosen Gemetzel Anerkennung haben sollte. Beschenkte er die Sieger, so tat er es nur, um der Sitte zu genügen.

Nicht das grausame Schicksal der Kämpfer entfachte seinen Zorn und seine Verachtung, sondern das Geschrei des Publikums, welches vom sicheren Zuschauerraum aus Liebe zu Kriegertugenden heuchelte. Er, der Tribun der Legionen, kannte die Entartung der hauptstädtischen Bevölkerung nur zu gut. Denjenigen Römern, welche wirklich im Heer dienten, war der eigentliche Felddienst verhasst; sie zitterten schon auf die Kunde, dass man es mit einem Feind zu tun haben werde, und der Feldherr, welcher Mut und Mannszucht verlangte, war ihnen ein Greul. Dieses Gesindel von Soldaten liebte Gelage und Theatervorstellungen, stiftete Meuterei und verlangte immer höheren Sold für sein müßiges Leben, dazu kürzere Dienstzeit und unverdiente Belohnungen. Der römische Proletarier als Legionär wollte kein Gepäck tragen, murrte über die Lagerübungen und beklagte sich über die bescheidene Kost. Hier aber, im Amphitheater, reizte er die Wut der Gladiatoren durch wildes Geschrei, als ob in seiner Brust noch das unerschrockene Herz der Welteroberer schlüge. Nur die Fehler und Laster seiner Vorfahren, die Blutgier und die Genusssucht hatte der römische Pöbel bewahrt; deren Tugenden und Vorzüge waren längst verschwunden.

Aber nicht nur der Pöbel allein war so entartet. Neben Julius saß Marcus, und auch dieser benahm sich so, als wollte er auf die Arena herabspringen und sich in den Kampf stürzen, er, der soeben die Tochter eines elenden Sklavenhändlers geheiratet hatte, um seinen nichts weniger als kriegerischen Gewohnheiten frönen zu können.

Aber der Imperator Lucius Verus! Wie blitzten jetzt seine Augen! Seine beweglichen Nüstern zittern! Er hält es nicht aus, er wird sofort unten in stählerner Rüstung erscheinen? . . . Täuschung! Als Marcus Aurelius ihn in den Krieg gegen die Parther schickte, um ihn von den Schwelgereien der Hauptstadt fern zu halten, trieb er im Kriegslager solche Ausschweifungen, dass er infolge derselben noch während des Feldzuges schwer erkrankte. Er umgab sich mit einer Legion griechischer Sängerinnen und orientalischer Tänzerinnen, berauschte sich täglich mit schwerem Wein, beschenkte Schauspieler mit goldenen Ketten und hohen Würden, ließ schließlich das Heer im Stich und blieb irgendwo in der Provinz stecken, ohne auch nur ein einziges Gefecht gesehen zu haben.

Keine tröstlichen Gedanken schwirrten Julius durch den Kopf. Wenn die Barbaren, deren tapfere Söhne da unten auf der Arena verbluteten, die Schwäche Roms so sehen könnten, wie er selbst! .
. .

Unwillkürlich schaute er um sich, als ob er befürchte, dass jemand seine traurigen Gedanken belausche. Plötzlich überzog Blässe sein Gesicht, denn er erblickte wirklich einen Barbaren, welcher Roms Schwäche sehr wohl kannte. Es war Servius, der sich seiner Loge näherte. Er hatte den Germanen seit einigen Wochen nicht getroffen. Das unerwartete Auftreten des Freundes in demselben Augenblick, da er an die Möglichkeit einer Gefahr seitens der Barbaren dachte, erfüllte den abergläubischen Römer mit Schrecken. Wenn sich Servius an die Spitze germanischer Völker stellen wollte, würde Rom vor dessen Zorn erzittern, wie einst vor dem Genie des Karthagerhelden Hannibal...

„Du in Rom?!" rief Julius.

„Vor einer Stunde bin ich in die Hauptstadt zurückgekehrt." antwortete Servius, auf einem Platz hinter Julius sich niederlassend, „und da ich erfuhr, dass heute deine Spiele stattfinden, so habe ich mich beeilt, ins Amphitheater zu kommen, um dich zu begrüßen."

„Ich würde mich glücklich schätzen, wenn ich am Tage meiner Festlichkeiten erfahren könnte, dass du mit gutem Erfolg zurückgekehrt bist."

„Ich bin Thusnelda auf der Spur."

„Die Götter sind dir hold!" sprach Julius herzlich erfreut.

„Später werde ich dir darüber berichten . . . In der Arena scheint etwas Merkwürdiges vorzugehen." bemerkte Servius.

In der Tat begann dort unten ein neues Schauspiel. Einige hundert Gladiatoren verschiedener Waffen, zu Fuß, zu Pferde und zu Wagen, rüsteten sich zum Kampf. Eingeteilt in verschiedene Gruppen, erwarteten sie das Zeichen.

Die Tuba ertönte, die Gruppen stießen unter fürchterlichem Getöse zusammen, die Retiarier mit den Secutoren, die Thraker mit den Samnitern, die zu Ross mit denen zu Wagen. Sehr bald gab es Schwerverwundete und Leichen, und damit war die gewisse Ordnung, die bis jetzt in dem Kampfgewühl geherrscht hatte durchbrochen. Alles schmolz nun in eine einzige bewegliche Masse zusammen, welche sich wälzte wie ein verwundeter Riese. Es entstand ein allgemeines, regelloses Gemetzel, umso grimmiger, als die Ringmauer der Arena bei einer so großen Anzahl von Kämpfenden keine Freiheit der Bewegung zuließ, das Gebrüll des Publikums die Leidenschaftlichkeit aufstachelte und ein jeder vor sich, neben sich und hinter sich seinen eigenen Tod sah, wenn es ihm nicht gelänge, alle um sich herum zu töten.

Der Anblick der mit höchster Verzweiflung und tierischer Wut kämpfenden Gladiatoren, das Massengetöse, das Wiehern der Pferde, die Kriegsmusik und das wilde Gebrüll des Publikums — alles dies zusammen machte auf Servius, welcher sich zum ersten Mal in einem Amphitheater befand, einen solchen Eindruck, dass er am ganzen Leib zitterte.

Dem Reiterpräfekten war der Schlachtenschauer nichts Fremdes; aber auf dem Feld des Ruhmes hatte er keine Zeit, Furcht über sich kommen zu lassen oder Betrachtungen anzustellen. Wenn er an der Spitze seiner germanischen Reiter den Barbaren — wären dieselben auch seine Stammesgenossen — in den Nacken fiel, dann überflutete ihm sein Soldatenblut Augen und Gehirn. Aber diese elenden Gladiatoren, um wessen willen morden sie sich so leidenschaftlich und so grausam? Und sie sind nicht feind zueinander und haben nicht den Adlern der Cäsaren Treue geschworen. Wohl sind sie von dem stolzen römischen Volk, welches sich König der Nationen wähnt, in Ketten geschlagen worden, aber in diesem Augenblick sind ja ihre Arme frei von den schmachvollen Eisen. Es sind ihrer fünfhundert ausgezeichnete Kämpfer — warum

stürzen sie sich nicht mit vereinter Kraft auf die Nichtswürdigen, von welchen sie, nur um dieselben zu belustigen, als Schlächter und Schlachtopfer hierher getrieben worden sind? Bevor eine genügend starke Übermacht von Prätorianern heranrückt, ist die Hälfte der Gaffer niedergemetzelt. Gewiss würden sie unterliegen, aber ihren Tod hätten sie im Voraus gerächt.
Servius, dessen germanische Seele nur durch seine römische Erziehung niedergehalten war, konnte das geduldige Hinsterben der Gladiatoren nicht fassen. Hunde sind es — dachte er — keine Menschen! Ja, elender als Hunde; denn auch diese beißen die sie ungerecht misshandelnde Hand.
Und wie abscheulich erschienen doch diese Machthaber in ihrer Grausamkeit! Auch er, der Barbar, vergoss keine Tränen über die abgehauenen Köpfe und verstümmelten Leichen; beim Anblick von Blutlachen wandelte ihn keine Ohnmacht an; sah er doch manchmal die Hälfte seiner Reiterei das Schlachtfeld bedecken. Aber seiner Seele widerstrebte jegliche Ungerechtigkeit, er empörte sich über jede unverdiente Grausamkeit. Und diese Römer rasen vor Wonne!...
Doch nicht alle. Servius' Augen, die die Räume des Amphitheaters durchwandert hatten, kehrten nun zu der Gruppe zurück, welcher er selbst angehörte. Da saß vor ihm Julius fast unbeweglich und nachdenklich, obwohl sich zu seiner Rechten Marcus wie toll gebärdete, und links saß Mucia, gebeugt und mit der Hand die Augen verdeckend, während Tullia mit funkelnden Augen und hochgerötetem Gesicht dem Gemetzel zuschaute und nur schlecht ihre angenommene Rolle als würdevolle Matrone zu spielen vermochte. Servius versenkte sich in Mucias Gesichtszüge, welche inneres Seelenleiden verrieten.
Plötzlich übertönte ein Tubazeichen alles Getöse und Geschrei; die Schwerter der Gladiatoren sanken.
Kaum die Hälfte von ihnen stand aufrecht, der größere Teil bedeckte die Arena. Unter Beifallklatschen zogen die übrig gebliebenen als Sieger in ihre Kasernengewölbe.
Gleich darauf erschienen hurtig die ‚Raben' des Schlachtfeldes. Zwei Wärter führten eine große Gruppe Sklaven auf die Arena; der eine Wärter war als der Höllenhund CerVerus verkleidet und trug eine lange, am zugespitzten Ende glühende Eisenstange; der andere stellte Merkur dar und trug einen gewichtigen Hammer. Der Höllenwächter steckte den Nieder-gestreckten die Stangenspitze in ihre Wunden, um sich zu überzeugen, ob sie schon ganz bereit waren für die „Reise in die Unterwelt"; wenn ein Gladiator noch zuckte, so versetzte ihm Merkur mit seinem Hammer den Gnadenstreich. Die Sklaven aber schleppten die Leichen hinaus und bereiteten den Sandboden säuberlich für die nächste Nummer der Spiele.
Die erste Hälfte des Schauspiels ging ihrem Ende entgegen. Es folgte nur noch der Strafvollzug an den zum Tod durch die Löwen verurteilten Christen.
„Warum bist du so bleich?" fragte Julius, sich zu Mucia hinüberneigend.
„Heute habe ich mich überzeugt, dass ich keine Römerin mehr bin." antwortete Mucia mit schwacher Stimme.
„Du bist müde des Anblicks zweckloser Menschenschlächterei?"
„Das wäre zu wenig gesagt. Mit grenzenlosem Abscheu erfüllt mich das Bild menschlicher Grausamkeit!"
Nach einer Weile fragte sie: „Bist du sicher, dass Mimut zu mir zurückkehrt?"

„Ich habe ihr einen vergifteten Dolch geben und sie von dessen untrüglicher Wirksamkeit unterrichten lassen." flüsterte Julius Mucia ins Ohr. „Sie weiß, dass sie dem Löwen nur einen Stoß zu versetzen hat, um ihn niederzustrecken, denn das Gift wirkt blitzschnell. Den Rest wird Marcus Aurelius besorgen, welcher stets diejenigen begnadigt, denen es gelungen, ist, sich einer Bestie zu erwehren."

Die Trompete kündigte ein neues Schaustück an.

Mucia, kreidebleich wie ihr Kleid, neigte sich jetzt vor und schaute gespannten Blickes hinunter. Ein kalter Schauer durchrieselte ihre Glieder, sie fühlte das Blut in ihren Adern erstarren; ihr Herz schien stehen bleiben zu wollen.

In mächtigen Sätzen sprang aus einem Käfig unterhalb ihrer Sitzreihe ein prachtvoller Löwe bis in die Mitte der Arena, wo er, verdutzt über die vielen Menschengesichter, stehen blieb, funkelnde Blicke umherwarf und sich unter grollendem Ächzen die Seiten mit dem Schweife peitschte. Aber diese Menschen fürchteten den König der Wüste keineswegs. Anstatt vor ihm zu fliehen, streckten sie ihm die Hände entgegen und schrien. Hin und wieder flog eine Orange, eine Dattel, eine Nuss an seinem Kopf vorbei. Das reizte den Löwen; er begann bedrohlich zu knurren und fletschte die Zähne.

Sein Zorn ergötzte den Pöbel. Aus den obersten Sitzreihen warf jemand einen Apfel so geschickt, dass derselbe den Löwen gerade zwischen den Augen traf. Die mächtige Bestie brüllte auf und versuchte, mit einem Sprung über die Ringmauer zwischen der Arena und dem Zuschauerraum zu setzen. Aber die Mauer war hoch und mit Spießen besetzt; außerdem saßen auf derselben Wächter, die sofort mittels langer, glühender Eisenstangen den mit seinen Vorderpranken an der Mauer hängenden Löwen zum Rückzug zwangen. Das gebrannte Tier brüllte zum zweiten Mal markerschütternd auf, fiel zurück, rannte wütend in der Arena herum, seine Wut an dem Sand aus-lassend, von welchem große Staubwolken aufwirbelten.

Da erschien auf dem Schauplatz ein der Wut des afrikanischen Wüstenkönigs würdigerer Feind. In der Ringmauer öffnete sich die Tür einer Kammer — und eine schmächtige Mädchengestalt mit bräunlichem Gesicht betrat die Arena.

„Es ist Mimut!"

Mucia erblickte in der Hand ihrer Sklavin den von Julius erwähnten Dolch, und sie heftete ihre Augen auf die winzige Waffe, als wollte sie derselben Kraft und Erfolg einflößen. Das leichenfahle Gesicht der Patrizierin bedeckte sich mit purpurner Röte, und ihre halb geöffneten Lippen bebten. Wenn nur Mimut mutig genug wäre! ...

Der Löwe stutzte und fasste den Feind ins Auge; Mimut zuckte zusammen, wankte, als ob sie zurückweichen wollte. Aber nur einen Augenblick dauerte diese Anwandlung von Furcht. Sie wendete sich mit ihrem Gesicht der Loge des Julius zu, erhob segnend die Hände, warf den Dolch weit von sich und fiel auf die Knie.

„Tod den Christen! Vor die Löwen mit den Christen!" schrie und tobte das Volk.

Das Tier legte sich flach auf den Sand und begann katzenartig zu schleichen, das Opfer seiner Mordlust unverwandt in den Augen behaltend.

Stille trat ein; das lärmende römische Volk hielt jetzt sogar den Atem zurück.

Plötzlich erhob sich die Ägypterin. breitete ihre Arme aus und rief laut in das unheimliche Schweigen hinein:
„Um des Herrn Christi willen!"
Durch den Nebelschleier, welcher über Mucias Augen fiel, sah diese noch so viel, dass Mimut selbst, ohne den Sprung der gewaltigen Katze abzuwarten, sich derselben entgegenstürzte. Dann hörte sie ein dumpfes Brausen um sich herum, und dann schwand ihr Bewusstsein. . . .
Als die römische Patrizierin wieder zu Sinnen kam, fand sie sich in ihrer Sänfte vor dem Amphitheater, und neben derselben standen Julius und Servius.
„Es ist nicht meine Schuld, liebe Mucia, wahrlich nicht meine Schuld." sprach Julius, ihre Hand an seine Lippen pressend. „Die Unglückselige hat selbst den Tod gesucht."
Mucia rieb sich die Augen mit den Fingerspitzen und antwortete: „Ich weiß es, ich habe es gesehen. . . . Gehe du zurück ins Amphitheater, wo du nicht abwesend sein darfst, mich aber lasse nach Hause gehen."
Julius musste als Spender der Spiele das römische Volk weiter unterhalten, während Mucia in ihrem Zimmer kniete und, das Gesicht mit beiden Händen verhüllt, sich vor dem Gott der Christen beugten.
„Ich glaube an dich, du Beschützer der Enterbten und Unglücklichen!" betete sie aus tiefinnerster Überzeugung. „An dich, den Gott der Edlen und der Guten; an dich, die Zuflucht aller, welche von menschlicher Niederträchtigkeit misshandelt und zertreten werden. Ich glaube, dass du den Menschen aus dem Pfuhle der Schlechtigkeit und Herzensroheit, in welchem er zu seiner eigenen Schande sich wälzt, emporheben wirst zu deiner Erbarmung. Ich glaube an dich als einzigen und wahren Gott...."
Julius weilte wieder im Amphitheater. Nach der an mehreren Christen durch Raubtiere vollzogenen Hinrichtung folgte die angekündigte Labung der Zuschauer durch Speise und Trank. Julius hatte mehr als hunderttausend, zumeist stark ausgehungerte Gäste zu bewirten; ein ansehnliches Vermögen ging allein dafür auf.
Nach dem großen Gastmahl ergötzten sich die Quiriten an dem sinnverwirrenden Kampf von hundert wilden Bestien, welche sich gegenseitig mit solcher Wut zerfleischten, dass der weiße Sand der Arena sehr bald seine Farbe änderte. Der Geruch von Menschenblut hatte sich während des Frühstücks verflüchtigt, jetzt schwängerte Tierblut mit seinem heißen Dampf und durchdringenden Geruch die Luft des Zuschauerraumes, und die Herren der Welt atmeten denselben ein mit einer Wonne, als wollten sie sich daran berauschen; ihre Augen funkelten, ihre Nüstern erweiterten sich.
Das Gebrüll der Tiere und das Geschrei des Publikums bildeten einen so betäubenden Lärm, dass Julius und Servius, welche ein Gespräch miteinander anknüpfen wollten, diesen Versuch aufgeben mussten, obwohl Servius jetzt Mucias Platz eingenommen hatte. Zur Rechten des neuen Prätors gebärdete sich sein unmittelbarer Vorgänger im Amt, Marcus, mitsamt seiner neuen Gemahlin Livia, wie toll, und auch Tullia legte sich keine Zurückhaltung mehr auf, seit sie Julius durch den Germanen in Anspruch genommen sah.
„Trügen dich nicht die Spuren, die du gefunden zu haben glaubst?" fragte Julius, nachdem der Kampf der wilden Tiere aufgehört und der Lärm sich gelegt hatte.

„Ich weiß es sicher, dass Thusnelda lebt und sich in Rom befindet." antwortete Servius. „Der Pastetenmacher des Fabius hat sich ihrer erbarmt, sie auf dem Verließ befreit und irgendwo in einer Vorstadt versteckt. Ich habe diese Kunde von einem Freigelassenen, welcher bei Fabius bedienstet ist; doch kann ich nichts Näheres erfahren, weil man den Millionär und die von ihm bestochenen Beamten sowie seine Spione fürchtet."

„Wenn jener Freigelassene Zeugnis ablegen wollte, könntest du Fabius unmittelbar anklagen." bemerkte Julius.

„Eben in dieser Hinsicht wollte ich mir bei dir Rat einholen."

„Morgen übernehme ich das Amt des Prätors. Du bringst deine Klage vor meinen Richterstuhl; die Bedenken, welche daraus entstehen könnten, dass die Sache eigentlich vor den Richterstuhl des Prätors der Ausländer gehört, werde ich selbst beheben. Du kannst sicher darauf rechnen, dass dir Gerechtigkeit widerfahren wird." So belehrte Julius seinen Freund.

„Aber Fabius' Tochter ist die Frau deines Verwandten" bemerkte der Germane.

„Auf dem Richterstuhl gibt es keine Rücksichten auf Verwandtschaftsband." entgegnete Julius in einem Ton, als ob solches Verhalten im modernen Rom ganz selbstverständlich wäre.

„Ich werde tun, wie du sagst."

„Auch werde ich dir von Amts wegen geheime Kundschafter beigeben." fuhr Julius fort, „denen ich scharfe Buße ankündigen werde, wenn sie deine Braut nicht ausfindig machen sollten. Ich hoffe, dass diese Mahnung sich wirksamer erweisen wird, als das Geld des Fabius."

So arglos besprachen die zwei ehrlichen Soldatennaturen die Angelegenheit, dass sie gar nicht bemerkten, wie neben ihnen Marcus, der Schwiegersohn des Fabius, aufhorchte und jedes erlauschte Wort seinem Gedächtnis einprägte, wiewohl er nur die nachbarlichen Logen zu mustern schien. Dabei bekümmerte ihn die seinem Schwiegervater drohende Gefahr durchaus nicht; im Gegenteil, er zeigte sich sehr vergnügt.

Eben wollte Servius wieder etwas sagen, als ein Kämmerer des Imperators Lucius Verus die Loge betrat und dem Germanen folgende Botschaft überbrachte:

„Dem göttlichen Imperator Lucius Verus hat es in seiner allerhöchsten Gnade gefallen, dich, hochberühmter Präfekt der Reiterei, zu seinem heutigen Gastmahl zu bescheiden."

„Dem Befehl des göttlichen Imperators wird entsprochen werden."

Nachdem der Kämmerer sich entfernt hatte, fragte der Präfekt seinen Kameraden: „Kannst du mir vielleicht sagen, wann ich mich da einzufinden habe?"

„Sei unbesorgt, ich werde dich zu rechter Zeit in meiner Sänfte hinbringen lassen. Auch ich bin geladen, kann dich aber nicht begleiten. Ich habe mir die Erlaubnis erbeten, später erscheinen zu dürfen, denn das römische Volk" — hier lächelte er höhnisch — „würde mir eine Versäumnis meiner heutigen Hausherrnpflichten im Amphitheater niemals verzeihen. Dir aber rate ich, dich frühzeitig hinzugeben, damit du mit verschiedenen obersten Würdenträgern deine Angelegenheiten besprechen und unter denselben zu deinen Gunsten Stimmung machen kannst, bevor der Becher die Runde zu machen anfängt. Es kann nicht schaden, wenn auch Lucius Verus von der Schufterei des Fabius etwas zu hören bekommt."

Aus der Arena folgten nun weniger lärmende Schaustücke. Ein Vatermörder, welcher zum Flammentod verurteilt war, wurde in pechdurchtränkte Kleider gesteckt und diese angezündet; als lebende Fackel lief er, brüllend vor Schmerzen, herum oder wälzte er sich im Sand, um wieder aufzuspringen und verzweifelte Bewegungen zu machen, während der Pöbel lachte und dem Unglücklichen höhnische Zurufe verteilte, wie: „Ist dir diese Tunika unbequem? . . . Ist's dir heiß? Wir haben doch Winter! ... Spring doch in den Tiberfluß!" So überbot sich der Pöbel in gemütsrohen Witzeleien. Ähnliche Zugaben an geistigen Qualen zu den leiblichen erhielten auch zwei andere Verbrecher. Der eine war an ein Kreuz genagelt, und zwei ausgehungerte Löwen zerfleischten ihn und stritten um seine Gebeine; der andere musste seine rechte Hand über einem Haufen glühender Kohlen braten, ohne dieselbe zurückzuziehen, weil ihm sonst ein über seinem Haupt schwebendes Beil den Schädel gespalten hätte.

Gegen Abend leerten sich nach und nach die unteren Sitzreihen. Nach Lucius Verus verließen viele Senatoren das Amphitheater, nach den Senatoren gingen die Ritter. Als bei eintretender Dunkelheit kaiserliche Marinesoldaten, welche auf den obersten Sitzreihen Polizeidienst versahen, einen Riesenreifen mit aufgesteckten Tausenden von Wachskerzen über die Arena herabließen, da starben Schuldige und Unschuldige nur noch zur Belustigung des Pöbels, welcher unersättlich, stets nach frischem Blut verlangend, jede neue Qual von Menschen und Tieren mit ungeschwächtem Entzücken begrüßte.

Endlich war das Programm des Tages erschöpft. Der Pöbel begann nun auch seinerseits die Plätze zu räumen, als eine letzte Überraschung ihn noch zurückhielt: der ‚echte Patrizier' verabschiedete seine Gäste wirklich mit dem ersehnten Goldregen, den sie schon kaum mehr erwartet hatten. Die beim Haschen nach den Münzen entstehenden Balgereien und Prügeleien sah Julius jedoch nicht mehr; er hatte schon seine Sänfte bestiegen und ließ sich auf den Palatin tragen

Kapitel 12

Der Imperator Lucius Verus bewohnte den linken Teil des kaiserlichen Palastes, welcher ebenso eingerichtet war, wie der rechte, von Marcus Aurelius bewohnte. Auch dort gelangte man durch das Vorhaus unmittelbar in den Empfangssaal, aber anstatt der aus mit zwei Prätorianern bestehenden Wache Mark Aurels umgab sich Lucius Verus mit einem ganzen Heer von Soldaten und Dienern. Hundert Prätorianer in goldenen Helmen und Harnischen senkten vor Julius ihre Schwerter, als er die Schwelle der Residenz des jüngeren Imperators betrat. Sklaven aller Nationen drängten sich in geschäftigem Nichtstun in allen Gängen herum, so dass sich der Ankömmling durch ihre Schar hindurch zwängen musste.

Julius kannte die Einteilung der Räume des Lucius Verus; er folgte also der Richtung, aus welcher von weiter zurückliegenden Gemächern ein Gesang herüberschallte. Angehalten wurde er von niemand; sein Senatorenkleid schützte ihn vor zudringlicher Neugier der Sklaven. Sogar zwei syrische Freigelassene, welche Kammerherrendienste versahen, fragten ihn nicht nach seinem Namen; ungehindert gelangte er bis zur Schwelle eines geräumigen Saales, in welchem der Imperator mit seinen Gästen das Gelage hielt.

Um drei lange, in Hufeisenform zusammengestellte Tische ruhten auf Purpurlagern etwa fünfzig angesehene Männer, die in Rom und allen Provinzen ihren Namen nach wohlbekannt waren; Rosenkränze schmückten ihre Häupter. Mit den Ellenbogen auf Polster gestützt, lauschten die Präfekten, Prätoren, Tribunen, kaiserlichen Räte und berühmten Philosophen dem Gesang einer leichtfertig gekleideten Ägypterin von ausnehmender Schönheit. Die Künstlerin hätte wegen ihrer prächtigen Gestalt einem berühmten Bildhauer als Modell dienen können; doch schienen die Gäste des Lucius Verus nichts Sonderliches an ihr zu finden; sie hatten für sie nur die gleichgültigen, stumpfen Blicke von Leuten, welche mit allem übersättigt sind.

Neues konnte Lucius Verus seinen Gästen überhaupt nicht mehr bieten. Balletts und Gesang sahen und hörten die Senatoren und ‚Philosophen' so oft und in solcher Mannigfaltigkeit, dass sie heute nur aus Schicklichkeitsgründen Beifall klatschten. Weder an dem afrikanischen Tanz schier unzähliger Afrikanerknaben, noch an dem andalusischen von hundert feurigen spanischen Mädchen vermochten sich die oberen Herren der Welt irgendwie zu begeistern. Auch die Vorstellungen einer großen Zahl von Seilkünstlern und Taschenspielern, die sowohl einzeln als auch zusammen auftraten, waren für sie nichts Neues.

Langeweile und Überdruss lasteten auf der glänzenden Versammlung, welche von einer großen Schar Sklaven bedient wurde. Jedem der Gäste war ein eigener griechischer, in sizilischer Schule herangebildeter Tafelschenk beigegeben; nur diesem war es gestattet, die von den Afrikanern herbei getragenen goldenen Teller und Trinkgefäße darzureichen.

Als Julius eintrat, wurden schon Früchte und Zuckerwerk herumgetragen. Der neue Prätor wartete das Ende des Gesanges der ägyptischen Schönheit ab, dann näherte er sich dem gastlichen Imperator. Dieser lag in seiner purpurnen Tunika mit dem goldenen Kranz um die Schläfen auf der mittleren Lagerstätte zu oberst der Tafel zwischen dem Stadtpräfekten und Avidius Cassius, dem obersten Feldherrn der orientalischen Legionen. Sein Gesicht glühte von übermäßigem Weingenuss; auch er war gelangweilt und gähnte ohne Unterlass.

Julius' Verbeugung beantwortete er mit heiterer Stimme:

„Willkommen, du tugendhafter Römer mit dem Blick eines Brutus, mit welchem du unausstehlicher und unverbesserlicher Spielverderber allen insgesamt und jedem einzelnen immer und überall jegliches Vergnügen vergällst. Nimm Platz neben dem Präfekten Servius, dessen musterhafte Liebe mit deiner musterhaften Tugend so vollkommen und so schön übereinstimmt. Ihr beide habt heute schon im Amphitheater ganz Rom durch eure würdevolle Haltung erbaut, aber es würde sich lohnen, euch täglich auf dem Forum Romanum öffentlich zur Schau auszustellen, damit das römische Volk patriotische und bürgerliche Tugenden von euch erlernt, und die Damen von Rom erfahren, was sie von euch nicht zu erwarten haben."

Die meisten der Versammelten erachteten es als ihre Pflicht, manches Wort des Imperators mit spöttischem Lachen zu bekräftigen; die letzten Worte wurden sogar beklatscht. Nur Avidius Cassius runzelte die Stirn wegen der wegwerfenden Art, mit welcher der junge Imperator einen so verdienten Truppenführer und Staatswürdenträger behandelte. Auch Marius Pomponius, der Prätor der Ausländer, biss sich auf die Lippen.

Julius bewahrte seine Ruhe, verbeugte sich nur leicht und begab sich, ohne ein Wort zu antworten, auf den ihm angewiesenen Platz.

Lucius Verus aber fuhr fort:

„Denn vielleicht wisst ihr alle nicht, dass der Präfekt Servius schon seit zwei Monaten seine Braut sucht, welche ihm von irgendeinem kecken Menschen vor der Nase weggezaubert worden ist. Zwei Monate! Das ist mehr als genug, um auch der süßesten Liebe überdrüssig zu werden oder sie zu vergessen; er aber sehnt sich noch immer nach ihr zurück! Die Weiber des ganzen Reiches sollten ihm im Tempel der Venus ein Denkmal setzen und ihn als Gott der treuen Liebe anbeten!"

Servius schaute während dieser Worte dem Imperator unverwandt in das rote aufgedunsene Gesicht. Des Präfekten Blick hatte nichts von der Unterwürfigkeit des römischen Würdenträgers an sich. Schlecht versteckte Verachtung sprach aus den blauen Augen des Germanen.

„Für solche Blicke ließe ein Caligula, Nero oder Domitian dir den schönen Kopf vom Rumpf trennen!" fuhr Lucius Verus fort. „Ich aber werde deiner Liebe zu Ehren den ältesten Falerner, welchen die kaiserlichen Kellereien bergen, die Runde um unseren Tisch machen lassen; denn bisweilen finden Imperatoren Gefallen an dem Stolz ihrer Untertanen. Wir hören zu viel Beifall um uns herum und sehen zu viele Katzenbuckel. Dein Stolz wirkt erquickend!"

Er gab dem Hofmeister ein Zeichen, dann wendete er sich an den Stadtpräfekten mit folgenden Worten: „Und du siehe, dass Servius Claudius Calpurnius nicht vergeblich seine Braut sucht. Ich will recht bald das Weib sehen, welches in unserem wackeren Präfekten ein so heißes und beständiges Gefühl erweckt hat, dass es nicht einmal in Rom erkaltet ist. Elende politische Verbrecher, schwärmerische Christen versteht ihr in Erdhöhlen aufzuspüren; wenn es sich aber darum handelt, einem um Rom wohlverdienten Manne Gerechtigkeit widerfahren zu lassen, dann verlieren eure Spürhunde Witterung und Wachsamkeit! Servius' Braut ist wert, dass sich ein Imperator ihrer annimmt. Das muss ein ausnehmend schönes und reizendes Weibsbild sein!"

Ein bedeutsames Lächeln überflog die Lippen der Senatoren; in Servius' Augen aber erglänzten düstere Lichter.

„Deinem Befehl, göttlicher Imperator, wird Genüge geschehen." antwortete der Stadtpräfekt, wobei er Marcus Quinctilius, der auch anwesend war, einen fragenden Blick zuwarf.

Der lustige Exprätor nickte unmerklich mit dem Kopf, womit er zu verstehen gab, dass er den Stadtpräfekten in dessen Maßregeln nicht behindern werde.

Einen ungeheuren, mit hundertjährigem Falerner gefüllten Murrinischen Becher erhebend, rief nun Lucius Verus aus: „Servius, zu Ehren deiner Liebe!"

Er setzte den Becher an die Lippen und trank — er trank lange, mit Unterbrechungen und wurde immer röter im Gesicht, die Stirn- und Halsadern schwollen ihm an, wie um zu bersten, und seine Augen traten immer mehr hervor; aber er leerte den Becher bis auf den letzten Tropfen. Dann schleuderte er das kostbare Gefäß, eine Zierde der kaiserlichen Schatzkammer, auf den Mosaiktisch und fiel auf sein Lager zurück.

„Trinket . . . trinket!" stammelte er seinen Gästen zu.

Sein Leibarzt, ein alter Ägypter, der neben ihm stand, beugte sich besorgt über ihn.

„Geh, du Narr!" brummte Lucius Verus. „Schon ganz andere Mässlein habe ich geleert . . . Trinket! . . . trinket!"

Ein frischer Becher machte die Runde.

Trüben Blickes starrte der Imperator seine Gäste an, ein verächtlicher Ausdruck lagerte sich um seine Lippen. Er erhob sein Haupt, stützte es auf die Handfläche und rief zwischen die Gäste hinein:
„Deine süße, nachsichtige cyrenäische Weisheit ist trügerisch, Aristomedes! . . . Ja, Aristomedes, dich geht es an!"
Der Philosoph, ein junger, eleganter Grieche in einem Mantel von feinstem Tuch, mit schön frisiertem Haupthaar, stark parfümiert, von Fingerringen und Armspangen strotzend, erhob sich ein wenig von seinem Lager und erwiderte:
„Meine Weisheit benimmt die Furcht vor dem Nichts nach dem Tod und lehrt, den Honig aus der Blume des Lebens bis auf den letzten Tropfen zu genießen. Die Jünger des Aristippus wechseln den Genuss, wenn sie irgendeiner Art desselben überdrüssig geworden sind."
„Aber außergewöhnliche Genüsse verstehen sie nicht zu schaffen!" gab Lucius Verus zurück. „Ihre Freuden erschöpfen sich allzu schnell, und darum trügt deine Weisheit, Aristomedes; denn man langweilt sich dabei."
„Weil sie nicht maßzuhalten weiß in der Jagd nach Glückseligkeiten." mischte sich ein anderer Philosoph ein, der Epikuräer Pythias, ein üppiger, roter Alexandriner. „Nicht das erfüllt mit Wonne, was reizt, sondern was befriedigt und beruhigt."
„Mich befriedigt und beruhigt im Augenblick der ausgezeichnete Falernerwein." entgegnete Aristomedes, den Becher an die Lippen setzend.
„Und morgen wirst du ihm verfluchen." widersprach der Alexandriner.
„Die Sorge ums Morgen überlasse ich dir!" schrie der erste.
Die zwei Philosophen warfen sich gegenseitig Blicke zu wie Hähne, wenn sie sich zum Kampf herausfordern. Ein spöttisches Lächeln belebte des Imperators müdes Gesicht. Er warf Marcus Quinctilius einen verständnisinnigen Blick zu und ließ eine frische Ampher Wein bringen.
„Ehre sei euch, ihr strahlenden Sonnen des Antoninischen Kaiserreiches! Euer Glanz hat die Götter in den Schatten gestellt und alle Lebensgeheimnisse beleuchtet. Ihr habt die Bewohner des Olymp mit euren Zungen hingemordet, denn diese alten Krüppel waren einer anderen Waffe nicht wert. Ihr habt das beängstigende Dunkel zerstreut, welches uns umgab, und uns mit der völligen Freiheit des Denkens, des Tuns und Lassens beglückt. Trinkt aus, hochehrwürdige Weisen, ich trinke euch zu Ehren!"
Er setzte den Becher an die Lippen und tat, als ob er trinkt, musterte dabei aber alle anwesenden Philosophen.
Nur Aristomedes und Pythias taten Bescheid; die übrigen maßen die großen Becher mit misstrauischen Augen. Der alte Falerner hatte schon zu wirken begonnen, und sie wussten auch nicht, was sie von der zweideutigen Lobrede zu halten hatten.
„Der Imperator erwartet von euch Bescheid!" fuhr Lucius Verus fort.
Nach so eindringlicher Aufforderung mussten die Philosophen trinken. Die meisten von ihnen fielen bald darauf mit dem Kopf auf das Stuhlpolster oder auf die Lehne. Das aber wollte Lucius Verus nicht.
„Müde der Weisheit des Aristomedes und der des Pythias." sprach der Imperator weiter, „deren Rat ich so eifrig befolgt habe, dass ich wie ein morscher Baum zu wanken anfange, habe ich mich

entschlossen, die Lebensweise zu wechseln. Wen anders aber sollte ich um neue Weisungen angehen, als euch, deren Häupter unter der Last des Allwissens sich beugen und deren Glatzen wie Leuchttürme strahlen? Teilt mir ein wenig von eurer Weisheit mit, damit ich meinem göttlichen Bruder Marcus Aurelius, wenn auch nur entfernt, ähnlich werde. Fange du an, Philippus; sage her, was du weißt."

Er gab dem Hofmeister ein Zeichen, und kaum hatte Philippus den Versuch gemacht, sich auf seinem Lager zu rühren, war er auch schon von vier Sklaven gefasst, erhoben und zu allseitigem Ergötzen auf den Tisch gestellt.

Man klatschte mit den Händen, erhob ein großes Gelächter, und der arme Philosoph schaute mit verlegener Miene um sich.

„Ich will von dir wissen, was das Wesen alles Seins ist!" sagte Lucius Verus in befehlendem Ton.

„Die höchste Wesenheit ist . . . die Zahl . . . und der - der Klang." lallte der Pythagoreer, „und die Welt besteht aus . . . aus vier Elementen: Erde, Wasser, Luft und Feuer . . ."

„Unter deinen Elementen fehlt der Wein." entgegnete Lucius Verus, „und das höchste Wesen sollte nicht der Imperator sein? Deine Weisheit ist eine Majestätsbeleidigung! Ich werde sie öffentlich anbieten. Wieviel gibt jemand von euch für die Weisheit des Philippus?"

„Zwei As!" bot Marcus Quinctilius.

„Zuviel, zuviel!" rief ein anderer unter allgemeinem Gelächter.

„Gebt mir den Chrysippus her!" befahl der Imperator.

Und wieder hoben vier handfeste Sklaven einen Philosophen auf den Tisch. Diesmal war es ein Anhänger der Lehre des Sokrates.

Ohne eine Frage abzuwarten, sagte dieser sogleich in einem Atem her, als wollte er der unangenehmen Aufgabe sich je eher desto lieber entledigen: „Ideen sind die ewigen Weltgesetze. Alles, was wir sehen, ist nur ein verzerrtes Abbild von Dingen, welche in greifbarer Gestalt in der Natur gar nicht bestehen."

„Also, wo bestehen diese Dinge?" fragte Marcus.

„Nirgends in der Welt; denn wenn sie hier beständen, so wären sie überhaupt nicht da . . ."

Lautes Lachen aus einer Ecke unterbrach Chrysippus' Aus-einandersetzungen. Der Lacher war Polygenes, ein Jünger Demokrits.

„Ideen, Ideen!" spöttelte er, den Verehrer Sokrates' verächtlich anschauend. „Er sieht Dinge, die nicht bestehen. Er muss gute Augen haben, könnte ein Augur sein! . . . Nein, alles ist eitler Wahn, der Mensch ist nur ein Gemengsel von Atomen, ein Spielball des Schicksals! Lächerlich ist alles, auch das Leben!"

„Ja, alles ist eitler Wahn und hohles Nichts!" stimmte ihm begeistert ein Anhänger Heraklits bei.

„Es gibt auf der Welt nichts Beständiges; Freude wird Leid, Weisheit Unsinn, Edelmut erscheint niederträchtig, Offenheit heuchlerisch; die Welt ist ein Kind, welches an Seifenblasen Gefallen findet. Weinet, ihr Glücklichen, tröstet euch, ihr Unglücklichen, denn alles ist eitel und nichts."

„Ausgenommen die Liebe und der Wein!" rief Aristomedes dazwischen.

„Ausgenommen die vernünftige Glückseligkeit!" setzte Pythias dagegen.

Und der Skeptiker Polykrates, schon gänzlich berauscht, brummte: „Nichts weiß man, nichts sieht man . . . nichts hört man, nichts versteht man. Nur der ist weise, der das Tier um seinen Verstand beneidet."

„Narren seid ihr alle!" schrie der feiste Zyniker Aristides. „Verlangt es euch nach Vergnügungen, so schließet einen Bund mit Armut, Arbeit und Hunger. Habt ihr Geld. so werft es ins Wasser. Erbt ihr ein Haus, so zerstört es und wohnt in einer Tonne, in einer Höhle oder in einem Grab!"

Die weinberauschten Philosophen begannen durcheinander zu streiten und zu zanken. Die ganz Trunkenen stießen abgerissene Sätze oder Wörter hervor; die minder Berauschten trugen schreiend ihre Lehrsätze vor; die ihren Verstand noch am wenigsten umnebelt halten, gerieten in scharfe Zungengefechte. Alles dies schmolz für die Unbeteiligten in ein lärmendes Chaos zusammen, in welchem nur die einzelnen Wörter verständlich waren: Zahl, Klang, vier Elemente, Atome, nichts, eitel, Wahn, Leid, Freude, Ideen, Leib, Seele, Geist, Wesen, Urwesen, ewiger Stoff, Unsinn, Glückseligkeit, Freiheit, Gleichgültigkeit und so weiter. Ein jeder der Philosophen behauptete etwas anderes, und mancher verstieg sich in seinen Beweisgründen bis zur Drohung mit geballter Faust.

Es ging zu wie in einer Dorfschänke, und der Imperator Lucius Verus wälzte sich auf seinem Lager und wollte ersticken vor Lachen.

„So ist's recht! ... So hab' ich's gern!" rief er. „Klatscht Beifall, Senatoren!"

Die Senatoren klatschten und versuchten den hitzigen Streit der Philosophen noch mehr zu schüren.

Marcus schrie: „Der göttliche Imperator trug euch die Ehre an, sich an euch zu ergötzen, ihr Windbeutel, gefüllt mit hohlen Redensarten!"

„Gelehrtes Gesindel!" brummte Avidius Cassius, der seine Entrüstung nicht unterdrücken konnte, aber an dem seltsamen Treiben keinen Gefallen fand.

Julius und Marius Pomponius blieben stumm; umso beredter sprachen ihre Blicke, welche zwischen dem Imperator und den Gelehrten hin und her gingen. Sie errieten Lucius Verus' Absicht. Der abgestumpfte Wüstling hatte sich einen eigenartigen Zeitvertreib ausgedacht auf Kosten der Würde der Gelehrten, welche von Marcus Aurelius nach Rom berufen waren. Absichtlich hatte er sie trunken gemacht und gegeneinander aufgehetzt, um sie nicht nur vor den Senatoren, sondern auch vor den Sklaven lächerlich zu machen.

Morgen weiß ganz Rom, welch' boshaften Scherz der jüngere Imperator sich erlaubt hat. ganz Rom spricht davon, und der ernste Marcus Aurelius wird sich wieder abhärmen über die seinen Lieblingen angetane Schmach, wie ihm die Streiche seines Bruders überhaupt viel Kummer bereiteten. Das war also die Überraschung. welche Lucius Verus dem Julius angekündigt hatte!

Servius war mehr verwundert als entrüstet. Würde, Ernst und Kraft hatte der Germane in der Stadt der Städte zu finden gehofft, und er fand Leichtsinn, Ausgelassenheit, bodenlose Sittenlosigkeit. Alles, was er bisher in Rom gesehen hatte: Theater, Gladiatorenkämpfe, Gelage, Senatoren, Frauen, stimmte durchaus nicht zu der Vorstellung, welche sich die Provinzen über die Welthauptstadt machten. . . . Also, so nehmen die Herren der Welt sich aus, wenn man sie aus der Nähe betrachtet! Ein verächtliches und hassenswertes Gesindel ist es. Wie kommt solcher

Abschaum dazu, von allen Völkern Achtung und Gehorsam zu verlangen? . . . Solche Sprache führten Servius' verwunderte Augen.

Er begann Vergleiche anzustellen, auf welche er in seinem Feldlager nie gekommen wäre. Was ist das römische Volk im Vergleich mit der urwüchsigen Kraft der germanischen Völker? Wenn ganz Germanien sich über die Berge wälzen wollte, so bedeutete dies für Italien eine Überschwemmung. Wollte auch nur die Hälfte der mannbaren Germanen ihre Kraft einsetzen, so wäre die Welthauptstadt mit ihrer schimmernden Pracht und ihrem goldenen Glanz ein elender Schutthaufen.

Aber werden diese freien und eigensinnigen Kinder der Wälder sich zügeln und führen lassen? Werden sie ihren Nacken beugen unter die Befehl eines obersten Willens? Servius kannte nur zu gut die Unbotmäßigkeit des Volkes, welchem er dem Blut nach selber angehörte, um sich in dieser Beziehung irgendeiner Täuschung hinzugeben. Arminius wurde einst von seiner eigenen Sippe im Stich gelassen, und so viele andere kühne Anführer sind zugrunde gegangen wegen der Unbotmäßigkeit germanischer Horden. Und doch! . . .

Der feurige Falerner, wenn auch nur mäßig genossen, begann auf das Blut eines niedergetretenen Fürstengeschlechts einzuwirken, das in Servius' Adern floß; es schäumte auf und stieg ihm ins Gehirn. Servius gab immer kühneren Gedanken Raum. Seit der Niederlage des Arminius sind mehr als hundert Jahre vergangen! Seit jener Zeit dienten hunderttausende Germanen in römischen Legionen, haben ihre Zucht und Kriegskunst erlernt, sind in regelrechter Schlachtordnung gegen' den Feind gestanden. Vielleicht sind die Söhne der Berge und Wälder heute bereit, vielleicht wissen sie jetzt persönliche Eifersüchteleien und privaten Hass aus dem Altare der gemeinsamen Sache niederzulegen. Wenn es so wäre, dann . . .

Mit einem jähen Ruck erhob Servius sein Haupt. In seinen Augen lag eine solche Drohung, in seinem männlichen Antlitz ein solches Kraftbewusstsein, dass das lustige Gelächter den Römern in der Kehle stecken geblieben wäre, wenn sie geahnt hätten, was in der Seele des Germanen vorging. Aber die Gäste des Imperators beachteten den Barbaren nicht; sie ergötzten sich an dem immer mehr ausartenden Gezänke der Philosophen.

Ein einziger Gelehrter beteiligte sich nicht an dem wüsten Lärme. Den Kopf auf die Lehne seines Lagers gestützt, betrachtete er traurigen Blickes das Ärgernis erregende Schauspiel. Lucius Verus bemerkte es und rief ihm zu: „Nun, du würdevoller Stoiker mit den tränenden Krokodilaugen und dem Bart eines Büffels, hast du mir denn gar nichts zu sagen? Die Glückseligkeit des Imperators ist dir in so hohem Grade gleichgültig, dass du keinen Tropfen von deiner Weisheit zu meiner Belehrung hergeben willst? . . . Ruhig da, ihr anderen! Dieser hier hat jetzt das Wort."

Der Stoiker veränderte seine Lage nicht, und nachdem die Philosophen zu zanken aufgehört hatten, antwortete er gelassen: „Meine Lehre bedarf der Worte nicht; beredt genug ist das Leben Marc Aurels, ihres Jüngers und Bekenners."

Der Name des älteren Imperators fiel in die Gesellschaft wie eine Warnung. Alle schauten sich um, als wenn sie fürchteten, der ausgesprochene Name könnte den Träger desselben herbeirufen. Sogar Lucius Verus wurde für einen Augenblick verlegen. Aber eben nur für einen Augenblick, denn gleich darauf entgegnete er dem Stoiker: „Dass du schlau bist und über eine

schneidige, spitzige Zunge verfügst, wissen wir alle. Der Syllogismus ist das Wesentliche in deiner Weisheit."
„Er soll uns einen schlagenden Syllogismus zum Besten geben!" rief der Ex-Prätor Marcus Quinctilius.
„Ja, einen Syllogismus, einen schlagenden!" forderten die Senatoren.
Der Stoiker lächelte zweideutig und erhob sich ein wenig von seinem Lager.
„Willst du." fragte er, zu dem Ex-Prätor gewendet, „dass ich dir beweise, du seiest ein Vieh?"
Der lustige Marcus zögerte mit der Antwort; er wusste nicht, wie er der kecken Frage des Philosophen begegnen sollte.
Aber schon erscholl allerseits der Ruf: „Ja, ja, beweise es! Wir verlangen den Beweis!"
Lucius Verus bereute, den Stoiker gereizt zu haben, weil Marcus Quinctilius sein bester Genosse war; aber dem allgemeinen Verlangen konnte er nicht widerstreben, und so sprach er denn: „Ja, beweise es."
„Beweise, dass ich ein Vieh bin!" forderte nun auch Marcus Quinctilius.
Der Stoiker lächelte wieder.
„Ein Vieh hat Kopf und Füße, auch du hast Kopf und Füße, also bist du ein Vieh."
„Richtig!" sagte Marcus, sich auf die Lippen beißend. „Nun aber gib mir meine menschliche Gestalt wieder, oder . . ."
Er wollte eine Drohung aussprechen, aber schon antwortete der Philosoph: „Nichts leichter als das. Das Vieh säuft nur dann, wenn es Durst hat, du aber trinkst immer; also bist du kein Vieh."
Marcus schnellte auf seinem Lager empor, aber eine Handbewegung des Imperators hielt ihn zurück.
„Nun, welche Verwandlung wirst du mich durchmachen lassen?" fragte Lucius Verus den Stoiker.
Alles lauschte, doch der Befragte kam nicht aus der Fassung.
„Du, göttlicher Imperator, bist der Gott auf Erden; die Stoiker aber schließen, wie dir bekannt, alle Götter aus ihren Auseinandersetzungen aus."
Sprach er und verbeugte sich tief vor dem ‚Gott auf Erden'.
Dann fügte er hinzu: „Nun aber gestatte, dass ich mich entferne; denn in meinen alten Jahren verträgt man solche Gelage nicht mehr gut. Ich werde vom göttlichen Marcus Aurelius heute noch erwartet."
Lucius Verus ergriff drohend einen schweren goldenen Becher. Schwüle Stille, der Vorbote eines heftigen Austrittes, trat für einen Augenblick ein; im Geist sahen schon alle den Becher an den Kopf des Sprechers fliegen.
Da hallte durch das weite Gemach eine kräftige Soldatenstimme — es war die des Julius: „Auch ich bitte um Urlaub. Ich bin ermüdet nach all' dem theatralischen Unsinn, den ich heute mitmachen musste."
„Auch ich!" meldete sich Avidius Cassius.
„Auch ich . . . auch ich!" fügten Servius und Marius Pomponius hinzu.
Julius hatte sich sofort nach seiner doppelsinnigen Rede erhoben und schritt nun dem Lager des Imperators zu, um seine Verbeugung zu machen. Ihm folgten auf dem Fuß die drei anderen, und

so erhielt der Philosoph leibliche und moralische Deckung gegen den Wutausbruch des jüngeren Imperators.

Die Stille im Saal wurde beängstigend; man hörte deutlich Lucius Verus heftige Atemzüge. Seine Augen waren mit Blut unterlaufen, wie die eines gereizten wilden Tieres.

Plötzlich stieß er ein heiseres Lachen hervor und sprach durch die Zähne: „Es ist ein Vorrecht der Könige, Übermut zu verzeihen und Beleidigungen nicht zu verstehen. So lehrt mein göttlicher Bruder, den Weisen Antisthenes folgend."

Er atmete tief auf, stellte den Becher auf den Tisch zurück und fuhr fort: „Die Sklaven und das Goldgeschirr, welche zu eurer Bedienung gehörten, nehmt es an von mir zum Andenken an den heutigen Tag. Und damit ihr nicht einem etwaigen Zusammenstoß mit dem Pöbel ausgesetzt seid, in dem Spiele im Amphitheater immer die Bosheit hungriger Hunde erwecken, erwartet einen jeden von euch ein mit Mauleseln bespannter Wagen vor dem Palast. Auch diese Kleinigkeit behaltet zur Erinnerung."

Mit der Hand gab er das Zeichen, dass er den Stoiker und seine vier Beschützer entlassen soll. Dann winkte er dem Hofmeister, eine frische Ampher bringen zu lassen.

Nachdem die fünfe sich entfernt hatten, sagte Lucius laut: „Und nun, da die düsteren Blicke jener Toren uns den göttlichen Falerner nicht mehr vergällen werden, zeigt, dass ihr die Gaben des Bacchus zu schätzen versteht. Wer des Weines übervoll ist, soll ihn von sich geben, um für frische Becher Raum zu schaffen."

Der Speisesaal des Imperators gewährte einen immer wüsteren Anblick: Sklaven trugen fortwährend neue Weinkrüge herbei, deren Inhalt bald alle Standesunterschiede aufhob, die Zungen verwirrte und jede Spur gesellschaftlichen Anstandes aushob. Der arme Philosoph küsste den reichen Senator, der Weise lachte blödsinnig, einer überschrie den anderen; alle aber überboten sich gegenseitig im Trinken. Jeden Augenblick trugen Sklaven eine lebende Leiche ins Bad, von wo der Gast des Imperators ernüchtert, aber leichenblass in den Speisesaal zurückkam, um von neuem zu trinken.

Nur Lucius Verus unterzog sich dieser Behandlung nicht. So oft er die Besinnung schwinden fühlte, beugte er sich über ein goldenes Waschbecken, unterstützt von zwei Leibärzten; dann nahm er irgendeine Arznei ein und trank weiter. Schließlich aber fühlte auch er sich stark ermüdet, und kalte Schauer schüttelten seinen Leib.

„Ein elendes Geschöpf ist doch der Mensch." sagte er brummend zu Marcus, der nach Avidius Cassius' Abgang den Platz neben ihm eingenommen hatte. „Meine Imperatorenwürde gäbe ich demjenigen, der ein Mittel gegen Überdruss erfindet. . . . He, ihr Philosophen, wer von euch will sich den Cäsarenpurpur verdienen? Meinen Imperatorenkranz demjenigen, welcher dem Leib ungebrochene Widerstandskraft und dem Tod Gehorsam einflößt. Kramet aus eurer Weisheit, ihr Mächtigen! Ich scherze nicht! Für dauerhaften Lebensgenuss, für nie versiechende Gesundheit gebe ich meine Göttlichkeit her!"

Unter den Philosophen begann es wieder zu summen und zu schwirren wie in einem aufgerüttelten Bienenkorb. Ein jeder gab einen Schwall von geschraubten Erklärungen und Schlussfolgerungen von sich, und bald artete dies wieder in eine Fortsetzung des früheren Gezänkes aus.

„Gebt Ruhe!" rief endlich Lucius Verus. „Ich werde machen dass ihr alle miteinander übereinstimmt. Was noch keinem Weisen gelungen ist, das wird der Imperator zustande bringen. Ich werde euch den Grund alles Seins zeigen, und ihr alle werdet ihn anerkennen . . . Meine Sänfte!" befahl er dem Hofmeister.

Vier riesige Sklaven brachten das purpurne Tragbett, das mit dem kaiserlichen Adler geschmückt war.

„Es ziemt sich." sagte Lucius Verus, die Sänfte besteigend, „dass die Priester des Grundes alles Seins der Verkörperung dieses Urgrundes zu Diensten sind. Ich bin der Anfang und das Ende von allem, was im römischen Reich geschieht; ich bin der Nachfolger der Götter, der belebende Hauch und der Wille der Menschheit; ich bin jenes Lebenselement, welches ihr sucht. Zur Sänfte her, ihr Philosophen! Ihr werdet mich tragen!"

Die trunkenen Philosophen schauten einander verdutzt an.

„Zaudert nicht!" rief der Imperator. „Aber tragt vorsichtig, denn wer stolpert, soll meinen goldenen Kranz auf seiner Glatze zu fühlen bekommen."

Unter dem Gelächter der Senatoren und dem Schmunzeln der Sklaven hoben die Philosophen die Sänfte mit dem Imperator und folgten wankenden Schrittes dem Hofmeister, welcher diesen absonderlichen nächtlichen Aufzug anführte.

Umgeben von den ersten Würdenträgern Roms und einem Heer von Dienerschaft, welche Fackeln trug, zog Lucius Verus über den Hof unter den Fenstern Marc Aurels vorbei, welcher mit seinen Ratgebern noch über Staatsgeschäfte beratschlagte.

Priester haben bei feierlichen Aufzügen Hymnen zu singen." sagte Lucius Verus in befehlendem Ton. „Singt, meine Flamines!"

Die Philosophen stimmten halblaut irgendein Lied an, mit voller Stimme fiel der Chor der Senatoren ein.

Der lärmende Aufzug gelangte durch ein Tor in dem hinter dem kaiserlichen Palast gelegenen Garten und machte vor einem Prachtgebäude aus weißem Marmor Halt. Als die Dienerschaft die aus edlen, Citrusholz gezimmerte Tür öffnete, ließ sich von innen das Wiehern eines Pferdes vernehmen.

„Gnädigst begrüßt euch mein Celer." verdeutlichte Lucius Verus die Sprache seines Rosses.

Die Sänftenträger zögerten, weiter vorzuschreiten, doch unter bedeutsamen Peitschenknall mussten sie mit ihrer ‚göttlichen' Bürde die Schwelle übertreten.

Sie fanden sich in einem sehr geräumigen Saal, dessen Wände mit Malereien bedeckt waren, welche Szenen von Wettrennen darstellten. Auf einem Mosaikstrich feinster Arbeit stand an einer mit Rosinen und Datteln gefüllten Krippe ein prächtiger Hengst mit einer goldenen, von Edelsteinen glitzernden Kette um den Hals und einer purpurnen Seidendamast-Decke über dem Rücken.

Lucius Verus ließ sich nahe an die Krippe tragen. Von seinem Tragbett aus streichelte er seinem Lieblingspferd den Hals und sprach zu den Philosophen:

„Hier seht ihr den Weisen aller Weisen, mithin euren Gott und den Urgrund alles Seins. . . . Ihr staunt? Ihr glaubt nicht? Ich werde es euch sogleich beweisen."

Er lehnte sich gemächlich zurück, stützte den Kopf auf die Hand und sprach weiter:

„Celer ist weiser als ihr alle, denn da er keine Sprache besitzt, schwatzt er keinen Unsinn, wie ihr, titelt Tröpfe; da er nur seinen natürlichen Trieben folgt, geht er nie über das gehörige Maß hinaus, wie ihr Trunkenbolde. Celer ist mein Freund und da göttliche Wesen nur unter Göttern Freunde sich wählen, so ist auch er ein Gott, und es gebührt ihm göttliche Verehrung. Fallt auf die Knie, ihr Philosophen, vor dem Gott Celer! . . . Ihr wollt nicht?"
Der Imperator gab ein Zeichen.
Einige Dutzend kräftiger Sklavenhände ergriffen die Gelehrten an den Schultern und schleuderten sie unter das Pferd, welches scheuend ausschlug.
„Betet den Gott Celer an, fleht um Gnade, denn er könnte euren Starrsinn schrecklich bestrafen!" schrie Lucius Verus, sich wälzend vor Lachen.
Die Senatoren lachten mit und beklatschten den kaiserlichen Einfall.
„Seid ihr jetzt überzeugt?" höhnte der Imperator. „Jetzt seid ihr alle von einem Glauben beseelt, jetzt seid ihr alle eines Sinnes und friedfertig, wie neugeborene Kinder. . ."
Plötzlich wurde es im Palast ganz still. Gäste und Fackelträger traten auseinander und bildeten einen breiten Durchgang; die Häupter senkten sich gleich den Kornähren, wenn ein Windhauch darüber geht.
Am Ende der Reihen erschien eine dunkle Gestalt im Philosophenmantel, die sich langsam, würdevoll bewegte. Es war Marcus Aurelius.
Bei der Sänfte seines Bruders angekommen, blieb er stehen und wies mit dem Zeigefinger seiner Rechten auf das Tor. Sofort leerte sich der Pferdestall. Senatoren, Philosophen und Sklaven verließen eiligst und ohne Geräusch Celers Palast; Marcus Aurelius blieb mit Lucius Verus allein.
Lange schauten die beiden einander ins Gesicht, bevor sie Worte wechselten, der ältere vorwurfsvoll, der jüngere mit einem boshaften Lächeln.
Marcus Aurelius sprach zuerst leise: „Lucius! Bedenke, dass die Götter einst Rechenschaft verlangen werden über die Gaben, mit welchen sie dir gegenüber wahrhaftig nicht gegeizt haben."
Lucius machte eine Bewegung der Ungeduld.
„Die Götter? Die Bewohner des Olymp werden mich mit offenen Armen empfangen, glücklich, dass sie einen lustigen Genossen bekommen. Ich werde sie lehren, wie man Ambrosia und Nektar genießen muss, und sie werden mir dafür die schönsten Erdgeborenen zeigen, denn mit Göttinnen mag ich mich nicht einlassen. Mach' dir also keine Sorge wegen der Götter; ich werde schon mit ihnen fertig werden, wenn du nach meinem Tod mich denselben beizählen lässt, was du als guter Bruder mir nicht verweigern wirst. Mit Bacchus und Amor werde ich sogar sehr bald eng befreundet sein."
Der sanfte ältere Imperator wollte weiteren Antworten dieser Art ausweichen und ging zum Schein auf die Witzeleien seines Bruders ein, indem er sagte: „Bevor das geschieht, wirst du den Rest deiner Gesundheit eingebüßt haben. Du welkst ja sichtlich hin."
„Und du blühst vielleicht? Wer trinkt denn täglich einen abscheulichen Absud von allerlei Kräutern? Wer gebraucht kalte Bäder? Wer klagt über unaufhörlichen Kopfschmerz? Wer hat die Stimme eines kranken Weibes und trägt im Gesicht die Blässe ausschweifender Lebemänner? Zwischen uns besteht kein Unterschied. Du arbeitest übermäßig, ich genieße übermäßig; du

bringst die Nächte über langweiligen Büchern zu, ich in lustiger Gesellschaft. Verschieden sind die Ursachen, aber die Gesamtwirkung ist schließlich ganz gleich. Dein Haar ist gleich dem meinigen vorzeitig ergraut, du welkst ebenso hin wie ich. Der Unterschied besteht nur darin, dass ich des Lebens Honig genieße, du des Lebens Bitternis!"

„Bruder." entgegnete Marcus Aurelius mit weicher Stimme, „du verbringst riesige Summen in unsinniger Schwelgerei, während das Reich von Elend und Krieg bedroht ist. Weißt du, dass die Plebs von Rom Hunger leidet?"

„So öffne die Kornspeicher!" gab Lucius unwillig zurück.

„Die sind leer."

„So schicke Schiffe nach Ägypten!"

„Ägypten hat eine Missernte."

„So schicke sie nach Spanien, Britannien. . . wohin du willst, nur lass mich in Ruhe!"

„In den germanischen Wäldern sammelt sich ein Unwetter!"

Lucius Verus gähnte, dann sagte er unwirsch:

„So schicke Legionen hin, Kohorten, Zenturien, Weiber, Kinder, was immer du willst, aber mich lass in Ruhe. Du verfolgst fortwährend meine Schritte; ich bekümmere mich ja auch nicht um die deinigen! Obwohl ich das Recht habe, die Macht mit dir zu teilen, überlasse ich dir die Herrschaft ungeteilt und mische mich nicht in Staatsangelegenheiten; also mische auch du dich nicht in meine Angelegenheiten! Wenn aber deine Schulmeisternatur irgendetwas zu verbessern und zu belehren nötig hat, so fange doch bei deiner Gemahlin Faustina und ihrem Lieblingssöhnchen Commodus an. Wahrlich, einen schönen Imperator hast du für Rom in Bereitschaft!"

Marcus Aurelius senkte sein Haupt; Lucius Verus hatte die schmerzlichste Wunde seines Herzens aufgerissen.

„O Lucius!" sagte er mit gedämpfter Stimme und entfernte sich so langsam, wie er gekommen war.

„Du hast es gewollt!" brummte ihm Lucius nach.

Die Nachsichtigkeit für die Ausschweifungen seiner Gemahlin und die Ungezogenheiten seines Sohnes war ein dunkler Fleck auf Marc Aurels sonst reinem Gewissen. Er wusste sehr gut von Faustinas schlimmem Lebenswandel und kannte Commodus' ungebändigte Wildheit; aber Faustina besaß ein riesiges Vermögen, und Rom liebte arme Herrscher nicht. Und Commodus würde sich vielleicht austoben, vielleicht änderte sich seine wilde Natur unter dem veredelnden Einfluss der Bildung und des Umgangs mit seinen Lehrern. Denn Marcus Aurelius hatte für ihn die berühmtesten Grammatiker und Philosophen nach Rom berufen und ihn nur mit achtbaren Leuten umgeben. Auch Tiere nehmen ja unter dem Einfluss menschlicher Behandlung eine mildere Art an. So tröstete sich der bekümmerte Gatte und Vater.

Auch jetzt, da die Rücksichtslosigkeit seines Mit-Imperators sein Herz so tief verwundet hatte, erwog Marcus Aurelius alles von neuem. Er war in erster Linie Römer und Imperator. Des Staatswohles halber musste er alle persönlichen Unbilden würdevoll ertragen; denn eben dem Staatsoberhaupt vor allen anderen galt jener Spruch: Salus Reipublicae suprema lex esto — das Staatswohl sei das oberste Gesetz!

Commodus aber sollte sein Nachfolger werden. Noch trug der zukünftige Imperator die goldene Bulla, das Spielkügelchen des Kindes, am Hals, als ihn sein Vater im Lager der Prätorianer nach alter Sitte in die Höhe gehoben und dem versammelten Heer gezeigt hatte, worauf die Soldaten das Kind als Cäsaren, als Thronfolger ausgerufen hatten. Seither waren einige Jahre verflossen; aus dem schönen Kind war ein trotzköpfiger, schlimmer Knabe geworden, welcher die Neigungen eines Caligula und Nero verriet. Er raufte mit Gladiatoren, befreundete sich im Zirkus mit Wagenlenkern, misshandelte Schwächere und hasste Stärkere oder Gewandtere. Vergeblich vertraute ihn der Vater vernünftigen und edel gesinnten Lehrern an. Commodus kniff und biss die Philosophen, peinigte sie mit Nadelstichen und spottete ihrer Lehren.
Hatte er, Marcus Aurelius, das Recht, Rom einen Tyrannen aufzuzwingen? Da er ein Kenner der Menschennatur war, so wusste er recht gut, als was der Knabe Commodus sich einst entpuppen werde. Die Geschichte des Reiches war ja schon von so vielen Wüterichen geschändet! ...
Gesenkten Hauptes schritt der Kaiser durch eine dunkle Myrtenallee des Parks, traurig und von den schlimmsten Ahnungen gequält. In seinem Inneren wütete ein Kampf zwischen dem römischen Patrioten und pflichtbewussten Herrscher und dem liebenden Vater. . . . Er hatte ja das Recht der Adoption; er konnte seinen eigenen Sohn vom Thron entfernen und irgendeinen Patrizier als Kronerben annehmen, auf den er seinen Geschlechtsnamen nur zu übertragen hatte. Er selbst war ja von Antoninus, welcher seine eigenen Verwandten übergangen hatte, auch nur adoptiert worden.
Vor dem Standbild Antonins blieb Marcus Aurelius stehen. Er lehnte seine erhitzte Stirn an den kalten Marmor und sprach mit müder Stimme:
„Erleuchte meinen Geist, du heiliger Schatten meines Vorgängers, der du mich an Sohnes statt angenommen hast, damit ich weiß, was ich tun soll. Soll ich mein eigenes Kind ausschließen ..."
Er spann seine Gedanken weiter, nachdem er seine Augen zum dunklen Blau des Himmels emporgehoben hatte, von wo ihm Milliarden von Sternen entgegenfunkelten, während von unten, aus dem in Schlaf versunkenen Rom, das dumpfe Getöse des nächtlichen Wagenverkehrs zu seinen Ohren drang.
Marcus Aurelius vertiefte alle seine Sinne in das ferne, unbestimmte Geräusch, als wollte er daraus die Stimme des Schicksals erlauschen. Von Schmerz und Kummer erfüllt, dachte er in diesem Augenblick ganz allein an die Zukunft der ewigen Stadt; denn nur er allein wusste genau, was derselben drohte. Das Herz des edlen Kaisers hörte die Seufzer der Hungrigen und das Kriegsgeschrei der Germanen.
Er legte beide Hände an die Brust und sprach:
„Beruhige dich, mein Herz; auch die Schicksale von Staaten liegen in der Hand der Götter."
Von der Appischen Straße her drang an sein Ohr ein neues Geräusch von eintönigem, dumpfem Klang, das wie von einer
schweren beweglichen Masse herzurühren schien, die sich gleichmäßig über das Basaltpflaster wälzte. Das Getöse näherte sich immer mehr, wurde stärker und deutlicher und erweckte bald den Schein, als ob auf einem Riesenwagen eine Unmasse eiserner Geräte einher rollte.

Totenblässe bedeckte Marc Aurels Gesicht; er hatte die Empfindung, als ob eine eiskalte Hand ihn an der Kehle ergriffen hätte. Noch einmal horchte er auf das immer näher kommende Getöse, dann sprach er zu sich:
„Ein neues Ungemach! Wieviel soll denn diese unglückliche Stadt noch über sich kommen sehen!"

Er verhüllte sein Haupt mit dem Mantel und schritt seinem Palast zu.
Marcus Aurelius wusste, was das Getöse bedeutete. Es verkündete die Rückkehr der Legionen vom orientalischen Feldzug. denen auf dem Fuße die Pest folgte — die Rache der niedergetretenen Parther.

Kapitel 13

Marcus Quinctilius, der lustige Ex-Prätor, begab sich aus dem kaiserlichen Palast nicht geradesweges nach Hause. Nach dem durch Marc Aurels unvermutetes Dazwischentreten jäh abgebrochenen Auftritt bei Lucius Verus besprach sich Marcus mit mehreren anderen jüngeren Patriziern, und sie fuhren aus den ihnen vom Gastgeber geschenkten Wagen zu dem Senator Mucius. Hier verbrachte der Ex-Prätor beim Würfelspiel den Rest der Nacht; er verlor alle Geschenke des Imperators: den Sklaven, die goldenen Becher und Schüsseln, den Wagen, die vier Maulesel, den Wagenlenker und all sein Gold, welches er bei sich hatte. Dann nahm er ein warmes Bad und ließ sich in einer Sänfte zu Fabius tragen.
Der ehemalige Steuerpächter saß eben allein beim Frühmahl, als man ihm die Ankunft seines Schwiegersohnes meldete. Er fand es nicht einmal nötig, sich von seinem weichen Sofa zu erheben, um Marcus zu begrüßen; mit einer Handbewegung lud er ihn ein, neben ihn, Platz zu nehmen. Marcus aber verschmähte die unmittelbare Nähe seines Schwiegervaters, er streckte sich auf einem anderen Sofa aus und betrachtete Fabius mit halb geschlossenen Augen.
„Vielleicht eine Schale Glühwein gefällig?" fragte Fabius. „Heute ist es kühl draußen."
„Danke, Wein habe ich genug genossen, wenigstens für eine ganze Woche."
„Richtig, ich habe vergessen, dass du gestern beim Imperator geladen warst. . . . Was ist's denn aber mit deinem Versprechen, mich bei Lucius Verus einzuführen?"
„Eine solche Auszeichnung muss verdient werden."
„Hast du denn für dein Versprechen nicht schon hunderttausend Sesterzen bekommen?" rief Fabius empört.
„Ich werde noch mehr bekommen, aber in diesem Augenblick ist es nicht an der Zeit, an die Befriedigung kleinlichen Ehrgeizes zu denken: eine weite und lange Reise steht dir bevor."
„Mir?" Erstaunt heftete Fabius die weit geöffneten Augen auf seinen Schwiegersohn. „Ich habe nicht die Absicht. Rom zu verlassen."
„Und doch musst du es sofort tun." sprach Marcus gelassen mit einem höhnischen Lächeln um seine Lippen.
Fabius lächelte ebenfalls boshaft.

„Ich weiß, dass meine Anwesenheit in Rom dir ungelegen ist, aber das ist mir kein hinreichender Grund zur Abreise. Du hast geglaubt, wenn du ein fünfzehnjähriges Mädchen heiratest, könntest du über ihr Vermögen wie über dein eigenes verfügen. Nun hat es sich herausgestellt, dass dieses Kind seine Mitgift wohl zu verteidigen versteht, wenn ihm der Vater mit seinem Rat zur Seite steht. Ich begreife daher, dass du mich über allen Bergen und Meeren sehen möchtest, nur nicht in Rom."

„Du wirst von selber aus Rom fliehen." entgegnete Marcus höhnisch. „Du wirst dich nicht nur hinter Bergen und Meeren verbergen, nein, du wirst dich vielleicht sogar unter der Erde verkriechen wollen. Mir gegenüber spiele nur ja nicht den Eisenfresser! . . . Thusnelda hat sich gefunden!"

Fabius schnellte empor; ein Bissen Brot fiel ihm aus dem Mund.

„Siehst du?!" sagte Marcus lachend. „Nun ist die Reihe an mir, zu spotten . . . Einstweilen beruhige dich nur; Thusnelda ist noch nicht entdeckt."

Bleich und am ganzen Leibe zitternd, setzte sich Fabius wieder nieder.

„Du treibst absonderliche Späße." bemerkte er, seinem Schwiegersohn den Blick eines bemeisterten Wolfes zuwerfend.

„Und du pflegst allzu klug zu sein, obwohl du als geschickter Geschäftspekulant wissen solltest, dass eine überspannte Saite reißt. Deine Saite ist dem Reißen nahe."

„Wegen jener Germanin?" fragte Fabius wieder beunruhigt.

„Man hat sie noch nicht gefunden, aber die Geheimpolizei wird sie jetzt aus dem tiefsten Schlupfwinkel ans Tageslicht bringen, denn so haben es der Imperator Lucius und der Prätor Julius vor wenigen Stunden befohlen. Heute schon in aller Frühe hat der Stadtpräfekt alle seine Windhunde von der Kette gelassen, und du weißt, dass diese Bestien eine sehr gute Witterung haben, wenn ihnen Stockstreiche angedroht sind. Servius' Braut lebt und hält sich in Rom verborgen; ich habe es mit eigenen Ohren gehört."

„Aber der Stadtpräfekt hat ja versprochen ..."

„Über dem Stadtpräfekten steht der Imperator! Und Lucius Verus hat ein Interesse für die Sache bekommen."

„Du bist mit Lucius befreundet, du hättest können . . ."

„Ich hätte können!" unterbrach wieder Marcus seinen Schwiegervater; „aber ich wollte nicht."

„Du wolltest nicht?! . . . Du, mein Schwiegersohn?!"

„Ja, ja; du hast geglaubt, die Beziehungen und den Einfluss eines Quinctiliers für einen Spottpreis erkaufen zu können. Du bist ein schlauer Fuchs, ein doppelt schlauer, weil du Jurist und zugleich Geschäftsmann bist; aber daran hast du nicht gedacht, dass auch mein Witz an griechischer Sophistik geschliffen ist. Wer einen Quinctilius zum Schwiegersohn begehrt, der sollte seine Schatulle ohne Geiz zu öffnen verstehen. Dafür packe dich jetzt und suche das Weite! Denn sobald man jene Germanin ausfindig gemacht hat, bringt der Präfekt Servius seine Klage wegen Gewalttätigkeit ein, und mein Verwandter und Nachfolger Julius lässt dir den Kopf glatt rasieren, eiserne Ringlein um die Arme legen und dich in die sardinischen Bergwerke schicken, wo du deine Augen an dem Erze weiden kannst, von dem du sonst doch nie genug bekommst!"

Fabius war ganz niedergeschmettert.

„Nun?" höhnte Marcus. „Vielleicht willst du mir jetzt über die Tugend der Sparsamkeit eine Rede halten? Beginne nur, ich bin ganz Ohr; ich bin gerade aufgelegt, einen solchen Vortrag zu hören. Als Jurist solltest du wissen, dass auf den Raub eines freien Weibes Verlust der Freiheit und des Vermögens gesetzt ist; dazu kommt noch, dass jene Germanin die Braut eines römischen Bürgers und hohen Würdenträgers ist."

Marcus fand sein Vergnügen an dem Kummer seines Schwiegervaters. Ihre Blicke kreuzten sich; aus des Patriziers Augen sprach Verachtung, aus denen des Emporkömmlings Angst und Hass.

„Ist das wahr . . . Was ... du da sprichst?" stotterte Fabius. „Vielleicht willst du nur Geld? Sprich, wieviel?"

„Deine Millionen haben in diesem Augenblick den Wert von Kehricht. Nur die Zeit kann dich aus der Schlinge ziehen, in welche du durch eigene Habgier geraten bist."

„So rate, so hilf mir!"

„So rate, so hilf!" spottete Marcus. „Du besitzt ja genug an eigenem Witz, und Schlauheit ist dein Hauptvermögen; rate und hilf dir selber."

„Du bist doch mein Schwiegersohn?" flehte Fabius.

„Ich weiß, dass das Schicksal mich an deine Zukunft gekettet hat, und deswegen muss ich dir helfen; aber für den Rat musst du zahlen."

„Gern! wieviel befiehlst du?" sagte Fabius aufatmend.

„Von Sesterzen sprechen wir später, nun aber höre. Noch heute wirst du Rom verlassen und in deinem Versteck Nachrichten von mir erwarten. Ich hoffe, der Imperator wird die Sache bald vergessen; die Gewalt des Julius aber dauert nicht ewig. Nach einem Jahr übernimmt ein anderer den Prätorenstuhl, der für den Klang des Goldes empfänglicher sein wird, als mein Verwandter; dann werden wir die Sache niederschlagen, verwischen, und du kehrst nach Rom zurück."

Fabius ergriff Marcus' beide Hände.

„Danke nicht." sprach Marcus weiter. „Ich tue es nicht deinetwegen, sondern aus Rücksicht auf mich selbst. Ein Quinctilier darf nicht Schwiegersohn eines der Infamie verfallenen Sträflings sein. Jetzt handelt es sich darum, wo du dich verbergen sollst. Die Statthalter in Gallien und Spanien sind mit Julius befreundet; nach Asien geht Avidius Cassius zurück; daher wärst du in keiner von diesen Provinzen sicher. Am besten versteckst du dich in den Wäldern der freien Germanen, wo du so zahlreiche Besitzungen hast. Ich wünsche dir glückliche Reise, und wenn du dich von deiner Tochter verabschiedest, sage ihr, sie solle ihrem Gatten gegenüber etwas freigebiger sein, falls du nicht Lust hast, allzu lange unter den Barbaren zu verweilen."

Als Abschied warf Marcus seinem Schwiegervater einen verächtlichen Blick zu und verließ eilig dessen Haus.

Er war schrecklich müde. Den ganzen gestrigen Tag hatte er im Amphitheater zugebracht, den Abend bei Lucius Verus, die Nacht beim Würfelspiel. Jetzt konnte er sich kaum mehr auf den Beinen halten.

- o -

Zu Hause angekommen, legte Marcus Quinctilius nur seine Toga ab, überließ sie einem Sklaven und begab sich sofort ins Schlafgemach. Dort streckte er sich angekleidet auf seinem Bett aus.

Schon war er im Begriff einzuschlafen, als der Türvorhang aufging und auf der Schwelle Livia Fabia erschien.

Marcus' junge Gattin mit ihrer kleinen, stämmigen Gestalt, dem großen Kopf und den kleinen Augen war keineswegs eine schöne Frau. Trotz ihren jungen Jahren hatte sie ein verwittertes Gesicht.

Sie betrachtete ihren Gatten, dann näherte sie sich ihm und sprach in überaus hartem Ton: „Ich komme, mich für die Liebenswürdigkeit zu bedanken. Ich hatte geglaubt, dass du erst morgen oder vielleicht in acht Tagen heimkommest. Du bist ein Muster von einem Ehemann!"

„Ich fühle mich geschmeichelt." antwortete Marcus gähnend, „dass du eine so gute Meinung von mir hast, aber angenehmer wäre es mir, wenn du dein Entzücken bzgl. meiner Tugenden für später aufheben wolltest; denn in diesem Augenblick bin ich sehr schläfrig, wie du siehst."

Livia biss sich auf die Lippen. „Marcus!" rief sie zornig.

„Livia?" gab er gereizt zurück.

„Das muss ein Ende nehmen!"

„Was denn?"

„Diese geringschätzige Behandlung; ich bin deine Gattin." sagte Livia mit zornerstickter Stimme, die erhobenen Fäuste ballend.

„Du trägst meinen Namen und den breiten Purpursaum an deinem Kleid. Daran war dir ja am meisten gelegen. Was verlangst du noch mehr?"

Livia stampfte mit den Füßen und schrie: „Ich erlaube dir nicht mehr, ganze Nächte außer Haus zuzubringen."

„Du erlaubst es nicht? Wie glaubst du das zu machen?" fragte Marcus, auf seinem Lager sich erhebend. „Vor allem aber sprich nicht so laut! Ich kann schreiende Weiber nicht leiden. Du befindest dich ja nicht mehr im Haus des Steuerpächters."

„Ich bin hier bei mir zu Hause!" schrie Livia außer sich. „Dieses Haus gehört mir; ich habe es den Krallen der Wucherer entrissen. Alles, was drinnen ist, gehört mir; auch dein Name, auch deine Familienkleinode, sogar du selber, weil ich dich gekauft habe."

Nun sprang Marcus auf.

„Ei, ei! So ist es? Also gelaust hast du mich? . . . Und zu welchem Zweck, wenn ich fragen darf?"

„Damit du mein Gemahl bist."

„Und Herr! Warum fügst du den Herrn nicht hinzu? Du solltest wissen, dass ein Quinctilier fremden Willen über sich nicht erträgt."

„Du hattest Zeit genug, zu erfahren, dass auch Livia Fabia keine Sklavin abzugeben vermag."

„Und doch wäre nichts Außerordentliches dabei, wenn die Tochter eines Freigelassenen etwas mehr Gefügigkeit besäße als du."

Livias gelbes Gesicht bedeckte sich mit dunklem Rot. „Elender!" zischte sie.

„Gemeine Natter!" schrie nun Marcus aufs äußerste gereizt. „Du peinigst mich mit deinem Emporkömmlingsgeiz, welcher jeden As vorrechnet ... du beleidigst mich täglich mit der Prahlerei von deiner Mitgift ... du wirfst mir mein bisheriges Leben vor, als ob es dir gehört hätte! Du verleidest mir alles, und dabei bist du verwundert, dass mir die Geduld ausgeht?! Du nennst mich

einen Elenden, du, die Tochter eines Fabius? Du getraust dich, einen Quinctilier zu beleidigen, du Sklavin?!"
Bei diesen Worten packte Marcus Livia an der Schulter, aber in demselben Augenblick blitzte ein Dolch in ihrer Hand.
„Lass los!" schrie sie.
Mit einem gewandten Griff entwand Marcus den Dolch der Hand seiner Gattin und warf ihn weit von sich.
„Auf die Knie vor deinem Herrn!" befahl er wütend, und indem er Livia wieder an den Schultern fasste, drückte er sie zu seinen Füßen nieder.
Über sie geneigt, stieß er dann mit gedämpfter Stimme die Worte hervor: „Fortwährend willst du mir mit dem gestohlenen Gold deines Vaters die Augen ausstechen, ohne zu wissen, dass über diesem Gold das Urteil des Prätors schwebt! Ein Wort aus meinem Mund genügt, um dein ganzes Vermögen dem Wachen des kaiserlichen Schatzamtes zu überantworten. Fabius war nicht wählerisch in seinen Mitteln, da er für dich die Mitgift zusammenraffte; er war aber auch unvorsichtig trotz seiner Schlauheit. Dein Vater ergreift heute die Flucht vor der Gerechtigkeit meines Vetters!"
„Mein Vater?" stammelte Livia erschreckt.
Marcus ließ sie sich aufrichten, dann sprudelte sein Mund weiter: „Jene Germanin, die er geraubt hat wie deine ganze Mitgift, erscheint morgen oder übermorgen vor Gericht, um gerechte Strafe zu verlangen für die Gewalttätigkeit, die gegen sie begangen worden ist, gegen sie, die Braut eines hochgestellten römischen Bürgers, und Julius Quinctilius wird Gerechtigkeit walten lassen. Du kennst ihn ja . . ."
„Marcus, rette meinen Vater!" flehte nun Livia mit erhobenen Händen.
„Sag es jetzt noch einmal, dass du mich gekauft hast! Ich bin es der mit seinem Namen und mit seinen Beziehungen eure schuftige Vergangenheit verdeckt; ich habe euer Gold gekauft, welches ihr mir jetzt vorenthalten wollt. Allerdings, hätte ich gewusst, dass es so teuer ist, niemals hätte es mich danach gelüstet."
„Verzeih, Marcus . . . rette ihn!" wiederholte sie.
„Heute flehst du und morgen, sobald ich die Gefahr über euren Häuptern verschwinden gemacht habe, wirst du mir wieder Schmähworte ins Gesicht schleudern, wirst mit scheelen Augen jede Scherze verfolgen, die durch meine Hand geht. Ich kenne euch, ihr Krämergeschlecht! Nun aber lerne, dass man den Mann nicht durch Zorn, sondern durch Gefügigkeit gewinnt. Sache des Weibes ist Gehorchen ..."
Vom Gang her ließen sich die leisen Schritte eines Sklaven vernehmen; Marcus hielt inne. Gleich darauf hob sich der Türvorhang, und der Namenrufer meldete, Fabius wünsche seine Tochter zu sprechen.
Livia ging hinaus, Marcus aber fiel schwer auf einen Sessel. Der heftige Auftritt hatte ihm den Schlaf verscheucht. Er zitterte vor Erschöpfung, fühlte aber dass er nicht einschlafen werde.
Was heute vorgefallen war, war die Folge einer ganzen Reihe von Ursachen. Gleich nach der Hochzeit war Marcus zu der Überzeugung gelangt, dass er sich getäuscht hatte, wenn er auf Livias jugendliches Alter bezüglich der Verwaltung ihres Vermögens gerechnet hatte. Der verwegene

Steuerpächter und Advokat hatte die Mitgift seiner Tochter mit einem undurchbrechlichen Schutzwall von juristischen Vorbehalten umgeben. Jetzt war aus seinem Gesicht auch das ewig freundliche Lächeln von früher geschwunden; aus dem glatten, hinterlistigen Fuchs war ein plumper Bär geworden. Nachdem er seinen Hauptzweck erreicht hatte, schloss er seine Schatulle und öffnete sie nur dann, wenn für irgendeine neue ehrgeizige Hoffnung zu zahlen war.

Livia aber erwies sich für Marcus sehr bald als unbequeme Kugel an den Füßen. Jähzornig und eigenwillig, wollte sie ihrem Gatten nicht erlauben, Schulden zu machen. Eifersüchtig verfolgte sie seine Schritte und verlangte, dass er seine früheren lustigen Beziehungen aufgibt und nur an ihrer Seite verweilt. Der in die Schlinge geratene Lebemann ließ sich zwar nicht fesseln, aber er hatte dies doch mit seinem häuslichen Frieden zu büßen. So oft er nach fröhlichem Gelage des Morgens heimkam, fand er zu Haus entweder Tränen oder Zornesausbrüche, stets aber Vorwürfe.

Marcus hatte seine Kräfte überschätzt, als er meinte, das Gold werde mit der Zeit den Unterschied zwischen ihm und einem Fabius verwischen. Nachdem er jetzt beide, Fabius und dessen Tochter, im täglichen Zusammensein näher kennen zu lernen gezwungen war, begann er einzusehen, dass es Dinge gibt, welche einerseits für Geld nicht zu bekommen, wie auch andererseits für Geld nicht veräußerlich sind. Jede Gebärde dieser von lächerlichem Ehrgeiz verzehrten und verzerrten Leute war ihm ein Greul, er fühlte sich abgestoßen von ihren Gewohnheiten und Umgangsformen, von ihren Anschauungen und Trieben. Was ein gewisser gesellschaftlicher Schliss in der Entfernung verdeckte, das kam bei näherem Verkehr unverhüllt zum Vorschein.

Den Kopf auf beide Hände gestützt, vertiefte sich Marcus in Gedanken über die letzten Wochen und gelangte zu der Erkenntnis, dass seine Erwartungen in jeglicher Hinsicht getäuscht wurden. Anstatt ein gefügiges, zufriedenes und nachsichtiges Mädchen zu heiraten, schien er sich einen gefährlichen Drachen aufgeladen zu haben; anstatt eines freigebigen Schwiegervaters hatte er einen unangenehmen Überwacher seiner Handlungen erhalten.

Er lächelte bitter und ließ den Kopf noch tiefer hängen. Sollte er sich wieder scheiden lassen? Ehescheidungen waren in dem Rom der Antonine etwas so Gewöhnliches, dass darüber niemand sich gewundert hätte. Ein jeder von seinen Freunden war mehrere Male getraut und ebenso oft geschieden worden. Aber wozu? Er hätte dann zum dritten Male heiraten müssen, um nach seiner Art leben zu können, und doch verspürte er jetzt schon Lebensüberdruss. Nicht gar selten überkam ihn eine solche Erschlaffung, dass ihm das Bewusstsein schwand. Besonders nach jeder lustig verbrachten Nacht fühlte er, dass Lebensgenuss zum Lebensüberdruss wird. Zuweilen widerte alles ihn an, selbst der Lebensgenuss an sich, da derselbe ihm nichts Neues mehr bot und somit langweilig wurde. Wein, Weib, fade Witze und Würfelspiel — darüber hinaus wusste auch der geistreichste seiner Genossen nichts Neues mehr zu erfinden. Ein stetes Einerlei!...

„Hat das Leben für mich überhaupt noch irgendeinen Wert?"

Marcus' Gesichtszüge verzogen sich zu einem verächtlichen Grinsen. Die schwarzen Flügel des Todes schwirrten über seinem Haupt. Wenn in diesem Augenblick jemand ihm den Giftbecher gereicht hätte, Marcus hätte ihn ohne Zaudern geleert bis auf den letzten Tropfen. Ihm bangte nicht vor dem Geheimnis einer anderen Welt; denn die ewige Verhöhnung und Verlästerung aller religiösen Anschauungen hatte in ihm auch die letzte Spur eines Glaubens ausgelöscht. Er suchte in dem Tod nur die Wonne ewiger, ungestörter Ruhe.

Als er so gebeugt und zusammengekauert dasaß, die Augenlider halb geschlossen, rauschte hinter seinem Rücken der seidene Türvorhang und eine weibliche Hand berührte seine Schulter. Er achtete gar nicht darauf, weil er glaubte, es sei Livia.

„Bist du unpässlich, Marcus?" fragte die klangvolle Stimme Tullia Cornelias.

Marcus öffnete die Augen.

„Du bist es, Tullia?" sagte er, ihre Hand ergreifend. „Wie gut, dass du mich besuchst! Eben empfinde ich das Bedürfnis, ein wohlwollendes Gesicht zu sehen."

„Genau dasselbe Bedürfnis hat mich zu dir getrieben." erwiderte Tullia mit leiser Stimme.

Marcus blickte müde zu ihr empor.

„Du kommst mir so bleich vor, Tullia. Solltest auch du schon auf meinem Standpunkt angelangt sein?"

„Julius hat heute den eisernen Ring geschickt." antwortete Tullia mit gesenktem Blick.

„Und die Glückseligkeit hat dich erregt. Ich begreife ..."

„Nicht mir hat die Botschaft mit dem Verlobungsring gegolten ..."

„Nicht dir? ... Wem denn?" fragte Marcus verwundert.

„Mucia!"

Marcus ließ Tullias Hand fallen. Er starrte mit seinen gläsernen Augen vor sich hin; sie zupfte erregt an ihrem Kleid.

„Das Glück hat uns im Stich gelassen, Tullia." sagte Marcus nach einigem Schweigen. „Wir haben uns verrechnet. . . . Und ich verspüre schon Sehnsucht nach dem Reich der Schatten."

„Ich durchaus nicht." entgegnete Tullia mit harter Stimme und hob stolz ihr schönes Haupt. „Ohne Rache sterben, geziemt dem Sklaven! Rache versüßt die erlittene Enttäuschung."

Sie wurde noch blasser als zuvor, aber es war die Blässe des Zorns, der aus ihren Augen sprühte.

„Mucia ist daran unschuldig." wendete Marcus ein.

„Sie hat gewagt, meine Absichten zu durchqueren ... einerlei, ob wissentlich oder zufällig!"

„Aber, Tullia, sie ist doch unsere nahe Verwandte." wendete Marcus wieder ein.

„Ich habe dir schon einmal gesagt, dass ich selbst mir die allernächste Verwandte bin."

„Ich weiß, Verzeihung kennst du nicht. .. Was gedenkst du zu tun?"

„Sie beseitigen!"

„Hast du denn Beweise?"

„Ich werde sie haben. Ich bin gekommen, dich zu fragen, welcher Prätor über Christen zu Gericht sitzt."

„Über Angeschuldigte des Senatorenstandes hat Julius zu richten."

„Julius!! Und du sagst, das Glück habe mich verlassen?! Sogar Furien könnten keine grausamere Rache erfinden. Julius richtet Mucia! Hahaha!"

Sie lachte grell. „Nun werden wir sehen, wie weit deine Bürgertugend reicht, du Römer alter Sitte! Nun wirst du Gelegenheit haben, vor aller Welt den Beweis zu erbringen, dass das Geschlecht der Brutusse unter uns noch nicht erloschen ist!"

Nach diesen Worten wurde sie wiederum von einer Art Lachkrampf ergriffen. Es war ein fürchterliches, schmerzhaftes Lachen, verbunden mit dem Schluchzen einer Verzweifelnden. Marcus hielt Tullia nicht zurück, als sie nach kurzem Händedruck eilig sein Gemach verließ. Die eigene Lage und die Gemütsverfassung, in der er eben sich befand, machten ihn unempfindlich für fremdes Leid.

- o -

Tullia bestieg ihre Sänfte und hieß die Träger ihre Schritte beschleunigen. Sie brannte vor Begierde, ihr Rachewerk zu beginnen.

Bis zum letzten Augenblick hatte sie sich der Hoffnung hingegeben, Mucia aus dem Feld schlagen zu können. Tullia war eine der schönsten, gebildetsten und vornehmsten Damen, wie es in Rom nicht viele gab. Welches andere Weib könnte so ebenbürtig sich einem Patrizier von der Art des Julius zur Seite stellen ? . . . Und dieser stolze Patrizier hatte sie verschmäht, hatte ein Mädchen gewählt, welches so wenig vaterländische Gesinnung besaß, dass es sich von der Sklavenreligion einnehmen ließ. Diesem Mädchen hatte Julius nach althergebrachter Sitte heute durch Servius den eisernen Ring geschickt . . .

„Ihr werdet nicht zusammen das Opfer auf dem Hausaltar darbringen! Euch wird das Schwert des Scharfrichters dann vielleicht trennen ..."

Das rachsüchtige Weib wollte auch jetzt noch nicht die Hoffnung aufgeben. Nicht nur das Bedürfnis, aus ihrer sehr schwierigen äußerlichen Lage herauszukommen, drängte sie zu Julius hin; auch war es nicht ihr Stolz allein, dem es schmeichelte, in engster Verbindung mit dem tapferen Krieger und alt-ehrenfesten Staatsbürger genannt zu werden. Nein, neben der Achtung, welche ihr Julius einflößte, fühlte sie sich nach und nach auch durch ein wärmeres Gefühl zu ihm hingezogen. Immer öfter beschäftigten sich ihre Gedanken mit ihm, und sie umwob seine Gestalt mit dem Traumgespinst eines liebenden Weibes. Ja, sie liebte ihn!

Ihrer Liebe war sie sich heute bewusst geworden, als der Präfekt Servius in der Eigenschaft eines Brautwerbers für seinen Freund ihr Haus betrat. Beim Anblick des eisernen Ringes in der Hand des Barbaren staute sich für einen Augenblick all ihr Blut im Herzen. Sie musste ihre ganze Willenskraft zusammen nehmen, um ihrer Bewegung Herr zu werden. Und nun war dieser Ring nicht für sie bestimmt! . . .

Tullia presste ihre glühenden Wangen an die kühlen Polster der Sänfte. Heiße Tränen — der stolzen Patrizierin bisher unbekannt — röteten ihre Augenlider.

Vor ihrem Haus angekommen, war sie wieder ruhig, wie immer, nur ihre Augen hatten nicht den gewöhnlichen kühlen Glanz.

„Thrasybulus soll zu mir kommen." befahl sie dem Namenrufer, aus der Sänfte steigend, und begab sich in den Empfangsraum.

Der kleine, feiste, schielende Grieche kam katzenartig hereingeschlichen, fiel vor der Herrin auf die Knie, küsste die Spitze ihres Schuhes und wartete auf ihre Anrede.

„Erinnerst du dich meines Versprechens?" begann Tullia, den Sklaven mit eisigem Blick durchbohrend.

Der Sklave senkte den Kopf und legte die Hand an die Brust.

„Du wirst frei sein, oder im Verließ verfaulen!"

„Ich habe alles getan, was du o Herrin, befohlen hast." antwortete leise der Grieche.
„Du hast zu wenig getan, denn bis jetzt weiß ich noch nichts Bestimmtes."
„Morgen in der Nacht begibt sich Mucia Cornelia zur christlichen Andacht in die unterirdischen Gräberhallen hinter dem Appischen Tor."
Tullias Augen blitzten freudig auf.
„Ist das sicher?" fragte sie mit erkünstelter Gleichgültigkeit.
„Im Garten habe ich ein Gespräch zwischen Mucia Cornelia und dem Gladiator Sporus belauscht; da wurde dies besprochen und beschlossen. Sporus ist ein Christ, Herrin."
Tullia überlegte noch einen Augenblick, dann sagte sie: „Morgen vor dem Abend gehst du ohne weiteren Befehl ins Arbeitszimmer. Dort findest du auf dem Tisch einen Brief, welchen du sofort zum Stadtpräfekten bringen wirst, und du hast dafür zu sorgen, dass er ihn sogleich zu Händen bekommt."
„Du hast befohlen, Herrin."
Tullia entließ den Sklaven, indem sie zu sich selbst sagte: „Deine Liebe werde ich von ihrer Verirrung abbringen, Julius!"

Kapitel 14

Es war bald Mitternacht, und Servius fühlte noch kein Verlangen nach Ruhe, obwohl er vom Morgengrauen an bis zum Abend in fortwährender Bewegung gewesen war, um die geheimen Spione zu sorgfältigen Nachforschungen anzueifern. Die Worte des Imperators Lucius und des neuen Prätors Julius hatten ihre Wirkung nicht verfehlt. Trotz der gewonnenen Murrinischen Vase ließ der Stadtpräfekt eine ganze Meute seiner Spürhunde los und befahl denselben streng, Thusnelda lebendig aufzufinden oder wenigstens vollkräftige Beweise ihres Todes beizubringen. Nun waren sie schon den zweiten Tag auf der Suche, sie durchstöberten alle Schlupfwinkel, die der Polizei nur bekannt waren; es gab kein irgendwie verdächtiges Haus, welches sie nicht durchsucht hätten — der Erfolg war: keine Spur. Morgen sollten die Vorstädte durchforscht werden.
Servius saß in seinem kleinen Schlafzimmer auf einem Sessel und stützte den Kopf auf die Hand. Er steckte noch in seinem Panzer, über welchem er die goldene militärische Verdienstkette und die Schärpe trug; sein Schwert hatte er über die Knie gelegt.
„Vielleicht sollte ich Euch die Rüstung abnehmen, Herr? Ihr seid ermüdet und der Panzer drückt." bemerkte Hermann, welcher mit gekreuzten Beinen auf dem Fußboden hockte.
Servius beantwortete die Frage mit einer verneinenden Kopfbewegung.
„Ich weiß nicht, wie es kommt, aber mir will scheinen, als ob ich heute noch den Panzer nötig haben würde."
„Es ist schon spät, Herr, die ganze Stadt liegt im Schlaf."
„Eine innere Stimme sag mir, dass ich noch warten soll. . . Wir kennen die geheimnisvolle Stimme, nicht wahr, Hermann?" begann der Präfekt nach einer Weile. „Oft warnte sie uns Soldaten."
„Ja, es ist etwas Wunderbares." antwortete der alte Zenturio.

„Denkst du an die letzte Schlacht? Irgendetwas sagte mir, ich solle mein Pferd wechseln; ich widerstand anfangs, aber die innere Stimme verfolgte mich so, dass ich schließlich gehorchte."

„Und Ihr habt recht getan, denn Blassius, welcher Euren Hengst bestieg, ist vom Schlachtfeld nicht mehr zurückgekommen. Die Leute glauben, dass es die Stimmen unserer Vorfahren seien, die über uns schweben, wenngleich wir dieselben nicht sehen."

„Vielleicht, vielleicht! Wer durchdringt die Geheimnisse, die jenseits des Grabes liegen?" sagte Servius nachdenklich.

Der schläfrige Namenrufer steckte den Kopf zur Tür herein und meldete: „Ein unbekannter Mann wünscht dich zu sprechen, Herr."

Servius erhob lebhaft sein Haupt.

„Er soll hereintreten." befahl er, die Augen fest auf den Türvorhang geheftet.

Aus dem purpurnen Hintergrund des Vorhanges erschien die schmächtige Gestalt eines Mannes in einem dunklen Mantel.

„Wer bist du, dass du dich erdreistest, mich zu so später Stunde zu beunruhigen?"

„Ich bin Geheimkundschafter des Stadtpräfekten, o Herr." antwortete der Fremde mit leiser Stimme.

„Du bringst mir Kunde über Thusnelda?"

Der Kundschafter schaute auf den Gang hinaus, und nachdem er sich überzeugt hatte, dass der Sklave sich entfernt hatte, antwortete er: „Ja, ich bringe sie. Aber die Kunde ist nur für dich." Dabei wiesen seine Blicke auf Hermann.

„Du kannst ruhig sprechen."

Der Kundschafter zögerte noch einen Augenblick, dann sagte er: „Ich werde sprechen, aber nur dann, wenn du mir versprichst, dass du von dem, was ich dir zu sagen habe, keinen Gebrauch machen willst und niemand verrätst, was du in dieser Nacht zu sehen bekommen wirst. Ich weiß, dass Germanen ihr Versprechen halten."

„Ist das durchaus nötig?"

„Unbedingt, o Herr!"

„Ich verspreche es beim Haupt meines Vaters und aus Ritterehre." sprach Servius mit erhobener Hand.

„Auch du?" sagte der Kundschafter nun zu Hermann.

„Ich verspreche es!" brummte dieser.

„Nun, wisset zuerst" — damit wandte sich der Fremde wieder an Servius — „dass vor dir ein Christ steht."

„Ein Christ!" stieß Servius leise hervor. Dann fragte er: „Und Thusnelda? . . . Was weißt du von Thusnelda?"

„Auch deine Braut, o Herr, ist Christin."

„Thusnelda Christin?!"

Servius runzelte die Stirne.

„Ein Bekenner des Lammes, welcher bei Fabius diente, hat sich ihres Elendes erbarmt." erzählte der Kundschafter. „Er hat sie aus ihrem Verließ befreit und in unseren unterirdischen Gräberhallen verborgen. Dabei hat er einen Sklaven, ihren Wärter, erschlagen, wofür er nun harte

Buße tun muss. Thusneldas reine Seele aber ist in der heiligen Stille unserer Gräberhallen von Gott erleuchtet worden; sie hat die heilige Taufe angenommen."
Servius kannte die Denkart der römischen Regierung nur zu gut, als dass er nicht wissen sollte, dass seiner Braut jetzt eine neue Gefahr drohte. Wenn sie von den Büttel des Stadtpräfekten in Gemeinschaft mit den Christen gefunden werden sollte, verfiel sie dem Richtschwert, und er, der Präfekt der Reiterei in den Legionen, durfte sie dann nicht einmal in Schutz nehmen, sonst müsste er ihr Schicksal teilen. Da er kein Römer von Geburt war, so hegte er nicht den Hass, welchen die Herren der Welt dem „orientalischen Aberglauben" entgegenbrachten; er empfand sogar etwas wie Wohlwollen für den Gott, welcher alle Menschen gleichmachte. Aber auf des Prätors Richterspruch würde das keinen Einfluss ausüben. Julius würde wohl Fabius' Freveltat bestrafen, aber auch keinen Augenblick zögern, über Thusnelda für die Beleidigung der römischen Götter das Todesurteil zu fällen.
Servius war sich über die Sachlage sofort klar. Nur ein schneller Entschluss, gefolgt von rascher Tat, konnte seine Braut retten; denn sobald die Spürhunde des Stadtpräfekten in die Vorstädte hinausgingen, dann kamen sie auch in die Schlupfwinkel der Christen; die Folge wäre — Thusneldas Verderben.
„Du bringst mich sofort zu euren Gräberhallen." befahl er dem Christen nach kurzer Überlegung.
„Dazu bin ich hierhergekommen. Du sollst Thusnelda abholen, bevor die Wache bei uns erscheint, was, wenn nichts Unvorhergesehenes dazwischen kommt, schon morgen geschehen kann. Aber denke an dein Versprechen, Herr!"
„Fürchte nichts. Du hast dein Vertrauen einem Germanen geschenkt."

- o -

Servius fand sich in einem schmalen unterirdischen Gang, so niedrig, dass er sich gebückt halten musste, um nicht mit dem Kopf anzustoßen. Die dicke, schwere Luft beklemmte ihm anfangs den Atem; die Flamme der Fackel wurde klein und zuckte, als wollte sie erlöschen. Eine Strecke weit ging es ohne Stufen aus schiefer Ebene abwärts; dann kamen wieder Stufen und so wiederholte sich das einige Mal. Der Gang war stellenweise so niedrig und eng, dass man auf den Knien und gebeugten Hauptes durchrutschen musste; an anderen Stellen dagegen erweiterte er sich zu einer runden und ziemlich hohen, in den Felsen ausgehauenen Kammer.
In solchen erweiterten Räumen blieb Servius stehen, um seine Glieder zu recken; das Fackellicht wurde heller und ruhiger. Da konnte er steinerne Sarkophage sehen, einfach, ungeschlacht, ohne bildnerischen Schmuck. Nur selten war die Vorderwand mit einer grob hineingeritzten Palme oder einem Hirten verziert, der ein Schaf auf seinen Schultern trug, einer Taube mit einem Olivenzweig im Schnabel, einem Anker, einem Kreuz oder einer bescheidenen Inschrift.
„Da ruhen eure Toten?"
„Unsere Bekenner und Blutzeugen." antwortete der Christ.
Je weiter sie vordrangen, desto mehr solcher Kammern hatten sie zu durchqueren. Nun bemerkte der Reiterpräfekt in den Wänden des Ganges selbst, wo dieser breiter und höher war, ganze Reihen länglicher, horizontal laufender Öffnungen, zum Teil schon mit rohen Steinplatten verschlossen, zum Teil noch gähnend. Er erfuhr, dass diese Columbarien — wie man sie nannte — die eigentlichen Grabstätten waren.

Die Verschlossenen dienten bereits ihrem Zweck, die Offenen waren für die Aufnahme neuer Leichen bereit.
Servius staunte über die große Menge der Opfer des neuen Glaubens. Trotz seiner Eile ließ er sich dies und jenes von seinem Führer erklären — und dieser verstand sich darauf; denn er war ein Fossor, ein Grabmacher in den Katakomben.
„Gehen wir weiter." mahnte der Führer.
„Lass mich ein wenig ausruhen."
Das Herz des Präfekten pochte heftig. Er hatte Thusnelda seit nahezu einem Jahr nicht gesehen und sollte sie nun unter so absonderlichen Umständen wiederfinden. Er hatte sich von ihr im Edelhof ihres Vaters im markomannischen Urwald verabschiedet, wo sie die freie, stolze Tochter eines hochangesehenen germanischen Geschlechtes war, und sollte sie nun in einem unterirdischen steinernen Kerker begrüßen, wo sie sich als freiwillige Gefangene vor den Spionen des Fabius und auch vor denen des Stadtpräfekten verbarg!
„Gehen wir denn." sprach er nach einer Weile.
Sie schritten durch einen Gang, welcher sich allmählich erweiterte. Der Gesang wurde immer vernehmlicher und schließlich so deutlich, dass Servius männliche und weibliche Stimmen unterscheiden konnte. Plötzlich erweiterte sich der Weg zu einem großen, runden, gewölbten, von Öllämpchen erleuchteten Raum. Dem Eingang gegenüber kniete vor einem mit Palmen geschmückten Grab ein Greis in einem langen, weißen Kleid. Den christlichen Priester umgaben zahlreiche Personen beiderlei Geschlechtes und verschiedener Stände. Mitten unter Sklaven bemerkte Servius Gestalten in purpurgesäumten Togen und Frauengesichter, die ihm von Senatorenhäusern her bekannt waren.
Die Versammlung überblickend, blieben seine Augen verwundert auf Mucia Cornelias Haupt haften. An die Wand gelehnt, kniete sie da, mit gen Himmel erhobenen Augen, ohne ihre Stimme mit der des Chores zu vereinigen. Ihr verklärtes Gesicht zeigte, dass sie geistig in höhere Regionen entschwebt war, dass sie um sich herum weder etwas sah noch hörte.
Auch sie finde ich hier! Dachte Servius. Armer Julius! . . . Aber wo ist denn Thusnelda?
Eben wollte er sich mit dieser Frage an seinen Führer wenden, als er gar nicht weit von sich einer weiblichen Gestalt ansichtig
wurde, welche unter den anderen dadurch auffiel, dass sie goldiges Haar hatte, welches, aufgelöst wie ein Mantel, von ihren Schultern herabfloss. Ihre großen blauen Augen glänzten sehnsuchtsvoll in dem blassen, abgehärmten Gesicht, welchem der unterirdische Aufenthalt die jugendlich gesunde Röte genommen hatte. Sie trug das Kleid einer Sklavin, und auch dieses war schon stark abgenutzt.
Servius schaute voll Entsetzen auf diese Gestalt. Ist es wirklich Thusnelda? So sieht die Tochter eines freien Germanenfürsten aus, die Braut eines Präfekten der Legionen? . . . O Rom, o Rom!
„Thusnelda!" rief er plötzlich und fast unwillkürlich.
Sie erschrak und machte eine Bewegung, als wollte sie fliehen.
„Thusnelda!" wiederholte Servius und bahnte sich einen Weg zu ihr durch die umstehende andächtige Menge.

Man hörte auf zu singen, aller Augen wandten sich dem störenden Auftritt zu; auch der am Grab kniende Priester erhob sich.

Thusnelda öffnete ihre Arme, als wäre sie von einem Geschoß in die Brust getroffen, wankte und fiel laut weinend in Servius' Arme.

Still wurde es in der Kapelle; schweigend beobachteten die Christen das germanische Paar. Der Führer trat zu dem Priester, um ihn von der Ursache der Störung zu unterrichten.

„So hat man dich behandelt ... in solchem Zustand muss ich dich endlich finden!" sprach Servius leise, Thusnelda an sein Herz drückend.

Sie antwortete ihm nur mit heftigem Schluchzen, unterbrochen von wiederholten Versuchen, zu sprechen, ohne auch nur ein Wort über ihre Lippen zu bringen.

Eben näherte sich der Priester dem Brautpaar, als von den Gängen her dumpfes Gerassel im Versammlungsraum vernehmbar wurde. Die Christen horchten auf.

Auch der Priester blieb stehen — und erbleichte; er kannte dieses unheilvolle Geräusch.

„Betet, Brüder und Schwestern." sagte er mit bebender Stimme. „Bittet Gott um Mut und Kraft in eurer letzten Stunde, denn bald werdet ihr vor seinem Antlitz erscheinen."

Dann kehrte er zu dem Grab zurück, kniete nieder, drückte die Stirn an die kalte Ruhestätte des Märtyrers und erwartete ruhig die kommenden Dinge.

Aber nicht alle Christen folgten seinem Beispiel. Mehrere Sklaven eilten hinaus, um sich in den Seitengängen zu verstecken, andere zückten ihre Schwerter.

„Lasst ab von den Waffen." sprach der Priester, sich umwendend; „denn wer von euch einen Totschlag begeht, wird das Himmelreich nicht sehen."

Die Fluchtversuche der Furchtsamen waren vergeblich; ebenso eilig, wie sie geflüchtet waren, kehrten sie in die Kapelle zurück. Die Soldaten des Stadtpräfekten waren schon zu nahe; schon blitzte an manchen Stellen der Schein ihrer Fackeln auf und ihre Zurufe wurden hörbar.

Nun sanken die Christen alle auf die Knie und sandten heiße Gebete gen Himmel. Nur drei Gladiatoren, die wohl noch Anfänger im Christenglauben waren, wollten sich der Mahnung des Priesters nicht fügen; mit gezücktem Schwert stellten sie sich an die Zugänge zur Kapelle.

Servius war mit der Beruhigung Thusneldas so beschäftigt, dass er anfangs gar nicht beachtete, was um ihn herum vorging. Erst als Waffen aneinanderschlugen und sich laute Rufe vernehmen ließen, erhob er sein Haupt und legte mit einer unwillkürlichen Bewegung die Rechte an sein Schwert.

Die Gladiatoren, welche mit ihren Leibern die Zugänge verschlossen hatten, setzten sich gegen die Soldaten des Stadtpräfekten mit der Verzweiflung ohnehin Verlorener zur Wehr. Ihre Hiebe sausten so schnell nacheinander nieder, dass das Erglänzen ihrer Schwerter einem unaufhörlichen Blitzen glich. Aber der Kampf war kurz und vergeblich. Die draußen stehenden Soldaten löschten ihre Fackeln, so dass die Gladiatoren ihre Feinde nicht mehr sehen konnten und zumeist Lufthiebe machten, während sie selbst, von dem Lampenlicht der Kapelle beleuchtet, ein sicheres Ziel abgaben. Fast gleichzeitig fielen alle drei blutüberströmt zu Boden, und über ihre Leiber hinweg mit dem Geschrei: „Vor die Löwen mit den Christen!" drangen die Soldaten in die Kapelle. Niemand von den Versammelten widerstand ihnen; die Bekenner des neuen Glaubens streckten willig ihre Hände den Kettenspangen entgegen.

Mucia wurde von einem rothaarigen riesigen Kerl an den Haaren gepackt und so zum Aufstehen gezwungen, da sie wie geistesabwesend in ihrer knienden Stellung verharrte.

Beim Anblick solcher Rohheit gegenüber der von ihm hochverehrten Patrizierin verlor Servius seine Besinnung. Er vergaß, dass er als Träger einer römischen militärischen Würde in dem wenn auch rohen Gesellen doch den Vollstrecker kaiserlicher Gewalt zu achten hatte, sprang ergrimmt hinzu und versetzte dem Riesen einen Faustschlag ins Gesicht, so dass dieser zurücktaumelte und seinen Helm verlor. Aber in demselben Augenblick fühlte Servius sich von vielen Händen gepackt, die ihn zu Boden reißen wollten. Er stemmte sich aus Leibeskräften gegen seine Angreifer, schüttelte sie ab, zückte sein Schwert und teilte nach rechts und links wuchtige Hiebe aus. Doch die Soldaten umringten ihn von allen Seiten, und als einer von hinten ihm eine Schlinge um den Hals warf, stürzte er rücklings zu Boden. Sofort kniete ein Haufen Soldaten auf seinem Leib. Vergebens versuchte er sich aufzuraffen; unter Faustschlägen wurde er mit Stricken gebunden.

Inzwischen hatte der rothaarige Riese sich erholt und stieß nun wütend sein kurzes Schwert dem Überwältigten gegen die Brust. Knirschend glitt das Eisen ab.

„Der Hund hat einen Panzer!" schrie der ergrimmte Soldat und riss Servius den Mantel und das Gewand auf der Brust auf.

Kaum aber hatte er dies getan, als er auch schon entsetzt zurückwich und kreidebleich seinen Kameraden zumurmelte: „Ein Präfekt der Legionen!"

Bestürzt schauten die Soldaten auf die Schärpe und die goldene Kette.

„Ein Präfekt! . . . Ein Präfekt!" murmelten nun alle.

Einer aber riet in der Angst vor den Folgen ihrer Tat, sie sollten einfach die Schlinge um Servius' Hals fest zuziehen; der Soldat hielt ihn für ohnehin schon mehr tot als lebendig, da der Gefesselte keinen Laut von sich gab. Deshalb scheute er sich auch nicht, seinen Rat laut auszusprechen, so dass Servius selbst ihn hörte.

„Jawohl, ein Präfekt bin ich!" rief dieser nun, so laut er konnte. „Wo ist euer Zenturio?"

Der Zenturio erschien gerade an einem Eingang. Er beeilte sich, dem Ruf zu folgen. Rasch entzündete er eine Fackel an einer der Öllampen in der Kapelle und leuchtete Servius ins Gesicht.

„Der hochberühmte Präfekt Servius Claudius Calpurnius! . . . Fesseln ab!"

Von den Stricken befreit, richtete Servius sich auf, streckte die Glieder und schalt den Zenturionen: „Ihr wollt Soldaten sein? Nur Räuber fallen so über Greise und Weiber her!"

„Wir erfüllen nur den Befehl des Stadtpräfekten." antwortete der Gescholtene.

„Ich weiß es. Aber der Präfekt befiehlt euch nicht, Unglückliche, welche keinen Widerstand leisten, zu misshandeln."

Der Zenturio schwieg eine Weile, dann aber, sich seiner Pflicht erinnernd, fragte er: „Hochberühmter Präfekt, du bist doch wohl kein Anhänger des orientalischen Aberglaubens?"

„Ich bekenne den Glauben des göttlichen Imperators. Ich bin hierhergekommen, um meine Braut abzuholen, welche ich hier wiedergefunden habe."

„Die Vielgesuchte?" fragte der Zenturio erstaunt und fügte dann hinzu: „Befiehl, hochberühmter Präfekt, und wir liefern dir dieselbe sofort aus."

Thusnelda stand gefesselt, wie alle anderen Christen, neben Mucia.

Servius näherte sich ihr, schaute ihr lange in die Augen und sprach dann mit Nachdruck: „Du bist keine Christin, Thusnelda. Sage dem Zenturionen der Stadtsoldaten, dass du vor den Verfolgungen des Fabius hier Zuflucht gesucht hast. Sage es, Thusnelda!"
In seiner zitternden Stimme lag eine heiße, flehentliche Bitte.
Tiefes Schweigen beherrschte den Raum; die Augen aller waren auf die Germanin gerichtet. Diese senkte den Kopf; ihre Züge verrieten einen gewaltigen inneren Kampf. Endlich sprach sie mit gebrochener Stimme: „Meine Seele wäre verloren, würde ich den Gott der Christen verleugnen. Die Seele überdauert den Leib! Verzeih Servius..."
In der Kapelle wurde es womöglich noch stiller. Man hörte nur das beschleunigte Atmen des Servius. Eine Weile lang stand er gesenkten Hauptes da — dann streckte er seine Rechte gegen den Zenturionen aus und sprach: „Tue, was deine Pflicht ist!"
Schweigend gab der Zenturio das Zeichen zum Aufbruch. Schnell wurden einige Fackeln angezündet, und der Zug setzte sich in Bewegung.
Ohne Klage schritten die Christen hinter den Soldaten der Vorhut einher, die unterirdischen Gräberhallen mit dem Geklirr ihrer Ketten erfüllend. So oft sie an Sarkophagen oder berühmteren Wandgräbern vorbeigingen, ertönte es von ihren Lippen: „Heiliger ... bete für uns! Heilige ... bete für uns!" Von den Wänden schauten offene Gräber auf sie herab — bereit, neue Märtyrer aufzunehmen.
Der Morgen dämmerte bereits, als der traurige Zug an der Erdoberfläche anlangte.
Und wieder erscholl Hufschlag auf dem Basalt der Appischen Straße, aber diesmal galoppierten nur zwei Reiter durch den grauen Nebel des Wintermorgens. Der dritte, der Geheimkundschafter, hatte sich mitsamt den anderen Christen fesseln lassen, wiewohl er sein Amt hätte vorschützen können.
Schweigsam ritt Hermann neben Servius einher. Der alte Krieger fragte nichts. Die blutbefleckten und zerrissenen Kleider, sowie das mit braunen und blauen Flecken bedeckte Gesicht des Präfekten sagten ihm genug. Er wusste nun, dass es in der Totenstadt zu einem Kampf gekommen war, in welchem sein Gebieter unterlag. Am deutlichsten sprach die Abwesenheit Thusneldas. Allerdings vermochte er sich kein richtiges Bild von den Vorgängen zu machen, aber er zerbrach sich auch nicht den Kopf darüber.

- o -

Julius war eben erwacht, als Servius an dessen Lager erschien. Er hatte den Freund gestern den ganzen Tag über nicht gesehen; das unerwartete Erscheinen zu so früher Stunde ließ ihn auf etwas Überraschendes schließen.
„Du hast Thusnelda gefunden?" fragte er, und da er keine Antwort erhielt, betrachtete er den Freund prüfenden Blickes und fügte hinzu: „Du hast um sie kämpfen müssen?"
Servius vermochte kein Wort hervorzubringen. Er öffnete den Mund wie ein auf dem Wasser gezogener Fisch und kämpfte mit Atemnot.
„Hast du Unglück gehabt? Hat man sie dir entrissen?" fragte Julius bestürzt und schnellte auf seinem Lager empor.
Servius machte noch eine Anstrengung, dann platzte er mit den Worten heraus: „Thusnelda und Mucia sind im Gefängnis!"

„Im Gefängnis?!... Auch Mucia?!"

„Christen ... Gräberhallen ... Stadtpräfekt .. stieß Servius, wieder mit Atemnot ringend, hervor.

„Beruhige dich," sprach Julius, nun selber aufs höchste beunruhigt, „und sprich deutlich. Ich verstehe dich nicht."

„Man hat sie in den unterirdischen Gräberhallen der Christen eingefangen..."

„Wer? Wen?"

Der Prätor sprang aus dem Bett, rüttelte Servius an den Schultern und fügte hinzu: „Was ist denn über dich gekommen? Wache auf... nimm deine Sinne zusammen!"

„Gefesselt, misshandelt ... abgeführt ..." stieß Servius wieder hervor und ließ sich schwer auf einen eichenen Sessel fallen.

„Wenn deine Augen dich nicht betrogen haben, Servius, dann haben mir die Götter schwere Buße auferlegt für die Sünden meiner Ahnen...." Er seufzte aus und fügte mit schwacher Stimme hinzu: „O Mucia, Mucia, warum hast du mir das angetan!"

„Rette sie!" rief Servius entschlossen. „Keine andere ist so wie sie deines Namens würdig."

„Seit Tagen bin ich Prätor von Rom." entgegnete Julius, „und ich werde über sie zu Gericht halten." Und wiederum presste er die Hand auf Herz.

Kapitel 15

Auf dem Kapitol, vor dem Mamertinischen Gefängnis, hatte sich eine Gruppe neugierigen Pöbels angesammelt, welcher die Überführung von Gefangenen in den Gerichtssaal erwartete. Die elenden Müßiggänger, stets nach billiger Kurzweil ausspähend, erhofften sich heute ein interessantes Schauspiel. Denn nicht alle Tage war es ihnen vergönnt, ein Mitglied des Senatorenstandes ihrer Augenweide preisgegeben zu sehen.

Ehedem, zu Domitians Zeiten, öffneten sich die Türen des Staatsgefängnisses sehr oft vor Trägern des patrizischen Purpurs; Mitglieder der verdientesten römischen Geschlechter überschritten die Schwelle des in Felsen ausgehauenen feuchten Loches, um in Begleitung des Scharfrichters wieder ans Tageslicht zu treten. Aber nur sehr alte Leute konnten sich dessen noch erinnern. Seitdem die Antonine den Thron innehatten, erzitterte in Rom vor der Gerechtigkeit der Prätoren nur das tatsächlichste Verbrechen. Die Laune des Imperators schreckte nicht mehr den Staatsbürger: die Angeberei hatte aufgehört, ein einträgliches Gewerbe zu sein; Niederträchtigkeit ebnete nicht mehr den Weg zu Ämtern und Würden; Majestätsbeleidigung kam aus den Gerichtstafeln gar nicht mehr vor. Mit dieser Wendung der Dinge war der Pöbel nicht zufrieden. Anstatt Marc Aurel zu danken, dass er in jedem Staatsbürger — von den Sklaven war natürlich nicht die Rede — die menschliche Würde anerkannte und ehrte, murrte das Volk, dass es durch die ‚Altweiberphilosophie' der neuen Imperatoren um angenehme Unterhaltungen gebracht wurde. Denn es hatte einen eigenen Reiz für den Bettelstolz der arbeitsscheuen Menge, einem mächtigen Patrizier frech und höhnisch ins bleiche Angesicht zu schauen, wenn er seinem Todesurteil oder gar dem Tod selbst entgegenging.

Heute versprachen sich die Herren und Herrinnen der zerlumpten Togen und geflickten, schmutzigen Kleider einen solchen lang entbehrten Genuss. Mucia Cornelia, die Tochter eines der allerältesten römischen Geschlechter, und Thusnelda, die in Rom bereits zu einer geheimnisvollen Berühmtheit gewordene germanische Prinzessin, waren ja von Soldaten des Stadtpräfekten in einem Schlupfwinkel der Christen gefangen genommen worden und werden wahrscheinlich heute schon vor den Prätor gebracht. Vergeblich versicherte der Kerkermeister dem Pöbel, dass die Gerichtsverhandlung erst in einigen Tagen stattfinden werde; man glaubte ihm nicht und lachte ihn aus. Einige waren zudringlich genug, mit dem wachhabenden Soldaten ein Gespräch zu versuchen.

„Einen wunderschönen Vogel behütest du da in dem reizenden Käfig." redete ihn ein Bummler in der Toga an.

„Zwei sind es." bemerkte ein anderer. „Der eine hat ein Purpurgefieder, der andere goldene Krallen."

„Nein," warf ein dritter ein; „nur Mucia Cornelia befindet sich hier, die germanische Fürstentochter ist in einem anderen ‚Palast' untergebracht."

Damit war eine wichtige juristische Frage aufgeworfen, welche eifrig erörtert wurde. Mucia war römische Patrizierin, Thusnelda eine Barbarin, allerdings eine Freie; daher mussten sie verschieden behandelt werden. Man wendete sich an den Soldaten um Auskunft, doch dieser verhielt sich gegen alle Fragen und Witzeleien des Pöbels gleichgültig; von Zeit zu Zeit wies er Zudringlichere barsch zurück, drohte sogar mit seinem Schwert.

„Der plumpe Bär!" murrten die Nächststehenden.

„Er bildet sich ein, einen Schatz zu behüten!"

„Ein Schinderknecht ist er, weil er des Schinders Eigentum bewacht!"

Solche und ähnliche Spötteleien gingen unter allgemeinem Gelächter hin und her.

Plötzlich verstummte alles. Die Menge zerteilte sich und bildete eine Gasse vor den in drei Gliedern einherschreitenden Staatsdienern, welche einem hohen Würdenträger vorangingen.

„Platz da für den hochberühmten Prätor!" rief einer der Liktoren, sein in einem Rutenbündel steckendes Beil erhebend.

Julius Quinctilius Varus trug das Trauerkleid, eine schwarze Toga, und ging zu Fuß, ohne jegliche Bedienung und ohne Klienten.

„Was wird er wohl seiner Braut vorgirren!" bemerkte irgendjemand aus dem Pöbel.

Rohes Gelächter war sein Dank seitens der übrigen Gaffer.

Des Prätors bleiches Gesicht war so ruhig, als wenn dessen Züge versteinert wären. Kein Muskel, keine Wimper zuckte; nur seine Augen glühten wie von Fieberhitze, starrten aber unbeweglich in die Ferne.

Er ließ die Gefängnistür öffnen und stieg aus einer schmalen Treppe in das Verließ hinab, in welchem seit unvordenklichen Zeiten die Staatsverbrecher aufgehoben wurden. Der Wärter ging mit einer Öllampe voran. Aus der Tiefe wehte ein feuchtdumpfer Hauch entgegen; die Flamme der Lampe schien im Kampf mit der schier undurchdringlichen Finsternis unterliegen zu wollen; die Wölbung über der Treppe war so niedrig, dass man nur gebückt gehen konnte.

„Wir sind am Boden." sagte der Wärter, öffnete eine verrostete eiserne Tür, stellte die Lampe auf einen Vorsprung in der Wand und entfernte sich.

Julius befand sich in einem Loch, so klein, dass es selbst einer einzelnen Person unmöglich war, sich darin frei zu bewegen. Er musste sich an die Stickluft und das Dunkel erst ein wenig gewöhnen. Auf einer mit Stroh bedeckten, bankartigen Erhöhung des Felsenbodens lag eine weibliche Gestalt, welche gegen das, was um sie vorging, sich so gleichgültig verhielt, dass sie nicht einmal aufblickte. Julius betrachtete seine Braut eine Weile, dann kniete er neben der Steinbank nieder, ergriff mit beiden Händen ihre Rechte und presste dieselbe an seine Lippen.

„Mucia!" sprach er mit gebrochener Stimme, „weißt du, dass man dich vor meinen Richterstuhl bringen wird?"

Nun erhob Mucia den Kopf, und da sie ihren Verlobten erkannte, erhob sie sich von ihrem harten Lager, nahm den eisernen Ring vom Finger und hielt ihn Julius entgegen.

„Ich weiß es." sagte sie kurz, „und ich weiß auch, was du tun wirst. Nimm dieses Zeichen unseres Bundes, damit es dich nicht abhält, ein gesetzmäßiges, obwohl durchaus nicht rechtmäßiges Urteil über die Christin zu fällen."

„Mucia!" stieß Julius hervor.

Die Cornelierin bezog diesen Ausruf auf ihre letzten Worte; sie glaubte seinen Römerstolz beleidigt und seine richterliche Würde angetastet zu haben.

„Verzeihe! Ihr alle seid Sklaven des römischen Gesetzes, und das von Gott gegebene Recht ist davon grundverschieden. Aber diese Wahrheit kennst du nicht und kannst sie nicht begreifen, so lange du die Götter Roms anbetest. Daher musst und wirst du dein Urteil nach römischem Gesetz fällen; ich will auch nichts anderes, und darum nimm den Ring zurück."

Julius nahm den Ring nicht, sondern steckte ihn wieder an Mucias Finger.

„Meine Braut bleibst du, auch . . ." Er verstummte und atmete schwer auf.

„Warum hast du mir das angetan!" stieß er dann hervor, umfing Mucia mit einem Arm und senkte sein Haupt bis auf das Strohlager.

Sie berührte sein Haupt mit den Fingerspitzen und sprach: „Ich kann es dir nicht verübeln, wenn du handelst, wie es dir deine Pflicht als Römer und Richter gebietet. Denn eure Voraussetzung, dass unser Glaube dem römischen Reich gefährlich sei, ist ganz richtig. Wie Rost das Eisen, so zernagt das Christentum alle Begriffe, Grundsätze und Überlieferungen, auf welchen die Größe und Macht des Reiches begründet ist. Unsere Wahrheit wird schließlich über eure falschen Götter siegen, und dann fällt die ganze Vergangenheit Roms in sich selbst zusammen. Bis dahin aber und so lange die Anbeter des Olymp alle Gewalt in ihren Händen haben, müssen sie uns verfolgen und töten. ... Du siehst, Julius, das ich den Hass gegen das Christentum begreife und erklärlich finde. Darum tue, was dir die Pflicht gebietet. Du wärest nicht der Römer, den ich liebgewonnen habe, wenn du mich schonen wolltest. An deiner Stelle würde ich nicht anders handeln."

Julius erhob sein Haupt und betrachtete Mucia voller Erstaunen. Er hatte oft von der Hartnäckigkeit der Christen gehört, aber er hätte nie geglaubt, dass der ‚orientalische Aberglaube' so mächtig aus seine Bekenner einwirken könnte, zumal auf Angehörige des Patrizierstandes. Was ist aus Mucia geworden, aus dieser stolzen Römerin, aus der Erbin großer Überlieferungen eines verdienstvollen Geschlechtes! Ihre Worte waren Staatsverbrechen, Hochverrat. Und doch blieb sie auch hier die echte, ehrenfeste Cornelierin! Denn nur eine Cornelia alter Art konnte so denken und handeln. Keine römische Modedame würde ihrem Bräutigam das Richtschwert gegen sich selbst in die Hand geben, keine würde ihn an sein römisches Pflichtgefühl erinnern ...

„O Mucia, Mucia!" sprach er mit erstickter Stimme. „Weshalb entdeckst du vor mir den Reichtum deiner Seele in einem so verhängnisvollen, schauerlichen Augenblick! Du weißt, dass alle meine Hoffnung bezüglich des Quinctiliergeschlechts, dass alle meine sehnlichsten Wünsche auf dir beruhen! Meine Jugend habe ich dem Vaterland geopfert und damit ein Anrecht auf die Liebe einer Römerin, wie du es bist, erworben. Nur du allein könntest mir eine wahrhaft geliebte, eine teuerste Lebensgefährtin, ein Lohn für die vielen Jahre plagevollen Lagerdienstes, eine treue Freundin sein mitten in einer Gesellschaft, für welche ich keine Achtung in mir verspüren kann. Nur dich, Mucia, kann ich lieben mit jener Liebe, die mit wahrer Hochachtung gepaart ist... Und ich liebe dich wirklich von ganzem Herzen! Ohne deine Stimme verstummt für mich die ganze Welt; ohne das Licht deiner Augen erlischt mir die Sonne, ohne deinen Anblick verwelkt mir die Schönheit des Antlitzes der Erde! O, entsage dem Aberglauben der Sklaven! Entsage ihm. Teuerste, bleibe meine Angelobte, werde meine liebende und geliebte Gattin!"

Er umfing sie zärtlich mit seiner Rechten und presste einen heißen Kuss auf ihre Stirn.

„Entsage dem Irrtum, welcher deiner unwürdig ist." flehte er. „Auf dem Altar Roms wirst du ein Opfer darbringen — das Gesetz verlangt es so — und dann in mein Haus einkehren ... Sage, dass du einverstanden bist ... sage es!"

Seine ganze Liebe, seinen ganzen Schmerz legte er in seine flehentliche Stimme.

„Mucia, Mucia!" flüsterte er. „Zu dir spricht ein Patrizier, welcher noch niemand um etwas gebeten hat, welcher nicht einmal vor dem Imperator seinen Nacken gebeugt, welcher oftmals dem Tod in die Augen geschaut hat. Vor dir allein siehst du ihn gedemütigt, denn du bist der Stern seines Lebens, seines Herzens heißes Blut. Siehe, in dem Moder dieses Kerkers werfe ich mich zu deinen Füßen."

Er senkte sein Haupt so tief, dass er mit der Stirn beinahe den Boden des Kerkers berührte.

Sie aber faltete die Hände auf der Brust zusammen, erhob die Augen gen Himmel und sprach mit ihrem Gott.

Sie war ein Weib, fühlte voll und ganz wie ein solches und liebte Julius. Ihr junges Herz hörte wonneerfüllt sein Liebesgeständnis, so dass sie darüber den düsteren Kerker vergaß. Sie hatte nicht geglaubt, dass dieser ehrbare und ernste Patrizier eines so leidenschaftlichen Gefühls fähig wäre. Und nun zeigte es sich, dass er sie mit der ganzen Macht seines stolzen Herzens liebte! Geht sie auf seine Bitte ein, so harrt ihrer die höchste Glückseligkeit eines Menschen auf Erden; bleibt sie ihrem Glauben treu, so wird sie bald der ewigen Nacht verfallen sein ...

Ewigen Nacht? So lehrt der Unglaube des zur Neige gehenden Zeitalters; Mucia aber weiß es nun anders, besser. Was ist das kurze, wenn auch glücklichste irdische Leben gegen die ewige Glückseligkeit des Himmelreiches?

Mucia streckte ihre Hände vor sich aus, als wollte sie der Versuchung sich erwehren, und ohne Julius anzusehen, sprach sie: „Auch Julius Quinctilius Varus würde, hätte er dem Gott der Christen einmal Treue gelobt, diesen Gott vor keinem Gerichtshof verleugnet."

Julius erhob sich.

„Deinetwegen, aber einzig und allein auch nur deinetwegen will ich von meinen Überzeugungen ein Opfer bringen." sagte er. „Glaube an deinen Gott, wenn er dir zum Leben notwendig erscheint, aber genüge den Erfordernissen des Gesetzes. Verwahre deinen Gott im Herzen, nur verleugne ihn vor der Öffentlichkeit . . . Widerstrebe nicht, Mucia ! Dieser Augenblick ist entscheidend für dein und mein Glück. Bedenke, dass deine Schande auch meine Schande ist, deine Verzweiflung auch die meinige. Mit deinem letzten Atemzug erstirbt auch in mir das Glück für immer. Ohne dich bin ich wie ein Haus ohne Herd!"

„Welche Qual bereitest du mir, Julius!" entgegnete Mucia und bedeckte ihr Gesicht mit den Händen. „Du erschwerst mir den kurzen Gang auf dem Weg, von welchem mich nichts mehr abzubringen vermag."

„Dein Gott kann nicht ein solches Opfer von dir verlangen."

„Doch! Es wird verlangt von der Grausamkeit einer langen Vergangenheit unseres Volkes, welches sich an der Misshandlung Schwacher, Armseliger und Besiegter weidete. Die Nachkommen haben die Schuld ihrer Vorfahren zu verantworten."

„Dein vergossenes Blut wird keines Menschen Herz dahin bringen, dass es irdischen Dingen entsagt. Es wird immer Sieger und Besiegte geben. Gesättigte und Hungrige. Kein Gott wird die Leidenschaften in der menschlichen Natur ersticken."

„Du kennst meinen Gott nicht, Julius. Wenn du in seine Lehre verstehen wolltest, würdest du ebenso wie ich finden, dass sie die allgemeine Menschenliebe predigt. Sein wahrhaft göttliches Herz umfasst die gesamte Menschheit ohne Unterschied; seine göttliche Vernunft hat helles Licht über alle Finsternis verbreitet. An den Strahlen dieser neuen Sonne werden sich die menschlichen Leidenschaften reinigen, und Gerechtigkeit und Barmherzigkeit werden ihre Herrschaft auf Erden antreten."

Aber den römischen Patrioten, den geistigen Sklaven der römischen Staatsidee, die aus Macht durch Gewalt beruhte, ließen die Worte der Christin unüberzeugt.

Mit erhobener Stimme rief er aus: „Fluch dem wahnwitzigen Glauben der Sklaven, welcher auf Schleichwegen, bei Nacht und Nebel, wie ein hinterlistiger Feind sich an Rom heranwagt und uns die edelsten Herzen entwendet!"

„Julius, du kennst nicht den Gott, welchen du verfluchst." sagte Mucia und faltete die Hände zum Gebet.

„Ich kenne ihn, ich kenne ihn jetzt gut. Und ich hasse ihn jetzt mit der Verachtung des Römers, für welchen die Welt mit dem Fall Roms aufhört zu bestehen!"

„In jener anderen Welt werde ich für dich beten, dass mein Gott dich erleuchtet und in sein erbarmungsvolles Herz schließt."

„Ich will kein Licht ohne Rom! Nichtigkeit und ewige Finsternis ziehe ich jedem Glanz vor, der von einem Waldbrand herrühren soll, in welchem mein Vaterland untergeht!"

„Lass mich, Julius, und tue, was du als deine Pflicht erachtest." bat Mucia, aufgeregt durch seine Erbitterung.

Noch einmal neigte sich Julius über seine Verlobte.

„Man sagt, dein Gott erbarme sich eines jeden Elenden. Nun, so erbarme auch du dich meiner, der ich sehr unglücklich bin!" flehte er. „Fühlst du denn nicht, dass du mir das Herz aus dem Leib reißt, welches du lieben solltest?"

„Du spannst mich auf die Folter, Julius! Ich liebe dich ja, ich liebe dich so, dass ich ohne Gram aus deinem Mund mein Todesurteil vernehmen will. Vergilt mir meine Liebe damit, dass du mich nicht mit Versuchungen quälst, auch mir einen Teil meiner heiligsten Überzeugung aufzugeben. Bedenke auch, dass anders wenn wir Heuchler wären und uns nie offen ins Gesicht schauen könnten. Ich sterbe gern, und mein Tod sei dein Stolz."

Julius bedeckte sein Gesicht mit den Händen und schwieg. Nach einer Weile sprach er mit tränenerstickter, bebender Stimme: „Mögest du in deiner letzten Stunde die Grausamkeit dieses Augenblickes nicht bereuen!"

Damit erhob er seine Hände mit stillem Glückflehen über Mucia und verließ den Kerker.

- o -

Vergeblich beleidigte der Pöbel auf der Straße den Prätor mit frechen Blicken, um in das Geheimnis seiner Seele einzudringen. Der Neid der Armseligen lauerte erfolglos, um sich an dem Schmerz des großmächtigen Herrn zu ergötzen.

„Platz für den hochberühmten Prätor!" riefen die Liktoren, und Julius schritt ruhig dem Forum zu, als hätte er nach sorgfältig verschlafener Nacht eben sein Haus verlassen. Kein Muskel zuckte in seinem Gesicht; nur seine für die neugierigen Gaffer mit den Lidern halb verdeckten Augen brannten noch von innerer Fieberhitze. Er schritt langsam, erhobenen Hauptes.

Eben war er an der Julischen Rednertribüne vorbeigegangen, da begegnete ihm der Stadtpräfekt.

„Bist du bei ihr gewesen?" fragte das Stadtoberhaupt.

„Ich habe nichts erreicht; sie hat sich nicht überreden lassen." gab Julius zur Antwort.

Des Präfekten Gesicht verfinsterte sich.

„Der göttliche Marcus Aurelius wird in diesem Fall keine Nachsicht üben. Soeben komme ich von ihm. Des Beispiels halber fordert er, dass Mucia Cornelia gegenüber das Gesetz in seiner ganzen Strenge angewendet werde; er will nur gestatten, dass du dich vertreten lässt, wenn bei Gericht nicht den Vorsitz führen willst."

„Ein Quinctilier wird bei keinem Antonin Bürgerpflichten lernen." antwortete Julius. „Sage dem Imperator, dass ich tun werde, was mir mein römisches Gewissen gebietet . . . Hast du erfahren, wer dir die Christenversammlung angezeigt hat?"

„Das Schreiben hat ein Sklave von Tullia Cornelia gebracht."

Julius fragte nichts weiter. Nun wusste er, dass Tullias Eifersucht Mucia dem Scharfrichter in die Hände geliefert hatte. Er verabschiedete sich von dem Präfekten und begab sich in den Tempel der Venus von Roma.

Still und öde war es in dem marmornen Heiligtum, in welchem Rom das Symbol seiner Größe und Macht aufgestellt hatte. Hell hallten Julius' Schritte in dem weiten und hohen Bau wider. Hier war der Prätor allein mit sich selbst. Niemand belauschte das Geheimnis seines Herzens, niemand weidete sich mit schamlosem Lächeln an seinem Unglück. Hier konnte er sich seinem Schmerz hingeben, ohne boshaften Bemerkungen ausgesetzt zu sein.

Wie er mitten durch den Tempel schritt, der Kapelle Romas sich nähernd, senkte sich sein Haupt zur Brust, und seine Tritte wurden schwer, als ob ihm die Füße den Gehorsam verweigern wollten.

Auf einem Thron von Elfenbein unter goldigem Himmel saß Roma, die Lanze in der Rechten; finster blickten ihre leblosen Augen unter dem Helm hervor.

Julius fiel vor dem Bild Roms auf die Knie. Der römische Bürger kam, dem Genius seines Vaterlandes sein unaussprechliches Leid zu klagen.

In seinem Blut lebten alle Überlieferungen eines Geschlechtes, welches dem Staat eine lange Reihe verdienstvoller Männer und tugendhafter Matronen gegeben hatte. Zwei Jahrhunderte der Verderbnis waren an demselben spurlos vorübergegangen. Wie seinen Vorfahren aus den Zeiten der Könige und der ersten Konsuln, so war auch ihm selbst das Staatswohl einziger, höchster Zweck, vor welche alle Privatangelegenheiten weit zurücktreten mussten. Seine Vaterlandsliebe erstickte in ihm verwandtschaftliche und freundschaftliche Gefühle. Aber auch bei Mucia?

Er presste beide Hände an seine Brust, als wollte er den Schmerz erdrücken, welcher sein Herz mit der Wut eines gereizten Tieres zerfleischte. Er sollte die Geliebte dem Scharfrichter überliefern ... er?

Sich an Romas Symbol anschmiegend, lispelte er mit ersterbender Stimme: „Roma, o Roma, zu viel verlangst du von mir ... zu viel!"

Und doch!

Nachsichtigkeit gegenüber einer Patrizierin wird auf die anderen Christen ermutigend einwirken, und dann wird sich der staatsgefährliche Irrwahn pestartig über das ganze Reich verbreiten! Vielleicht sind ohnehin schon mehr Patrizier davon ergriffen, als man glauben mag; sie alle hätten dann Anspruch auf die gleiche Behandlung. Das Beispiel von oben wäre erst recht gefährlich. Nein, es gibt keinen Ausweg! . . . Der römische Staatsbürger hat kein Recht, das Staatswohl seinem persönlichen Wunsche unterzuordnen; der Vaterlandsfreund muss sein Herz zum Schweigen bringen, wenn sich dessen Gefühle mit dem Staatsbedürfnis nicht im Einklang befinden. So haben Julius' Ahnen ihre Pflichten begriffen; sollte er die vielhundertjährige Überlieferung des Quinctilier-Geschlechtes schänden? . . .

Der Prätor erhob einen Blick zu Romas Antlitz, als frage er um Rat in seiner verzweifelten Lage, Die fest zusammengepressten Lippen der Göttin mit ihren, verächtlichen, unerbittlichen Zug sprachen nicht von Nachsicht und Milde; ihre starr in die Ferne schauenden Augen beachteten seine Verzweiflung gar nicht. Sie hatte Hunderttausende ihretwegen verbluten sehen, ohne ihrer Strenge auch nur im Geringsten zu vergeben . . . Sei Römer! antwortete das marmorne Gesicht. Die Zeit wird über deinen Schmerz hinweggehen und jegliche Spur davon verwischen. Dein Name aber gehört der Ewigkeit an. Wer sollte denn seine Verzweiflung mir opfern, wenn du es nicht tust, der du mein bevorzugter Sohn bist? Sei Römer und Patrizier!

Julius starrte in das steinerne Gesicht Romas und sog so lange Mut, Stolz und Grausamkeit daraus, bis der Sturm in seiner Brust sich legte.

„Ich will es sein!" sprach er, nachdem er tief aufgeatmet hatte, und erhob sich von den Knien.

Er war so erschöpft, dass er sich nur mit Mühe aus den Füßen halten konnte; aber bald stand er fest da und verließ sicheren Schrittes mit finsterer Stirn den Tempel.

„Zu Tullia Cornelia!" befahl er den Liktoren, welche ihn in der Vorhalle des Tempels erwartet hatten.

- o -

Die schöne Prokonsuls-Witwe nahm im Arbeitszimmer ihres verstorbenen Gemahls eben den Bericht ihres Oberverwalters entgegen, als der Namenrufer meldete, dass der Prätor Julius Quinctilius um Gehör bitte.

Dieser Name rief auf Tullias Gesicht dunkle Röte hervor, ihre Augen strahlten vor freudiger Erregung.

„Endlich!" dachte sie bei sich. „Meine Rache hat besser gewirkt, als alle erheuchelte Tugendhaftigkeit."

Sie hieß den Verwalter, welcher ihr soeben den völligen Zusammenbruch ihres Vermögens angekündigt hatte, sich entfernen, dann erhob sie sich und rief ein gefälliges Lächeln auf ihre Lippen.

Aber als Julius die Schwelle betrat, erlosch dieses Lächeln sofort, verscheucht durch das Trauergewand des Prätors.

Sie wollte sich ihm nähern und ihn herzlich begrüßen.

„Ich fühle mich sehr beglückt ..." sagte sie.

Doch mitten in ihrer Rede verstummte sie, niedergeschmettert durch den Blick des Gastes. So viel Verachtung lag in Julius' Augen, dass Tullia erblasste und die ihr sonst eigene Geistesgegenwart verlor.

Weshalb nur war er zu ihr gekommen? Sie fühlte sich angehaucht von dem tödlichen Frost, welcher seiner ganzen Gestalt entströmte. Während seine Augen unter den zusammengezogenen Brauen finster hervorschauten, stand er stumm vor ihr, wie eine leibhaftige Drohung. Er liebte noch immer die. . . die . . . die Christin! Tullia fühlte das Blut in ihren Adern erstarren. Eine sonderbare Angst bemächtigte sich ihrer. Sie glaubte jenes Wimmern des Sturmwindes wieder zu hören, welches sie schon einmal mit so gewaltiger Furcht erfüllt hatte.

„Julius!" stieß sie leise hervor, ihm beide Hände entgegenstreckend.

Aber Julius trat ihr nicht näher.

„Ich bin gekommen." sagte er endlich, „dir für den Dienst zu danken, welchen du Rom erwiesen hast. Die Ahnen der Cornelier sind erfreut, dass das Feld der Schande mit ihrem Blut geweiht wird."

In seiner Stimme lag so viel Herzleid, dass Tullia über die Bedeutung seiner Worte nicht im Unklaren sein konnte, sie waren das Verdammungsurteil für ihre Rache.

Weibliche List riet ihr: Leugne! Aber der Stolz der Patrizierin widerstrebte solcher Feigheit. Nein, sie wird ihre Tat nicht verleugnen! Das wäre Sklavenart.

„Ich habe getan, was mir meine Pflicht als Römerin gebot." antwortete sie mit niedergeschlagenen Augen. „Ich hasse diesen Aberglauben."

„Du hast getan, was dir der Dämon der Eifersucht eingegeben hat!" entgegnete Julius streng.

„Denn nur diese gelbe Schlange scheut nicht davor zurück, den eigenen Namen der Schande preiszugeben und die Verwandte Henkershänden zu überliefern! Du hast getan, was der Meuchelmörder tut, welcher hinter einer Straßenecke dem Wehrlosen auflauert! Du hast ein

unerhörtes Verbrechen begangen, das Verbrechen einer Sklavin, welche ihre Wohltäterin mordet!"
Zum ersten Mal in ihrem Leben fielen schmähende Worte über Tullia herab, und welche Worte! Bisher hatte sich noch niemand gewagt, sie auch nur mit einem Blick zu beleidigen. Das Blut stieg ihr in die Augen, ins Gehirn. Mit der unwillkürlichen Bewegung einer verwundeten Löwin stürzte sie sich gegen Julius.
„Frechling!" zischte sie.
„Elende!" gab er zurück, indem er sie an beiden Armen erfasste und zurückstieß. „Nähere mir dich nicht . . . deine Berührung befleckt!"
Einige Augenblicke steht Tullia unbeweglich da, ihren erstarrten Blick auf Julius geheftet. Allmählich kehrt sie zur Besinnung zurück. Er verachtet sie — er, den sie mit ihren Herzensträumen umwoben hatte. Er stößt sie von sich wie eine verhasste Sklavin! Wenn irgendjemand, so hat doch er kein Recht, ihre Rache zu verurteilen. Sie wird ihm sagen, warum sie die Gefühle der Verwandtschaft zertreten hat.
„Ich liebe dich, Julius." lispelte sie, in die Knie sinkend. „Weil ich dich liebe . . . heiß liebe, habe ich die Schandtat begangen . . ."
„Höre auf! Deine Liebe schändet!" rief Julius. Aus jedem Tropfen Blutes jener Unglücklichen erstehe für dich eine Furie, damit du keine ruhige Stunde findest weder über noch unter der Erde! Die Speise, die du zum Mund führst, soll sich in Galle verwandeln, das Wasser werde dir zu Gift, die Lust zum Pesthauch! Ein jeder von deinen Gedanken sei ein Vorwurf. Ein jeder Herzschlag vermehre dir die Verzweiflung! Verflucht seist du. Mörderin! Verflucht . . . verflucht!"
Er verhüllte sein Gesicht mit der schwarzen Toga, wandte sich um und verließ Tullias Haus.
Sie kniete gesenkten Hauptes am Boden, niedergedrückt von der Last seines Fluches.
„Meine Liebe schändet! Meine Berührung befleckt! . . . Und das hat Julius Quinctilius Varus gesagt, einer von den wenigen Männern Roms!"
Tullias Stolz ist zerschmettert; alles ist vernichtet und in Staub getreten, was sie erfüllte. Derjenige, dem sie ein liebendes Herz entgegenbrachte, hat sie mit Verachtung von sich gestoßen, und morgen, übermorgen werden Gläubiger sie aus dem Cornelier-Palast vertreiben. Kinder werden aus der Gasse mit den Fingern auf sie weisen und ausrufen: Mörderin!
Mit einer gewaltigen Bewegung rafft Tullia sich auf.
„Nein, nein! Gar niemand soll mich ob meines Sturzes verhöhnen, niemand, niemand!" ruft sie.
„Dein Fluch, Julius, soll sich nicht erfüllen! . . . Nein, er soll sich nicht erfüllen!"
Mit diesen Worten eilt sie zur Büste des Kaisers Augustus, lässt das Geheimschränkchen aufspringen und entnimmt demselben das Gift der Locusta.
Sie setzt das Fläschchen an den Mund . . . sie zuckt zusammen . . .
Wiederum meint sie, die Klage des Sturmwindes zu hören. Sie holt tief Atem.
„Tullia Cornelia sollte den Tod fürchten?" ermutigt sie sich. „Furcht ist für den Pöbel!"
Schnell trinkt sie das Gift, fasst sich mit beiden Händen an den Hals, tritt einige Schritte vor und stürzt der Länge nach zu Boden.
Der von der Vertrauten Neros erfundene Trank hatte blitzartig seine Wirkung getan.

Kapitel 16

Der Justizpalast auf dem Forum Romanum war von einer großen Volksmenge umgeben. Alle Müßiggänger der Hauptstadt waren zusammengeströmt, ungeduldig den letzten Akt der Tragödie erwartend, welche sich eben vor dem Richterstuhl des Prätors Julius Quinctilius abspielte. Der Bräutigam saß zu Gericht über seine Verlobte! Die leicht beweglichen römischen Bürger verhielten sich heute ruhig. Der Ernst der Sache hatte ihnen die Lust zur Rede verdorben. Sie fühlten, dass hinter jenen Mauern etwas vorging, was die Geschichte zum ewigen Gedächtnis auf ihren Blättern verzeichnen werde.

Bürgerpflicht kämpfte mit der Liebe. Auf welcher Seite wird der Sieg sein?

Zwar antwortete die älteste Vergangenheit auf diese Frage mit zahlreichen Beispielen von Selbstverleugnung zu Gunsten des allgemeinen Wohles; aber diese Vergangenheit lag so weit zurück, dass sie niemand mehr zur Richtschnur diente. Die Väter, welche Töchter auf dem Altare des Vaterlandes aufopferten, Mütter, die ihre Söhne, Männer, die ihre Frauen, Freunde, die ihre Freunde hingaben — kurz, jenes Geschlecht von Bürgern, in denen die staatliche Pflicht alle anderen Zwecke und Wünsche erstickte, war schon längst ausgestorben und hatte einer neuen Menschenart Platz gemacht, von welcher jeder einzelne in gemeiner Selbstsucht sich als den Mittelpunkt der Welt betrachtete. Hier und da spukte ja noch ein Gespenst aus der Zeit des entstehenden Rom herum, aber diese unzeitgemäßen Geister verliehen ihrem Unwillen nicht durch Taten, sondern durch bissige Worte Ausdruck. Die Satire war an die Stelle des begeisterten Liedes getreten, die Kritik zerfraß die Tatkraft des männlichen Willens.

Woher sollte ihm die stählerne Natur des altklassischen Bürgertums kommen? sprachen Julius' Feinde. War ja doch schon sein Urgroßvater, jener unglückliche Feldherr Julius Quinctilius Varus, im Teutoburger Wald der zuchtlosen Macht des Germanentums unterlegen. Sein Großvater hatte vor der wahnsinnigen Niederträchtigkeit des Nero gezittert; sein Vater hielt sich fern von öffentlichen Angelegenheiten, und an seines Vetters Marcus Leichtsinn nahmen sogar Verschwender Ärgernis; dieser hatte sogar seinen berühmten Namen an einen schurkischen Sklavenhändler um Geld verkauft. Stellvertretung auf dem Richterstuhl hat Julius allerdings nicht angenommen, wiewohl Marc Aurel selbst sich seiner Lage erbarmte und ihn der grausamen Pflicht entheben wollte. Aber wahrscheinlich hat er die Stellvertretung nur deshalb zurückgewiesen, um Mucia Cornelia zu retten, weil ein anderer Richter dieselbe rücksichtslos dem Schwert des Scharfrichters überwiesen hätte. Ein verbissener Aristokrat, wollte aus der Schande der Patrizierin kein Schauspiel für das Volk machen. Somit wird er sie gewiss freisprechen.

So lispelten und murmelten die Feinde des Quinctiliers. Die große Masse dagegen schwieg, weil sie eine andere Ahnung hatte. Dieser ‚verbissene Aristokrat' hatte seine Jugend im Lager zugebracht, er lebte wie ein Sklave, er war sparsam für sich, freigiebig für Arme. Er schlief auf hartem Lager, sein Haushalt war einfach, er mied Gelage und Theater, er arbeitete vom frühen Morgen bis in die Nacht hinein. Rom kannte genau die Sitten und Gewohnheiten seiner Großen und hatte nie gehört, dass sich Julius an den Orgien seiner Standes- und Altersgenossen beteiligt hatte. Nein, dieser Patrizier wird vor einer patriotischen Tat, wenn sie auch noch so schmerzlich wäre, nicht zurückscheuen. In ihm leben die Tugenden des alten Rom . . ."

Mit verhaltenem Atem richtete die Menge ihren Blick auf das Tor des Justizpalastes. Die Gerichtsverhandlung dauerte schon eine Stunde, sie musste bald beendet sein, denn nur zwei Sachen standen auf der Tafel geschrieben.

Endlich erschienen aus der obersten Stufe der Marmortreppe zwei Liktoren; sie erhoben ihre Beile und forderten die Menge auf, Platz zu machen. Einer derselben neigte sich vor und flüsterte den Nächststehenden einige Worte zu. Dieses Geflüster verbreitete sich über ein Meer von Köpfen, anfangs wie ein leichtes Säuseln, aber immer stärker anschwellend, je weiter es vordrang.

„Er hat sie zum Tode verurteilt!" ging es von Mund zu Mund.

Schrecken war die erste Wirkung dieser Kunde. Die Menge warf sich entsetzte Blicke zu, überrascht von der Heldentat des Patriziers, welcher des Staatswohles wegen sein eigenes Herz verleugnete. Keiner der Anwesenden hätte es vermocht, eine solche Tat zu vollbringen, alle zusammen aber fühlten die Größe und die Bedeutung derselben, und was der einzelne noch nicht völlig begriff, das verstand die Gesamtheit.

Der Genius der ewigen Stadt meldete sich auch zur Zeit ihres Niederganges in dem genuß- und selbstsüchtigen Pöbel und erweckte in demselben Achtung vor dem Opfer der Vaterlandsliebe!

Ohne Widerspruch teilte sich die Menge und bildete ein breites Spalier für den Prätor und dessen Begleitung.

Voran schritten die Liktoren, nach ihnen die Klienten, dann kam die von Sklaven umgebene und getragene Sänfte.

Stolzerfüllt blickte der Pöbel zu dem hohen Herrn, seinem römischen Landsmann empor, welcher, einer Bildsäule gleich, unbeweglich auf den Polstern ruhte. Das Proletariat fühlte sich in diesem Augenblick echt römisch, als Nation der Nationen. Für eine Weile waren in ihm die Tugenden der Vorfahren erwacht, welche, da sie sich selbst zu bezwingen verstanden, die Welt unter ihren Willen beugten.

„Ehre dir, Quinctilius! Ehre dir, Vater des Vaterlandes!" brauste es ringsherum.

Männer streckten ihre Hände der Sänfte entgegen, Frauen hoben ihre Kinder in die Höhe.

- o -

Nur zwei Zeugen dieser freiwilligen Huldigung stimmten in die allgemeine Begeisterung nicht mit ein; sie sahen derselben vielmehr mit finsteren Blicken zu, schweigsam hinter den Säulen eines Portikus hervorlugend. Als die Volksmenge Julius' Sänfte nachströmend, sich vom Forum Romanum verzogen halte, trat Servius hervor.

„Erinnerst du dich unseres Gespräches an der Mauer des kaiserlichen Gartens?"

„Herr, ich weiß noch alles." antwortete Hermann.

„Du hast gesagt, dass du mir zehn Gladiatoren stellen könntest, die zu allem fähig und bereit wären."

„Meine Freunde erwarten nur Eure Befehle, Herr."

„Versieh dieselben mit Pferden, Waffen und Mänteln von Legionären und bringe sie irgendwo in der Nähe des Quinctilierhauses unter. Den Tag über lasse sie weder Hunger noch Durst leiden, dann aber gut ausruhen, so dass sie bei nächster Morgendämmerung auf jeden Ruf sattelbereit stehen."

„Eurem Befehl wird Genüge geschehen, Herr."

„Unsere Reisewagen," befahl Servius weiter, „sowie denjenigen, welchen ich vom Imperator Lucius Verus zum Geschenk erhalten habe, schickst du für die Nacht auf die Flaminische Straße hinaus zur zweiten Poststation. Den Fuhrleuten trage auf nicht an Hafer zu sparen und den Stall nicht zu verlassen."

Hermann antwortete mit einem Kopfnicken.

„Im Portikus Agrippas wirst du zwei warme Frauenanzüge und Mantel mit Hauben kaufen . . . Hier hast du Geld. Sprich heute nirgends zu viel, dagegen halte die Ohren den ganzen Tag über offen."

„Alles soll nach Eurem Befehl geschehen, Herr." erwiderte Hermann und entfernte sich über die Heilige Straße.

„Und nun noch einen letzten Versuch!" murmelte Servius. Dann ordnete er die Falten seiner Toga und begab sich auf den Palatin.

Servius geht zu Marcus Aurelius, Gnade zu erbitten für Thusnelda und Mucia; denn Julius, das wusste er, würde sein Haupt nicht vor dem Imperator beugen.

Auch er geht nicht zum Imperator, sondern zu dem Philosophen und Menschen, besten Güte allen Völkern bekannt ist, welche Rom huldigen. Dieser gekrönte Weise, der kein Kind beleidigen konnte, nahm die Armen in seinen Schutz und hatte sogar für Sklaven ein erbarmendes Herz. Wenn irgendjemand, so wird gewiss er, der edle Stoiker, den Schmerz des Verlobten verstehen und sich seines Missgeschickes erbarmen. Er wird Thusnelda gewiss von dem Urteil des Prätors lossprechen und Mucia wegen der Verdienste eines Julius begnadigen, besonders auch in Anerkennung dessen allerneuesten Verdienstes, das er sich durch das Urteil selbst erworben hatte. Servius glaubte fest an den Erfolg seiner Bitte.

Im Vorhaus des kaiserlichen Palastes sagte man ihm, dass Marcus Aurelius nur in den Morgenstunden empfange; aber er ließ sich von dem Kammerherrn nicht zurückweisen.

Melde dem göttlichen Imperator, dass Servius Claudius Calpurnius, Präfekt der Legionen, dringend an den Stufen des Thrones eine Bitte vorzubringen hat, für welche es keinen Aufschub gibt."

Der Kammerherr, der Güte seines Herrn bewusst, entfernte sich. Und Servius brauchte auch nicht lange zu warten; der Hofbeamte erschien bald wieder und schlug vor dem Präfekten die Türvorhänge zurück.

Servius betrat den Empfangssaal, blieb neben dem Hausaltar stehen und kehrte seinen Blick gegen die Tür, welche den Zugang zu den inneren Gemächern bildete.

Auch hier brauchte er nicht lange zu warten.

„Sei willkommen, Präfekt." meldete sich eine sanfte Stimme, und Marcus Aurelius nahm auf dem Thron Platz.

Er trug den dunklen Philosophenmantel, da er sich nicht einmal Zeit genommen hatte, denselben mit der Purpurtoga zu bedecken.

„Sei gegrüßt, göttlicher Imperator." sprach Servius, die Hand an die Brust legend. „Wenn ich gegen die am kaiserlichen Hof übliche Sitte gefehlt habe, so wirst du es mir verzeihen, mein Kaiser

und oberster Kriegsherr; denn nicht zum Beherrscher der Welt bin ich gekommen, sondern zum Vater und Tröster der Unglücklichen."
„Sprich." lud der Imperator ihn ein. „Viel ist in Rom solchen Beschirmern unserer Grenzen gestattet, wie du einer bist."
„Ich bin nach Rom gekommen, meine Braut zu suchen." sprach Servius weiter, „und habe Spuren von ihr im Verließ des Steuerpächters Fabius gefunden."
„Der Stadtpräfekt hat mir über die Gewalttat des Fabius berichtet und bereits seine Verfügungen getroffen, um den Verbrecher nach dem Gesetz zu belangen. Kehre getrost in dein Lager zurück, es soll dir Gerechtigkeit werden."
Servius trat näher zum Thron. Sich verbeugend, sprach er mit bebender, heiß flehender Stimme: „Meine Braut, von einem mitleidvollen Sklaven aus dem Verließ befreit, verbarg sich vor Fabius' Rache in den Gräberhallen der Christen, Dort in den unterirdischen Räumen hat sie einen neuen Gott erkannt, welcher seine Arme segnend über das Elend ausbreitet und den Enterbten dieser Erde Trost und Glückseligkeit in einer anderen Welt verheißt. Das hart verfolgte Mädchen, gehetzt wie ein wildes Tier, weder des Tages noch der Stunde sicher, stets eines grausamen und schmählichen Todes gewärtig, klammerte sich mit beiden Händen an diesen Gott, wie ein Sterbender nach jedem Schatten von Leben greift. Sie hat den Verheißungen seiner Priester Glauben geschenkt ... sie ist Christin geworden. Du begreifst und verzeihst ihre eitle Hoffnung, ihr Verbrechen, göttlicher Imperator; denn dein Auge dringt ein in die tiefsten Geheimnisse des Herzens, und dein erhabener Sinn umfasst und entschuldigt die menschlichen Verirrungen. Als Philosoph wirst du Erbarmen haben mit der Unglücklichen und sie nicht deshalb verdammen, dass sie in schwerer Zeit sich einem Gott zu Füßen geworfen hat, dessen Güte sie gelehrt hat, Ungemach und Verfolgung standhaft zu ertragen."
Servius ließ sich auf ein Knie nieder und erhob die Hände.
„Sprich sie los." flehte er, „von dem Urteil des Prätors, o Imperator und Philosoph. . . . Gib mir meine Braut wieder!"
Seine Seele war so tief erschüttert, dass er gar nicht bemerkte, wie Marc Aurels Gesicht sich immer mehr veränderte, je länger er sprach. In den Augen des Imperators, die sonst so milde dreinschauten, zuckten Blitze; seine anfangs wohlwollend lächelnden Lippen pressten sich fest gegeneinander. Es schien, als ob sich seine Züge unter dem Einfluss eines frostigen Hauches entstellt hätten und erstarrt wären. Servius wusste nicht, dass dieser gekrönte Weise trotz all seiner Philosophie der gleiche Römer war wie Julius — ein Todfeind alles dessen, was die Überlieferungen der römischen Nation bedrohte. Er war nachsichtig gegen alle Religionen, rücksichtsvoll sogar für die anstößigen ägyptischen Mysterien, aber gegen das Christentum hegte er den Hass des Anhängers der bestehenden Ordnung.
Servius ahnte das nicht, er war daher betroffen, als er über sich die harte Stimme des Imperators vernahm: „Präfekt, du weißt nicht, um was du bittest. Fabius wird dem Arm der Gerechtigkeit nicht entrinnen, aber auch an deiner Braut wird die Gerechtigkeit nicht vorübergehen."
Der Reiterpräfekt erhob sein Haupt und schaute dem Imperator gerade ins Gesicht. Ist er's, der diese Worte gesprochen? War das die Antwort Marc Aurels, des gütigsten von allen römischen Imperatoren? — so fragten seine erstaunten Augen.

Er hatte sich nicht getäuscht: der Imperator sah zu ihm herab mit dem frostigen, unerbittlichen Blick des Julius.

„Deine Gnade flehe ich an." bat noch einmal Servius. „Im Reich glaubt man, dass dir Mitgefühl nicht fremd ist."

Marcus Aurelius zog die Augenbrauen zusammen.

„Wärest du an meiner Stelle, so wüsstest du, dass über dem Menschen der Bürger steht und über dem Bürger der Imperator. Wen die Götter auf den Thron gesetzt haben, der darf nicht die Tränen eines Einzelnen trocknen. Bitte mich um etwas anderes, Präfekt."

Der Germane erhob sich. Einige Augenblicke stand er da wie gebrochen; seine Lippen bebten wie die eines schluchzenden Kindes, dann reckte er sich hoch empor und sagte stolz: „Ich habe von Rom nichts mehr nötig."

Er nahm die goldene Kette der Tapferkeit vom Hals, legte dieselbe auf den Stufen des Thrones nieder und sprach weiter: „In deine Hände, göttlicher Imperator, lege ich das Geschenk Roms zurück, welches ich mit meiner Jugend bezahlt habe, die ich in seinen Diensten verbrachte. Löse mich los vom Eid des Legionärs... ich kehre zurück in meine heimischen Wälder... vielleicht wird von ihrem Rauschen das Leid beschwichtigt werden, das mir von Rom angetan wurde."

Marcus Aurelius fuhr vom Thron auf.

Sie standen einander gegenüber, der oberste Kriegsherr und der Soldat, der Römer und der Barbar; der eine schmächtig, blass, von Krankheit und Kummer verzehrt, der andere eine herrliche Erscheinung, frisch und strotzend von Kraft.

Zwei Zeitabschnitte schauten einander in die Augen: der eine im Untergang begriffen, prüfend und misstrauisch — der andere im Werden, herausfordernd und sich seiner Kraft bewusst.

„Weshalb verweigerst du mir die Hilfe deines Armes?" hob Marcus Aurelius etwas milder an.

„Mein Arm ist vom Leid zerschmettert. ... Er kann dir keine Dienste mehr verrichten."

„Herzleid, o Jüngling, ist bald vorüber; die Pflicht begleitet den Mann bis zum Grab. Ruhe aus in deinen Wäldern, kehre dann aber zu mir zurück."

„Löse mich los vom Eid des Legionärs, oberster Kriegsherr." wiederholte Servius.

Der Imperator zuckte zusammen; drohende Schatten überflogen sein Gesicht.

„Ich gewähre, was du verlangst." antwortete er, Servius mit seinem Blick durchbohrend; „aber hüte dich, dass der böse Dämon, welcher in diesem Augenblick deine Seele in Aufruhr versetzt, dich nicht zum zweiten Mal vor mein Angesicht bringe!"

Servius neigte sein Haupt, abwartend, bis der Imperator hinter dem Türvorhang verschwunden war; dann wendete er sich dem Ausgang zu und verließ den Saal.

Erhobenen Hauptes, aber mit einer tiefen Furche in der Stirn, durchschritt er das geräumige Vorhaus. In seinem Innern wütete ein Sturm, dessen verstärkten Widerhall in den germanischen Wäldern sein geistiges Ohr schon im Voraus vernahm.

Zerrissen war das letzte Band, welches ihn an Rom fesselte; ausgelöscht war seine Vergangenheit. Der römische Ritter und Präfekt der Reiterei in den Legionen war wieder ein freier Germane!

Als er seinen Fuß auf die Freitreppe setzte, welche zum Forum Romanum hinabführte, ging die Sonne über Rom bereits unter. Blutrot sank sie hinab, die weißen Marmorpaläste und Tempel in rosiges Licht hüllend.

Mit einem finsteren Blick überschaute Servius die Stätte, aus welcher so oft die Weltgeschicke entschieden wurden, und murmelte in sich hinein: Du verlangst stets frisches Blut, unersättliche Spinne, die du an des Tibers Ufer dich festgesetzt hast und mit tausend Rüsseln die Lebenssäfte von hundert besiegten Völkern aussaugst... du sollst des Blutes genug bekommen, übergenug; soviel, dass es dir zum Ekel wird ...
Er lachte bitter aus und lenkte seine Schritte gegen das Kapitol.

- o -

Am anderen Tag frühmorgens bewegte sich ein Trupp Stadtsoldaten mit dem Oberscharfrichter von Rom an der Spitze die Hohe Straße entlang. In der Mitte des von den Soldaten gebildeten Viereckes schritten zwei junge Frauengestalten in Verbrecherkleidung. Sie gingen gesenkten Hauptes, ohne aufzuschauen, und wurden von einem Zenturionen angetrieben, ihre Schritte zu beschleunigen. Ihre blassen Lippen bewegten sich beständig: sie beteten.

Je mehr sich der Zug dem „Feld der Schande" näherte, wo Verbrecher geköpft und pflichtvergessene Vestalinnen lebendig begraben wurden, desto mehr wuchs der Haufen der Neugierigen. Straßenhändler, Gebäck- und Milchausträger, Gärtner, müßige Klienten und Schulknaben — alle die Leute, welche frühmorgens die Straßen Roms zu beleben pflegten, schlossen sich dem militärischen Aufzug an.

„Wen führt man da?" erklang die Frage.

Und als man erfuhr, dass der Scharfrichter an Mucia Cornelia und an der Germanin Thusnelda das Urteil des Prätors Julius vollstrecken sollte, trat anfänglich große Stille ein. Die Leute fühlten sich erschreckt durch die Strenge des Gesetzes, welches auch eine römische Patriziern, und eine germanische Fürstentochter nicht schonte. So hoch standen diese zwei Unglücklichen über dem gemeinen Volk, dass letzteres an ein Verschulden derselben nicht glauben konnte.

„Christinnen sind sie." erläuterte einer auf der Menge.

„Christinnen?" Viele Augenpaare wendeten sich wohlwollend Mucia und Thusnelda zu, viele Lippen erbleichten, zugleich murmelnd: „Der Herr sei mit euch! Betet für uns nach eurem Heimgang! Gott sei eurem Richter gnädig!"

Da stieß ein Gassenbube, dem der Ernst der Szene schon missfiel, einen gellenden Pfiff hervor, und sofort antwortete ihm ein anderer, ein zweiter, ein dritter, zehn auf einmal; hier und da erscholl rohes Gelächter des immer mehr anwachsenden Pöbels.

Vor die Löwen mit den Christen!" schrie einer.

„Vor die Löwen mit den Christen!" hallte es aus einigen hundert Kehlen wider.

„Bringt sie auf die Arena!"

„Nicht köpfen! Mit Bestien sollen sie kämpfen!"

„Bindet sie Stieren an die Hörner!"

„Wilden Rossen an die Schweife!"

Das Geschrei wurde immer toller; das Viereck der Soldaten war vor dem Andrang des Pöbels schon in Unordnung geraten.

Umso weniger auffällig war das plötzliche Erscheinen eines Trupps von zwölf Reitern in Legionärsuniform, welche aus einer Quergasse mitten in die Menge hineinsprengten.

Das Lager der Legionäre befand sich unweit von der Stelle; augenscheinlich waren die Soldaten wegen des Lärmens her kommandiert worden, um die öffentliche Ordnung aufrecht zu erhalten. Und wirklich wurde die Menge von dem Befehlshaber angerufen, sich zu zerstreuen. Erschreckt teilte sich der Pöbel ohne Murren vor den Köpfen der Pferde nach rechts und links. Die Reiter umgaben als Schutztruppe das Viereck der Soldaten; die Volksmenge zerstob nach allen Seiten.
Die Legionäre ritten nebenher, als ob sie zu dem Zug gehörten, und die Soldaten ordneten sich wieder.
Unbehelligt bewegte sich der Zug weiter. Die Reiter, die Retter in der Not, hängten nun sorglos ihre Helme am Riemen über den linken Arm, zogen die Mantelhauben über ihre Köpfe, überließen die Pferde sich selbst und schienen fast einzuschlummern.
Unweit vom Richtplatz erhob plötzlich der Anführer des Reitertrupps, ein Mann, der bisher gebückt gesessen hatte, nun aber die anderen um einen ganzen Kopf überragte, seine rechte Hand. In demselben Augenblicke blitzten zwölf Schwerter und fielen den Stadtsoldaten in die Nacken.
„Greif zu!" rief der Anführer seinem nächsten Begleiter, einem bärtigen Alten, zu und sprengte in die Mitte des durchbrochenen Vierecks. Er beugte sich vom Pferd herab, ergriff Thusnelda und hob sie auf sich vor den Sattel. Ganz ebenso machte es sein Begleiter mit Mucia, während die zehn anderen die Soldaten fleißig beschäftigten. Letztere hatten sich noch nicht klar werden können über die Sachlage, und schon galoppierte der ganze Reitertrupp mit seiner Beute gegen das Pincische Tor.
Der Überfall war so überraschend gekommen und mit solcher Wucht ausgeführt worden, dass die Stadtsoldaten und der in einiger Entfernung folgende Volkshaufen vor Schrecken wie erstarrt waren. Als der Anführer des Zuges zur Besinnung kam, näherten sich die angeblichen Legionäre schon dem Tor.
Nun entstand unter der betrogenen Bedeckung der Delinquentinnen große Bewegung. Der Anführer schickte Meldung ins Lager der Prätorianer; die Mannschaft machte sich unter lauten Verwünschungen daran, ihre toten und verwundeten Kameraden zu bergen, und der Scharfrichter machte dem Anführer heftige Vorwürfe. Die Volksansammlung aber zerteilte sich nach allen
Seiten. Das ungewöhnliche Ereignis wurde brühwarm in möglichst wirkungsvoller Form in der ganzen Stadt herumerzählt.
Die ‚Herrin der Welt' brauste stürmisch auf. Unerhört war solch ein Vorfall. Am lichten Tage, in der Nähe des Prätorenlagers hat irgendjemand aus Frechheit oder Übermut sich erkühnt, die Wache des Stadtpräfekten anzugreifen — ja, noch mehr, den Urteilsspruch des mächtigen Rom zu vernichten, an welchem nicht einmal der Imperator zu rütteln gewagt hatte! . . .
„Verfolgen, verfolgen! . . . Sofort aburteilen, sofort abstrafen! . . . Zugleich mit den Entführten hinrichten!" So und ähnlich hallte es in den Straßen und Plätzen Roms wider.
Eine halbe Stunde später galoppierte eine starke Abteilung berittener Prätorianer zum Tor hinaus mit dem Befehl, die verwegenen Räuber lebendig einzufangen. Nach der von der Wache gegebenen Beschreibung des Anführers erriet man sofort, dass man es mit einem kühnen Streich

des Germanen Servius zu tun haben musste. Diesen aber und seinen Trupp trugen vorzügliche kappadozische Hengste, welche den Sturm im Feld überholen und mit ihren Hufen kaum die Erde berühren.
Gegen Mittag kehrten die Verfolger mit leeren Händen zurück.

- o -

Julius saß eben beim Frühmahl, als ihm sein Namenrufer die Kunde von dem Geschehnis überbrachte. Auch er erriet den Täter sofort und begab sich in die Gemächer seines Gastes.
Hier sah er im Schlafzimmer auf dem Tisch eine Wachstafel liegen. Er nahm dieselbe zur Hand und las:

Da ich in Rom kein Erbarmen gefunden habe, habe ich mir selbst geholfen. Ich verlasse Rom und nehme Thusnelda mit, zugleich aber auch Mucia, welche Du im Haus Radbods wiederfindest, wenn du Verständnis dafür besitzt, dass die Liebe eines solchen Weibes mehr wert ist, als eure verwelkte patriotische Tugend. Sollten wir uns auf dem Schlachtfeld begegnen, was in nicht allzu langer Zeit gewiss geschieht, so vergiss, dass wir uns Kameradschaft geschworen haben. Ich werde euch nicht schonen. Deinem Stall habe ich fünf Pferde entnommen, die du in einigen Tagen zurückgestellt erhalten wirst.

Julius legte die Wachstafel nieder, senkte sein Haupt und sprach halblaut zu sich:
„Rom, weine und hülle dich in Trauer, denn bald wirst du deine Witwen und Waisen zehnfach vermehrt sehen . . ."

- Ende des ersten Teils -

Weiter geht es mit:
„Rom im Untergang – Band 2: Kampf in Germanien"

Rom im Untergang – Band 2: Kampf in Germanien

Historischer Roman zur Zeit Marc Aurels, geschildert aus römischer Sicht und durch die Augen eines germanischen Tribuns. Teil 2 beschreibt die Kämpfe Roms gegen den Germanen Servius der es als ehemaliger Präfekt des römischen Reiches schafft die germanischen Völker zu vereinen und mit Schlauheit, Mut und geballter Kraft gegen die römische Armee ins Feld zu führen.

ISBN: 9783738651843

Julius schaute unverwandt gegen die Berge; er beobachtete noch immer die blinkenden Lanzenspitzen, welche schier kein Ende nehmen wollten, während die Wälder von immer stärkerem Geschrei und Getöse widerhallten. Er winkte dem ältesten von den Standartenträgern zu und fragte ihn lispelnd: „Begreifst du, was da vorgeht?"
„Ich weiß es." murmelte der Befragte. „Einen solchen Einfall von Germanen hat das Reich noch nie gesehen."
„Du wirst dich unverzüglich nach Rom begeben! Du wirst weder dein Pferd noch dich selber schonen; du wirst nicht einen Tag volle sechs Stunden ruhen, bevor du nicht vor dem Präfekten der Prätorianer erschienen bist und ihm berichtet hast, was deine Ohren gehört und deine Augen bisher gesehen haben. Glückliche Reise!"
„Du sollst zufrieden sein, Feldherr." sprach der Standartenträger und stieg schnell vom Turm herab.
Das Getöse näherte sich immer mehr und bedrohlicher dem Lager. Mit seinem Widerhall überflutete es weit und breit die ganze Gegend, so dass es alles Tagesgeräusch des Lagers in sich verschlang. Da drangen durch den eintönigen Lärm hindurch helle Hornsignale, und fast gleichzeitig zeigte sich am Waldrand eine unübersehbare Kette von Reitern. Sie stürmten hervor, ritten schnell quer über den kahlen Grenzstreifen, beschossen die am anderen Ufer aufgestellten Bogenschützen und Schleuderer mit einer Wolke von Pfeilen, dann wichen sie ein wenig zurück, teilten sich in zwei Hälften und sprengten, die einen gegen Westen, die anderen ostwärts.
Nun schwärmte Fußvolk aus den Wäldern hervor, bewaffnet mit Schwert, Schild und Lanze. Riesenwuchs, mächtiger Körperbau und blondes Haar verrieten dessen Abstammung; es waren Germanen. Sie schritten in solcher Ordnung einher, als ob nicht Barbaren dem Lager sich näherten, sondern gediente römische Truppen. Angeführt wurden sie von ehemaligen Legionären.

Bücher aus der Reihe ‚**Rom im Untergang**'

Band 3: Die Rückkehr der Götter
ISBN: 9783734745560

Band 4: Entscheidungsschlacht am Frigidus
ISBN: 9783734791222

Band 5: Aetius – Roms letzter Adler
ISBN: 9783738635034

Band 6: Aetius - Attilas Zorn
ISBN: 9783738635874

Band 7: Aetius - Die Zerstörung Aquileias
ISBN: 9783738635904

Weitere Bücher von Alexander Kronenheim:

Bunker

Dies ist die Geschichte vom Schicksal eines Wehrmachtbunkers an der Front und seiner Besatzung, welche unter Führung eines entschlossenen Unteroffiziers tapfer die aussichtslose Stellung verteidigt und dabei um das Überleben kämpft.
Auszug:
„'raus aus dem Bunker!... Wir besetzen den Laufgraben...
Am Knie vor dem Trichter, vierzig Meter nach rechts, Stellung! . . . Scharf ans Gewehr! . . . Biegler nimmt einen Munitionskasten .."
Den Stahlhelm noch in der Hand, kroch der Unteroffizier zuerst hinaus, hinter ihm der Schütze Scharf mit dem aufgebuckelten Maschinengewehr, und zuletzt Biegler, der den Munitionskasten an sich presste, als ginge er damit tanzen.
Gebückt rannten die drei Leute durch den schmalen Schlauch. An der Knickung warf sich der Unteroffizier hin und winkte Scharf an seine Seite.
Knapp dreihundert Meter vor ihnen, aber noch keine zwanzig Meter über ihnen, kurvte der Flieger, ein Habicht, der noch nicht recht entschlossen ist, von welcher Seite er auf das verdatterte Opfer stoßen muss.
Scharf hatte das Maschinengewehr in Stellung gebracht. Der Unteroffizier saß dahinter, Finger an der Auslösung, den Stahlhelm halb im Genick.
„Wenn der Sauhund bloß einmal wenden würde ...! Ich bekomm' ihn nicht richtig herein ... Ah! Endlich!..."

Das Maschinengewehr bellte los.

ISBN: 9783734784842

Nephoris – Tochter des Cheops

Historischer Roman, welcher zur Zeit des alten Ägyptens spielt. Nephoris, die Tochter des Cheops, soll mit dem König der Nubier zwangsverheiratet werden.
Nephoris lehnt diese Heirat jedoch ab, da sie sich bereits in einen armen Fischer verliebt hat, welcher dafür von Cheops zum Tod verurteilt wurde. Nephoris riskiert alles, um ihre Liebe zu retten...
Auszug:
„Schweig, Weib!" rief der Prinz aus, dessen Zorn seine Augen gelb und sein Gesicht bleich färbt. „Schweig, oder ich werde Dich grausam treffen, indem ich Miri, Deine Schwester vor Deinen Augen martern lasse."
„Meine Schwester gleicht dem Wasser des Lebens, das die geheiligten Myrten benetzt; nichts kann sie trüben!"
„Nun gut, Soldaten, bemächtigt Euch ihrer. Entkleidet sie; Ihr werdet sie mit schmalen Lederriemen peitschen, bis mich Nephoris um Gnade bittet."
In diesem Augenblick dringt ein Lieutenant Mazaits im vollsten Lauf in den Saal.
„Herr, Herr!" ruft er aus, „Wir bedürfen Deines Armes."
„Bei Diboun, was geht denn vor ?" fragte der nubische Feldherr. „Habt Ihr denn noch nicht alle Einwohner von Memphis umgebracht, die es wagen. Widerstand zu leisten?"

ISBN: 9783734787553

Marienburg – Kampf und Schicksal

Dieser Historienroman spielt im 15. Jahrhundert und handelt von der tapferen und spannenden deutschen Verteidigung der Marienburg gegen die Übermacht anstürmender polnischer Kriegerhorden.
Auszug:

ISBN: 9783734796340

„Galopp!" befahl Heinrich. Alle Trompeter setzten schmetternd mit der Galoppfanfare ein: in stiebendem Rennlauf brachen die feurigen Pferde los, dass die Erde unter ihren Hufen dröhnte. Wie ein Wetter jagte das Geschwader in den Feind. Das erste feindliche Treffen wurde glatt überritten. Wie eine Wiese mit niedergewalzten Halmen, so lag es hinter den Reitern, das Feld besät mit Toten. Verwundeten, Sterbenden, die Luft erfüllt von Schreien und Wehklagen. Bis in die hinterste Reserve der Polen führte Heinrich den Todesritt. „Links schwenkt!" befahl er. Unter der Mauer der ehemaligen Stadt jagte er dahin, die feindliche Stellung völlig aufrollend.

Die Schlacht bei Fehrbellin

Historischer Roman um den Werdegang eines jungen Mannes aus der Zeit Friedrich Wilhelms (der Große Kurfürst) von seiner Einberufung bis zur Teilnahme an der Entscheidungsschlacht bei Fehrbellin.

ISBN: 9783734784859

Auszug:
Die Zündschnüre waren an die Pulverfässchen gelegt und angezündet, die Flämmchen fraßen sich knisternd die Fäden entlang.
„An die Pferde!" Im Laufschritt liefen die Dragoner an ihre im Schuh eines der kleinen Anwesen stehenden Gäule. Im Galopp ging es auf der Hakenberger Straße dahin; der erste und zweite Zug unter dem Rittmeister der Schwadron schlossen sich an.
„Wir wollen die Belegung von Hakenberg und Linum feststellen" sagte Oberstleutnant Henning. „Führe uns möglichst gegen Sicht gedeckt."
„Jawohl!" erwiderte Jörg.
In diesem Augenblick ertönte ein furchtbarer Knall, gleich darauf ein zweiter, noch schwererer. Eine grelle Stichflamme schlug jäh über dem Rhin hoch! Es war gelungen. Ein zufriedenes Lächeln spielte über die ernsten, strengen Züge des Oberstleutnants Henning.
Die Schwadron bog jetzt von der Straße ab; dicht am Rande des Rhinluches führte sie Jörg im Schutze dichter Rohrwälder hin.
Bald kam Hakenberg in Sicht. Eine rechts herausgegebene Streife unter dem zum Korporal beförderten Wiese stellte einen großen Geschützpark dort fest, der vor dem Dorf auf einem Kleeschlag aufgefahren war.

Weiter im scharfen Trab. Linum tauchte vor den Reitern auf. Der Oberstleutnant vermutete hier die Hauptstellung des Feindes. Der dritte Zug unter Wachtmeister Freese wurde zur Erkundung abgeordnet.

Der Dämon

Dies ist die Geschichte über die fantastischen Abenteuer dreier Ritterssöhne, welche sich von einem in den Burgturm gebannten Dämon Wünsche erfüllen lassen, die allerdings stets mit einem bösen Flucht belegt sind.

ISBN: 9783734754241

Auszug:
„Warte!" rief Wolfram, wenn Du nicht freiwillig davon gehen willst, so werde ich dich zwingen."
Und ohne auf die Flammen und erstickenden Dämpfe zu achten, stürzte er auf den Drachen los, und in furchtbaren Hieben rasselte sein Schwert auf den Schuppenpanzer desselben nieder. Der Drache stöhnte und brüllte, aber das Schwert Wolframs prallte machtlos an dem undurchdringlichen Panzer des Untiers zurück. Er verdoppelte seine Hiebe und kämpfte mit der äußersten Anstrengung, aber immer mit dem gleichen unglücklichen Erfolg.
Der Drache drängte ihn mehr und mehr zurück, die sengende Glut, die seinem Rachen entströmte, lahmte seine Kraft, und letztendlich zersplitterte sogar sein Schwert bei einem gewaltigen Hieb, den er auf den Nacken des Tiers führte, in tausend Stücke.
Nun stand er wehrlos da, und sah sich schon als Verlierer des Kampfes. Der Drache stieß ein triumphierendes Geheul aus, und schaute seinen entwaffneten Feind mit boshaft tückischem Blick an.